U0592663

沙 汀

20 世纪 80 年代初，沙汀到北大看望老友吴组缃。

　　1961 年 3 月，沙汀与巴金（右二）、冰心（中）、刘白羽（右三）等中国作家到日本东京出席"亚非作家紧急会议"。

1992 年 11 月 7 日，沙汀与艾芜最后一次相聚。

第九卷

日记　上册

沙汀文集

四川文艺出版社

图书在版编目（CIP）数据

沙汀文集 / 沙汀著. —2版. —成都：四川文艺出版
社，2018.3
　ISBN 978-7-5411-4906-1

　Ⅰ. ①沙…　Ⅱ. ①沙…　Ⅲ. ①中国文学—当代文
学—作品综合集　Ⅳ. ①I217.2

中国版本图书馆CIP数据核字（2017）第326836号

沙汀文集　第九卷

RIJI：SHANGCE

日记　上册

沙　汀　著

编辑统筹　卢亚兵　金炀淏
责任编辑　彭　炜　周　轶等
封面设计　叶　茂
内文设计　史小燕
责任校对　蓝　海
责任印制　唐　茵等

出版发行　四川文艺出版社（成都市槐树街2号）
网　　址　www.scwys.com
电　　话　028-86259287（发行部）　　028-86259303（编辑部）
传　　真　028-86259306

邮购地址　成都市槐树街2号四川文艺出版社邮购部　610031
排　　版　四川胜翔数码印务设计有限公司
印　　刷　成都东江印务有限公司
成品尺寸　149mm×210mm　1/32
印　　张　168.75　　　　　　　字　　数　4030千
版　　次　2018年3月第二版　　印　　次　2018年3月第一次印刷
书　　号　ISBN 978-7-5411-4906-1
定　　价　2400.00元（共10卷11册）

目 录

1938 年[①]

12 月 19 日

早饭后有飞机声。立刻跑进东门城边的防空洞里。已有人在，还继续来了不少：男女老百姓、兵士。两三名战士蹲在洞门口张望。飞机声消失了。"飞机一共五架，"一名战士望洞内报道，"是从保德来的。"同时认为敌机还会转来；不久，飞机声果然又响起来了。

紧接着是炸弹的轰鸣。头脑里似乎只有炸弹爆炸的声音。大家都指望战士们和自己一样胆小，劝告他们不要在洞门口张望了。而且有人向一个在洞口张望的老百姓喝道："进来！你，你是汉奸吗？"又是一连串数不清数目的爆炸声。一名战士进洞来告诉大家："福音堂被炸了。"

警报解除后回到"家"里，准备好好休息一下；但是大门给锁住了，打从门缝里一看，正屋的窗子已被震坏。不久，因为又看见有人奔跑，于是我们也依旧回转防空洞去。其间，在南门城边还躲过一次，但全是自我恐吓造成的谣风。一刻钟后，就连虚惊也消失了，房东也已敞开大门。回到室内抽了一斗旱烟，就又上街去了解敌机造成的破坏。

---

① 1938 年 12 月—1939 年 3 月日记原名"敌后七十五天"，载于《收获》1981 年第 2 期。

福音堂的确是被炸了，围墙全部被毁，已经变成一大堆泥土。挪威国旗坠落在旗杆台上；而据说，附近钟楼上的号目却一直在尽着职责，未曾离开。我们问那个相当衰老、手执半节鱼烛，黑毛线手套上渍着蜡油的挪威女传教士："日本人怎样？"

"当兵的总是危害生命。"

听了她的回答，只好苦笑而去。

大南街一家院子里躺着一位老乡，被炸断了两腿。他伏在地上，用手拐支撑着身体，还在奋力向前爬动。光头，年纪不大，脸上有一层厚厚的尘土。只有棉裤保持住上身和下肢的联系，他怎么爬得动呢！他呻吟着，而在他对面的泥土和破碎木料堆上，躺着一条肚子还在动颤的黑色毛猪，还有些散落的破碎羊皮。两三个老乡正在反复查看。

下午，我又去看那位被炸断了两腿的老乡，早已经断气了。盖上一张包单。看的人比上午多，全都是老百姓。他们在推测、议论，说是只要再离房檐五六步远，他就不会被炸。没有人哭。但在另一个巷子里，却有一个五十上下的人，站在塌下来的瓦砾堆边暗自哭泣。他面前摊开一堆衣服，那被炸死的是他母亲。他为我们移动了一下衣服，但依旧看不见人，给泥土埋深了。照例有人显得恶心地吐着白沫。

在南街上另一条深巷里，被炸毁的屋子更多。巷口有一只死乌鸦，无伤，只是尾巴断了。第一家院子门口躺着一条黑狗，背上有机枪子弹穿过的窟窿。它看来很长，已经变了形了。三四个老乡闷坐在巷道里，满脸尘土，神情呆木，为着家室被毁感到忧伤。巷子上首的大街上死了一母一子，尸体已经搬去掩埋了。纯阳庙门前躺着一匹骡子，只有肋骨是完整的，两只同样完整的腿，离开上身都相当远。此外便是一堆血肉模糊的泥浆。庙前街上有一段脚胫，一个像馒头一样的蹄掌。一只狗在墙边津津有味地啃骨头。

满街的土堆、细碎屋料，沉闷的人和笑嘻嘻的人。那些笑脸似乎在说：今天幸好是躲脱了！热闹的沉静。有的已经开始整理震坏了的屋子。商店和税局进行得最起劲。全城买不到烧饼、零食，生活秩序被搅乱了；但也显然正在恢复常态。

北门城门洞被炸毁了。是两个汉奸指出目标才被炸的，已经被抓住了。一个是梁王沟村人，揸下巴，两眼直视，有人看见他向敌机挥了挥帽子。另一个叫王同洲，一九三五年就请了长假的山西部队的连长，但他依旧佩戴臂章，身上戴有一只日本黄呢手套。他向敌机挥着的不是帽子，是条毛巾。他自称是来谋事的，于是审问者反问道："谋什么事？"

"也不外救亡工作。"

看的人全笑了。

他自己好像也想笑，但是只有一串意义含糊的声响：哼哼哼……这是个中年人，眼睛的形状和蝌蚪一样，闪射着狡诈的光芒。他把脸孔板起，装作得很正经，显然是"老手"了。但是他的供词漏洞也多。刚才说："你看见我站在那里的。"接着便又改成："大家看见我在那里躺着。"他用一种像对待老朋友那样亲热的态度分辩了好久，一直都想滑脱。

"这是懂得点防空常识的人都知道的，"他最后争辩道，"湿毛巾可以防避毒气，所以……"但给审问者喝住了。

我没有继续旁听审问。进行审问的是县政府的工作人员。

12 月 20 日

昨晚彻夜未眠。刚一迷糊，就看见血肉模糊的尸体，很快又惊醒了。两点左右才勉强睡去，但是三点一过小鬼就端了洗脸水来，说是洗过脸就吃饭，好去城外躲避空袭。他也显然没有睡好，就一直呆坐在炕沿，等我们起来洗脸、吃饭，然后到城外去。

忽然听见狗噪，他赶忙站起来了。接着打开房门，两眼发愣。

"怎么，你怕吗？"我好奇地问。

"我怕是飞机来了。"昨天的空袭，对于他无疑也算是第一次。

六点过，就吃完早饭，到灯草沟去了。出城躲避飞机的老百姓也不少，而最打眼的是，年轻女人骑着驴子，后面跟着老大的丈夫，简直不像是两夫妇。过了一个无聊的上午。下午回城，房主人还没有回来，于是又出东门，在体育场的亭子上待了一个多钟头。其芳看稿子，找漏洞，抄录纪念碑的序文。我呢，独自在一旁哼唱京戏消遣。

晚间缝补被盖、背包，用针十分吃力。但总算把任务完成了，于是喝了五分钱酒慰劳自己。随后又给同乡刘拖到一家小馆里喝了一台，还吃了油炸里脊。

连喝了两台酒，感觉到醉意了。想念阿礼、玉顺①。取出他们的照片来看了一会。

12月21日

彻夜不眠。徘徊在去留之间，因为贺根本没有多少时间谈他的经历，担心将来的写作计划不能实现，也怕一时不能返延；但不随军前去冀中，又觉得太可惜。唤醒其芳诉说我的衷曲和处境，他赞成我留下来，继续收集晋西北的材料。

天明即被小鬼叫醒。躲了半天飞机。因为得到正式通知，部队将前去华北敌后。午饭后去见贺，找他的人很多。但也终于抓住一个机会，同他谈起自己的一些想法；但才提了个头，他便放声大笑，把我的话头给切断了。

"同志！你不要慌，准备住十月八月吧！"

因为他认为继续谈他的经历完全可能，我无话可说了。街上多是

---

① 阿礼，作者的儿子杨礼；玉顺：作者的爱人黄玉顺。

寄信的和买东西的。我也忙乱了一下午，算是准备出征：烧掉废纸，清理日常用品；但重要的是给皮大衣做了两条带子，预备当披衫用。杂粮口袋也做成功了。

这一次也许会破坏我的原定计划，但在这大时代中，个人的计划又算得什么呢?!

其芳也说，生活每每并不按照预定的计划行事。

12月22日

晚上睡得很好。东屋里新来了一位武装同志，坐在炕上喝酒，吃炒胡豆，颇有过屠门而大嚼的意味。我进去坐了一会。

午前四点钟即起床整理行装。大雪。等了两个多钟头才出发。戴了伪装的战士。牲口也都披着用麻绳或高粱秆制备的伪装。东门外体育场密密麻麻等候出发的列子中不断发出歌声。骑兵牵上马兜着圈子。以为会有热情的讲话和欢呼，结果没有。甘泗淇同志在东张西望，找寻着自己的马匹，态度十分严肃。

有的单位早出发了，我们可几次没有走成；结果是跟副官处一道走。已经爬上一匹山了，偶一回头，沿着人的黑色行列望去，体育场还聚集有很多人。在白茫茫的大地上，人显得太小了。很静。遇到经过冰冻的山坡，不管是上是下，前后便传来一阵"得儿……"或"啊……啊"的吆喝；人在帮助牲口克服困难。因为雪光太耀眼了，时间稍久，便觉昏昏欲睡。

出发时有点失悔自己没做伪装，幸而过了安全的半日。沿途不断发现被人遗弃的伪装。人就是这样：时而认真，时而满不在乎。午刻，雪停了，还出了点太阳。快到静乐时，因为起了大风，积雪飞扬，以为又下起雪来了。雪的烟尘跟浓雾一样。几次牵着马匹，从冰封的河流上渡过。

看见了汾水。河面很宽，全都被冰封了。间或有一两处冰层破了，可以看见流动的河水，在说明着它自己的存在。河对面是一片白杨树丛。透过树丛和白雪，南面山坡上有几堵红墙。更向上面望去，郁郁葱葱，可能是苍松翠柏，叫人联想起家乡山区的自然景色。

进城以后，老找不到房子，于是甘引我们去八路军的兵站休息。我们都没有吃到饭，而他自己却哼着笑着，最后，盖上了皮大衣假寐了。见到贺后，我们依旧到副官处。因为已经给我们号就屋子了，只是并没有住进去。房间不大，充满了大蒜气味。屋主人自称已有六十七岁，但显然是撒谎，实际不过四十带点，微麻，稀稀几根胡子，瘦长长的。他对我们的解说和道歉毫不张理，只管一个劲嚷叫下去。

他拒绝接纳我们，如他自己所说，因为房子他是出钱租下来的，而且他还有个六十岁的老婆！最后，他"砰"的一声把门关了，神经质地嚷着："想跟我一炕睡——那你们才好干呀！"

闭门羹虽然并不好受，随后我们总算每人吃到了三个烧饼。当然也很快另外找到了住处。卖烧饼的穿着整齐，帮他做饼的三个兄弟在炕上做水饺，说是预备明天过冬至节吃。他自称两年前做过大买卖，现在做小生意了。和他同院住的还有一个算命先生，据说十五年前也做过不少大事：书记官、公安局长等等。因为长期便血，早退休了，顺便在家乡靠测字算命谋生。

有风，冷冻得可以。白天，其芳一面看《解放》，一面用折断的高粱秆策着马匹前进，自然是骑在马上看的，这想起来很有趣。但是冷炕、破旧的纸窗、风声，却太叫人扫兴了。

12月23日

虽然是很冷，夜里却睡得不错。糊糊涂涂地吃了一茶盅小米饭，就到北门外操场上集合。觉得比岚县冷多了。风很刺人。走向操场对面杨树林子边暖脚、避风。"抗大"的学生在教新歌。只听得这里那里都在高声叫嚷："预备，——起！……"

有太阳，南方白晃晃的，天很青，对照起来真美。两次下马步行暖脚。最后一次，一位熟人满头大汗走过来了，于是把马让给他骑。可是，像打瓜精似的，尽力赶向前面去了。走出一身大汗才追上他。重新上马，一气赶上了宣传部的行列，并受到一位同志的款待。烧饼很好吃，似乎现在才知道的一样。

三时到宿营地，睡了一个多钟头，吃了两盆面条。那吃的神情，我想一定是可怕、可笑，——太馋了。

饭后和萧克同志谈话。是个很理智、很精细的人。谈到严重问题时，照例想一句说一句，有时还停顿很久，自己默念一遍，这才出口。他纠正了三次上学的年龄的错误。对自己家庭的成分也特别说得把细。他原是喝酒的。十六七时常常"喝得颠颠倒倒"，但在一次疟疾当中，医生劝他戒酒，于是，"说不喝就不喝了"。

眉毛很粗很黑，大眼睛，轮廓显著的倔强的嘴唇。在说到对某一重大事件的感想时，他断然说道："我想一定硬得过的。"这给人印象很深，还有他那健康的体魄。

这里的老百姓很好，很客气。乡下人原比城里人好客。他们，以及他们的孩子自由推开门进来玩。一个十七岁的男孩竟然不知道汉奸是什么东西。房主人有四十多岁，老羊皮褥，到过忻县等敌占区，他说日本人和咱们一样，就是听不懂话。在阎老西①直接统治地区，群众的落后完全可以理解。

晚上，据卫生部部长说，在静乐宿营那天夜里，他照旧在那个自称已经六十七岁的老头子家里住下去了，是个独身光棍，并没有什么老婆！

---

① 阎老西：指阎锡山。

12 月 24 日

黎明，冒了寒风从郭台坪出发。卫生部长的马有了麻绳编制的伪装，原来昨天曾有飞机两度在前方预定的宿营地搜寻过。有些失悔自己没有关照马夫，而且深感自己在这队伍中是陌生的，消息太不灵通，失掉眼睛和耳朵了。

一个马兵从一匹青马上取下一件伪装。因为发觉上面还有多余的，我也去要，但得到的回答是："哪里有多余的！"被笑着拒绝了。沿途担心敌机，不断审视天空和途中的地形；而我忽然脸发烧了，想道："那些武装同志决不会像我这样！"

有太阳。往东面对着太阳望去，天色和山色白晃晃一片；略一回头，则青苍的天宇笼罩着黄白相间的大地。所有河流都结冰了，带点青色，人和马匹就从上面走过，发出空洞的响声。马蹄打在石头上的声音比平日清脆，石头似乎也已经给冻透了。

过香开岭，算是正在穿越云中山脉。岩石巍峨，有五里路高。风很大，简直可以把人吹倒。脚冻得快失去知觉了。下马徒步登山。剧团的小鬼们吆喝着，于是我也跟他们走上小路，似乎即使招引来敌机也在所不惜。后来小鬼们还打算唱起歌来娱乐自己，但刚才唱开头，就被战士们制止住了。

清晨，过康家涯时，政治部一位同志连声叫道："抓住他！——不要让他跑掉！"随即笔直望我们奔来一个青年，山西骑一军打扮，不像是庄稼人。后来我才知道，其人来历非常可疑：参军后假装积极，一到提升为一二〇师警卫连的排长，就暗中组织战士逃跑，因而被罚苦役；不久又独自逃走了。

街道上挤满剧团的同志，但是没有谁抓住他，那家伙一个劲跑过去了。恰像吓慌了的兔子一样。而我们还未走出镇口，便听见连续响了两发手枪。我赶快策马前进，一面担心掉在后面的其芳。他应该恰从那里经过，很可能大吃一惊。后来问起，才知道当时他被小鬼们挤掉队了。

在村口我碰见那位追逐破坏分子的干部，他愤激地答复一个小鬼的追问，道：

"没打死他，就只叫他在面前流了一大摊血！……"

在我想来，这样处理是应该的。但当我碰见萧和朱明同志停留在路边谈话的时候，刚一提起，萧却不由得摇头叹息。

"唉，今天这件事搞坏了！……"

萧的话我开始有点不解，后来算想通了：他担心这件事影响到八路军同山西部队的关系。

夜宿北龙泉。因为是一二〇师三支队的游击区，老百姓对我们很好。一个马兵同志却不完全同意我们的看法，说："有个家伙故意把新炕都毁了！……"

我们的屋主人是自耕农，人很老实，一妻一女。我们问他去过太原没有，他回答道：

"没敢出门一步。"

"是怕日本兵吧？他们是随便打骂中国人的。"

"打都不要紧，怕丧命；他们又不懂咱的话。"

"那么日本兵来过没有呢？"

"他们不敢来。他们不敢上山，有游击队，又摸不清地势。咱们是熟的，他们是生的，摸不清。"

"你为什么不当游击队呢？"

"没人要，老了，四十多岁了。四十过了就不要当。"

窑顶上堆着小米秸，有的把油麦秸堆在坝子里的木架上。绵羊在院坝里吃草，咩咩咩地叫着。麻油灯的亮光使室内显得昏沉沉的。一个百多户人家的村子清冷得比南方的三家店还不如。风声霍霍，有如波涛，也许夹杂有松涛声。到静乐后，松树就相当多了。

12 月 25 日

六时由北龙泉出发。出发前有一位同志讲话，指责大家对于马匹的伪装做得太马虎了。我们赶急叫马兵找了油麦秸来，又麻麻地密插在原有的伪装上。沿途耳目并用，随时警惕着敌机蓦地出现……

十一时至岔山宿营。此地是我曾支队的游击区，离太原仅九十里。有三十户人家，村口广场上有戏台一座，小学一所则已破败不堪。有些人家的房门紧闭，还上了锁，住户可能逃亡外乡去了。因为八月间这里遭过一次轰炸。贺的屋子不错，是一座大院子，有楼，中梁、檐柱绘有彩色花纹。我们的房东是个老人，在太原当过很长时期的瓦匠，因为手臂受伤，已回来二十多年了。

村长穿着老羊皮短褂，商人模样打扮，长条条的，很瘦。他说本村参加游击队的有百余人，其余的充当服务队。太阳一阴，村街便像给西北风扫光了，空空荡荡……

睡了三次觉，安安静静过了半天。

12 月 26 日

起来得很晏。因为防空，村子里很清静。去宣传部洗脸，听一位负责人说要夜行军，于是回寓所休息。原想找曾支队长谈话，结果也打消了。心情紧张，等待着出发。

十一时，副官处一位同志来告诉我们出发须知事项。随后又叫我们去吃面条，各自吃了满满两碗。关于菜的事情使人感觉不大愉快，发了一通牢骚。事后想来，艰苦生活把自己的弱点全暴露出来了。

出发前各部分都有负责同志谈话，告诉大家怎样认识路标：白色的是小路，以及其他等等。最后，负责同志问道："办不办得到？"于是齐声回答："办得到！"静寂、紧张，队伍中没一点谈话声音。一个紧跟着一个，谁都担心掉队。

二十里一小休息，四十里一大休息。所谓休息，一般是各就原位站立在田野里面。走出山沟的一次休息，时间最久，可也给冷够了。马喷着鼻息，人在撒尿、咳嗽。有人晃了一下电筒，立刻被切齿的呵责声制止住了。人们自觉地相互维持秩序，传递着临时下达的指示。在一处村子里，我忽然发觉有人伏在墙头上看"过兵"。狗在嗥叫，夜却更静寂了。一到山阴的洼地，便感觉特别冷。积雪惨白无光。月亮银盘一样悬挂在最高的山顶上。天很小，星星离人很近。正在平地上行进，一瞬目，深不可测的峡谷又摊在眼前了。一夜之间，这样的情景，反复出现过三次。

忽然发现随处都有哨岗，原来是掩护我们的游击队员。在五六里路之间通过两条公路和同蒲铁路，各距敌人的据点只有五里。几乎是奔跑着跨过同蒲铁路的，远远有大炮声传来。横过铁路不久，一个小鬼在大路边哭号着。他的腿折断了，要求收容；立刻有人跑过去对他进行救护。

此后便一直没有停下来休息过。依然沿途都有哨岗。在一座村庄前面，有好几位身穿光皮大衣的骑兵担任警戒。走上一个宽大河床，逆风而行，鼻子嘴唇似乎快冻掉了。戴上皮手套的手一从大衣岔包里伸出来就立刻失掉作用。

幸而队伍不怎么紧张了。在通过长长的河道的时候，尽管又冷又饿，人却很想睡觉。间或有人躺在地上，或者坐在路边歇气。有叹息声和叽叽哝哝声，更有很响很响的呵欠声。我有时顶上大衣行走。两次睡了过去，但却依旧走着，正跟梦游病患者一样。一次走入了雪地，一次碰在一位穿雨衣的同志身上，于是被那种从错觉发出的大炮声惊醒了。听见轻微的笑声。但这笑声没有嘲讽味道。

河床的两边和前方有浅浅的山。月亮离前方的山顶不过一二尺远。

走出河床有一座城墙围绕的大村。另一个村子燃着熊熊的大火。望着火光，人真高兴极了。村口有一座方方正正的大院子，用高墙分隔成几家，每家的门扇都相当大。先头部队在院坝里烤火。叫人感觉奇怪的是，当时我认为是座寺庙，似乎还有和尚，甚至误以为我们到了五台山了。

当到达第一个宿营地时，这才知道我们还得走二十里。时已天明。我坐在街沿边的小鬼当中，顶着大衣，抽了一通旱烟，接着又走。到达杨福镇时，天已经大亮了。镇内房舍整齐，镇外是一片白杨树丛，树枝上积满了雪。精神骤然振作起来，骑上马继续前进。远处的山坡被朝阳渲染成枣红色；由南向西望去，则又逐渐变成褐色。间有紫红色的彩霞。沿途有战士们坐在路边休息，有抽烟的，大多数则吞咽着油麦粉。油麦粉沾满了一嘴。几个农夫赶了骡子走过，胡子白朴朴的，原来是霜。不久，我发觉自己的短髭上也早结了霜了。

12 月 27 日

老没有找好住处。坐在市街中一处荒场上胡乱吃了些麻糖花生。老百姓聚集在一处庙门口看热闹。后来被派住在姓曹的村长家里。村长的父母，都是六十五岁以上的人了，蛮有趣。村长本人当过小学教师，商人打扮。

喝过开水就睡，一直睡到吃午饭。吃了午饭又睡。天黑醒来，以为应该吃晚饭了，可什么也没有。希望领点米自己煮粥，不成。拜托村长代买现成吃食，也失败了。后来，小鬼给我们各人送来一张烙饼。接着，村长又请我们吃了点窝窝头，总算让肠胃安静下来了。

这里叫鄱都村，离五台九十、忻县六十里、太原四十里。

12 月 28 日

昨晚，还没睡下，便已看出村长对我们殷勤的原因了。他拿了副官处抽派毛驴的条子，要我们想办法减轻任务。因为如果按照指定的数目分派，全村六十多匹轮流应差毛驴的任务，就会落在他的头上。事后想来，我觉得自己看人并不特别苛刻。

村长陆续带了几个应征毛驴的主人进来烤火，一进一出的，一早就被人闹醒了。

夜里，我们叫小鬼和我们一道困觉，各人分给他一样东西当被盖用。小家伙实在太老实，太可怜了。父亲原有点地，但种不起，于是只好运煤谋生。他几次发愁地问我们："不知道还走不走夜路？"

从炕上起来后，他给我们弄了大米饭来；胡乱吃了两碗，就牵起给我新换的一匹白马出发。因为记起村长说过，前天通过敌人封锁线时，卫生部丢了几匹马、几箱药，但是，一连问了两个同志，全都搞不清楚。直到下午，才从一个勤务员口中探听到比较详细的经过。

所有的传说都是实在的，此外还有几个小鬼跟同征用的驴子一道失踪。据说，那个在岚县应征的毛驴主人，大约就有汉奸嫌疑。而在刚过铁道的时候，因为失掉联络，他们便请一个老百姓引路，于是便被引向敌人的据点去了。由这传说者的口气猜测，沿铁路汉奸相当的多，少数人穿了军服经过会被出卖。决定找机会把问题搞清楚。

今天意外地在中途休息了好一会。只是地点太差：是个干涸的河床，风大，反不如不休息暖和。碰见一位"鲁艺"同学，他说，前天夜里有拖着马尾巴一边走一边瞌睡的人。路上有三四个卖东西的。下马买了一毛钱饼；可惜沙子太多。下午三时到瑶子坪宿营，属孟县管，离城有九十里。

去村内走了一转，没有发现什么特殊事物。只是在那位引我们去买花生的老乡家里，忽然进来一位中年妇女，一双脚小得来真是叫人吃惊！戏文上常有"三寸金莲"的说法，她那双脚可比"金莲"还小。而她一进门便连鞋也不脱就上了炕，自然，灵便得同样叫人吃惊！……

随后又去看了看观音阁和大王庙。其芳不厌其详地挑剔了一通一位童生撰写的序文。大王庙的内殿供奉着关云长，四壁描绘着关云长的故事，是根据《三国演义》画的。天井中有好几株古松，听了听松涛声。

12 月 29 日

由郫都起，沿途就有不少的黑枣树。到牛郎院，渡过滹沱河后，黑枣树就更多了。此外是花椒和核桃树。河的两岸都是大山，为火成岩。河宽水紧，中流不冻，时有冰块顺流而下。太阳映照着滚滚的河水，看了令人心胸开阔。自从到陕北后，就没有见过这样生动的景色了。沿山用石条砌成阶梯，培上土，边沿再镶上大鹅卵石，就像四川的梯田那样；只是种的是黑枣树、花椒和核桃。

将到牛郎院前，那个国民党联络参谋陈某的勤务员，连同马匹，从高岩上跌死了。看了仰卧在河滩上的尸首，横摊着的马匹，自己不觉吓怕起来。陈某垂头丧气地站在尸首旁边，带点茫然若失的神气。尸身旁边还有两个老百姓，一位副官同志正在请托他们再找两三个老乡来，好把尸首抬去掩埋。

道路很窄，不时还得穿过耕地，或俯首，或侧身地躲避着低矮多刺的花椒树丛。沿途几个村落的屋宇都相当好。大半都是瓦屋。地基和村街通是用卵石砌成的，很坚实。

前一段路上，我又和萧谈过次话。他今年才三十岁。父亲曾经被捕，因为是书香人家，又无任何证据，很快就由亲友保释，早已经谢世了。这是他去年才知道的。大哥是在北伐前因率领群众抗捐牺牲掉的。二哥曾做党的地方工作，并在国民党谢彬师做过军运。后来在红二师做文化教育工作，不久又做参谋，也已经不在世了。

我们边走边谈，我不住喘着气。有时传来一阵马蹄的声响，冰块随着滹沱河不断向前奔流。这次谈话的内容相当广泛，从他个人的经历，进一步谈论到中国的革命，以及来自各阶层的成员的变化发展，一直扯到苏联作品《铁流》。他的知识之广博真使我这个号称文化人的人感到吃惊。

夜宿庄里村。相当大，有平行的三四条石砌小街。老百姓比晋西北的开朗得多，也很整洁。因为自信可以向周全借一些钱，我们很大胆地赊了一毛钱的核桃吃。并且吃了黑枣。深紫色，形体有点像葡萄干，味道和柿饼相近。一角钱一斤，太便宜了。

此地属晋察冀边区，有自卫队、儿童团。曾和儿童团的几个孩子谈话。他们正在操场上训练：卧下、放枪。大都懂得自己工作的意义：查汉奸、防日本。而另一个纠正说，他们只能防汉奸。街上有一处是牛郎院儿童团宿舍，可惜未及访问。

我的马兵不怎么老实，有点贪图小利，早晨动身时原已相当晚了；因为偶然发现了一只破袜子，他便不管你怎样催促，一直找到另一只后这才欣然动身。而且，因为阻止他骑马的缘故，每逢我急着要上马，或者被什么人埋怨马走得太慢的时候，他总懒妥妥的，甚至暗自讪笑。有时叫人感到头痛……

然而，要真正了解一个人并不那么容易！今天，正当我饿得发慌的时候，我的马兵却给了我炒豆吃。后来我自己又要过一次。他很慷慨，似乎是他占了上风，或者以为他的豆子果然太好吃了。仔细想来，我和他同样是可笑的，都有些不良习性。

12 月 30 日

疲乏，饥饿，可又不想吃饭，很快便在堆存黑枣的冷炕上睡去了。屋子大而空洞，置身其中，感觉自己恰如囚犯一样。我曾向其芳笑道："我们是一二〇师喂的两匹牲口！"因为我们既没有具体工作，也不了解敌我情况，每天就杂乱无章地吃、喝、睡眠和行军……

周全来，其芳把我叫醒，随意乱扯了一通，心情逐渐好转。随即一道买了饼子来吃。别无想念，只记挂着明天的年节食物。因为有人传说"边区"政府送来几十条猪慰劳我们。大家谈到岁数，才知道我的生日已经过了。

周全走后，我又上街买了些饼来吃。并且碰见一位四川梓潼的同乡，姓魏，在做机要工作。经他指点，还买到些胡桃仁。是一家豆腐店卖的，炕上堆着南瓜，磨具，小孩，女人，同一个眼眶深得出奇，满脸煤烟的母亲。老太婆衰弱得像在大病之中，也许明天就会死掉，但却还用一双锋利的眼睛监视着我们挑选桃仁。最后又莫名其妙地呻唤一声，仿佛我们尽把好的桃仁挑选走了。

顶大不过三岁的孩子不断哭嚷，女的则一直满面春风；虽然一样的衰老。丈夫则像一个道地的商人一样，很沉着，也很会做生意，他劝我不必再要找头了，全部用掉好些……

一面吃着饼和桃仁，一面同房东聊天。这里的小米一亩地只能收八斗，不够吃。代州一路的商人运了米子来，一斗换六七斗黑枣。苇子很高很多，滹沱沿岸都是，夏天成长，秋季收割，可作编席子的材料。沙湖滩属盂县管，县城已经被敌人侵占了，县府现在四十里外的地方办公。合理负担较平时纳粮重，但他没有表示不满。我们问他县长怎样，他回答道："现在肯抗日总是好的！……"

12 月 31 日

吃过早饭，随周全一道去梁家寨，可是没有买到纸烟！虽然我们逢人便问，整个村子都跑遍了。失望之余，前去访问村长。是个老头子，挤了一屋子人。其中一个是当地小学教员：短衣，商人模样，八十元钱一年，伙食在内。今年没有开成学，他现在帮助村长办些事务。

我问他这里的妇女较以前开通些么？他答道："山沟地方总是那样，说不上什么开通不开通……"

但也有妇女会，二十多人，工作是做鞋子和衣服。旧历八月初五敌人来过一次，烧掉几十间屋子，其余一些房子的门窗家具，通通烧掉了，还在小米上拉屎撒尿，有的则泼了煤油。人呢，仅仅一个囚首垢面的癞子招致杀害，其余的老百姓，因为一早得到县府电话通知，女的被送上山，男的临时也逃光了。

几个孩子在墙角抛掷铜钱玩乐。我走过去，问他们可是儿童团的？有的说是，有的说才成立不久，其中一个孩子，叫住打从街边走过的一位头缠毛巾的十三四岁的小青年，要他回答我的问询；因为他是青年救国会的会员。但他没有停留下来，显得害臊似的走了。

访问了特务营营长。这里的群众组织较晋西北的健全，是在平型关战斗后发动组织的。没有动员会，最近曾向阎锡山要求成立，扑了个空。

去驻扎御枣沟的卫生部吃了得自敌人的罐头牛乳、饼和回锅肉。部长姓曾，二十带点，长征干部。他给我们零零碎碎谈了些先前打土豪的情形。在打到一家钟表店的时候，战士们都选大的钟拿，因为从农民看来，手表太小，堆头没有钟大。有时他们又宁肯丢了绸缎，去拿突然发现的锄头钉耙之类的农具，因为这于他们切实合用得多。

他还为我们讲述了一批到战地服务的文艺工作者行军中掉队的情

形。因为感觉他们实在掉队得太厉害了，于是跟在后边的卫生部的同志便绕过他们，一直向前走去。而个别团员便责问他们道："懂不懂得军风纪哇？"

"不知道懂不懂得。"卫生部的行列中有人懒声懒气回答。

"你们是八路军么？"

"不知道是不是八路军。"

"像你们么，应该送到延安学习两年！"

"好，学习两年怎样掉队……"

夜里和其芳长谈了一阵彼此的性格、思想和家境。

1939 年

1月1日

写完年月日,感到怅惘:又一年过去了。

周仝来约我去宣传部,想推谢又不好意思开口,直到村外才表示出来。于是单独去看副官处召开的军人大会。指导员和一科长都分别讲了话,对十日来的行军作了总结,群众热烈鼓掌。后排却有人私自谈话,也有在门外玩耍的。单看后排,这些非战斗员的纪律相当松懈。一个勤务员在一根一根地划着火柴消遣。

回来补记了两天日记。梓潼的魏跑来闲谈,他是译报员,前夜在烧饼摊偶然碰见的。只有二十一岁,样子看来善良得很。高小卒业,后来在本县城内的民生工厂学织布。四方面军经过该县时,工厂停工。因为敌人的反宣传,他也跑了。后来听说红军对穷人特别照顾,并不乱来,才又同别的人回去,而且参加了革命。于是在打土豪、打鬼子的号召下,不久就离开四川。我希望将来能从他处知道一些当日四方面军的情形。

魏走后去御枣镇参加军民大会。有一百多老百姓,小孩子笑嚷着四处奔跑。在全体呼口号时,张声的很少;有的仅止举举手臂,有的声气很低,只有自己能听得清楚。一个老头子不住关照旁人该怎么做,自己却一动不动。而一个十三四岁，身强体壮，蒙古人面相的青少年却做得准确而又认真。

话剧开演时，大家都看得很认真，有的把嘴闭紧，有的张开，一个没有包帕子的老头儿则嘴唇痉挛着，仿佛无时不在担心会出什么意外一样。一个只有三枚长而整齐的门牙的老人，半信半疑地小声问我：那位正在舞台上表演的可真是个女人？

1月2日

夜里，管理处来人说：因为人员不敷分配，需得我们自己牵马了。这显然是马夫捣的鬼。而早晨却照样给我们派来两名马夫，只是把人换了，都很年轻。我的马也换了，栗色，小个子，这是出发以来所骑的第三匹马。头一匹是赤色母马，第二匹是大白马。为什么一再调换？连我自己也莫名其妙。

两个先前的马夫各人牵着运载军用物资的驮马，态度傲慢，看也不愿多看我们一眼似的。我们觉得好笑。

又碰见两位四川同乡，一个是绥定人，一个是营山人。前者一九三五年出川，跟着四方面军跑了很多地方。原是战士，因为犯了错误，现在司令部当伙夫。另一个当伙夫的原因，也一样。所不同的，他十六岁即出川当兵，还参加过上海“八一三”战事，去年十月才参加八路军的。他参军的时间和经过不曾问过，外貌相当和善。

因为只有二十里路，又要上两次坡，我们几乎全是步行。其实，只要有多余的鞋袜，我倒宁肯走路：自由、痛快，也不会被人另眼相看。果然，到达宿营地后，指导员在讲话中就有批评我们一骑上马就不肯下来步行的意思，他们把文化人概念化了，正如我们先前概念化地看待他们一样。

我们的宿营地叫慈峪，过去十里即河北平山地界。全村人都姓崔。

两面临河，一为滹沱，一为滹沱支流，河道较小。住户约七八十家。有小学一所，安置着矮桌矮椅，学生约十一二人。先生很年轻，短衣，瓜皮帽，帽子上面按照乡下人的派头缠着布帕。

我们先住在山坡上一家人的小屋里，刚安排好，却又被分派到坡下来了。和一个五十三岁的独身汉同住。屋子又旧又暗，但据说是为了我们方便，云云。不过确也方便，有开水喝，又暖和，老头子也很有趣，不时哼唱一句两句河北梆子，还有许多村人走来闲谈。老头子有一只眼睛坏了。

一毛钱十五个柿子，吃起来比冰激凌还可口。一连吃了五个，手指却已冷得不能动弹了。借了《海上述林》下卷来，看不进去；从冰上跨过小河，在河边往返漫步，打算构思一篇小说，也失败了。这里的山和四川的山相差不远，虽然高大，但很秀劲，一时颇有身在故乡山区之感。

1月3日

因为其芳把他的自来水笔取去了，洗好衣服，吃了几个柿子，便去小学校参观。有十多个孩子在炕上随便叠纸，唱着"好铁要打钉"的歌子，闹闹嚷嚷；炕下一堆布鞋。对面炕上则坐了七八个随意胡闹着，消闲着的闲人。因为炕是热的，还有茶喝，屋子又相当整洁，大约便成了教师不在时的消遣场所了。

村里念过三五年书的很多，几个青年人全都这样，随后，因为闹得过分厉害，被一个身穿光板羊皮短衫的人吆喝走了。这人是校长，有点霸气。一个老者躺在炕上，从他，我知道边区游击队第九队是很出名的，为平山人组织。而平山人在平时便喜欢拳棒，相当骁勇，敌人都有点惧怕他们。

我们第一个房主人也在。短眉毛，眼睛黑少白多，年龄不大，一笑起来眼角却出现很多皱纹。

我想使他感到狼狈，于是带点讽刺意味笑问他道：

"你卖给我们的柿子一毛五个，后来我们买的，一毛十五个。"

"越买得多越好嘛！"

他回答说，一点也不在乎，平板的脸孔依旧泛着微笑。于是我生气起来，不再张理他了。也不张理他问我吃不吃茶。他读过七八年书，能够从地图上找出慈峪口的部位来。我突然得到一个似是而非的结论：他的狡猾是因为读过书的缘故。

觉得继续待下去实在无味，于是去村公所，但是村长回家吃饭去了。回来记录了对马兵和伙夫的印象，晚上又补记了独眼老人的风貌。午饭很好，我觉得自己颇能理解塞门洛夫①《饥饿》中的一些描写了。

下午去河边走了两趟，知道了椒树废枝和麻油渣的用途。一个村民，分明屋脊后摆着大筐枣子，但却抵死说他没有枣子，而且蹲在屋里不肯露面。但在卖给我们柿子的时候，却不愿把坏柿子推销掉，宁肯把零头补给我。吃罢柿子，躺着吼了一阵京戏。

希望今夜不要做梦，昨天晚上梦太多了。梦见了轰炸。梦见我已经不辞而去了。并且会见顾和礼儿。又对贺说了一通气话。后来觉得犯了错误，很着急，于是发觉自己仍旧躺在征途中的炕上；热得很，但心里却安定了。

1月4日

早饭后听见飞机声，接着是口笛声和号声，我们随即跑到郊外去了。傍着田边的高堤蛇行前进，一面当心着天空。战士们戴了伪装踏过冰河，走到对岸堤坎下隐蔽起来。我沿河上行，往一条山沟里走，

---

① 塞门洛夫：俄国作家。

因为再过去便没有房屋了。

我一连换了三个地方，总觉不算十分安全。头上是花椒树和黑枣树，据理，是不会被敌机发现的，但当时却没有想到这个颇为平常的道理。待到发现沟口有两三匹骡马，才在一株椒树脚停下来。半点钟后回家，穿上大衣，带了《海上述林》上卷，重新回到原来的地方。

因为一直没有响动，这才走向阳光下面，坐在河岸上一块石头上开始看书。因为北风很大，就转了个身，背朝着滹沱河。口笛声响了，于是战士们分别踏过冰河，陆续回营。胆小的先向河面扔一个石块试探，看看是否能够载人。一半因为谨慎，一半因为风光很好，我继续读了高尔基的《冷淡》，接着又读《论侨民文学》。河床不时发出清脆的声响，有的冰块已经崩塌，水声淙淙，使人特别感到幽静。

《论侨民文学》还未读完，发觉手已经冻僵了，换了一个地位，照样冷得可以，于是赶着读完回去。跟着伙夫一边采摘了一抱黄蒿，做了伪装。先用房主搁锅的藤圈做绑，后来又改成草的。夜里和几个村民闲谈，有三个恰是三代人，而他们在知识的差异上也恰恰相当。最小一个是孙子，他知道地球是跟着太阳走，说话也少土音。而且，他还主动说明，这是由于近两年同外地人接触较多的结果。

我问了他们一些方言俚语，除了读音，大都和四川相同。

1月5日

由慈峪口沿滹沱河下行五里，就是河北平山县地界了。慈峪口的村民很羡慕平山，川地多，产大米白面。还有句俗谚：滹沱河，富平山。但直到宿营地西漂时，才看出川地较慈峪口以上也好得有限，只是气候相当暖和。阳光灿烂，在碰到不刮风的时候，令人感觉春天已经到了。

河面较上游宽广，也不复是石底了。地里是青青的麦苗，已不再有那么多的花椒、核桃和黑枣树。有的土丘上却也丛生着黄连、荆梢和一些刺条，正像莽原一样。很少窑洞，但屋顶全是平的，瓦上覆盖了三合土，可当作晒场使用。上面突出一段短小的烟筒。一般的吃食是玉米窝窝。石磨相当多，石磨的齿和四川磨菜籽的石磨相似。磨坊附近都有一大块青石板，作筛粉之用。

看见了穿长衫的人。一个青年，围了项巾，头上是博士帽。自从到晋察冀边区后，每到一个村庄，村口就有一口大锅，盛着开水供我们饮用。小笕镇几乎每隔五六家就有一家备有茶水。边区军队着青衣，子弹袋和裹腿是草绿色。健壮，精神抖擞。是边区第一旅的队伍。村街口有自卫队、儿童团站在道旁鼓掌欢迎，高呼口号。

我们的房主人是天主教徒。门口悬着一块宣统年代亲友赠送的"五世同堂"的匾，院子逢中有道墙垣，让两兄弟各自占领一半。墙那边兄弟家也在教。是个有点脾味的人，满脸胡子、尘埃，连一个饭碗也不肯借给我们的同志。这边虽也一样吝啬，却更要狡猾些，女主人支使我们向那兄弟借碗，后来又笑嘻嘻地承认由她借了。

我们的房主，同样满脸的胡子和灰尘，且有一股狡诈的凶气。他来看望我们。而一听见我们道歉，他便做戏似的大声嚷道：

"啊哟！这算什么，不是你们八路军咱们怎能活呀……"

他的儿子看来有点傻相，耗子嘴，眼光似乎是散的，有点恍惚，不集中。他不知所措地对我们表示着好感，也说着他父亲说过的话，但却自然诚恳多了。

"是呀，现在一切都为了抗日。"他说，露出孩子般的喜悦。

"你是不是也天天念经祷告呢？"

"父亲他们老了才这样，俺不大热心。"他笑答道，"俺们年轻人要东跑西跑，什么都得交接，守不了那种规矩。"

的确，他的父母都是虔诚的教徒。那老太婆说："天主就是天老爷，没有天老爷咱们能活呀？"而当老汉问明一个绥远小鬼也是教徒，同时却发现他没有佩戴圣像的时候，立刻大吃一惊！

"呵哟，那是应该戴的！"她叫唤道，"不然没有凭据，还成么？"随又加上解释，"只要俺们是信教的，一见面，彼此心里就都明白……"

这家人相信天主已经十多年了，在说到本区的中国神父的时候，就像谈到皇帝老子，或者什么达官贵人一样。

"那不容易呢。哼，一个神父，不是随便事情！"

后来，我去村公所找开水。有很多村民正在准备我们需要的用品，大家随随便便，有说有笑。室内陈列着刀剑、矛子等等武器。天井里有几大堆木柴。村长三十多岁、短衣、头上包着毛巾；形式和陕北不同，和山西人一样，接头在后脑勺上。眉目周正，甚至还很英俊。我想起电影上的威廉·退尔。人很多，可惜没有找着交谈的机会。

但在初到本村的时候，我们却在这同一地方和两个老年人闲谈过。一个五十几岁，青布棉袄，看外表我以为是个明白时事的人，但在最后，他却问我现在四川是不是还由吴佩孚在当督军管事？另一个已有六十多岁了，一只鞋是破的，两个长长的门齿隐约在红润的唇边。脸色也很红润，胡子雪白，眼睛已不大管事了。

这位六十多岁的老人反而知道"八路"、"边区"，送信和放哨的意义。当我们提到游击队打鬼子的时候，他没有听清楚，还特意揭开耳罩，要我们重说一遍。

"有、有、有！"他接着立刻点头笑道，"还不是你们八路军'传'的！"

今天突然又要我们自己牵马了。其芳告诉我说，当他碰见曾经为他牵马的那位右玉人时，这个惯会生气的马兵，已经很高兴了。在西漂我也特意和那位柯岚马兵默默打过招呼，点点头，彼此相视而笑。

1月6日

出发的时候月亮还在西边山上，仿佛初升的太阳。沿滹沱河行军到下柳村，曾经越过一匹山岭，有六七里路上下。山下是滹沱河支流，叫漂里。不久，又是爬山，就沿文都河前进了。漂里、文都的河流都很莹洁，水草隐隐可见；虽然给冰封冻得相当厚。

夜宿元坊村。村子虽不算大，但有两三家房屋相当整齐，屋基和西式房屋的屋基一样，都比较高。一部分是两层，屋顶的周围有用砖砌成矮矮的花墙。但我们住的地方却很坏，黑暗，炕的一半堆存着柴草。主人对我们也很冷淡。

周全的住处却好多了，房东是一个老人，有三个子弟在北平读书。我也吃了他半盅自制的柿子酒和烙饼。室内有西式挂屏。因为隔壁就是临时县府的监狱，于是酒后前去参观。几个瘾客坐在炕上看《聊斋》，下象棋。其中一个胡子已经白了。都穿着得很整齐，显然是地主老财。

其余的是汉奸嫌疑犯，也有犯命案的，以及私买枪支的。开初我们误认为统是定了案的汉奸，所以我刚一开口，便都齐声嚷道："不是！不是！！"显然都深知这是一桩极大耻辱。

"那你们哪一个真正是汉奸呢？"其芳漫不经心地接着问道。

"俺们谁也不是真的！"大家都不满意地回答，有点气势汹汹。

因为酒喝多了，说话放肆，我也得罪了一个私贩枪支的汉子。大块头，脸有点浮肿，曾在边区某大队做过事。他对我的采访显然是高兴的，也许还怀有莫大期望。

"不要发愁吧！"我打趣地安慰他道，"现在又有房子住，又有饭吃……"

"你这个人的心呀，"他呻唤了，"好像别人不知道难过……"

后来我又严正地对挨墙坐在地下的一部分人说，我看见他们是难过的，因为现在正是国家需人的时候。我又继续说道："比如像你吧，"我指指那个私运枪支的犯人，"身材这样高大，这样棒健，只要有一杆枪，两个手榴弹……"

但他并不谅解我刚才的放肆，生气地退转到墙边去了，随即闷着脸切断我道："我是在抗日呀！我买枪就是为八大队的朋友买的！——不过你不会为我们'难过'的。"

另一个四十岁上下的汉子，一只眼大，一只眼小，似乎是鸡母眼，曾经在军区当过兵。他说他请假回家，于是被父亲告发了，说他通敌。他已经被告发过两次，这是第三次了。他的父亲年已七十，母亲在他几岁时就死了。没有后母。小时候流荡了一个时期，十多岁才回家。他对父亲告发他的动机有三种解释，都是在我的追问和反问下回答的。

第一回是："人老了呀！……"

"你想吧，我在外面晃到十多岁才回家！"这是第二次的回答。

"还不为了十多亩田！"这是最后一次回答。

他回答着，每次照样把头一偏，眯细眼睛，扬起脸来笑笑。他看来很世故，也很会笑，并且甜蜜得很，但在他那白净的脸蛋上，在他那小眼睛里总是毫无掩饰地流露出他多么善于装腔作态。不错，他很会装腔作态，在指责他父亲时竟会那样的自信和坦白，而且异常乐观，仿佛这样一来，也就更能证明他是多么纯洁和无罪了。

另外还有一个老人，马脸，皱纹肥大，胡子盖过了他那阔大红润的嘴唇。他的嘴唇使人想到柔弱和可笑；三角眼里却闪射着阴险狡猾的光芒。他说他是因为去看亲戚被旁人告发的，其余的话，便完全只有含糊低哑的嗓音了。

本想翻翻档案和口供的，但是没有找到负责同志，这是一桩扫兴的事。所以出来后又去宣传部"打游击"，吃了五个柿子，回来顺便看了看那位联络参谋，知道"玩笑旦"，也就是汪精卫，已经跑到香港去了。

1月7日

在阳光普照的空地上等了许久，这才出发。出发前指导员来过，问我们觉得生活怎样。路相当坏，自从离开滹沱河后，路就不那么好走了。气候也逐渐冷起来。山峡间凝集着很大的冰流，一条小河也给冰封冻了，没有点活泼气象。

越过两座山岭，下午行军到瓦口村。村庄在瓦口河的左岸。住宿处较昨天好多了，像个小地主家庭。房主人也不错，斯斯文文，留着胡子，瘦长长的。以往在外教书，后来回到本乡行医，厢房门的窗架上堆着很多药包。借来小瓦壶自己烹了两壶茶喝。

已经一文不名了！但还是向房主人买了一角钱柿子来，因为我们料定可以向周全借到钱。出乎意外，房主人根本就不要钱，总算有东西可吃了，而且还意外地喝了他的柿子酒，吃到了豆腐。从这可以看出八路军的威信和农村人民的朴质，不然是不成的。可是，因为口馋，柿子太吃多了，夜半感到胃上很不好受，结果大吐清水。

夜深时候，到大门外看了一会月亮，很皎洁，山和白杨林子笼罩着一层薄薄的烟霭。大门口有一小丛竹子，又细又矮，跟茅草差不多。而这却是我去年到陕北以来第一次看见的竹林！

1月8日

洗脸水早送来了，可是赖在炕上不肯起来。直到把马给牵来了，王辅贵又送来早饭，这才赶着起床。但也同样不快，因为饭后到村口集合时，还只有两三匹马。在月光下等下去，抽燃烟斗。精神勃勃的马匹啃着路边的秸草和地里的麦苗。

除却马匹的咀嚼声，一切静寂。马匹逐渐多了，指导员吩咐大家把缰绳拿短点，显然马匹太喜欢沾有露水的麦苗了，只管死死把头伸向田地里去。随后我用手臂托住马的下巴，才算制止住了。直到天光大明后才动身。出发前，照例有人站在队伍前面讲话，叮咛途中应该注意的事项。今天是要大家留心空袭，因为十里路外便是开阔地带。

翻完一匹小山，就看见开阔的平地了。穿过一大片白杨树丛后，川地更逐渐宽敞起来。这同江南和川西的平原相比自然算不了什么，自从到陕北后，这样开阔的川地却很少见。因为好几天都在山地行军，心胸好像也忽然开阔了。

左右的峰峦缓缓向后移动。沿途很多干涸的沙底的沟渠，白杨林子随处皆是。也有少许柳树、榆树。间或有一两处散居的人家。经过两处较小的村庄，只有三四十户人家，但很整齐。用泥土糊过的圆圆的麦草堆散布在地垭上。

已经是灵寿的地界了。每座村庄的村口都聚集有很多人，纳罕着马匹身上披的伪装。有卖油条的，圆圆一块，这里叫作麻糖。过路人的肩头搭着白帆布的褡裢，写着黑字：某某村，某某人置。一队娶亲的人，身穿新衣，骑着毛驴；一个老太婆还围着花花绿绿的裙子。新郎骑着驴子走在大轿前面，博士帽，还插有两枝金花；至多不过十五六岁。

走了三十里，到东庄宿营。宿在一位卖豆腐的老板家里，墙壁上随处是臭虫血，但窗外便是做豆腐的锅灶，所以炕很暖和。进入河北以后，通炕的锅灶大都不在室内。勉强吃了一碗混杂着不少沙子的小米饭。

幸而周全不久来了，一道去三四里地外的陈庄。我们先前正是经过那里来的，听说可以买到吃食和日用什物。有着柏树丛笼罩的坟地，白石的墓碑十分打眼。途中有骑脚踏车的老乡急驰而过。庄口岗兵颈脖上系有红色布带。看见一座比较新式的建筑，据说是边区军政校分校。街道很宽，小馆子大都卖着肥肠、大腊肠；和外国香肠一样。周全请我们美美吃了一顿。

因为刚到陈庄时发现过飞机，曾向镇外跑了一趟，所以在吃东西的时候便弄清楚了这后门在什么地方。酒后又去街上游逛，买了烟草。有好几个贩卖烟草杂货的摊贩，货色大都从敌占区贩运而来。

其芳很高兴有邮政代办所。更高兴是可以寄信到四川去。后来听到只能沿平汉线走，和西安的联络还没打通，寄往成都的信至少要两个月，他的一团高兴也就完了。

回来又单独去村庄后面白杨林里走了一会，感到亲切、和平，有点怡然自得。林子里随处都有草根，是苇子的根。村口就有做席子的工匠，买的时候论尺论丈。一些人家都有谷秸搭的小棚，里面装着切碎的谷秸豆秸。农民把谷秸豆秸统叫干草，是喂牲口的主要饲料。

1月9日

又是小米饭！而且照样有很多沙子。小鬼也抱怨吃不饱饭，于是买了五斤红苕来煮起吃。随后又跟周全和许医生去陈庄游逛，碰见剧团正在聚餐，欢迎一位从卫生部治病归队的歌唱家。此公看来有点古怪，二十岁多点，却蓄着俄国式的楔形胡子，脸色红润，"鲁艺"音乐系毕业。我们没有参加剧团的聚餐。原打算找有关负责人要双鞋子，结果也只嘀嘀咕咕抱怨了一通自己的鞋子太不像话，就完事了。照旧穿起破鞋继续逛街。

顺道走去访问县长，县长出差去了。改去三区农抗会进行访问。这次没有扑空，收获不小。

回来时天已黑了。但刚点燃蜡烛，一片嘹亮、杂乱的歌声，又把我们引到了本村的救亡室。有许多小孩子在学唱歌，一些青年农民也跟着唱。也有在默读油印课本的，是五寸见方的小本子。黑板上重复写着："我是七里园的人，我们要参加抗战。"黑板侧边的墙壁上贴着一张绿色横额："歌剧处"，叫人莫名其妙。凑巧碰见本村的村主任。

"我叫胡一通，"他自我介绍说，"就在庙子侧面的破房子住……"

同主任约好谈话的时间，我还不大想走，就又一道留下来了。一个农民在点燃小玻璃瓶改装的煤油灯，向各处分送着，快开始上课了。是自修，因为教师在县署开会。在安置黑板的木台上，一张靠墙的矮桌周围，几个成年人已经开始用唱歌一般的腔调在念书了。

出门时碰见贺。他说曾经找过我们两次，于是吩咐周全包了茶叶去师部闲谈。随后又吃了油煎饼，回家时已经是深夜了，心胸却同白昼一样开朗。

1 月 10 日

其芳去邻村找"鲁艺"文学系的同学，我独自留在家里记日记。刚才记好日记，那位联络参谋来了。随即到他的住处任其瞎吹了一顿，一面心里暗笑，一面吃着他的花生。花生有点焦味，所以特别好吃，但不能补偿我所浪费的时间。这人真太欠高明了，好像我不知道他的底细。

回家不久，其芳同"鲁艺"部分同学来了。相约去陈庄访问区农会。因为只有主任在家，于是请他引我们去区署。区署院坝里堆集有大堆废铁、钉耙、炉桥、铧犁等等，是老乡们捐献给政府的。没有会见年轻的区长。县长也不在。同一位秘书谈了一阵，可是谈得不大起劲。是个中年人，住过商震的军政学校，在铁路上干过事，直到抗战一直当了五年小学教师。

办公室简陋得很，墙上有三幅长方形旗帜，两幅飞机，一幅乌龟，是为进行工作比赛用的赠品。虽然近于一无所得，但从秘书那里知道了几位本县的农民领袖。但也只有县农会的主任可以会见，其余都因公下乡了。

于是又去县农会。其芳先去接洽，我自己留在大门门堂里，同一位老人进行了一次十分动人的谈话。在同秘书谈话时就看见过，知道他是来找县长领恤金。

要是不想去参加县农会的会议，我们的谈话是不会中断的。在县农会会场上，除却两三个商人模样的老乡，其余大多在区农会见过面。他们在讨论办合作社的事。武装部长谈得最多，也很有条理。他似乎不满意贸易局，说他们五百元起家，现在已经上万元了。而合作社的性质却完全不同，目的不在赚钱。会议开得严肃认真，单是为了要不要铺面的问题，竟也讨论了许久。

因为时间已晚，我们约好改个时候再去，就走掉了。沿途有意穿过白杨树丛回家。一位在树林里割草的老乡十分惊异地盯住我们，随又笑了。饭后，贺约我们去看新到的一批马匹，随又到司令部闲谈。

1月11日

还未起床，管理员便送了零用钱和棉鞋来。

早饭后周全来闲谈，请他吃了煮红苕和花生米，一直到午饭时才走；但不久又来了，约我们上陈庄吃饭。饭馆老板是从平山逃难来的，胖，十分油滑，年纪已不小了。东西比别家洁净，吃的人很多。他原来的生意是开栈房。饭馆里的厨子和堂倌，除一个生病的寄食者而外，全是他的儿子。

我们忘记了年龄的限制，问他为什么不参加游击队？他立刻笑露出金齿，指着自己的胡子笑道：

"我这样大的岁数没人要呀！……能干游击队？……"

接着他又告诉我们，他的儿子之一，在八大队当支部书记。他似乎因为生意兴隆而有点恍惚了，要不是我们重新提起老早点好的菜，他还会一直和我们闲谈下去。

"啊!"他拍了下架起的大腿笑了,"是呀,我是说谁叫过菜来……"

也许过饱会叫人变得很蠢,我们竟连动也懒得动了。吃了两盅茶才回家。回家后,周全又扯谈了一阵,直到天黑才走。在黑暗中我又同其芳继续谈了许多"鲁艺"和"文抗"的琐事,然后点了蜡烛做事,也就是记日记。

夜里梦见留在国统区的家小。

1月12日

胡混了大半天。

午睡醒来,闷倦得很,于是约了其芳出去找村救亡室主任胡一通。没有找着,在镇川寺里看了几块碑,才知道全都把村名写错了,不叫七里园,应该是七祖院。村旁的河叫大明川,是慈河上流。碑是明朝天启三年立的,至今还相当完好。

寺内一个人也没有,只有两间空空如也的教室。大院的墙上有几块小牌告,黑底,是画在墙上的,还画得有挂牌告的铁环。一块牌告上面有用粉笔写的一则消息:汪精卫被开除党籍,并剥夺一切公权。有的字有注音符号和解释。佛像前有一块石质的万岁碑。

在白杨林子里走了很久,看了大明川。川面很宽,水很浅,只沿岸积了水。落日的光芒炫人眼目,前面的峰峦呈浅紫色。其芳说他很爱北平的夏天:有槐花,黄的,还有鸣叫不已的蝉声。夜间的上弦月像金环一样,有萤火虫,绿色的夜,等等。而我怀念的却是四川的社会情态,没有多少诗意。

在街上翻了翻岗哨的名册,傅姓的人很多,而且多叫"傅十红","傅十千"一类的名字。回家后自己做了点面条消夜。

1月13日

饭后去镇川寺小学。教师正在烧饭。我们借了四份《抗战报》来，就各自站在佛像前翻阅。有很多具体材料，文章多北方土语，看了很高兴。借了三份回来，抄了两则故事，一些土话。

周全来玩，见我们在做事，不久就又走了。摘要抄录了《抗战报》后，又去野外闲逛。看了老乡编织芦席。村口墙脚边有几个老人在晒太阳，我和其芳走去跟他们扯谈了一阵。曾经躲过一次飞机。是通信机，不久就解除警报了。

晒日头的老人们中，有一个已六十八了，但从面貌看来，只有五十多岁。和多数北方人一样，脸面上的皱纹统很肥大，但那下牵的嘴角，浮肿的眼睑，三角眼里的射人的略带狡猾的光芒，却使他失掉了北方人的忠厚和稳重。这位老头儿似乎还喜欢捉弄人。

当我问他的职业是什么的时候，他用他那很有生气的，带点讽刺意味的眼睛望着我，一面用手抓抓地，然后说道：

"懂得吧？——种地！"

他的态度和神气老是这样，在问到年龄的时候，他首先也是显得有趣地瞅着你，默默地比个手势，然后加以简短的说明。而且，那噙在他已经脱落几枚牙齿的嘴里的一截谷草，他从来没有取掉，只是用嘴唇，或舌头，或手改变一下地位，就又立刻噙住它不动了。他似乎有意避免深谈。

随后又来了一个年纪较轻，蓄着八字胡，神色和善，脸孔作古铜色的老人。当我们问到冬季的作业时，他笑着叹息道：

"平常捡点柴草，现在什么也不做了。"

"为什么呢？"我们问。

"没有工夫呀，交通站一天堆起几十个人……"

我们向他解释了一番，于是，除了那个年龄顶大的老者，全都齐声嚷道：

"是呀！要抗好鬼子大家才能活啦！……"

在我们没有和他们坐在一起的时候，他们简直就没有交谈过，都靠了墙坐着，似乎各人都沉浸在自己的心思里去了。还有个中年人，眼睛有点毛病，爱把手掌架在额头上看望对方，比较喜欢谈话。他把脱了棉袜的脚趾给我看，说是因为替交通线送信，把脚给走痛了。其实来回才二十里！北方人看来很不习惯步行。

当我们饭后再经过村口墙脚边时，人数已经多至十个以上。也有人在互相交谈了，大约这里就是本村的舆论中心吧。可惜没有心情参加。我们沿河走了一阵，瞎吹了一阵。我们近来太爱谈自己了，这是一种毛病，值得注意。

夜里，老房东自动来和我们谈了很久，他本是博野县人，年轻时逃难来本地的，吃过许多苦头，似乎还讨过饭；但在四十五岁时终于成家立业。他认为他目前的生活不大如意，春天把驴也卖来吃了，现在吃的是豆渣掺和玉米粉做的窝窝头。但他却始终微笑着，而且笑得那样甜蜜，真是一个少见的好人。七十二岁，胡子还是黑的，腿脚有点毛病，不大听使唤了。

我们问他飞机来的时候为什么不躲？他笑答道：

"俺们不怕。随常经过我们这里，一直就飞走了，从没有扔过炸弹。……"

他灵动地比着手势，微笑得更甜蜜，连眼睛都没缝了。

1月14日

走了十多里路月亮才落。太阳在浅山边出现了。沿河有很多白杨树丛，大约是慈河吧，河面很宽，沙底，水很浅，但却莹洁。河流上下有好些大小不等的沙洲，因此整个河流，看来仿佛是几条小溪小河汇积成的。沙洲上一片片积雪。初升的阳光直射的水面上，明晃晃的，十分绚烂。树丛中飘浮着白色的浓雾。

除却有着相当宽敞的街道的岔头镇，沿途的村庄都相当小。村民们照例聚集在村口欣赏着人和马匹的伪装，端了粥碗的手同时拿着玉米窝窝。有的解开衣襟，把小孩子捂在里面，聚精会神地看望着我们。由灵寿到行唐，沿途多数村民都是这样看护他们的幼儿，有点像袋鼠样。

过岔头不久，停下来躺在树丛和山沟里休息。为了避免敌人可能从空中进行侦察，招来空袭，我们把马拴在一处坟地的柏树上。吃了饼。记了一段日记。二里地外有一小村，周全走进距离村口不远一户近于散居的老乡家里去了。

我们也到了那户农民家里，用瓦壶煮了茶吃。一个右手没有拇指的青年主人，热情招待着我们，还找来一张炕桌陈设茶具。喝了周全一早准备的红枣酒。下酒菜是长生果和大饼。我们等待着老乡帮我们煮红苕吃；突然发觉驮马已经从村道上过去了，于是不顾主人的挽留，我们动身去找马匹。他苦苦地挽留着，紧跟着我们奔跑，一直跟到我们已经走近马匹不远的地方，看出实在留不住我们了，他这才在一处土坎边停留下来。

"这样不凑巧！"他深情地惋惜道，"下次路过还是请来我这里啊！"

等我们骑了马赶上队伍，不过三五里路，却又在一处村子上停留了一两个钟头。其芳在拴了马的树脚下记日记。我和周全躺在干草上睡了一觉，因为红枣酒太美，喝得有一点醉意了。几个战斗员在争看着七祖院一个高小生给他们写的慰问信。这高小生是他们居停主人的后生。

一到达龙门村，便是行唐的地界了。因为岔头赶集，上午在"道"上碰见很多独轮车。有的一人推，一人牵。布贩的独轮车上面是木条做的架子，架子上堆着货物，而车把手下面有两个支脚，与车轮同等高矮，一停下来就是货摊。进入河北后虽然就有车子，但这类形式的车子还是头次看见。

入行唐境后，使人有点重又到了山区地带的感觉，随便站在哪里都像站在锅底上一样。西边一抹远山很像堤岸。落日鲜红，正像烧红的铁块样，没有光芒。又像是用颜色绘就的。风很大，幸而不如晋西北的风那样刺人；但是不久也在马上坐不住了。

夜宿沟北村，离行唐二十五里，灵寿三十五里，属行唐。两地都有敌军驻扎，它们去年就陷落了。

1月15日

夜里同房主人闲谈了很久。他早年似乎熬过不少的困苦日子，孑然一身，无依无靠。他现在种地，兼做木工。小生意也做过，就在附近各县游荡。也正因为这种经历，他的谈吐相当大方，知道很多事情，明白事理。

比如，我们初到的时候，曾经同他妻弟，一个性情沉闷的人交谈过。因为探问到日本兵曾经到过这里，于是我们问他，吓怕不吓怕敌人骚害？得到回答的是："有什么吓怕的呢？他不过是过路。……"

而房主人却不同了，他知道敌人的坏处，并不因为本村还没有受害而发生任何幻想。他很高兴地说道："俺昨夜还守过哨呢，这完全是应该的。"

我们问他捉住过汉奸没有？他很懂事地笑了，多少有点发笑的眼睛急眨着，回答道："啊，不容易！"

"为什么呢？"

"为什么？——他们也弄得到路条呢。你想，都是本地人，谁都有亲戚朋友，他们会给他弄呀！"

但他并不因此就对自己的职务灰心，以为这无非是不可避免的意外罢了。在谈到整个抗战前途的时候，他对八路军很信任，并且懂得咱们的人多，敌人的人少，只要坚持抗战就会胜利的道理。

"俺们羊肉包子蘸大蒜，总有一天要蘸完你的……"

不过他对八路军也有误会，以前本村和邻村都曾经驻扎过游击队，自称是八路军，但却随便分派粮食，买了两百匹布都不给钱！而在最后，他们自己还火并了一次。

他说起这些通是很直爽的，不过一面却微笑着来缓和空气。而经过我们解释以后，他又坦然地说道：

"那他们就是假的了，难怪打仗也很不成。"

他还叙述了一些他两个月前去行唐贩卖柿子的经过。

"倒也并不胡乱打人，就是喜欢白吃东西。一看见卖东西的便说：'信叫？'你若果也说'信叫'，他就随便拿些吃了，一个钱不给。如果你说'不信叫'，那他碰也不碰你的东西！"

"'信叫'是什么意思？"

"是日本话，叫你饶一个。"

"白吃你的有没有呢？"

"没有！俺一进城，就有人告诉俺了。他问我'信叫'，俺就说'不信叫'。八个铜子一个！"他用手指比比数目，又笑着继续道，"他看看就走了，俺也赶紧换了一个地方。"

他解释说，他敢于这样做，因为他还有点胆量。

他谈了很久才去睡。早晨我们要他弄红苕吃。吃了一次又一次。这后一次因为添了两个小鬼，把他乘兴搭着煮的也吃去一些。在等候红苕起锅当中，我伏在凳子上记杂记。

因为要夜行军，早饭后睡了一觉。醒来不久，马夫就牵起马来了。动身时没有骑马，几乎用跑步走了三里，这才赶到集合地点。有些老乡站在屋顶上看，空场上全是队伍。同志们都很兴奋，因为当夜就要通过敌人重兵封锁的平汉线了。

我们找了好久才找到自己的列子，以为指导员要讲话，但是很快就出发了。沿途没有休息，只是不时得停下来寻找道路，因为岔道多，天又已经黑了。计由沟北村至铁道，一共经过十二个村庄，只有经过东乡村时，停留得较久。而在经过东乡村前四个村子时，恐怖的情绪逐渐增强起来；老走错路，远处的村庄不时又在放射土炮；还有手电筒的光影，一闪一闪的。发炮之前也有火光闪烁。

在休息的时候更加使人感到恐怖，有人吸烟，狗在嗥叫，秩序相当混乱。其实每过一个村庄都是这样，问题是我们太不清楚敌人的分布情形。有两三处甚至有狗在屋顶上嗥叫，人也悄悄站在屋顶上看。在入夜以前，看的人更多，大都聚集在村口，态度严肃而又沉默。

有一处，停下来休息时，村口有几个老百姓一声不哼，坐在草堆旁边。不久，他们又主动烧了茶水让我们喝。这里离铁路只有二十多里地了，在一定程度上已经属于敌人统治地区。周全倒了一些酒给我喝，稍微暖和一点。一群人围住参谋长在接受指示。互相制止着人们吸烟。

村里有电筒光，一连几次，我一再提醒熟识同志；但未受到应有的注意。马匹吃着别人的伪装，有人叫骂起来。传来贺的责嚷声，队伍都陆续到达了。不久便继续出发。而心情也就更加复杂紧张起来。眼前随时都有可疑的光亮出现，我叫其芳注意。风很大，呜呜响着，一再把耳罩挪开，以便听清楚其他响动。

最后，终于又出发了，但却照旧使人感到期待的痛苦。因为自从有了不幸的预感和幻想后，唯一的希望就是赶快通过铁道，行军反而更迟缓了。有时走十多步又得停停。每过一个村子都要在村口等许久，找人引路，又是漆黑的深夜。其芳的马出了一次麻烦。有人在打瞌睡，因为不断听见简捷的催促声。但在发现岗哨和幅度较大的光芒时，我们猜想，离铁路看来不太远了。

那的确是铁路，而且那股比较强大的光芒，就是火车头的灯光；但是直到通过铁道时这才算看清楚。因为我们沿着铁道走了很长的路，才插到铁道对面的高坎上去。而那灯光，从我们沿着铁道走的时候开始，一直都像紧紧跟随着我们，寸步不离。在跨过铁路时更是这样，就想躲开也不可能。几个担任警戒的同志站在铁路侧边的阴影里，这一晚上似乎只有他们镇静，有的还面带笑容。

　　通过铁道后并未直接走上大路，还沿着路基走了一阵。而且，因为充塞着骑兵，行动相当迟缓。路基上的石块叫人生气。刚刚才爬上坎，随着一阵可怕的机车声和铁轨的摩擦声，一道光芒射过来了。我同其芳一直往远处的高坎上跑，试想躲避开那光芒，其实也是躲避开幻想中的射击。因为当时只有一个想念：敌人会放枪的！而且生命是在危险中了。

　　我们互相呼应着，取着联系，而且栽着筋斗。因为马匹总是发疯似的跑跳。不久，我发觉只有我自己和其芳了。此外是一个老乡和一匹无主的牲口。我想，我们是掉队了。

　　着急了好一阵这才发现部队。原来他们就伏在高坎下面的地埂上；贺也蹲在那里，没有一点声响。

　　我们集合起来，人也愈来愈多，而且都想朝前面挤。不久，我的行李全挤散了，马鞍滑在马的肚皮下面。其芳的遭遇也和我的一样。我最先丢失大衣，后来，其芳的牲口甚至连鞍子也没有了。他留下来寻找。我挤向前面，把马拴在一根树上装配马鞍。没有等着其芳，单独走着，感觉相当寂寞。幸得很快碰见一位"鲁艺"同学，我们边谈边走，在碰见其芳后，我的行李第三次丢失了。由它去吧，不愿意再寻找了。天在落雪。鸡叫了。有人在道旁闷坐着。有的躺着。天明时碰见更多的熟人，大家都叹息着，庆幸着，而在他们问到行李的时候，我总照例答道：人和马匹没有掉就万幸了。

　　一位"鲁艺"的女同学，连马匹也掉了。每个人都满脸尘土。成荫请我们每人喝了口酒，随后我又自己去抢着喝了一口。随处都有人在追述和批评夜里通过铁路的情节。到达宿营地时，人已经疲惫不堪了。

1月16日

八点多钟在贾村宿营。在前一个村子就休息了一会，坐在街旁的磨盘上吃了点开水和馒头，随又吃了几块油条，照老乡们的说法叫麻糖。其芳一躺上炕就呼呼入睡了。我单独应付着陆续走来闲谈的老乡。一共有七八位，我向他们打问着本村的情况。

这里已是深泽县境，总算到了我们自己的区域了。救亡组织才成立不久。来客中有一青年，跛着脚，拿着一根手杖。他谈话最多，头脑灵活，知识相当丰富，自称是种地的，只读过一年书。他把蒋介石叫作老蒋，其他的人也都这样。他夸奖着八路军和他们的长征。

他是本村青救部长。并且十分惋惜地说：

"要不是俺的脚生疮么，俺老早当游击队去了！……"

贾村到过一次敌军，是过道，是他们用土枪打了一阵，死伤了六个人。不过最叫人安心和兴奋的，每一条到元极、定州的大道，都叫老百姓毁了。隔不多远就挖一条四五尺宽、三尺多深的沟道，阻止敌人的坦克任意活动。并且已经挖到离县城只有两三里路的地方。

其实横过铁路不远就有这种沟道，不过先前不知道是怎回事罢了。

老乡们愈来愈多，小孩子也跟来玩。同他们闲谈自然很好，但又十分需要休息，又不好意思推送他们。后来，感觉实在难于支持，就直截了当地说我需要睡觉，他们也就走了。我很为他们的殷勤感动，但我推想他们的动机，恐怕一半因为好奇，一半由于平常很少同外乡人接近吧。当然主要因为我们是八路军。

1月17日

过了一个村子后，才在村口一处场地上集合。附近是一片柏树林，中间有白石墓碑。有谁站在墓碑基石上讲了几句话，随即又出发了。我抽空检查了一番牲口的肚带，给自己也做了一个伪装。策着马追赶列子。不久就听见了飞机声，把马拴在一座坟地的柏树上，自己也躲在里面。离马匹相当远。飞机的声响大了，陆续又来了三个人。

田地里满是奔跑的人。还有人策着马在旷地上奔跑，我们立即加以制止；但是完全无效。敌机在头上盘旋，而且低飞了；接着便是一阵清脆的机枪声。有人传言，不远的树林被射击了，于是又更向前跑，我同其芳各自据守着一个土堆。在听见飞机声时我毫不自觉地撒了些泥土在白色袜子上。事后想起不免感觉可笑！

半点钟后才又听见吹集合号，也有自由前进的。人们零零落落地往各地聚合着，笑谈着。然而袭击并未结束，我们十分紧张地赶到牟庄才休息下来。而且中间还曾躲过三次空袭。到达牟庄前那一次最狼狈，因为周围仅有的两株树子，早已拴了马了，此外全是一无所有的田地！

敌机盘旋着侦察了很久，我们接连换了三次地方，但都没有一点安全的保障；要不是连马也快看不见了，也许我们还会跑得更远。其芳恼怒地制止着一个胡乱奔跑着的同志。其实不只敌机飞鸣不已，远远还传来大炮声，我们的武装部队显然已经同敌人接触了；要是掉了队怎么办？在飞机声逐渐消失后，我们互相鼓励着，商讨着，最后大着胆去牵各人的马匹。这时，已经有人在随意分头前进了。

碰见宣传部一位负责同志，一位美术系和两位文学系的"鲁艺"同学。他们都鼓励我们一直策马到牟庄休息。这是出发以来第一次骑马急驰，也是第一次感到马的好处。我们把马牵进村口一家老百姓的屋子里，一面烧开水喝。伪装也重新做过了。大家都庆幸自己无恙。政治部有一个马兵受伤，但无其他任何损失。休息时也躲过一次空袭，经过很好；虽然走动着的老乡，一位站在屋顶上观望的红衣姑娘，以及贩卖粮食的锣声，也不免使人一再担忧。

吃了两个煎饼后出发。已经午后三点，而刚要通过一片比较广阔的旷地，飞机声又响了！一刻钟后才又太平无事。走过横跨一条冰河的石桥，有一道长长的土堤，上面匀称地排列着土堆，这从远处看来有一点像坟场。此后又是一片旷地，更加广阔，除却几座颇大的烧砖的窑洞便一无所有。渡过慈河以后，人的空间感完全变了。

我们很惭愧自己不能辨认方向。而在河北平原，便是一个小孩子都比我们高明。因为周围都一望无涯，没有差异，不能确定方向那便等于瞎子。我联想到俄国小说上描写的哥萨克草原；但我又觉得旷地是可怕的，要是山区，今天我们不会有如此多的麻烦和恐怖吧。

到达宿营地的时候，天已经黑定了。贺在村口视察部队经过。住宿的地方很好，主人也很殷勤，一谈到抗日和冀中的情况，他很高兴地把他一位表弟的信取出来我们看。他表弟在当连指导员，驻过干部学校。吃不下小米饭，于是摸出去进馆子，喝了二两白酒。回家时碰见贺。是他用电筒光把我们照出来的，然后来了一句："啊，是你们！"

我们告诉了他出街的目的。他问我道：

"听说你被子掉了？"

"掉了，现在盖皮大衣。"

"恐怕还要盖两三夜大衣吧！再过两天就有办法了。我自己也一样，什么东西全掉光了。"

他帮我们找到住宿处后才分的手。

1月18日

早饭后，不久便出村躲飞机。很热心地警告老乡们不要乱跑。有两口大红板箱搁在村口的晒场上，一个老乡蹲在旁边清点东西，也被我们劝阻住了。后来又劝一位妇女取掉红毛围巾。北方的娘儿们喜欢大红，小女孩一般都穿得像玩把戏的样，这于防空太有碍了。

有二三辆骡车到别村去，全坐着娘儿们，以及大大小小的包袱。没有车棚，简陋得像上海的垃圾车。也有两夫妇提了包袱、抱了小孩走的。飞机声消失后，其芳因为牙齿痛先回去了，我独自留下来。后来觉得无聊，又回去取来日记，坐在石碾子上写了几行，便又抱了一束草回去，不久又出来了。依旧夹着那一束草，就像乞丐一样。共计来回五六次，虽然仅仅听到三次飞机声响；这种心情想起来是难受的，因为我们日夜留心的是什么？这不很明白么！

战争的恐怖把自己简单化了，对于生命和死亡特别敏感，几乎随时都在考虑怎样保护自己。所以尽管心情显得复杂，其实也不过在安全问题上绕着圈子罢了。同战士们对照起来，这是一个很值得深思的问题。

后一次记日记是在村口的树脚下。一位同志在晒场上教一群小孩子唱歌。其实他们自己也能唱不少新的歌曲，很好听。歌声息止后，有两三个小朋友围过来看我写字，于是我把笔停了。回去才发觉周全在我们那里，但我没有心情谈话，躺在炕上休息，只是为了礼貌的缘故，不时回答他一两句话。

午睡醒来，村里已平静了。随后指导员来说，要夜行军，叫我们睡一睡。可是再也睡不着了，于是去参观联欢会。观众很多，舞台却小得可怜。不知什么缘故，看见、听见孩子们打起花鼓高声歌唱的时候，心里忽然酸了一阵。因为歌词中叙说的，不正是我们来到冀中后耳闻目睹的事实么？而那些儿童更是亲身经历的受害者和见证人！

吃了一斤老饼，喝了一两白酒，回家睡觉。房主人似乎知道我们要走，想让我们睡好，进来吹熄蜡烛，就又走了。因为睡不着，于是我对他的行动不免发生了一些可笑的猜测。而且，当他又一次回来点上蜡烛的时候，我还盘问了他几句。他似乎因为发觉了我的怀疑而生气了。

十一点钟即被叫醒。在村口集合时，听了有关这次行军意义的讲话后才出发。

讲话前的秩序较差，人们公然吸烟，扯谈，打手电筒，一出发便都静悄悄了。过了冰封的滹沱河。算是滹沱河的中游，相当宽。到达目的地聊城时不过凌晨四点光景。因为曾经号过房子，老乡们多在自己门口观望；而不少人却老是找不着各自指定的地方，宽宽的街边被人和牲口充塞满了。因为耐不住冷和期待，我们到一位老乡家去讨火烤。

最后在一处房檐下生上火，几个人蹲在柴块周围，我同其芳坐在一段树料上面。房主人之一在上海一家布厂里做过事，也在军队上蹲过些时候，现在第三纵队工作。煨了两壶开水喝。因为火光太大，在一位同志的劝告下，我们把火灭了，应一位独身老汉的邀约，到他那养有一匹牛儿的卧室里去躲避风寒。

其芳一躺下去就打鼾了，我靠在墙壁上打盹。老人看我久久不能入睡，又特地把灯背开，他自己也出去了。但不久就进来说，队伍开往子牙镇去了。于是赶忙叫醒其芳，仓仓皇皇地赶出门去。

子牙镇比聊城大，但刚在管理处烤了两把柴火，退回原住地点的命令又下来了。

1月19日

天才放亮就牵着马去买吃食。总算达到了目的，于是一路吃着麻糖回转聊城；但把路走错了！进村后才发觉不是我们宿营的那个聊城。原来这里有东西南北四个聊城，好在相隔只有半里多路，天明时总算找到东聊城了。盖上羊皮大衣躺了一阵，但却始终不曾入睡。房主人的老太婆很好，算是她最欢迎我们这两个不速之客，为我们烧炕，烧茶水，并且不断摇头叹息。

她跪在炕脚烧炕，望我们叹息道：

"这都是年头不好啦，弄得你们这样吃苦，真冻坏了！……"

她年纪已六十二岁，但是精神很好。瘦削，阔嘴，长方的脸上布满了皱纹，一双眼睛略嫌浑浊，神色有点像外国老太婆。加上她那俄国式包扎起来的蓝色头巾，就更像了。河北的娘儿们，不管老少，都这样包头，有的男子也把毛项巾这样包起。我们对她的周到感觉无限温暖。

吃过早饭，我索性不睡觉了。随后因为躲避空袭，一天的时间便在匆忙的去来中混了过去。其间只做了一个伪装。因为工作起来心思单纯得多，也好受一点，便动手陆陆续续补记了日记和别的杂记：在坟地上，在石碾子上，在树脚下和干草堆上。我想起了契诃夫一些话，而且今天确也不怎么感觉无聊，没有胡思乱想，于是对其芳说，我们今后唯一的好办法，恐怕只有多找工作做了。

傍晚躺了个多钟头、睡得很香，起来到街上走了一趟。市面上人很少。回来在街檐边坐了很久，又在门口站了一阵，想念顾和礼儿。但也只有想想而已，好久不敢看他们的相片了。

我忽然觉得自己的行径太小孩子气，相当可笑。

1 月 20 日

从岚县出发，到今天已经一个月了，所谓收集材料，自问一下，究竟收集了些什么呢？尤其是近几天，除却注意自己的安全而外，外界任何东西几乎都引不起兴趣，倘有例外，那也不过是吃食罢了。

今天飞机没有来，睡了两觉，生活平平淡淡。

傍晚一位"鲁艺"音乐系的同学到卫生所取药，顺便来坐了两次，他也感慨于前几天生活的动荡。剧团的"蛮子"头碰伤了，因为小家伙正牵了驴子跨过铁道，火车来了，而驴子惊诧起来，狂奔起来，他又不敢松手，于是撞在车皮上，碰伤了头；但是人和牲口总算都脱险了。

这位同学还说，下午得到命令，吩咐随时准备出发。因为安国已经夺回，而盘踞该县的敌人，则转移到离我们只有三十里的地方。由于最后敌人被打退了，所以结果没有走成。我们感到消息太不灵通了！……

走的时候，他留下一份十五号的旧报，而我们整个晚上的时间就完全消耗在这张小报上面。是冀中出版的，没有《抗敌报》充实，但我们却由它知道了许多事情。深县还是我们的，那里有着抗战学院、剧团。冀中最近一个时期的战斗情况，也刊载得不少。我们一边看报一边翻阅地图，为的更能明白自己的处境。

我们时常想，如果随时能够了解敌情和我军的布置，我们的情绪将会稳定下来。

1 月 21 日

因为夜里没有睡好，人一天都不舒服。早饭后，其芳单独去店子头看望"鲁艺"文学系几位同学去了，我一个人在家里。躺一阵又起来坐坐；随又出门去了，吃了点花生，于是又躺下来。怕见人，不愿同谁交谈，心头泛起一种茫漠的忧郁。

其芳带了几张《抗战报》回来了。只有两个正张，其实全是石印的副刊，不是我需要的。但也一面随手翻阅，一面听其芳摆谈有关"部队生活"的编辑计划。

随后彼此都一致感到自己似乎是吃闲饭，很苦恼。

晚饭后去村外走了一转，回来又在屋檐边坐了很久。当其芳动手烧炕的时候，我又去村后的墓地外眺望了一阵：西边天际涂抹着很多淡红色的云彩，有点像秋天傍晚的情景。而在北面，则烟树迷离，暮色苍茫。

喝了两盅开水，又去隔壁敲门，想买点东西吃。因为下午我看见那位卖油条，也就是"麻糖"的老人进去后便没有出来，猜想他在那里住家。我果然猜对了。

我叫他把油条拿出来，但两夫妇却都大声嚷道：

"进来呀，都是自己人。"

买了三个烧饼后，随又托老人去代找卖花生的；但我费了很大力气他这才听清楚，——原来是个聋子！而我也立刻理解他为什么说话会那样大声了。尽管男的已经七十二岁，女的已经六十八了，夫妇两个却都健旺。

仿佛我也是聋子样，她大声地向我诉苦道：

"你看，一个耳朵背，我的眼睛又是瞎的，活受罪啊！"

"你家里没有旁的人了么？"

"有个小女，当了婆姨了，就是我两个在这里受罪！"

"不要紧，你们能这样健旺就难得了。"

"啊哟，健旺，——有什么用？有一个人坏了事怎么办？谁来管你？"她一直吵架似的边笑边嚷。

"年头好了就对啦。"我安慰她说。

"年头好有啥用？没有地还是没有地呀！"

"你们自己没有地么？"

"有什么地呀？就是靠着东落落，西落落……"

回来听房主人说，他们原本有个儿子，但给水淹死了！其他的详情，因为夜深了，没有再问。但是有一点很清楚：他们多渴望自己能有点土地呀！

1月22日

精神、情绪依旧欠佳。

因为其芳的影响，我也给老家的亲属写了张明信片。是用经商旅客的口气写的，末后说了点气话，意在想让他们看后会对留在老家的子侄有所照顾。但是写好重看一遍，自己反而不免难过起来。

中午心情较佳，去子牙镇交信。午饭后，因为上午其芳去过村公所，听到老乡们讲，去年这些时候，冀中土匪很多。所谓人民军、自卫军，自动成立的也不少，几乎每村都有一个司令，而现在只有三纵队了。

其芳说，有一个迷迷糊糊的人谈话最多，在谈到每村都有一个司令时，他觉得很好笑。他们邻村也有一个司令，是个所谓老粗，一个吃喝就聚集了几十支枪，而且立刻率领去打鬼子！现在是三纵队的连长。

另外一个老乡曾经老老实实地问其芳道：

"听说政府已经下过命令，叫军队见了老百姓就要行礼，有这个事没有？"

这是新的军民关系引出来的传说。因为觉得很有意思，所以我又约其芳一道去村公所，可惜已经换过人当值了。他们正在煮饭，大家随便谈了一阵。一个说道："是呀，一家人，原来我们叫你们老总，现在都叫同志了。"他很自得的，一面忙着烧火。

另一个拿了一支木枪站在我面前，大块头，浓眉大眼，是个道地的河北人。谈话很有条理，我以为他是读过书的，但他坦然答道："我是老粗。"

他随又叹息道："我们这里就是文化落后得很！"

最后，彼此十分客气地握手而别。在回家的途中，买到了冰糖。于是吃着冰糖，绕了半个村子。回家后，随又爬上房东的屋顶眺望，赞赏了一番北方广袤的原野。……

1月23日

上午，依旧躺在炕上假寐。周全来时，因为生怕和人谈话，特别紧闭双眼，把脸转向墙壁那面。后来听他提到我失落的那本笔记，立刻又把脸转过来了；认真一问，笔记并未找到！大约是无望了。

我有些气恼，但却尽量克制，听他进行解释。他说，借我那本笔记的人是警卫长，撕来做路标用了。还有某一两个人的笔记本同样没有下落。由于生气，由于连夜失眠，脸烧耳热的，我意识到自己的老毛病就快要发作了，也就更加尽力克制，避免发生争吵。

后来，周全约我们去子牙镇吃饭。吃了五样菜，很不错。但因镇外赶集，时间又早，一面吃吃喝喝，一面却也担心空袭，所以不时又叮咛一下堂倌。而两次的汽笛声竟也差点叫人虚惊一场。

返回东聊城时，累得人几乎汗流浃背。在周全处坐了阵才回家。不久，两位"鲁艺"文学系同学来看我们，我生炉子烧开水，其芳去街上买糖果花生。闲谈中，曾经提到我的失眠，以及一些不大快意的事，情绪可是一直不错。前一刻钟我还骂他们长久不来，没想到见面后竟然只有高兴！黄昏中伴送他们到村外才转来。

1月24日

原本约定上午去看昨天来过的那两位"鲁艺"同学。除看他们而外，还想去看看他们的老女房东。因为据他们说，这位老太婆很有意思，值得做次访问。她正在苦苦动员自己的独生子参军。而且每天都要弄点东西送他们吃，还不容许他们拒绝。

"我这样大岁数了，为你们弄的东西好意思不要吗?"她总是这样说。

她还是店子头妇救会的宣传部长呢。尽管应当干些什么工作，她不怎么清楚，仅仅知道："联合起人民帮助军队抗日。"而这也就了不起了!

这样一个人是值得尊重的，我们幻想着她的模样和她的性格，打算同她周旋个两三天。不料早饭后管理员送来两双布鞋，卫生员随又来告诉我们，当天要移动了。因而没有去成，令人十分怅惘! 下午三时出发，我们的马匹都换过了，其芳的是一匹青马，背已经磨伤了，我是匹小红马，也不如前几天那匹马矫健。

走过一个村子后才集合。这个村子的村口，有很多身着青色制服的小学生，排成列子，高呼口号欢送我们。出发之前，我一面坐在一株树脚下抽烟，一面观看从附近各个村庄前来集合的人们。卫生部也来了，孩子护士，坐满伤病员的大车，一共二辆，骡子都高大漂亮，看了令人神往。

好久不曾见面的同志都在互相招呼，热烈地握手和开玩笑，而我们却没有一个熟人。有两位马夫先后在我附近的树脚下撒尿。远远有大炮声，自从通过平汉线后，我们几乎每天都可以听见大炮声了。

路经安平时天已经黑定了。冷落的大街，只剩有门洞和雕楼的城垣。出城不久就落起雨和雪了，这是从岚县出发以来第一次碰见雨。

田野暗黑，列子行进缓慢，因为连续几次迷失道路。

绕过饶阳时雨雪才止。因为冷得可以，衣服又全淋湿了，只好下马步行。沿途的村子间或有煨了茶水请我们喝的。过了一条冰河，大约仍旧是滹沱河。午夜两点钟到宿营地。

宿营地叫张村，胡同很窄，初到时感觉相当暗淡。我们的主人是个六十岁的孤老头子，儿子去年到天津做工去了。他的脸色晦暗，又听不懂我们的话，而他自己说起话来又是那样的突然，仿佛不知不觉听见了放鞭炮样。他是迟钝的，可又有一点神经质。因此多少叫人感到为难。

"我什么也没有，"他板滞地笑着，一鼓作气地嚷叫道，"又没有吃的喝的给你们，怎么做呢?!"

他这样一直叫喊了两三次，待得我们反复向他说明，我们需要的只是一角热炕的时候，他才逐渐平静下来。不久，新的麻烦可又跟上来了；他依旧大声地唠叨不休。

"俺这里没法喂牲口呢——也没有给它吃的……"

这又费去不少唇舌。最后我们把马拴在院坝当中的树子上，让一直饥饿着的可怜的牲口在雪地上舔着，啃着树皮，而我们自己走进屋里去了。

我们得同老头儿一道睡。吃着冷馍，喝着他特地给我们烧的开水。我们催了他几次先睡，他却照旧呆呆地坐着，或者把我们的话误会成又有什么新的要求。

我就便问他怕不怕敌军，他笑答道：

"咱们一样是人，有什么怕的呢！"

"啊不！"其芳插嘴道，"日本兵不比我们呢……"

"咱不怕，"他却只管继续说下去道，"他来也不过要一点馍啦、水啦……"

我很快设法把他的话头给岔开了。

1月25日

睡到大天光才起床，但是并没睡好。披了大衣去叫卖油条的，一面惊异着远远的大炮声。原想多买一点，因为那位高大跛脚的小贩告诉我说，肃宁已经失守，肚子的饥饿被另一种感情所替代了。

结果只买了三个，还送了一个给房主人。他已经不把我们看成普通军队了。向卫生员问了问战斗情况，但他同我们一个样，茫然无知！只说下午四时就要转移。其芳又跑去问周全，而得到的答复是：情况不明！

去村街上逛了一转，和两个老乡谈了两三次话，这才进一步弄清楚，肃宁原来是拂晓时失守的。叫人高兴的是，他们并不因此灰心，其中一位还充满自信说道："白天退了，等到夜里，俺们又去摸呀！"此人身材瘦长，架着大框眼镜。他正在患火巴眼。他的消息是从难民口中探听来的。

当我问他本村有无坏人的时候，他坚决地回答道：

"没有！东边那个村就是被服厂，要有坏人，早遭敌人炸了。"

因为约略知道了一些情形，心里安静不少。午饭比平日要早一点多钟。吃罢饭，空坝上已经集合有大批武装同志了，马匹正从附近的村庄陆续赶来；而我们却奉命立刻转移。转移的地方只有五里，是打倒班，退回滹沱河南岸的北渠去。只等我们的马匹牵来，就可以动身了。

一群战士围了指导员在听报告，两三个卖切糕和花生、糖食的，生意兴隆，顾客拥挤。有两三堆东张西望的老百姓。除了孩子们照旧玩耍，大人们的态度似乎变了。当着我们大都显得沉闷，一到他们独自在一起的时候，却又嘀嘀咕咕不休，好像在谈论着什么重大事体。

把行李交给运输队后，我们相当高兴，可以轻快地步行，不必等马匹了。我们沿途观赏着北方的原野，还渡过一条小河去逛了一回。不久可又转回原地，在场坝后面和一个卖菜的老头子闲谈起来。没料到指导员来了，他告诉我们，当地即将进行战斗，催促我们先走。

刚到喂养牲口的地方，忽又听说我们的马匹来了；等了一阵没踪没影，依旧徒步前进。过河不久，我们发觉路走错了。幸而碰见熟人，于是一路闲谈，一路洒洒脱脱走去。满天星光，心情舒畅。

到达北渠时天已经黑尽了，村口两个守卫的军区同志查问了我们几句。街上冷冷清清。周全请我们坐在一家饭馆的屋檐边吃了两三个锅贴饺子，接着又一道去找住处。穿了几条巷子都没有看见为我们号定的房子，只有仍旧在寒冷的村街上闲逛了。

半点钟后得到新的指示，要大家依旧转去！于是又仓促出发了。这种不断转移，把情绪弄乱了，老是担心掉队，老是担心走错路径。周全骑着大洋马走前头。在他备马时我们因为等候他耽延了很久。在寂寞的大道上仅仅碰见两三个闷声不响的老乡。到达张村时更加使人吃惊，冷落得很，街上一个人也没有了。

在北面的树林边才发见静待出发的队伍，我们的马也牵起来了。把马拴在距离部队较远的一株树上，自己坐在树脚休息。队伍的沉静肃穆使人觉得情势的严重。其芳去找周全，可是没有探听出结果。后来听指导员讲话，才知道当夜要行军八十里，而且沿途离敌人的据点都近……

别的部分也终于逐渐静寂而严肃地来集合了，警卫队都席地而坐，彼此依靠着打盹。有一两个战士独自躺下，发出雷鸣般的鼾声。也有几个人偎坐在骡马间，或者小而浅的土坑里面。偶尔发现两个骑在马上的人影，从那尖尖的风雪帽，我猜想她们是"鲁艺"文学系的两位同学。

走去和她们攀谈。随后又来了非垢。其芳把别的同学也找到了。一时间感到温暖起来，情绪不那么紧张了。他们说河间下午被敌人突击占领，我们的部署给打乱了，所以改变了作战计划。大家又揣测了一阵当夜的安全问题，有的竟然觉得倒是转回路西去要好得多！……

　　静静地等到十点钟才出发。一开始就骑上马，而且为行列和秩序的整齐安静感到满意。因为这天夜里是在敌人区域内行军，随时都可能发生战斗。队伍沉寂得很，有时走得很缓，有时又是跑步。驮马上堆放的东西互相撞碰，响声震耳。随时都有负责同志低沉、干脆的嚷叫声："赶上！"

　　横渡滹沱河时又迷失道路了！大家都责骂通信员，但不久便发现了路标。河很宽，从冰上吹来的寒风冷彻骨髓。随后又过了一条河，几乎同样宽大，架有临时便桥，桥头站着守卫的战士，很威武。跨过桥后，才发现广场上遍地坐着一二○师七一六团的战士。气象严肃，连咳嗽声都没有。

　　大约快接近敌人了。所以这以后尽管是在老乡挖毁过的汽车路上行军，速度却非常快。碰见两个提了马灯，赶着骡车逃难的老乡。过了离河间十里的土庄路上，忽然有人高声叫喊莫耶，因为已经闯过危险界了。还有不少人倒在道旁休息，可能还想好好睡一觉呢！

　　碰见几位剧团的同志。有人让一位女同志骑上自己的马。在离河间十八里的一个村子外面停留得更久。远远有大炮声，大部分人却都坐在道路边打瞌睡。也有人惶恐不安，抱怨着为什么不继续赶路。我同其芳背靠背席地而坐，而他立刻鼾声大作，一下就睡熟了。

　　直到黎明才又继续前进。

1月26日

　　天已经大亮了。而一问老乡，离河间才走了十五里地！

　　沿途一有村落，列子间是总有人发问的，而又不外是问离河间有多远。这一带的道路很低，而较高的田地上又多是矮而干枯的枣树和梨树，相当密，所以仿佛有到了久已不见的山地的感觉。实则仍是一望无际的平原。

晓露浸润中的自然景色很美。柏树林很多，近的有如绒制的工艺品，而远在天际的，则有如一座葱茏的浅山。西边天际各色各样的云霞太灿烂了，使得整个蓝色的天宇更加显得高深莫测。每逢经过一个村庄，村口照例聚集着很多老乡，带着一种关注神情凝望我们。

到达东王庄前要通过一片相当辽阔的旷地。我早把马让给别的同志骑了，这片旷地要走十七八里才能通过。除了几处浅浅的土堆、地埂，没有一棵树，一棵草，简直像沙漠一样空旷。我两次登上土堆瞭望：在蓝色穹苍下，感觉到人是太渺小了。……

到惠伯口宿营时，将近九点钟了。因为没有看好住处，我们自己又不能随意走进老乡家里，所以只好把马拴在檐前，坐在石碌子上休息。随后又去小食店吃了一碗豆腐汤，三个大饼。终于为我们交涉好住处了，于是约了两三位文学系的同学到屋里休息，还请他们吃了花生米。大家都感觉太过于疲劳了。

文学系的同学走后，房东拿了水来洗脚；刚刚脱掉鞋袜就光起脚昏然睡去。因为大衣、被子，都在驮运队没拿回来，很快又冷醒了；只有其芳还在打鼾。早饭后，到高阳第一个大镇子的市街上逛了一转。这惠伯口的确不小。镇子东头有一口大水池，已经给冰封冻住了。

有两家馆子，五六家卖零食的，还有家西药房。市面上不少闲杂人等。

依旧回家躺下休息。可是一直清醒白醒；只有其芳睡得很香。晚上睡觉前吃了请托房主人帮我们煮的两斤红薯。

1月27日

刚吃过晚饭，副官处派人牵了马来，说是贺的意思，要我们约同从后方来的雷加和一位姓张的同志去十里外一个村庄。也没有问明去干什么，便带了笔记本，骑上马首途了。

我和其芳原以为是要我们去同军区负责人谈话的，到达后才知道是去参加一二〇师和冀中军区的联欢大会，聚餐、看戏。是冀中军区政治部所在的地方，离高阳还有十几里路，地名李村，同惠伯口只隔一个叫作汜头的村子。走拢时才发现已经有很多熟人先到达了。

贺为我们介绍了几位军区的负责人。吕正操同志身材瘦长，穿着整洁，举止敏捷利落。不久会餐，全用搪瓷洗脸盆装菜。饭后渴得要命，最后只好去找民运部长要水。非垢会到许多在冀中工作的同学，这些青年同志都把姓名改了。他们提到四个从敌人据点里逃出的朝鲜妇女，我们赶紧同敌工部一位同志约定，明天前去访问。于是一同看戏去了。

负责演出的是战斗剧社。节目中有一位日本人宫本幸雄和一位朝鲜人的独唱。很想立刻去后台访问，其芳可不同意，力说明天去方便些，遂尔中止。从情绪上讲，这天十分高兴，只是在贺演讲中提到敌人离我们仅止有三十里的时候，心情稍稍波动了一下。

归途中，其芳摔下马来，跌伤了。回家后立刻去找医生，说了和听了不少废话，其芳总算得到了必要的治疗。后来其芳的马又跑了，副官处的同志打了很多麻烦才牵回来。等到离开医务处的时候，快十点了，可以躺下来睡觉了；但是忽然得到通知，叫我们立刻准备出发。

我们牵了马在村道上徘徊着，推测着敌情。我想起晚会散场时的情形来了，有人向吕报告，二十多里外的地方发现了敌人，有二十多辆汽车，因此认为这次转移的原因或许在此。出发时已经十二点了。天明时经过一片旷地，西面则是一片明晃晃的湖泊，冰船从上面飞驰而去，令人感到惊奇。后来听说那是滹沱河大水时遗留下来的积水，并非湖泊。

沿途村庄很少。天亮时经过一个相当大的村子，村口有披了被子守卫的哨兵。从一条冰河上走过后，因为路走错了，耽延了不少时间，也招来一些混乱。因为已经是大白天了，有离开列子疾驰而去的骑者，煞是叫人羡慕。

人们几乎全部堵塞在边塞村的街道上。远远传来紧密的大炮声。我们停在村口待命。苦于没有烟抽，烟斗也丢掉了。在同一位老百姓谈话中，才知道这里常被水淹，人民生活很苦。他还告诉我，肃宁的敌人已经退进城了。这里离县城只有十五里路，但却仍然有逃难的老乡经过。一个时装妇女骑着自行车飞跑过去。也有背着包袱，牵了娃儿步行的妇女。

十点多钟才找到住处，街上也清静了。始终没有找到卖烟和卖馍的店铺。有骑自行车的军区通信员传达消息，贺伏在一个门道里的大车上下命令。我们的房东家有三个从肃宁逃难来的客人。真叫幸运！其中一个老头子送了我一支纸烟，又端了一盘烟草和一根旱烟袋来。下午，客人又坐了骡车回城去了。

虽然疲倦，但只迷迷糊糊睡了三趟。晚上自己用废纸做卷烟，居然做成功了。依旧不能睡眠，虽然同伴们睡得那么香。起来三次，街上连狗也没有一只。最后一次起来记了几段日记，随后算是马马虎虎睡过去了。

醒来时忙着起身，出去欣赏了一番北方日出的景色，接着又回去睡觉。

1月28、29日

因为夜行军，连日子也弄混了，前面写的应该是二十七日夜和二十八日的事，今天是二十九日了。但是除了疲倦、无聊，仿佛并没有什么值得记的，而且担心老是这样下去如何是好？！

早饭后，在街上碰见了两位"鲁艺"的女同学。她们在买红薯、糖食。这之前，我不知道宣传部就和我们住在一个村子里面，回来休息一会，就跑去找她们。凡是在宣传部工作的同学，都会见了。其中一位，就在当天要同一位负责同志去大清河做地方工作，随便谈了一阵，就一同转来看望其芳。

大家对自己处境都颇为感慨，希望学习期满后就回延安。有两位表示得最坚决，说是希望将来好好读一些书；想起大家从延安出发时的热情、抱负，当前的表现有点令人难于理解。而我自己又何尝两样呢！

有人提议，回去之前，大家应该组织一下，有计划地收集一些材料，搞一本集体创作，不然势将毫无所获。也有人对学校当局的没计划和不负责任大感不满。有的甚至失悔没有参加工作团，认真搞点实际工作，太傻了。

我尽力控制自己，可也终于发起牢骚来了。而且激昂得连自己也有点吃惊。思想相当矛盾，真不知道如何是好。最后只好尽力劝说他们拿点耐心出来，两三个月后再做决定也不为迟。而完全忘记了我在早饭后已经把给顾的信交给雷了，说我将争取早日返延！

他们大都因为夜行军有重伤风。恰好碰上一位医生，就便拖住他给大家开了处方，于是陆续到卫生部领药去了。雷约大家一起去玩，但我忽然变得来很忧郁，宁肯一个人蹲在家里。甚至连午饭也不想吃了。一个人静悄悄躺在床上，盖上抗联会慰劳的被子。

那位联络参谋来过三次，都提到走的话，并要看我有关贺的谈话记录。因此我自己取来细细翻阅，考虑是否可以让他看看。这时已经黄昏，同雷加同志一道从后方来的张先回来了，我就先交给张翻阅。紧接着大家兴高采烈地谈起贺来。张佩服贺到了五体投地的地步，以为贺性格鲜明，很有特色。

据说，还在军区的时候，贺就听到鬼子将要攻占肃宁的情报了，于是立刻跑去找吕，像开玩笑似的提出一项建议。

"怎么样，捅他一下好吧？打烂他几辆坦克再说……"

紧接着就又跳跳蹦蹦，跑去给特务团打电话去了。

我们互相交换着自己对贺的印象，都以为我应该为他写一本书。而我立刻把走的念头一下忘记得一干二净！

1 月 30 日

又是照例的生活：沉闷，无聊，疲倦得要命！而且老是想吃零食。先后去张和雷的住处约四五次，同他们吹牛，晒太阳。联络参谋摸出一角钱来给房主人，自愿为我们买些红苕来煮。而红苕还未煮熟，几乎就被大家一抢而光了。

老乡大约有点同情我们的无聊吧，送来剩余红苕的时候表示，原想帮我们买成酒的，没有！所以只有买红苕了。

联络参谋几乎整天逗留在那里找张谈话，这也是我们不能老在家里待下去的原因。这个重庆"军委会"派来的联络参谋，太可厌了，总爱散布不利的消息，并且夸大其词：一时说高阳完了，一时又说任丘情况不明。而离我们较近的大王各庄被占以后，敌人对老百姓烧杀很惨，他还带点煽动性的反问："以后怎么办呢？……"

此人晚上还来过一次。但因张偶尔谈起他所知道的新州事件、博野事件，以及属于那位摩擦专家率领的所谓"民军"的其他种种丑闻的时候，这一回我的心情却大为不同了！因而我进一步相信张是一位是非分明的正直人，不会上联络参谋的当。

接着，周全和那位姓戴的青年来坐了一阵，随又一道去看望贺。这个青年知识分子是当地人，职务是做贺的秘书，显然参加工作不久。

1 月 31 日

饭后到宣传部去，碰见一位姓徐的负责人，同他谈了一些目前冀中的战争情况。

徐走不久，我也走了。回家后，因为张他们都躺在炕上看书，而雷则默默地坐在他们中间，显得有点沉闷。不久，又闯来那个令人厌恶的家伙，把我的瞌睡也打断了。他告诉我，打算约我一道去催促张他们找贺谈话。其中显然含有恶意，我推谢了。

　　但我再也睡不着了。而且十分气恼。不久小鬼又来要我们准备出发，所以索性不要睡了。想吃东西，没有钱。找了很久才找到周全，但因有客人在同他扯谈，吃了他两三根红苕就走掉了。

　　戴也在那里，说贺要我们跟他一道走，可以少受点拘束。

　　三点钟随贺一同骑了马出发。行军以来，这一次骑马最痛快了，可以任意驰骋。起初还担心敌机，后来竟完全不在意了。望着毫无遮拦的通红的落日，在广袤原野上奔驰着，真是一大快事！

　　傍晚，穿过街村不久，又把路走错。只好下马步行。在一段窄小的堤岸尽头，一位老乡自动为我们探路；最后建议我们穿过一片因被大水淹过而封冻着的田地。我们各自牵了马匹走去，随时都得担心冰层破裂……

　　我们终于走上大道，又开始急驰了。沿途有很多枣树，因此大家不断互相叮咛："当心树枝！"落日照耀着冰封的田野，月亮冉冉上升。风逐渐强大了，它扫过平野，那气势真有点吓人……

　　九时到尹家庄宿营。刚铺好床，贺来了，谈了很久，随后又叫人送了一笼蒸饺子来。

2月1日

　　因为夜里没有睡好，头脑昏昏沉沉的。张、雷继周全去后，我就不声不响地躺在床上假寐。不久，"鲁艺"两位同学来了。接着那位姓刘的同乡和剧团几位同志又相继而来。瞎扯了很久，其间煮了几斤红苕请他们吃。有的同学对一位工作同志颇为不满，我准备到宣传部去一趟。

同学们走后我就又睡；但才躺下不久，贺派人来要我们去玩。谈了一阵，共同照了两张相片，吃了一顿丰盛的午餐。

回家后，招呼房主为张和雷烧开水喝，接着约其芳到宣传部去。没有找着"鲁艺"的男同学，只有两位女同学在家，而且都生病了。

莫耶在一家老乡的大门边同被服厂的三个女同志闲谈。随后问起，才知道是在说服她们加入剧团工作。我们正在街边谈得起劲，贺忽然出现了。

于是大家又一起到剧团去。贺有问必答，说话最多。我们在剧团耽延了很久，这才一同返回尹庄。

睡前写了笔记。这是行军中最快活的一天。

2月2日

为了要写文章，饭后去剧团找莫耶介绍安平王友美谈话。是个十三岁的姑娘，得了母亲的同意来参加剧团的。言语短少，有点害羞，所以没有谈出些什么。中途碰见成荫，遂又到剧团第二队找一个交城初中学生谈话。大家坐在炕上，吃着花生豆，快快活活地打发了两个钟头。

回家的途中听见炮声。跑去赶集的雷，半途就又回转来了。于是大家向他打趣。大肆嘲笑。这种激将法很有效，紧接着他又骑上马出发了。而在傍晚时候终于给我带了牙刷和烟草回来。最叫人高兴的是，几经寻访，烟杆也弄到了！这事应得感谢房主人的孙儿，一个十分灵活的男孩。

这时，联络参谋来说，七一六团在三十里外同敌人开火了。继续得到一些有关战斗的零零碎碎的消息。临睡前卫生处在收拾驮子。虽说尚未奉到出发的命令，我们的心情却也不免波动起来。

睡不着。听见狗叫。终于被一种突然而起的低沉的扰攘声，把我从炕上轰起来了。十字口围有很多老乡，一辆牛车，几副担架。两三个老乡端了茶水站在旁边。担架是木板扎成的，可能是用的门扇。我走向一位躺在担架上的同志。

"同志，喝开水么?"我问。

伤员十分沉静地答道:"不用。"人很年轻，没有呻吟，但是他的伤势似乎不轻。他拒绝到牛车上去。因为另外一个重伤干部，被人抬在肩头，从村庄南头的暗夜中消失了。

一位早已躺在一辆牛车上的卫生员也要求留下来，他呻吟道:"难道我们不是带的伤吗?!"光景年纪也轻。

一位同志安慰着他，说明不能让他留下来的原因，并为他和另一位不住叫冷的伤兵盖上被子;这是护送他们的通信员从自己背包上解下来的。接着，牛车就出发了。

碰见一位熟人，彼此闲谈了几句。月明如同白昼。

2月3日

早饭前得到七一六团在河间附近大胜的消息，大家都很高兴，老乡们的脸色也开朗了，分别聚集在街边上闲谈。

随贺一同去政治部吃饭，闲谈了很久。饭后贺先走了。因为多喝了几杯，约雷和其芳去看"鲁艺"的同学，顺便在那里躺了很久。临到离开的时候，依旧困乏不堪，所以谢绝了一位宣传部同志的邀约，没有跟抗联的同志一道去慰劳六团。装了猪肉的大车早已在街上等候着出发了。

午饭前来过一次敌机，去村外躲了一阵;顺便坐在一株梨树下记了几行贺的谈话。风太大，很快就回去了。

晚上，联络参谋和张约我明日一早到六团去;我漫应着，未作肯定回答。

头痛得很，睡不落觉。起来擦了擦桌子，又把一条灰布裤子铺在上面，继续记录昨天贺的谈话。

晚饭后，有人领了一群儿童在小学校操场上唱歌。没有去参加大尹村的晚会，兴趣不佳，头痛也是原因之一。

上午非垢来过，得知编委会改组的消息。

一位情绪欠佳的文学系同学，被分派到六团去了，但愿他很快好起来吧！

2月4日

早上大雪，谢绝了雷、张他们去六团的邀约。委实不愿和那位联络参谋同行。

雷他们走后不久，便听见炮声了。谁也不清楚究竟是怎么回事。雷他们午后从六团回来，才知道高阳和河间都有敌人出击。河间出来两股敌人，其一离六团只隔一个村子；一住下来，便叫老乡沿途探听我军的布置。结果适得其反，那位老乡倒把鬼子兵力的配备全告诉我们了。

情绪动荡，经过几次停顿，这才完成了有关贺的谈话记录。

上午，敌人的大炮陆续轰鸣过两次，后来便停歇了。下午却更紧密，还听到机枪声。大家揣测着敌情，开着玩笑。

大约一半由于枪声，我又托张给"鲁艺"一位负责人带了封信。雷还半开玩笑似的记录了我要他转达的话。

雷和张他们明天就要走了，令人感到惆怅。日子又会寂寞起来吧。

戴来谈到"鲁艺"文学系同学同宣传部一位干部的纠纷。随又约我去他那里，代他写两封信。贺看后不很满意，又把我叫去重新写过，将给郭老的一封信改写成白话文。

睡了阵又起来。吼了一通京戏，并且记了日记。

炮声很响很密。月亮特别明亮。

犬吠声太烦人了。

2月5日

半夜时候，副官处来人叫醒我们，要我们做出发准备。

大家没精打采地起来，几下就把行李收拾好了。可是谁也不想说话，都陷没在困惑里面，揣测着、担心着前线的变化。因为来人告诉我们，何时出发，是否出发，还得等候前线的消息。

街上静得很，炮声很稀，只是不时可以听见繁密的机枪声。大家都躺在炕上等候消息，后来索性吹熄蜡烛睡了。五点多钟刚才迷糊过去，出发的消息来了。

除却牲口发出的各种例有的声响，人们都悄无声息。圆月高悬天空。在店子头的村口等了很久，马匹咀嚼着浓霜冻结的枯草，我们原地踏着脚步取暖。在月光照映下，枯树枝上的积雪恰如繁密的纯白花朵。午夜的寒冻，人们默不一语的沉静，使得周遭的气氛更严肃了。

凌晨六点，才跟着列子穿过村街。毕竟是出发了。经过一座破庙不久，便从一条冰河上渡过，接着转上大道。天亮时候又得穿过一片旷地，幸而有着稀疏的树林。而且，一看行列，人数很少，于是更放心了。

通过一段长堤和一道横跨河流的板桥。

眼睁睁望见月亮逐渐消失在昏暗的云层中。眼睁睁望见太阳从乌红色的云彩中涌现出来，起初木然无光，红得很，慢慢地逐渐淡了，可也逐渐亮了。

步行的同志摇落着树枝上的积雪消遣。

到达离饶阳十二里地的流班镇宿营时，大约八点过了。人马堵塞在街道上；贺也在，他叫我们跟他站在一起去晒太阳。他的帽檐和耳罩也结霜了。广场上有两副担架。贺告诉我们，他到的时候小学校才升旗，只有八九个人。住宿的地方终于安排好了。

我们的屋子在村口上，一座孤零零的房子，离村子相当远。随后又换了个地方，却离街更远了。冷得很，房主人说着照例的客气话。裹着被子躺了一阵，随即就又上街去了。

碰见戴，才知道昨晚六团赢得了更大的胜利。只因敌人放过毒气，而我们也犯不着一直同敌人硬拼，就在夜半脱离了战斗。随后他领我去村公所吃茶，并意外地买到两盒烟卷。

碰见戴前，有军区的队伍缓步通过。

一个小女孩，一面叫着爸爸，一面狂欢地奔向一位正在行进的战士。军区战士的打扮，跟一二〇师的六团不同，军服是绿色的，有的还脚穿棉窝子鞋。还有剪去辫子发髻的女学生和娘儿们。队伍通过后，碰见出发返回延安的雷们。一一握手后，一直送他们走上大道。

张和联络参谋都佩上了贺送他们的日本军刀。

饭后睡了一觉。生燃火盆，和其芳谈着彼此的处境，以及对一些同志的看法。很快就到吃晚饭的时候了。

其芳去卫生处换药，我躺着读他的手抄诗稿。这之间，先后来了两三个"鲁艺"同学，其芳也回来了。吃着花生，鼓励着非垢就在部队上留下来，不必回转延安。

夜里其芳烧着炕，一面同我闲谈，而愈益感觉无事可做之苦。

2 月 6 日

其芳准备写诗，我出去了；准备构思答应剧社的脚本。

去找戴，希望能一同去看贺。没有找到戴。

顺便找了农会主任，谈了个多钟头。姓张，瓜皮帽，瘦长长的，有四十多岁。十四岁就到外蒙经商，革命以后，他将近二十万的产业被没收了。而在不能立脚的时候回到了张家口。后来又随同瑞典商人去过一次外蒙，做贩马生意，并为一位传教士做过一次翻译。

有关产业被没收一事，当我问他作何感想的时候，他说了如下的话：

"有什么办法呢，咱们国家不强！……"

他显然幻想国家强盛后能为他收回产业。

农会主任这职务是一个做小学教师的朋友要他干的，这个人现在抗联负责。他认为目前的工作不大好办，有些苦恼。

"你走快了，别人会骂你是疯子。"他诉苦道，"走慢了上面又要催你，难做得很！……"

沉默一会，接着他又向我谈了点他对所有困难的理解。

"在本地做事是做不通的。像医生样，医不好自己的病。"

他说他心里闷得很，自己的计划不能实现，能力不能发挥，所以他准备旧历年后出门去找工作。还决定把他的儿子送去住"抗建学院"。女人现在已经有工作了，是妇女会的主任。

"只要他乐意我就送他去，"他说，"一点不勉强他；我的女人虽是妇女主任，我也要为她布置一下。……"

他的兄弟在冀中军区二十三大队工作，不久前回来看他，昨天他才又送他回部队去了。三大队队长，也是他的朋友，教过书，在旧军队里做过书记；后来才在本村教书，主持了五年本村小学，声誉全县第一。因为思想问题曾经被捕三次。

他也提到过红军和共产党，但是态度相当暧昧。他说，除了他，农会其余干部都是种庄稼的。他很感慨本村人的文化程度低，而且要外乡人的话才肯相信。他不少见解叫人感到怀疑。

一个上午，其芳一句诗也没作成！吃过午饭，他找文学系几位同学去了。我留下来，考虑着自己的处境和工作。我决心向贺提说一下，并又补记一段他的谈话。

小鬼张小温来，知道教员和指导员都工作去了。小温面色红润，眉目清秀，是个很好的勤务员。正在大谈他的家庭纠葛，周天祥跑来把话头打断了。小周比较慈厚，他一来就傻头傻脑谈到北方枣树林里的蛳子，更由此而扯到乌龟、鳄鱼、蟒蛇，以及蚂蟥等等，彼此但凭联想瞎扯了一通。这一回总算吹痛快了。

到宣传部宿营的村子去，其芳已经走了。同几位文学系的同学在大门口谈了一阵，遂又回家，没料到其芳正同那位新从六团回来的"鲁艺"文学系同学闲谈。那人因为总算参加过战斗了，所以相当兴奋。他也中过一点毒气。他走后其芳说，他已经表示可以多住一些时候了。并转述了些当日的战斗经过：起初，老乡们全跑了，随后却又纷纷回来，为战士们烧水烧饭。胆子大的，还想方设法把饭送到前沿阵地去。这一次敌人伤亡很大，上次我们的损失多半由于大意，还以为是山地，不少人随意吸烟、捉虱子，这回讨到乖了。

虽有伤亡，可是没有闲枪。因为一有闲枪，文化教员、炊事员就扛上参战去了。指挥员大都身先士卒，谈笑自若，简直不像是在作战。听了其芳的转述，叫人感到振奋。

晚间杀了只鸡熬起。等到鸡已下锅，其芳这才大吃一惊，说："今天是我的生日呢！"

可惜鸡还没到火候，就奉命转移了！可是我们照旧干完了它。

2月7日

想去访问前来慰劳的饶阳县长。因为等候其芳同去，在街上站了很久，和一个老头子闲谈了几句话，听了小学里几个时装女郎的歌咏。因为其芳无踪无影，最后只好回去。

等到又一次出去，街上情形更平静了。有摆了桌子卖酒的，卖零食的也多起来。战士们在打扫街道，铲去一段街面上长期淤积的秽土。

一位负责同志，牵着一个小孩走来走去。

其芳在广场的一角和几个"抗院"民运班毕业同学谈话。大都为十四岁上下的青少年，只有高小毕业程度，是派来学无线电的。他们叩问着去延安的途程，而且一直认定其芳是"抗大"毕业的。他们是新卒业的第二期学生，每期有千余人。

回家写完了答应非垢的短文，下午去西万艾村。路上碰见甘，他大笑着告诉我们，老乡们真有趣极了！因为接连两次的胜利制造了很多神话。他们讲老八路真会打仗，一溜就爬上树子，架起机关枪开火了；但一转眼又蹦在鬼子当中冲杀起来！……

甘结束他的叙述道："可见还是要多打胜仗才好呢！"

听了我们有关这次战斗的写作计划，他很高兴，一再鼓励我们多写。在村口碰见一位文学系同学，照例挟着他那本"天书"。随后同其他几个同学一道坐在村口场坝上晒太阳，相当舒适，因为有高粱秸垫坐。吃了花生和糖果。忽然异想天开，我爬到高粱秸堆的顶上去了，躺下来，读了司汤达的《迷药》。

和一位宣传部的同志心不在焉地谈了几句。碰见周全和戴。

村口场坝上，正在用蓝布和木料布置舞台，夜里要演话剧。邻村的小学教员领了学生陆续来了，他鞠着躬招呼我们。其间，有谁嚷着敌机来了，于是人们开始奔跑，窜向草堆和树脚下；而结果却是谣风。

可是当我们回到流斑塞的寓所门口，真的听见飞机声了。一个小鬼命令一个老头儿回家里去，不要在外面看。老头儿可指着我们嚷道："他们都在外面看呢！"他不愿意离开。但我们不是看，我们是在观察动静。不久，飞机声消失了；继之而起的却是轰炸！声响大得叫人吃惊，而且持续了很久。

一下午都感觉不舒服，晚饭也不想吃，混杂有沙子的小米饭太可怕了！

因为近两天我们都在考虑自己的工作，而且担心将来拿不出成绩来。尽管多么疲倦，仍旧去见了贺，告诉了他我们的打算，他同意了。其芳去参加编委，我和戴一道住。临走时他又告诉我们，夜里得"搬家"了。

想回家躺一觉，还不曾定下心，房主人的娘儿们可就惊惊惶惶地来了，一个还发出悲声说："我全身都没劲了！"

她们说鬼子都打到饶阳了，北头的熟人已经进城去接自己的女儿。而她们的举止失措，也就是这么来的。

联想起贺的"搬家"之说，现在敌人既已打到饶阳，起初我们也着实有点吃惊。随即冷静下来，把房东支使走了；但不久却又跑来告急，说是对门老乡家里的杂务人员，已领到手榴弹了！

睡去的孩子们也已起来，一个扣着衣服的小青年着急道：

"俺连刀都没有一把！——有枚手榴弹多好呀！……"

我莫名其妙地一气出去三次察看动静，而一切声响都叫人感觉可疑。理智已经不怎么管用了。

老睡不着。狗一叫就疑心已经出发。副官处终于派小鬼通知我们来了。备好马匹，在村街上牵着马来回走动暖脚。卫兵连连发问："做什么的？！"骑兵排的战士，牵着马匹，不住兜着圈子。一个老乡提着马灯，急急忙忙走过去了。

牛车。神情紧张的武装村警。夹着干草、牵了耕牛的农民。

一个工程兵因为不愿背枪，又不愿意挂手榴弹在和班长吵闹。而他的回答都很简单："我背不动呀！"固执得很。

隔不多久，全都走向村外集合去了；可又耽延了半点钟才出发。月亮已经缺掉一小块了，但却照旧亮晶晶的。

我借着月光看了看手表：一点钟。

这一夜没有什么可记录的：冷冻、疲倦。村子是空空洞洞的，用麦秸、铁皮或铁刺藜加过工的村口的大门，凝冻的村道，泥浆糊过的麦秸堆，挖毁了的壕沟似的汽车路。……

骑过两次马，都没走上多少路便下来了。脚僵得难于忍受。

快到宿营地时看见了几片柏树林和别的树丛。地名叫任家庄，离武强十五里，隔河三十里便是有名的小范镇，去年到过一次敌兵，进行过烧杀。相当苦寒的地方。

我们到达的时候是凌晨六点。

2月8日

在一座院子大门口的麦场上徘徊了很久。其芳坐在草堆上打盹。最后，因为老找不着房子，又饿得要命，就去打听是否可以买到吃食。这才知道全村只有一个卖油条的，已经几天没进货了。于是到一里外的张法台村去。

总算买到油条了，在老乡家里吃了一半，带回一半。

终于找到住处。请房东煮了一毛钱红苕，接着倒在炕上就睡融了。睡了难得的一觉。醒来时红苕也煮熟了，可惜干燥无味，不及往常的好吃。吃了一点又立刻睡去了。

这一天睡的觉真多，并且很香，实在为半月来所未有。但一看见小米饭便发愁，沙子多，吃不下。晚间吃了主人送来的玉米粥。清淡得可怜，跟喝白开水差不到多少。当我们问到他们的景况时，老房东就不住叹气。

"前年天干，去年又发大水，苦得很。"他有气无力地说。

他们全家人都有点没精打采，显然在半饥饿状态中已经辗转得很久了。因为粥不解决问题，又托房主人买了一毛钱鸡蛋煮起吃。看了司汤达的《箱中人》。

2月9日

重新尝到了睡眠的幸福。

饭后去找戴，看到了夜里的通报，知道情势已经发展到紧张关头了。好在一二〇师的七一五团已经冲过平汉路来到冀中，同冀南的一二九师，也联系上了。

去供给部裁衣服，中途躲过一次敌机。

政治部也在东长旺，看见"鲁艺"的两位女同学。因为通报上有准备战斗的消息，心情不安，其芳去找其他"鲁艺"同学，我提前回来了，替戴拟了一份电稿。刚打算翻阅司汤达的小说，敌机来了。到村口的谷草堆下隐避起来。

飞机声消失了，——不久可又响起来了，而且听到了轰炸声。

这天一共躲了四次飞机。被轰炸的地方，据老房东说，已经得到电话了，是枣强县城。最后一次躲避空袭，途中碰见作战科负责人，扯谈起来，才知道他也是四川人，很高兴。

下午二时，其芳去看了贺，接着就搬到政治部去了。我也于同时搬到戴处。预想到分手后的生活，彼此都感到惆怅。临走时拿了我五毛钱去，说是以后要常来看我。

我的新房东颇有意思，曾在外蒙住了二十多年，因为没有家庭、孩子，以及另外一些缘故，谢米诺夫认他作革命党，没收了他的财产，仅仅是把性命逃脱了。他还告诉我，饶阳不少老财，大半是在外蒙做生意起的家。

吃了他的茶，还分了十个大子的烟草给我。

晚饭开始在司令部吃了，吃得很饱。饭后我留下来听贺给派往三纵队工作的二十多位干部讲话。讲话结束，他又向我谈了许多他个人的一些经历。这其间，甘来了，从他们的谈话中得知，夜里又将要"搬家"了，这才回去准备出发。

躺了一阵，戴的马牵来了。我的却没有踪影！碰见一位副官处的同志，他叫我自己去找，后来总算在村外的广场上找着了。但不久又听说不要走了，于是纷纷回转各自的住处。引马兵一道去看了看我的住处，接着就记日记和贺这天的谈话。

2月10日

夜里，看了一半《女住持》才睡，已经十一点过了。

早饭时候，从贺同其他负责人的谈吐，知道今天相当紧张。不久就听见大炮声和机枪声，一直到下午三点才停止。十一点左右最为激烈，机枪声较以前清晰多了。同时有敌机在附近盘旋，不断抛掷炸弹，放射机枪。

不少警卫连的战士在村口做工事，许多老百姓也帮着干。只有三五个娘儿们陆续奔向东北角去。而打从张法台牵来的几匹驮马忙匆匆穿过村街之后，疏散到外村去的老乡更加多了。做好工事，下午一点左右，战士们又搬了许多大车在村口堆积起来。但炮声已经转移到西南角，而且声响逐渐远了，低了。

情况紧急时我多半一个人站在大门堂里。躺了一阵，巡行了三四次。战斗员谈笑自若，看来都很高兴。

负责同志更是这样。午饭时候，有甘、吕和一位冀中区党委负责人在座。

饭后，机要科的同志来谈了一些关于萧过去指挥战斗的机动勇敢，以及红军长征和有关打土豪的故事。一位老战士领了一个小孩来听广播。

傍晚同贺闲谈了一阵。回来碰见周全，彼此谈起老乡的好处时，他说，他的房主人正跟他老子一样的好，强着要他吃这吃那。听说他就要转移，立刻买了两个鸡子给他煮起，说："你们的生活太苦了！"

敌机去后，曾经和马兵班长，一位老红军谈了一阵。

今天房主人老是问茶问水，叫人颇难为情。老百姓真太好了。

夜里多出马兵的一床被子，会睡得很好吧。

2月11日

因为马夫没有把马牵走，整天都拴在房主人的牛棚里，自己照料了好几回。一条大公牛太好胜了，我每次走进牛棚都要给它一点惩罚。早上，鞍子、咬口，也是自己弄的。备好马，自己在门口等待贺。

很快便出发了。除了在黄甫村找向导，一直没有停歇。只步行过两次，通共不过二三里路，其余全是骑马。而且多半是挥鞭疾驰。可是离开黄甫村不久，我忽然发觉挂包掉了！里边装着日记和记录贺的专册，不找到是不行的！但又担心掉队。着急、筹思了一会，终于拨转马头，顺原路寻觅去了。幸好还不到黄甫村，挂包就找到了。心里又高兴又着急，一连两次才跨上马背。

接着又是一阵疾驰。奔跑了近一点钟，总算看见马群掀起的尘雾了。追上贺同他的伙伴们不久，碰见一队战士，也在顺着同一方向前进，还有马车。一个和我们同行的骑者跌下去了。没有看清是什么人。

到达留楚镇时，发现街道两旁坐满了三支队的兄弟。到处有打门声和吆喝声。牵起马走了好久才又碰见戴。因为马匹出汗太多，我没有停留多久，又照旧牵起马在街上溜达。街边忽然传来一阵悠扬的歌声；先还以为是孩子们随意唱的，随即发觉我猜错了。

他们唱了很久，一个接着一个，是抗联组织的慰问队。

直到天亮才找好住处，但刚躺下，又被贺叫起去吃烧饼。回来又睡，连饭也没有吃；但却并没有睡好。脑筋昏沉，决心起来记录有关贺的材料。昨天和昨夜可记的太多了，一直到午饭时才写完。

午饭时有一位未尝见过的中年人在场，扬州人，自称和谢冰莹好得很。饭后听参谋长同他瞎扯，这是我行军到冀中后第一次看见这位照例繁忙不堪的负责同志有这样的闲情扯谈。

扬州人代贺拟了封电报后，我们又一同去抗联看史主任。此公身材瘦长，蓄着胡子，我们到了他还在睡觉。听谈吐知道是一个爽快人，他嘲笑自己的装束像个土豪。起来后又领我们一道去鉴赏他的那匹"宝马"；贺对它的评价却显然不高。

去抗联前，戴讲了一段史的故事，值得收集。分手时史告诉我，《导报》有人希望能同我谈谈，愿意给我提供一些写作材料。

回来休息一阵，又独自上街去了。有三个小贩，买了一把八分钱的牙刷。其余时间都在家写杂记。夜晚，美术系的一位同学来谈他的工作，比前两三次亲切，情绪看来稳定多了。往返了两次，房主人的侄儿才帮我买到一包纸烟。

房东的侄儿仅止读完高小，是"抗院"新卒业的，因为战局关系，学院要停办一些时候。他们一部分卒业生去部队，一部分人回家做地方工作。他是今天才回来的，许多邻人都跑来看他，全都喜气洋洋。连一个裹脚的老太婆，竟也拄着根棍儿瘸起来了。

一个老头子临去时安慰房主人道：

"不要担心，比俺们挖地的平妥呢。"

听了收音机播送的京戏。

2月12日

担心马匹发生问题，大半夜没有睡好。

两点钟起来，关照了卫兵，随后又自己在大门口守望了三次，终于算把马等来了。备好马又睡，可惜没有睡意，于是只好起来记录材料。直到蜡烛燃尽头了，而煤油灯又不亮，这才停笔。

天亮时被贺派人叫醒，随即就一同出发了。去北岩的十八里路全是急驰。人在尘土中穿过，马不断喷着鼻息。到达北岩后是步行，快到东湾里时才又重新上马。沿途都有我们自己的队伍。

等到马兵把马匹牵走了，于是躺下来休息。屋子看来粉刷不久，房门边贴的喜联相当新色，可能是"新房"吧。早饭后舒舒服服睡了一觉。原想再睡，被其芳他们给叫醒了。向他们谈些前天的情况，也谈到我在安排日常生活上的某些进步。请他们吃了长生果。

我记起来了，刚到宿营地时听到炮声，只有几响。

午饭后跟随贺在村子里走了一转，看望了由"抗大"分派来的同学。

途中碰见一个成都人，老干部，也刚从延安来。这位同志告诉了我一些延安的消息，他说"抗大"的女生队解散了。因为此人看来有点马马虎虎，我不大相信。午后又有人告诉我，不是解散，是分散。而不管如何，终于不免为顾着急。又会有长时间的不安了。

午睡醒来，听了一些胡说八道，相当生气；也略略感到寂寞。

2月13日

睡到吃早饭才起床。

一位文学系的同学来拿去我一个空墨水瓶，为其芳带药回去。因为连夜行军，他的齿痛又发作了。我们随即一道去看望其芳。

穿过很多枣树林子。第一次看见解冻后的小河。前几天流班塞还有人放风筝，天气也应该暖和了。跨过一道小桥便是卫村。街头有人报告敌情，老乡很多。有两三个旗袍短发的老财家的青年妇女。

一位"鲁艺"文学系同学在门边用洗脸盆烫衣服。他回答我的问询道：

"哪还没有虱子?! 热水一烫，马上就浮起来了——你看吧! ……"

非垢在编辑报纸。另一位同学在看《伟大的十年间文学》。去卫生部取药的那位同学在为其芳烧开水冲漱口的药水。因为不便打扰他们，叮咛了他们几句就走掉了。

前面走着两个老人，一男一女，彼此在谈家常，似乎是途中偶然结交的新相识。他们的对话有点牧歌风味，于是放缓脚步，跟在他们身后走了很久。回家后写了几行材料，睡了一觉。

下午，本村也有干部召集群众讲话。小鬼们架了梯子在墙壁上写标语，画漫画。欣赏漫画的人最多。因为漫画上有个冀中的牌子划分开敌和我，一个老人看了阵后，望着自己的伙伴笑了。

"你看鬼子给土坎挡住了，——真想得优雅！"

在村外逛了一转。晚饭时同周全谈到四川的"天险"，贺回来了。饭后又闲谈了一阵，才回家记日记和杂记。

2月14日

原定去五团访问的，因为马出差了，又没有找到适当的同伴，一团兴致立刻吹了！从副官处回到家里的时候，不料其芳同"鲁艺"文学系几位同学早已在家里守候我了，于是大家随意畅谈起来。我和那位情绪老是欠佳的同学谈得最多，劝他不必咬住返回延安这个念头不放。他想回去，只是因为急于想接触部队中的战士而不可得，就大为失望了！完全忘记了战斗这样频繁，组织上怎么能轻易让我们下连队?!

可能因为一提起走的问题，大家都有点心烦意乱，最后一同去村口晒太阳。我们分开散坐在一条土堤的梨树脚下，缅怀着这时节的江南景色。一位浙江同学说，他现在偶尔瞟眼地图，也会高兴一阵，因为看到点绿色了。

分手后就回家吃午饭。趁便向一位负责同志谈了谈写作上的困难，要求他有时间谈一次晋西北一支队的斗争经历，他满口承认了。看来他们马上就要开会，遂即辞出。正打算写点东西，史又来了。

史就住在附近的村子里，大家谈到十一点钟才分手。这是个爽快而有魄力的青年，只有二十五岁，看起来却在三十以上。他向我谈了些"七七"事变前他在北平的活动，以及"七七"事变后冀中的混乱情况和挺进队的成立经过。他说有几个文学青年希望能同我谈谈。

这次谈话，我从他得到相当多的材料，可说是一桩意外收获。

2月15日

夜里没有睡好，而且一早就起来了。

早饭后和戴乱七八糟瞎扯了一通，感觉无聊之至！好在饭后不久却睡着了，而且睡得十分酣畅。醒来时已经半下午了，可还不想起来。想念着顾和礼儿。随后，因为想看看他们的照片，这才翻身起来，脑子也清醒了。

小鬼送来晚饭，让我们在家里吃。戴又异想天开，主张搬到天井里一张小桌上去，似乎这样别致得多。浮夸，本已难于医治，再添上自命不凡，就变成绝症了！……

傍晚，非垢和两三位"鲁艺"同学来了。在天井里闲谈了很久，搜出六个铜子买了糖果请他们吃。还有两个小鬼，刚在教导队毕业，有当连长的资格了。随后在准备举行联欢会的舞台前逛了几转。

回家动手写答应非垢明日来取的短篇小说。

刚刚写好一半，又放下笔去会场游逛。戴正扬扬得意地在领导观众连声叫喊："再来一个！"一塌糊涂，头痛而返！

今天，是旧历腊月二十七了。

回想起去年冬天寄住在家乡破庙中的生活，不无感慨。

2 月 16 日

一位被人们叫作断臂团长的同志①，从延安来了。我去司令部后，他就向贺大谈关于延安的轰炸。他说，炸死的女生都是结过婚的！虽然感觉有些夸张，而且怀疑他是有意开我的玩笑，却也不无烦恼。于是简略地写了几句电文，要求贺代为拍发；他立刻就叫人送走了。

回家后在炕上躺下来，颇为种种莫名其妙的幻想所苦。

十时许，贺叫人来要我同去尹村。在抗联和教育股谈得最为畅快，一天的时间总算较为轻松地打发掉了。而且收获不少。其间，我曾经同几个老百姓谈过话，一个织布工人，是去年从天津回来的；一个是几个月前才从北平回来的布商；一个从未出过远门，喜欢开点玩笑的老头子，以及其他三四个老乡。

先交谈的是那个织布工人，喜欢笑，话题是河北和四川风习上的异同。他说，这里的榆树皮是常吃的东西，一株碗口大的榆树，单是皮和根就要值一两块钱。还说，要立秋后和交春前的榆树皮才养人。

我问他天津的生活可好？他照例平静地笑答道：

"外面有什么好处？不动手就没饭吃！"

那个老头子悄声告诉我道：

"你们没看到去年那个劲头啊！到处找枪，本来没有的也说你有。可是，只要给袖筒里一塞，就又把你放了……"

他又一再表示，经过第三纵队整编以后，情况已经好得多了。于是我就便向他们做了些宣传解释工作，要他们放心，情况将会越来越好。

一位年已八十，满脸皱纹的老年人叹息道：

---

① 指贺炳炎。

"吴大帅也不错啊！和奉军打仗过后，每家都给赔钱，损失多少赔多少，——只有多赔的！……"

布商个子高大，脚有点跛，相当关心国家大事。这显然和他直接受过敌伪的损害有关。

"不做生意也不成呀！"他轻声叫道，"他经常要来查账，只要是涨钱么，他就不准你停业——可是那些伪币有什么用呢！"

他沉默下来，紧瞪着我，嘴唇略为有点颤抖。后来他又谈了些北平的一般情况：全是伪军，日本兵经常敞开城门，走出走进，借以表示他们人多。王克敏的儿子在看京戏时被暗杀了！人们深夜偷偷接上电线听重庆的广播……

他又说了一段偶尔和一个隐蔽在北平城内的义勇军会见的场面。他坚决认为日本人终归失败，态度愈来愈益激昂。

"你想，他们把昭和八九年的子弹都拿出来了。"

"你怎么知道的呢？"我忍不住追问了一句。

"子弹不是装在木箱子里的吗？那上面印得有字呀！……"

后来又同村农会会长谈了很久。瘦削多病，显得相当衰老。过去苦吃多了。在天津当过脚夫，也到过沈阳求吃，还讨过两年口。

2月17日

夜里没有睡好，老是想念顾和礼儿。

饭后同贺闲谈了一阵，算暂时将她两母子忘记了。回家不久，非垢和另一位同学来找我。同非垢单独谈话时，我坚决要他放弃返回延安的念头。这时，副官处来送一封岚县转来的信，高兴极了。

把细一看信封，才知是非垢的信！又叫人失望了。是"鲁艺"一位同学给他的信，中间也有一页是给我的。尽管只有几句，其中有一句却相当重要："想来黄同志已经告诉你了"，而由此可见，至少顾在轰炸中是安全的，令人安心不少。

非垢他们走后，全部时间可说都浪费在对这封短简的推敲上了。后来又随贺到卫庄去，在剧团同莫耶和成荫谈了很久创作问题。

晚间写了三千多字有关贺的言谈。

2月18日

早饭时有一位女同志在座。因为种种不快，她要求调到卫生部去。昨天贺去政治部就是为解决这个问题。我们同她开了几句玩笑。

饭后回家，刚好补记了千余字，其芳和一位同学来了。全都露出一副没可奈何的神气。抱怨了一次毫无结果的采访，便懒懒散散地走掉了。他们走后，我接着又写，完成了几天来有关贺的言行记录。

睡了一觉，戴回来了，有周仝一道，他们告诉我饶阳附近发现敌人。接着就又都忙匆匆走掉了。说是去找那位昨天夜里在我们家里坐了很久的老乡；本村人，中等身材，尖瓜皮帽，手表，绸袍，有点流氓相。自言是织布的，我们都不大相信。

这人还告诉我们，他曾在长春住过十多年，天津两三年，新近才从天津回来。他知道一些时事，说是为了保卫国家，愿意参加部队。他还懂得一点日本话："咪悉，就是吃饭。"他表演得不错。

最叫人怀疑的是，他讲中国话就像日本人讲中国话一样。因此，事后戴悄悄向组织报告了。今天又进一步去做调查。……

饶阳发现敌人的情报使人略感不安，不愿意去政治部吃饭了。不久，贺又派人来催促，只好打起精神出发。但一到目的地，我便找"鲁艺"文学系的同学闲谈去了；不料他们正在写信请求贺批准他们回延安去。劝说了他们一阵，彼此不欢而散。

等到三点多才吃饭。饭后又同其芳一道去宣传部喝茶。其间，偶尔翻阅一册废旧日历，发现一位同学随意记录的一些断句、印象。有一面馋涎欲滴地写道："要是杀一条猪来吃多好呀！"还有其他一些疯话。

同其芳单独谈话时，才约略知道一些私人间的纠纷。后来，我劝其芳多做点主，不要让问题弄得不可收拾，就独自回来了。

晚间，史来谈了很久。

2月19日

今天是旧历大年初一，醒来就想到顾和礼儿。我在这里遥祝他们平安、健康！

早饭时候，贺拿出一份电报来，说：

"好了，现在'鲁艺'同学的问题解决了！"

电报是"鲁艺"来的，说不继续办高级班了，叫同学们安心工作。贺要我转告他们。戴乘机把昨天的情形汇报了，说两三位文学系的同学，昨天已经写好要求返回延安的报告，而且不肯接受我和其芳的劝阻。于是贺就催促我立刻动身，将学校来电的内容通知他们。

回家躺了一阵，就动身到卫庄去。碰见两位女同学在街上买零食，我把学校的意见告诉了她们，她们立刻跌脚甩手地笑着嚷道："哎呀！"接着却又压低嗓门，十分机密地请求我暂时不要张扬，因为大家刚才把请求回延安的报告送上去了。真是好笑，她们还以为电报是直接拍发给我的呢！

到了同学们的住处，徐正在说服他们；听见我的通知，大家都吃惊了。只有徐一个人显得轻松愉快。徐离开后，我把能够找到的同学全约来了。个别同学，也就是那位卷入私人纠纷的同学，简直语无伦次，瞎吵得最厉害。经过讨论、劝说，大家这才安静下来……

回到家里，刚吃过午饭，其芳和一位同学拿了给"鲁艺"负责同志的电报稿来；我把我自己同其芳的名字勾了。这自然会引起一些同学不满，但也只好听之。

2月20日

已经睡下好久了，通信员给戴送来一份"通报"：敌人下午已经进占饶阳；拂晓前吃早饭；准备就地进行战斗。……

早晨起来，首先关心的是炮声，结果没有动静。就便把绒汗衣洗了。早饭时贺同甘都谈到"鲁艺"同学写的那份报告，要我再去劝说他们一次。回家后迟疑了一阵，终于出发到卫庄去。

离卫庄村口不远，战士们在做工事。

其芳在房里补铺盖。我向同学们传达了贺的意见，但都非常固执，自己又急于要回湾里，于是单独约其芳到村外去。我们在村庄口谈了一阵，要他多从侧面说服大家。怅怅而别，彼此都感觉很难处。

由于心情不大舒畅，几天来又都没有睡好，我缓缓地走着，瞭望着，心里却毫无感触。其间，只有过这样一个念头：二十多里外的人民正在遭受异族的蹂躏，而眼前大自然的景色却是这样宁静、美好！真感到不可理解，但也一忽就过去了。

在一片翠柏笼罩的坟丛前徘徊得最久，又在一块倾倒在地的白石墓碑上坐了一阵，翻阅着材料簿。房主人领了一位红衣女郎从对面小路上经过，显得惊怪似的瞪了我两眼。老没有炮声，有点失悔离开卫庄太匆忙了。

回家躺了一觉。午饭时贺告诉我，敌工部有两个小汉奸，还拿出一本画有漫画的账折子给我看。饭后约了周全去敌工部，但是没有会见负责同志。据说，两个小汉奸是群众的除奸组抓住的，前去押解的人还没回来。

大约三时，《导报》社的编辑同志前来看我。我们谈到他们的副刊，谈到一些文艺问题和一些作家的动态。最后答应给他们写点东西。

晚饭时候，甘嘲笑了一通一支尚未整编的游击队：通共一千多人，就有四百多个老婆……

似乎又要"搬家"。来湾里七天了，换了一个新地方倒也不错。

2月21日

昨晚深夜，贺独自来谈了一阵，神态悠闲，我相信不至于"搬家"了。

今晨早饭后，甘谈到"鲁艺"文学系同学的事，我感到很难为情。他曾经因为电报问题对他们发过脾气。午后他们果然找我来了。

一同去郊外和他们谈了很久。谁料他们竟然同样固执，照旧不欢而散。只好单独留下其芳，在一座坟头上坐下来交换意见。结果，除了要他再从侧面劝阻，同时还建议向他们提出一些新的任务，这样，他们可能不至于因为无聊而闹情绪。

我也谈到我们自己的事，同时倾吐了对于顾的怀念之情。

回家后仍旧躺在床上休息。这几天感到太疲倦了。也许是天气的关系吧。冰凌已经消融，柳树的枝条也一片嫩黄了。

回家记了几页材料。随后又同戴去村口逛了一转。看见一个玩西洋镜的，觉得可疑，他找侦察科去了。我单独回家，正碰见两位"鲁艺"的女同学来找我，烧了开水请她们喝，说了一通几日来常说的老话："坚决留下来吧！"她们含糊地嘀咕说："女同学就是该走，因为麻烦多得很。"我知道她们所谓麻烦的含意，忍不住悄声笑了。

她们亲自见贺去了，我留下来记录材料。刚刚把堆集下来的材料记完，已经快十点钟。贺忽然来了，谈了几句他和两位女同学谈话的经过。虽然贺走后立刻就睡，但是直到一点过才睡着……

2月22日

吃过早饭不久，其芳来了。他很神秘地叫我到室外去，但也不出所料：还不是文学系同学们的事！据说，他们已经平静多了，但很失望，其芳认为严重的是，徐找他谈过话，说一位同学的言行有破坏作用，而他又无法劝其改正他的气性。最后，我只好把这件事承担下来。

到卫庄后，就找所有在家的文学系同学谈话，气氛相当平静。吃午饭时可就看出问题来了，只有其芳、非垢胃口不错，其余的人都吃得少。那位曾经受过批评的同学，直到午饭后才回家。而他一到场就唠叨不休，似乎有很多委屈，我只好不张声。

到了最后，我觉得不能再沉默了，于是劝他不要口敞，不要任性，不要忘记自己现在是革命队伍中的成员……

"你这个人怎么这么糊涂啊?!"他厉声大叫。

"什么叫糊涂哇？——你把眼睛鼓那么大做什么?!……"

我竭力压抑自己，但他并不检点，所以争吵几句之后，我索性一转身走掉了。其芳赶紧跟踪而来。在门口碰见一位宣传部的同志，他显然从神色猜到我正在发火，老是盯着问这问那；但也终于把他摆脱掉了。

其芳陪同我在村口逛了两圈，边走边谈，气也逐渐消了。随后又一道去看王和黄，她们正在吃饭。一个妇女，据黄说是妇救会的主席，猛地隔着窗子大声笑道："快去看新娘子啊！"这真有点叫人啼笑皆非！随即独自回家来了。

心里很不快活，凭着感情把在卫庄的一场争吵告诉了戴；随又深为失悔，担心这位有点浮夸的秘书又会广为传播。没有吃饭，躺在床上读了两篇《外国作家研究》的译文。情绪照旧很坏，什么人都不愿见！但是恰恰这时屋里陆续闯来一批毫不相干的人，打打闹闹，开收音机听广播……

这简直是故意捣鬼，一切都多么讨厌呀！

据黄说，贺曾向她表示，如果再得不到顾的回电，他要托人把她从延安接到冀中来！但她是不会来的，身体太不行了。……

2月23日

刚好起床，其芳和一位"鲁艺"同学来了。因为小鬼随即来叫我吃饭，所以没有谈多少话。他们因为担心我会为他们的固执忧虑，特别来告诉我，他们愿意接受劝告，已经没问题了。还说昨天在我走后，那位和我争吵过的同学曾经痛哭一场……

吃过早饭，洗好衣服，甘来告诉我昨天同其芳他们谈话的经过，要我再去看看他们，帮助他们认真平服下去，把工作搞起来。尽管在一些问题上还不无分歧，一致的地方算比过去多了。

我先去徐那里。有人正在屋内理发，那位画家在一大幅白布上作画：骑在马上的贺，正在向敌人冲锋陷阵的八路军。我安慰、鼓励了他几句。随即单独向徐谈了一点自己的看法，以为文学系几位同学急于要回延安的原因之一，是深感无事可做，所以应该赶快帮助他们订出写作计划，同时给以写作条件。

前去看望文学系同学时，恰恰那位存在过多委屈情绪的同学不在。据说，已经找过他两次了，都未找着；大约独自跑到什么地方发神经去了……

我们平心静气地谈了一阵怎样收集材料，以及其他的话，有点斗口后言归于好的感激心情。看见两个女同学要甘油的条子，忍不住笑了。吃了画家的花生，直到他们吃完饭我才离开，前去看望那两位要甘油的同学。

她们都把棉衣脱了。其中一位和小鬼在满地阳光的台阶上吃饭，另一位在洗发；还夸说她是用鸡蛋在洗呢。画家随即也赶来了，坐在扫帚上谈了一阵绘画。不久我就回转湾里。

回家后捉了阵虱子。决定洗绒衬衫，虱子、虱蛋不少，也太脏了。正动手洗，甘又来探问我同文学系同学们谈话的结果。其间，我相当含蓄地表示了点我对写作问题和他们的一些不同看法；大体还算谈得投机。

补记了贺昨天夜里的谈话，约二千字。

饭后跟贺在村口鉴赏了一番三五九旅送来的一批日本军马，随又同去周全处找水喝。等了好久水才烧开，于是一面喝水一面吹牛。而从贺的一个外甥口里知道了"抗大"女生队解散后的情况：愿找工作者自便，也可留下来继续学习，选择相当自由。而且"鲁艺"也并未撤离延安。像这样，顾也许在延安找到了工作，很可能到"鲁艺"了……

但愿如此才好。

2 月 24 日

这几天又无聊起来了，怕见人，在屋里又坐不住；老是想到其芳他们那里去。天气是原因之一，最大的原因恐怕是由于关心顾的情况吧。现在我只希望能够接到一封延安的信。……

但我又想，最好的办法恐怕还是加紧收集材料！

吃过早饭去找其芳，以为他们还不曾去大尹村，可以托他们投寄封信。是给我舅父的，求他照看我留在家乡的儿女；不料他们昨天下午就去过了。只好躺在炕上同他们扯乱谈。

那位从分区拨来的高阳小鬼在练习写字。他从前没读过书，但入伍一年以来，已经能写很多字了。他向我们讲了些一位支队长的事迹。

"他喜欢上前线，不愿意蹲在后方……"

他还告诉我们，这个指挥员有匹红马，可以一点钟走二百里。头顶上有只小角，一跑起来就长了，比平常要长一半。有一回，他骑它去追敌人的汽车，很快便追着了；因为队伍掉得很远，所以放了几枪又回转头跑。我想，关于这个人的传说一定很多……

临走时又单独同其芳在村口游逛了很久，一面谈心。

回家后十分痛快地睡了一觉。醒来后写了几页笔记，重看了高尔基的《回忆契诃夫》的几个片断。晚饭时只有周一个人在座，这倒正好是个闲聊的机会；他平常太忙了。他今年三十七岁，黄埔军校第一期毕业，他先在中央苏区，过黄河后到四方面军工作，最后又调来一二〇师当参谋长。

我问他，再有两个月时间，局面是否可以进一步展开？

"很难说，"他笑答道，"这和整个西北问题有联带关系……"

正想问问他村街战术的特点，贺他们回来了。

回家后看了几页书，听了一阵广播；最后关住收音机写日记。心情太不安定了——但是又非安定下来不可，展把劲吧！

2 月 25 日

早晨，小鬼兴冲冲跑来告诉我，关政委来了。接着就送了封航空信来——是由我转交其芳的信！洗过脸去看关，不久就一同去政治部吃饭。

饭后忙着把信送给其芳，竟连我也高兴得不得了！是方敬同其芳两个妹妹给他的信。我都要来读了，知道了成都的轰炸，王明和林老的讲演，翔鹤和均吾都平安无事。虽然都只有几个字，却很叫人高兴。此外还知道有什么义卖队，以及朱光潜等发表宣言反对程天放主掌"川大"，拥护学术上的独立、自由等社会活动。

其芳的大妹依旧固执着要到延安，还说，只要是"苏区"就成。她又劝她哥哥多给妈妈写信，因为她很爱他们，不该让她怄气。又说，她很高兴其芳到了游击区——岚县了，但又为他十分担心……

其芳十五岁的小妹妹也希望能去延安。这位小姑娘反问道："你要我劝姐姐莫来，我自己还想来呢！你才离开成都多久，难道你就忘记成都、大后方是可以住下去的地方了吗？"说得非常理直气壮。

我仿佛接触一般青少年对党的向往和热情了……

方也十分羡慕其芳，而且已经开始参加救亡工作。并慎重说明，他已经订了一份《新华日报》了。这一切都叫人很感动。和其芳在村口谈了很久，尽管互相鼓励，但因为自己没有得到信而来的不安，更深沉了。逐渐忧郁起来，谈了谈我对顾的怀念……

本想到敌工部去看那两个小汉奸的，却径直回来了。

躺着看书，吹牛，就这样过了一天！真太不成话了。下午其芳他们经过这里前去五团，我送他们到村口才转来，怅惘得很。

接到副官处送来的一条日本毯子，是得自滑石片一场歼灭战的，很有纪念意义。

2月26日

早饭后去非垢处，他一个人在写东西，其他同学参加扩兵宣传去了。躺在炕上看了一位留校同学给他的信，废话太多，只提了几句学校的情形。情不自禁地向非垢谈到对顾的挂念，设想……

前天夜里就打定主意去看看小汉奸和发明家，回来经过敌工部时，却又迟疑起来，以为机会很多，一径回家来了。因为关和甘在谈话，就去找周全吹牛。和周全分手后回家看《被开垦的处女地》。虽然马已备好，但也终于把访问行政公署之约给推脱了。

因为时间还早，决定去访问发明家。打听清楚姓名住址，访问的兴头可低落了，依旧回家看书。而且用着同样理由安慰自己，以后还有机会，——这真太不成话了。

饭后又去周全处吹牛。一连喝了十八盅茶，讲了几通笑话，精神算相当振作了，——但有什么用呢！

饭前参谋长来，谈了很久，并出钱为我招待了两位"鲁艺"同学。

2月27日

饭后，非垢和画家来了。画家带来他的一大幅画，铺张在天井里要我批评，好多老乡也走拢来看。随后坐了很久才走，谈了一阵绘画和徐悲鸿的作品。我直送他们到半途才转来。

午后同贺一道去看搭戏台。随又在副官处看他们下了盘象棋。原想回去睡觉，殊不知早有人在炕上躺着了，双目微闭，神情困乏。只好又立刻退出来，到周全那里去扯乱谈。

在街上碰见卫生处的小鬼。他老远就停下来了，对我立正行礼。我走过去牵着他的手谈了一阵，感觉得很亲切。随又碰见"抗战学院"的三位教员，答应他们明天上午十点钟去大尹村讲话。其中，一个瘦瘦的青年教员提到《现代》上有关我的一封通信，看来他对抗战前上海文学界的情况相当了解。

晚饭后，妇救会的赵把她们剧团的主任介绍给我，彼此周旋了一点钟。

回家后决心睡觉，但又接连来了小孟、非垢等人。于是又一同去看戏，等了很久都不开幕，只好独自溜了，躺在家里记了日记。

睡觉前只有一个坚强的念头：混下去是不行了。

2月28日

想了好久，最后才约了非垢去大尹庄。

庄子相当大，村庄四面都是榆树和池塘一样的河沟。颇为精致的装有栏杆的木桥，彩色早已经剥落了。玻璃门窗的理发店十分漂亮。

还有瓷器店和百货店；可是没有一家卖布。而且大半店铺都关了门。因此理发店、百货店的辉煌反而衬托出市面的萧条。

在"抗院"出席了他们的欢迎会，讲了两个钟头。但自己也有收获，从一个姓王的，曾任安国县县长的同志了解到很多情况。午后两点多钟才离开。归途中非垢碰见一位过去"燕大"医务处的女护士，现在军区卫生部服务，年轻、白胖胖的，架着金丝眼镜。通过抗战，人事的变化真太大了。

在卫庄的桥头碰见两位"鲁艺"的女同学，正在吃糖果花生，神态相当闲适。

回家后无所事事。躺在床上连饭都懒得吃了。晚间，关来谈了很久。随后，一位姓李的秘书又来讲了一些断臂团长的趣事。说他从延安带起一批学生，于通过平汉线后，才走十几里就宿营了。全不在意同行者的反对。也不听他这位刚好一道从延安学习转来的秘书的劝告。

"怕什么？这些队伍我都打过！"他向那批年轻人自豪地说，"你们只要一提起断臂团长，就会吓得他们团团转！……"

随后他又同他们开玩笑：

"你们听见过大炮么？"

"没有。"

"那我让你们听听吧！只要几个人就行了！你们把马牵在附近，我跑去扔他两个手榴弹他就会打起来……"

大家担心招来麻烦，都反对他这么做，而他带起警卫员暗自去了。结果弄得敌人轰过很多大炮……

这一夜，好些人失眠了，只有我们的"团长"照旧睡得很好。

3月1日

饭后戴向我谈到副刊的事，态度不怎么好，因而谈话毫无结果。听到村街上因赶集而造成的市声，心里更加感到不耐烦了。

在村外的墓地里徘徊了很久，于是决心去找非垢。回家后勉力为他主编的副刊写了一篇有关伪军的小故事。随后又看了房东收藏的一册关于上一次欧战的画报，其中一幅是一个套着军服的士兵的骷髅，题名叫："从前这是一个人。"对帝国主义战争揭露得相当尖锐。又一幅是照片：抱着孩子的退伍的丈夫，流落街头，无家可归。……

一连翻阅了两次，心情更加不快活了。躺着和非垢闲谈了一阵，吃了一汤碗小米粥。画家又为我买了香烟来抽。用玩笑口吻谈了些有关自己和同学们的琐事。回来的时候已经两点过了。

躺了很久，但是始终不曾入睡。随后其芳从五团回来了。送他们出村时碰见周，才知道六团正在河间附近作战，并且胜利了。副官长在打电话询问战斗成果：缴获重机枪一挺，步枪十几支，打死鬼子五六十人……

晚饭吃得很晏。是点起灯吃的。饭后，那位姓李的秘书为我讲了两个故事，但无一可用者。因为他太着重故事了，没有什么动人细节。

3月2日

今天是来湾里后第三次落雨。比较前两次落得大，可以听见声响。很快就道路泥泞，随便走走，鞋子就湿透了。

冒雨去访问了发明家，对他的经历谈得相当细腻。回家后睡了一觉。醒来时听说有一名受伤的俘虏，押解到了本村，立刻出去打听；

可惜已经让他休息去了。

夜里关来谈了很久。谈话的内容主要是农民、战士的生活和习性。

3月3日

这几天想念顾更厉害了，真是恼人。昨天捎了封信给返回延安的一位熟人；而不管如何，本月内我得离开冀中。

早饭时候，因为贺谈到伤员问题，饭后去医院采访。负责同志不在，没有让我进去。仅止看到一口白木棺材，停在村公所院坝里。和几个小看护谈了话。其中一个是班长，瘦瘦的，眼堂下有很多雀斑，十七八岁光景，甘肃人。他们胁下各自挟着一只撮箕，在四科大门口为伤兵领白面。其余三四个看护，比那甘肃人还年轻。

我问他们吓怕不吓怕，那位甘肃青少年平平静静地微笑了。

"怎么不吓怕？"他回答道，"晚上跟伤员一道睡，说不准一下子就死了！……"

惘惘然回家看书。不久，断臂团长来了，扯了很久乱谈。贺最后也摸来了，要我们一同去吃午饭，随又跟他一道去看白求恩大夫。中途碰见其芳他们，于是单独转回家里。傍晚送其芳他们回去，不料途中又碰见一位做敌军工作的同志，就又在路边梨树林下闲谈起来。

这位同志是广东人，曾留学日本，学的化学。矮小，瘦削，颜面显得有些苍老。上午，我曾约他一道去看一个俘虏：左臂受伤了，大衣已经补巴；颧骨突出，神色黯淡，已经没有那种以征服者自居的骄横气了。

当我们去看俘虏的时候，已经有四五位战士、马兵和小鬼在那里了，直到我们耽延了很久离开，他们还不肯走。

夜里关来谈了很多，话题很多：街头诗，旧形式的利用，以及他对两三位负责同志的印象。对于萧，他说他不世故，好钻研。凡事都很认真。他还谈到萧借阅《浮士德》的经过。对彭总他很佩服，说是外表看来严肃冷静，实则却很热情。在谈到朱总的时候，他的声调竟然那么亲切、柔和，充满对待年长亲属的不同寻常的感情。他还讲了朱总的一些动人事迹……

然而，正当谈得上劲的时候，那位姓李的秘书来了。而他一来，就相当兴奋地把话题挪到一场纠纷中去，叫人未免感到扫兴！

关离开时已经夜深了，于是写了几行杂记后就睡觉。

3月4日

夜里睡不着，白天也睡不着，一天就这样昏昏懂懂的过去了。……

傍晚，其芳、非垢同几位"鲁艺"文学系同学来找我。说，最近有人要去延安，有人已经提出回去的要求，如果得到批准，他们也准备离开冀中。这太叫人不愉快了！感到很伤脑筋。

同他们谈了很久。送他们回去时，又在村口费了不少唇舌，但是没有一点用处。有的甚至说出些不三不四的糊涂话，真叫人莫可奈何！

晚间彻夜不寐。想到不能不向贺提到这一切，就很难过。

3月5日

上午依旧躺在炕上睡觉；其实连打盹都说不上。

午后指导员来。没料到这次谈话竟然一气扯了一个钟头，知道了他许多重要经历。现在只有二十六岁，十八九岁时，大约为一九二九年，他就开始在洪湖参加地方工作。后来又当红军。哥哥、兄弟，都在战争中牺牲了。

抗战开展后他曾经给家里写过信，但是杳无回音！大约在红军退出洪湖后，全家被敌人杀害了。他还有个妻子，则早在红军转战于川鄂边区时，被土豪劣绅组成的还乡团抓去，卖掉了！

父亲、兄弟主要靠打鱼养活全家，他自己因为嫌打鱼苦，夜里、冬天都得下水，租佃的土地又少，于是帮人家放牛。而在参加地方工作之前，他就连牛也不愿意放了。他忍受不住东家的压迫剥削。

"晚上要担水，半夜就要起来挽草把子，苦得很！一天我去放牛，靠在树脚下就睡着了。等我醒来，牛把人家的麦子吃了很多！有啥说的，这当然又该我赔钱啊！他妈的，一年十三串钱他就给你扣去三串，——一气，老子不放牛了！"

这时候，他已经有了组织关系，所以立刻完全投入工作中了。他是由一个长工介绍参加革命的，而该地组织的建立者是一位烤酒匠。他们参加的目的是打土豪，因为他自小就看见过地主为了索债、索欠租，下过他一家亲戚的门扇。

"警察官府我也讨厌得很！"他接着说，"我们每次卖鱼他们都剥削你，说：'检查检查！'哪里是什么检查呢，要拿你几条鱼就是了——你话都不敢多说一句！"

脱离放牛生活后他参加的是秘密游击小组，三五人一组，打土豪，一律戴平顶瓜皮帽作记号；但也时常改装，因为团防随时都在追捕他们，已经"闹红脸"了。

一九三三年成立苏区时他改做宣传员，因为他已经可以毫不红脸地对着群众讲话。于是他开始和文字接触，开始知道了文字的重要，学习读和写了。他和别的宣传员互相督促，比赛识字。这中间，他曾回家养过一次病，后来就参军了。

他追述他的哥哥、兄弟参加红军的原因道：

"他们不能不参加呀，土豪的东西也分过了，田也分了，你不保护革命怎么成呢！一些土豪劣绅又在暗中威胁许多落后分子，说：'你们搅不久的！'秋收时候这种事情就多得很，所以一个号召，那好多人参加哟！……"

接着他又说了许多关于当时洪湖的一般情形，但被一位不速之客给打断了。指导员个子又小又瘦，眼睛有点近视，是个认真而又热情的人。我们相识已经很久，可惜平日太少于交谈了。

傍晚，他又来谈了很久。晚间，关也来了。这其间，以关谈话最多，走的时候已经快九点钟。

3月6日

闹热的集期。一个面麻的大块头女人在向我的房东老太婆哭诉。我没有听懂她的话，但我猜想，她哭诉是为了家庭纠纷。看来神经有点毛病，许多人都有意挑逗她，就连房东老太婆也这样。她一来就哭哭啼啼，不时又忍不住笑几声；接着可又哭了。

随后她向街上走去，自称她要毫不惜钱地去买东西来吃，因为她没有吃早饭。她又揭开破旧黑色罩衫让大家看。

"你们看吧，"她嚷叫道，"好衣服我穿到里面在，——我就是要丑他！……"

我问房东这是怎样个人，小老太婆张开缺牙、打皱的小嘴笑道：

"有点疯！老汉省得很，一个小钱都不乱花。她又吃纸烟，又吃零碎，说，把他吃穷了我就要走了！……"

几次打算向贺提谈回返延安的问题，这天上午算得到结果了，心里轻松了许多；但依旧不很安静。随后同戴去断臂团长处吹了阵牛，吃过饭又在村口看副官处的同志做游戏，自己也伙着胡闹了一阵。

晚间贺来谈了很久。

3月7日

夜里睡得很好。

上午，其芳来。在送他回去的途中，我告诉了他我同贺谈话的内容，并对一位同学表示了自己的不满。到了他们住处的时候，心里更不舒服，所以拿了其芳的地图就回来了。途中与那位敌军工作者相遇，也只简单闲谈了几句。

傍晚时史带了一位青年同志来看我，谈了一些文化问题，约我答应参加九号他们的会议。这是位矮小结实的青年，曾经组织过游击队，他和一位支队长很熟，要我收集这位同志的材料。而我认为由他来做这项工作比我合适，并鼓励了他一通。

晚上关又来谈了很久，对于我所一直注意的那个人提供了很多可贵的意见。他也谈到关于返回延安的问题，意在劝我把顾接到边区的安全地带住起，但是我辞谢了。因为我相信她不会来，她一直都想念她留在四川的老母和孩子。

最后，他表示一周内有动身的可能，这自然是可喜的，但又感到仓促一点，觉得还有不少材料尚未动手收集。深恨自己一直的马虎和不够勤奋。现在算尝到后果了。

夜里老睡不好。

在河西村①

没有睡好。老是想着前两天同一个老乡谈话的情形。

在薄暗的黎明中忽然看见来听收音机的，在和秘书同收音员谈着话，知道已经打起来了。

从炕上坐起来收拾行李，打好绑腿。

听见了繁密的机枪声。大炮声更密了。

没有恐怖。就只头有点昏，疲倦得要命。这是因为伤风还未全好

---

① "在河西村""在碣马""在史家庄""在侯家坞"这四则冀中日记都没有标明时间，现归入"1939年"日记，文末保留其发表时间。——编者注

的缘故。准备收拾好再睡。

秘书在忙着收拾文件。另一个在擦手枪。

其芳跑来要自来水笔，又匆匆走了，说：

"真响得近呢。要我赶紧做伪装……"

他终于把门拉拢，轻轻松松地走了。

八点钟的时候炮声稀下来。听不见机枪声了。到街上去看了一转。墙边呆站着一个个的老乡们，睁着好奇的眼睛。有抱小孩的男人，老太婆和小姑娘。没有恐怖和不安，但街道却比往常清静得多。

碰见了作战科的唐。他在吩咐一个同志：

"把机枪安在菜园子那面去……"

他的态度平静，照常带着随随便便的神气。

我走过去问他情况怎样，在哪里打，他回答道：

"恐怕是大团丁村。还没有来报告呢。"

大团丁村离我们只有八里路，离敌人的据点辛桥十二里，无疑辛桥的敌人已经大规模地出动了。

我回转到住处去。在炮声中吃了早饭。我们吃着，推测着敌情。秘书提到昨天夜里的枪声，那发生得很突然，只有三响。我也听见的，这也许就是战斗的预兆吧。

饭后通信员淌着汗送来一道命令：

积极休息！

然而我却总睡不着，于是强制自己在同伴的鼾声中，敌人的大炮声中做起前夜未曾做完的工作来，其间来了周全和曾医生。曾是十六岁时长沙之役参加部队的，以前他是一个教会医院的看护。

为了表示对于客人的关心起见，他十分热肠地为我壮着胆，谈着国内战争时代的事，那些无情的轰炸，那些迫近死亡的危险，以及他个人情绪上的反响。他说：

"飞机哪样炸我们都不管，就这样靠在岩壁上，等炸过了，又走！"

在客气的见地上，我也笑着这样说了：

"怕倒不怕，就是大炮响得太密了的时候胃有点翻。"

周大笑了。医生却从生理上为我讲述了一番所以胃翻的理由。之后，各人找出一本《七侠五义》来，分别靠在炕上，慢慢看入迷了。

他们直到一点钟才走，已经听不见炮声了。隔壁院内高响着"好铁要打钉"的合唱。

（原载 1940 年 2 月 10 日《新华日报·文艺之页》第 1 期）

在碣马

十点钟望北出发，过了一道河，相当宽，水清见底，是唐河的上游，已不复如下游的浑浊了。

沿途很多处是杂着鹅卵石的沙地。

许多新开的水渠。在敌人不断的扫荡中能有如此的建设成绩，这是坐在后方的人想不到的。

在一处沙坝上碰见飓风。这对于单调的行军生活所引起的反响是一阵小孩子般的狂欢的呼啸，大家嚷着，鼓励着，逆着风沙的尘雾挺进了。

到碣马时已经三点钟。十多匹马都全身湿透了。遛了一会马，我们去合作社吃午饭。后来同李一道会了唐县县长。望都人，二十六七岁，是个很可亲近的人。战前在北大学理化，当这里的县长已经两年多了。

作为县署的是一座平常的小院。屋子里人很多，有办公的，有来交涉事情的武装同志和老百姓。电报员在低声地念着号码。问了一些必须知道的敌情，我们就告辞了；并且约定晚间我再单独来。

打点好住处，给马匹上好草料，我便独自到街上去。村街全是深青色的石头铺的，房屋的材料也大部分是石块，坚固得像城堡一样。门口多有大而光滑的石条，是供人们坐的。我在一家门口停下来，因为那里有着很多男女老少在晒太阳，并有一个卖布的老头，黑胡子，脸色红润，神气无忧无虑的。

这里是经过敌人的蹂躏的，我问他们当日的情况怎样。一个青年人含笑答道：

"还好，就东头烧了十多间屋，死了两个人。"

"你们跑没有跑呢？"

"都老远就跑了，只是他两个没有跑掉。一个绝房老头子，在生病，没有跑；一个出村口就碰上了。"

"可是大家的粮草都给烧光了。"一个麻面短须的老人接着说，"他要烤火呀。烧一大堆，就这么围着……"

乐观的卖布人插嘴道：

"那还算好的呢，我们村子里的家具都烧光了。"

他将着黑油油的长须，眼睛老是眨着，仿佛凡事都很有把握似的。因为面容还相当年轻，我问起他的年龄，他用手笑着比了比数目：

"五十——不多不少。"

麻面老人摸着自己花白的短髭叹息了：

"看胡子你还比我大呀，我七十四了。"

"我才蓄了三个月。"布客得意地接着道，"就这么长了。"

"你为什么蓄的呢？"

"为什么？常常要给游击队引路呀。他们看我胡子这样长，就说：'老头儿，你快转去吧！送几步路就行了。'"

"那你的胡子倒给你保了险呀！"

那青年人不平地打趣着他。我接着也批评了他几句，但他都满不在乎似的，笑着，捋着胡子嚷道：

"卖布哟！"

一个年轻女人拿起一块布同他讲价钱，他笑说道：

"就这样：少一个不卖，多一个不要你的，信得过就买吧。"

我转到村街的东头去了。在一处烧毁的院落里我碰见了那女主人，一脸细细的麻斑，小眼睛，肥鼻头，已经七十二岁了。头顶光光的，鬓边的残发结向脑后，系着一只小得可怜的黑布结子。丈夫是个医生。她诉苦道：

"吃的没有，烧的没有，真够过哟。"

我问她家里还有些什么人，她照例颤着嘴唇答道：

"全死了。只有一个媳妇，什么也不管，想起来总是死了好些，——儿子来又昏头昏脑跑什么呀！"

她的媳妇回来了，高长长的，像个恶毒妇。一见我就笑道：

"同志！你看怎么办呀，一点吃的没有。"

她们再三问我中央是不是要发赈，我支吾着走开了。

我又走向另一个被难者家里去。大门里的墙边有两个工人用泥土封着一口棺材，据说这里面并没有人，是空的。一列长五间的正屋只剩有墙壁了。只有南面的厢房还是好的，一个青年女人跪在地上烧着炕，头上包着孝布。我问她道：

"你们的房子是日军烧了的么？"

她红着眼圈答道："什么东西都烧光了呀！"

回去躺了一阵，傍晚时候我再到县政府去。县长正在开会。我退到村口和两个小孩子扯了一阵。几个老乡蹲在水井边闲谈着，其中有两个是邻村来买棉花的。我问他们这是否可以随便买，那老者答道：

"不成。少买是可以，还要村公所开条子。"

（原载 1940 年 3 月 11 日香港《大公报》）

在史家庄①

正睡过午觉，一个高身材的，白色发鬓的老太婆，由这木匠房东的女人引进来见我。她的身体挺直，很矫健，一双圆圆的黑带黄色的眼睛炯炯有光。

她一跨进门就笑着招呼我道：

"同志！你们可是路东过来的吗？"

她的口气音调带了一点和她的全体的坚定不很相称的慌乱气息。

我承认我是由冀中才过平汉铁路来的。同时我想起一个小小的队伍在我们过铁路前出的岔子，他们和老百姓的联络没有取好，再加上一点疏忽，在横过那一条倒霉的封锁线时被敌人冲溃了。

我承认着，一面请她坐在炕上。

"不要客气，"她拒绝道，"我是来找同志打听一件事的。我有个小女儿，早就说不受训的，你知道么？"

"她叫什么名字呢？"

"丁强。我的两个儿子在河间回民教导大队工作。他们来信说她早动身了。"

我想起偶然碰见的两个暂时留在路东的小女同志，我一个同道的认识她们。我说：

"也还在二分区吧，"我推测着，"上次因为路不好走，所以女的就留下来了。我可以帮你打听。"

"一个月以前就来信说动身了！"

"你不要着急，绝无问题的。我夜晚回你的话。"

"那就太麻烦同志了！"

---

① 史家庄：在河北省中部。

“都是一家人，没关系！”

我安慰着她，随又问道：

“你就是河间人么？”

“不，东三省人，‘九一八’就逃到关内来了。”

打听结果，因为队子里的人谁都不知道姓丁的，加之身体又很疲乏，直到次日傍晚我才到丁家去。她正立在房门口，院坝里则站着两个圆领短衣的老人，脑顶上是白布小帽，一个是青色的。

戴黑色小帽的是老太婆的兄弟，蓄着一绺青须，面色红润，精神异常饱满。老太婆兴高采烈地把他们介绍给我，于是大家让我到室内炕上去了。

我叙述了打听的经过，并且安慰道：

“不要担心，决不会有问题的！”

“对，不要担心，”但她的表情告诉我，她显然是在担心着什么了，“她们女同志总是在后方的。”

“她是在哪一部分工作呢？”我问。

“妇女救国会。”老夫妇两个同时回答我。

“那就更不要紧了！”我极力鼓动着他们的信心，“我走的时候还在抗联见到很多女同志，情绪都好得很。她们是同指挥部一道移动的，决无问题！”

“是呀！”老太婆叫道，“她们经常都跟主力走的。”

我忽然转了话题，问他们是什么时候入关的。老太太想了想答道：

“‘九一八’后一年就到北平了。”

他们的家离沈阳只有一百里，老头子是以做染料为职业的。儿女却住过学校，大儿子东大毕业，现在是沧州的民选县长。次子为家室所累仍留北平，做着小买卖。顶小一个在回民大队工作。

我称誉了几句回民大队的淮镇之役。

“咱们回民就是齐心！”老头子接着道，“比如你打死咱们一个人吧，大家都一起干起来了。"

他笑着，眨着他的一只瘦眼，遂又加上道：

"那晚上我们正要动身到西边来，他们说，咱们去摸吧！就带起人到淮镇去了……"

"你们过铁路安全么？"我问。

"没有事！"老太太说，"我们是乘赶集过的。好久以前大小子就要我们走了，说是路西安静些。这样也好，他们可以少操些心，替国家多做点事了。"

我问他们从东北逃回关内的时候带得有东西家私没有，老太太叹息道：

"带什么东西呵！能逃脱就好了！"

"敌人对你们怎样呢？"

"横竖是不把你当人呀，"老头子叫道，"说不对就打就骂。随便他的高兴杀人！"

"高丽棒子更可恶！"那一直沉默着的黑帽子说，"好的不跟日本人一道，尽是坏的。中国人的好地方呀，他们全占去了。就在我们三十多里路的地方有一段小火车道，高丽人又去占，咱们不依，后来被日本人打得好厉害呀！……"

我和老太婆都叹息了。他的阿哥接着说：

"前年家里有人来，目前更厉害了。敌人在咱们大虎山有一个狗圈，养着很多狗。你不服气吧，日本人就把你丢进去；哨子一吹，狗就来啃你来了。"

"你看他们怎样待中国吧！"

老太婆动情地提醒着我，叹息了。

（原载 1940 年 8 月 13 日《新蜀报·蜀道》第 199 期）

在侯家坞①

上午脱光了上衣躺在天井里的长凳上晒太阳，温暖、舒服，有点悠然自得。

饭前秘书引进来一个老乡，一脸大麻子，漆黑，瘦长长的，黄而稀疏的胡子，生动灵活的小眼睛。是收音员的堂兄，因为一个战士的传言，他特别从十八里外的庄上来看他了。

他在指头间转动着旱烟管，甜蜜地笑着，回答着我们关于敌情的探询。

"这几天正在抓人修汽车路。"他说得很神气，"天天在抓，差不多快修成功了。"

"你们庄上抓过人没有？"

"没有，前几天来游逛过一次，抓了些鸡鸭，就又回辛桥去了。"

动着小眼珠，他很感兴味似的笑将起来。

"你想：额外他抓什么呢？"他反问着，"只有几个老年人应付，年轻的听见后就跑了。可是不敢到辛桥去，去了就没回来的，——抓去修路！这个兔崽子！连做小买卖的也抓呢！"

我问他被抓的能否脱逃，他笑答道：

"那怎么好跑呢？前几天正在修路的时候游击队去打过，放了几枪，全跑回去了，日本人也跑了，工作搁了好几天！"

他高兴得大笑了。

"你们知道么，"他说道，"这是早约好的！"

因为收音员曾经告诉过我们，他们的庄子是被敌人烧毁过一次的，我又问起他当时的经过情形，但这与其说是由于好奇，毋宁说是由于

---

① 侯家坞，在河北省中部。

对方的开通、乐观引起了我们的高兴好些。

"三百多家的房子全烧光了,"他诉苦地叙述着,"只有东头一个小庄子没有烧。现在大家都住棚子,红粮秸搭的;拿烧烂了的木料砌个炕;人们就这样过日子呢!吃没吃的,烧没烧的,全叫鬼子搞光了。"

"怎么会害得你们这样厉害呢?"

"为什么?俺们庄子上的队伍把他们打凶了呀!那又是俺们炳元的队伍,他是俺兄弟,在当营长。兵,俺庄上的人也很多。有一回搞死六七十个人,汉奸就引他们来了。"

"你们不是要怨恨崔炳南么?"

"这怎么怨恨呢!咱们不是一条心打日本吗?自然也有讲坏话的,说,俺们不打他们,他们怎么会来烧房子呀!"

"就是不行,碰巧了也会烧的。"秘书说。

"可不是。"麻子赞成道,"□口村就是这样的,几个汉奸还叫预备好日本旗欢迎呢,可是一个样儿。他们讲笑话,说全村一个贞节妇也没有了。"

我问他,他们庄子上参加部队的有多少。

"多得很,横竖全庄每家人总有一个两个,大家都清楚要干才出得到头呀。像俺们连云(收音员)放倒生意不做了,一个心抗日。"

"他家里的生活还过得去么?"

"不好混呢。娘母就小小的这样一个棚子;挑点野菜,找点木料烧烧,就这样混一天。其实都这样啊!谁都不好混。"

收音员终于回来了,他问客人来做什么,这一个笑答道:

"做什么?来看你呀。"

他接着又提出几个同村同宗的人名来,问年轻的收音员,他们现在什么地方驻扎,好不好,有谁带花没有;他都得到了满意的答复。

沉默一会,收音员问起他春耕的情形。

"已经下种了,"他回答着,"不种,下半年吃什么呢?今年可苦得很，不敢用牲口，日本人一看见就牵走了，大家就用铁锹呀、锄头呀种地。可也没办法了。"

大家暂时沉默下来。

收音员脸上笼罩着一层忧愁。大约正因为这缘故，来客忽然显出高兴的神气，笑嚷道：

"前几天该打一个好仗的，可惜没有队伍，三十多个鬼子，一进村就倒在地上躺起，就像死猪样，把脑袋瓜子割下来他也不会醒的呢。"

他失望地叹息了一声。

"俺们留在村里的人都太守本分了。"他说，"还有十多辆大车在村口搁起。他们只摸了他三袋白面，三麻袋子弹，当天没有觉出来，第二天一早就跑来了。糖房里的崔二给打了一顿杠子，才招出来，才退还了。这家伙该早跑呀！"

我问他日本人用的什么钱。

"还不是咱们用的边票！他们自己印的票子买东西老百姓不用。说咱们没有见过。只有一回用过标准票；一个人挑了担面去辛桥，一望见敌人就跑，这一下放了几枪，追回来了。一挑面拿去了，只给了两毛标准票，——娘的！满满的一大挑白面呀！"

对于他的认真和直率，我们大家都笑了。但收音员却并不笑，于是全体随又转为沉默。

来客默默地抽燃一斗烟，说道：

"真是奇怪！"他回忆着，显出孩子般的惊异的颜色，"鬼子烧起房子来真快呢。一个筒子，有这么长，这大点，拿到房顶篷上这么一掠，擦根火柴，立刻就熊熊的燃起来了；一转眼一间房子就烧光，没有了，这是怎么回事呢？"

我们没有谁答得出来，只是胡诌几句。但他也并不在意，好像他不过是在排遣他自己同他兄弟的乡愁而已。因为毫无疑义，那个青年一定是在想着他那苦难中的家属了。

但沉闷似乎和来客并不相宜的,所以,当他吃饭的时候,他又谈到他们的庄子被毁的情形,而且牵连到一件类似命运的插话。

他以为那苦头是汉奸带来的。

"这你看怎么说呢?"他继续道,"本来他早就该被铲除了的。一回,他替敌人探消息,叫我们炳元捉住了,吩咐了两三个人拖到外面去枪毙。已经离村口很远了,就要干了,喝!你看,敌人的汽车恰恰开来了;几个人丢下就跑,不就滑脱了……"

秘书笑骂道:"这几个脓包!"

"是呀!"对方笑着表示同意,"你只要二拇指一带也就把他毙了呀?都是没有见过日本人的汽车的,才参加部队不久,又没有经验。"

饭后,他装着烟管,又忽然对收音员道:

"你相信吧?"他天真地笑着,"这不久他到咱们村子里来过呢。找过村长,说他决心反正,叫对咱八路说。还请全村人替他担保呢。"

"你们答应没有呢?"

"谁答应呀!"

他叫嚷着,浮上一层复仇的愉快的微笑。

看了收音员的神气,他显然想找机会同来客谈谈家常,于是按照惯例,我们睡中觉了。

我们醒来的时候已经两点多钟。收音员同来客的对话已经停歇,我以为他们出去游逛去了。但定一定神,他们却还在谈着呢。

我听见那青年人在哽咽着说道:

"难道你不晓得这是没办法的事吗?"

"怎么不晓得,可是家里也太苦呀。所以你娘的意思,耐得过就行了;不管多少。"

没有回答。

"真是小孩子脾气!"来客嘟哝道,"有自然好,没有还有我呀!怎么的?"

"怎么不找农会呢?"

"找过的,现在就靠优待呀?"

"那还逼我怎么的?"

"逼你?她不过要我顺便提提罢了。谁都想生活好点的,是不是?没有,就没有好了呀。"

停了一会,他便转了话头笑道:

"你知道么,咱们达生也参加部队了呢!"

"他也参加部队了?"

"你想不到吧!现在的人就都这样呢。看他不声不响地守本分!他却要当兵呢。"

秘书终于从炕上坐了起来,呵欠道:

"他妈的,今天睡得舒服了!"

客人插嘴道:

"听打鼾就知道你们睡得香呢。怎么样,抽筒烟醒醒神呢。"

他离开我们的时候已经五点钟了。这其间他又给我们讲了若干敌人和老百姓的情形。娱乐了我们同他自己,因为他说得很轻松。

秘书拿了五元钱让他带给收音员的母亲,他像绅士似的替他客气了好久。

（原载 1940 年 8 月 29 日《新华日报·文艺之页》第 16 期）

1956 年①

8 月 14 日

不过三个星期，成都车站又变样了。添了两大栋候车室。

这是我第一次坐宝成路的火车。只有硬席座铺，人很拥挤。庞大的候车室，人挤得满满的。不知道是哪里来的规矩，先要换一道牌子，然后才能进站。不少人排了列子，把包袱放在那边，等下来。有的，大多是年轻干部，用方方正正的旅包作台子，围坐着打桥牌，神情非常专注。

时间到了，人们背上行李，拿起家私，开始进站。各种家私都有，从提包一直到小孩子的摇篮。

一个女人，褴褛，手上抱个孩子，后面还跟了三个：有的拿着竹椅儿，有的抱着一团破毡子，最大的拽着一只绳捆索绑的破箱子。一连跑了几个车厢，都没找着座位，最后，她向列车员嚷道："太官僚主义了，把我东支西弄，不给座位！……"

同座的有两个人。一个是凤凰山的农民，五一年参加筑路工作，现在已是三级爆破手了。三级是最高级，每月有五十多元工资。他是轮休后回阳平工地的。另一个是犍为人，人大的学生，五一年参加学

坦克驾驶，五四年因病转业。拿二等津贴，每月二十余元。我们从工地、学校，谈到农村：会议多，劳动紧张，良种粳稻都叫唤赔了钱。爆破手的一个朋友来了，带着自己的年轻妻子……

沿途站口上都有好些人等着看列车经过。给我背行李的小孩说："我们这里么，大家早就不感觉新奇了！可是像遂宁、三台呀，还有人专门跑来看火车呢！"这孩子才十四岁，父亲在帮人做糖糕，全家有六口人。据说，来搬东西，都得先登记过。

从车站进城，马路很宽，有很多堆起的木料。旅馆不少，大多集中在靠城的地方。

8 月 15 日

锅巴：十岁，黑，瘦，脸孔像个猴子。腾跳，能言会谈，说话叽叽吱吱。有点不修边幅。母亲是个演员，到上海学习去了。父亲工作很忙。两个小兄弟在托儿所，而她自己经常无人照管，常来找刚弘（虹）玩。星期日下午她愤愤不平地告诉我，父亲六点钟就叫醒她，说自己学习去了，要夜深才回来，赶紧去找你的八老子领你吧！八老子实际是她姑姑，在《四川日报》工作。

她昏昏懂懂到了八老子家里。人家还在睡！她蹲在门口等。好容易门开了：没有她八老子！是八老子的房子让一对新婚夫妇占了！她又被领到八老子的新居去。把小弟弟帮我看到下班吧！因为这个八老子本人要去听一个报告，丈夫又到外地学习去了，正在着急七岁的回来过假期的儿子乏人照管。

这个弟弟顽皮得很，又爱哭。锅巴像个大人一样教导他：我没有见过你这样的孩子！……

锅巴被缠了大半天，只吃了一个蛋糕。她噘起嘴抱怨道：今天真碰到鬼了！

刚把上面的故事补记好，王部长来，谈了一阵川北地下党解放前的活动，都是从前不知道的。从他的谈话证实了一件事：四七年中央确乎准备派王老带一支部队入川，在通南巴建立根据地，他们派了几十人的先遣部队去，几乎被敌人全消灭了。同时，我又记起了川西第一次农代会上那个找寻王老的马夫，剑阁人。他向我诉苦：王老派他回来做侦察员，接应他们入川，结果连关系也隔断了。

十一时刚俊来。谈了一阵创作上的问题和苦恼。从她口头，知道陶神不久前跳水死了。学习当中，他常一言不发，满头大汗，领导找他谈话，解除他的顾虑，但他仍然在一天早晨，假装取衣，跳了水。

三时乘车进安县。在界牌子吃了碗茶，同老乡闲谈了很久，都对良种粳稻表示不满。

南门河坝是那样清冷，找不到一个脚夫。可是茶馆里有不少人打纸牌。街道看起来多狭小呵！

也有不少新屋，还在继续修建，但都是公家的。房屋都有些破旧，看了叫人感觉难受。

晚上，独自出街逛了一圈：相当热闹。十字口围了不少人，男男女女都有。各行业的人挤铺堂里学习。南街上有几处正在修建新屋。木料上坐了妇女们乘凉闲谈。很少看见熟识面孔，真所谓面目全非了。

安中校正在开青代会。一个突出的现象：青年们学习着普通话。走来走去，客客气气地在学发音。

这是黄昏时候，一个肥胖、身穿蓝色服装的小学教员，经我一问，立刻用普通话同我对谈起来……

8 月 16 日

早上，有一对中年夫妇在安中操场进处放一条母猪、一群猪儿。很少有这么肥的母猪，圆滚滚的。母仔同一花色：纯色，只有耳朵同尾巴是黑的。那女的说，本来两只，另一只去年没粮食，喂了酒糟，死了。

进城去。在城墙边碰见廖老师。和从前差不多，只是穿着要朴实些。满口普通话。

在南街上看见了陈雨村，胡子花白，干部服，赤脚穿着一双油绿布操鞋，鼻头上小眼镜依然。他正拿了一束纸头往一家铺子里钻。他恐怕是在帮商家提账吧。中午由北门进城，又看见了他：在守纸烟摊呢！烟摊是摆在他家大门口的，一张方凳，一个大红盒，货色少得可怜！他守在摊子边，一边慢慢看书……

去会刘县长。隔着窗子，一个教育科的干部神气活现地盘问着我："哪里来的？""有介绍信吗？"最后来一个没事：开会作报告去了！转身碰见一个认识我的人员，我顺便交代了几句话。大约这个信带到了，回来后，正同刚俊和一个老区长闲谈，刘县长来了。开朗，精神抖擞，从他了解到不少情况：前两年，十部马车，五六十部架架车，经常没有生意。而今，天天客满，货运不完！而且架架车已经增加到近两百部了。

据他说，安县农村劳动力还没有使用完，因为每个劳动力每年还只能做一百二十多个劳动日。原因是窝工现象严重，劳动组织存在问题也多。粳稻误了季节的原因也弄清了：种子早已运到，快下种了，地委指示说，一定要拌了什么药才能种！后来季节过十几天了，又赶快来电话，不拌药也可以！这一来耽搁了十六七天！

8 月 17 日

碰到黄传庭，一道去约了刘济棠喝茶。一道在桂花树下谈了很久。

刘住在原关岳庙。去问探时，一个高大的年轻知识分子，就那么把下巴一甩，算是回答我了。随后才知道是孙淑轩的大儿，在领导剧团。孙有三个儿子、一个女儿，都在工作。她的烟瘾，就是她的儿女们逼着戒掉了的。现在每人每月都有钱寄她，生活很好，人也变了样了。电烫了头，簪着时髦的发夹，喜欢打扮。不仅如此，去年还曾经找一个爱人呢。尽管年龄已经五十带了。

刘又谈到自己的两个儿子。那大的是会计主任，原来到新店子受过训，还叛过党。老二在岳池参加工作。土改时他做一个据点的工作组长，印了名片，名片上又印了"头衔"。日常爱挪扯钱，每月都有透支。喜欢吃，枕头上随时可以发现鸡骨头和粮食之类的东西。曾写信诉苦，就因为个人英雄主义，现在连婚姻问题都未解决，而且发誓要改。济棠还有个么娃，现在省公安局工作，还相当好。

从谈话里，才知道镇长是做糖的，我认识他的父亲：段忙的亲戚，左位街人，一副烟瘾，懂得点西医。副镇长是女的，孙茂修家的使女。这两个人我倒觉得应该找机会谈一谈。

黄说，吴兴国在乡下被强迫劳动，做不动就躺在田里，言下颇不以为然。

刚俊找来不久，又一道去人委会，约王乃红一道去吃饭。

王为人较和善，大块，见人还有点害臊。谈了些初到安县时的情形。他是同赵一道来的，自己做饭，赵的衣服弄得像油蜡片样。他说一个人躲在楼上煮饭。晚上要分别站岗。王是二区的，住花荄，不少人都在他初到时去找组织关系，连钟玉文都去了。他们曾经利用钟来打击吴会吉，然后逮捕了……从王证实了一点：起初麻痹恶霸们，由队伍上来的做指导员，组织通信班做群众工作。

吃过午饭，一道去找刘。刘同几个人在公安局门口蹲着打桥牌呢！

8月18日

早上，朱凉粉来，谈了好几个钟头。这个人耿直，对安县城关情况极为熟悉。

照他说的情况，不仅许多农民翻了身了，就是那些认真教育过子女的，处境也未见变得好坏！陈雨村、尹泽三这些人的子女，现在都有工作做的。不过一般没有贫民突出罢了。

朱五〇年就参加了工作，解放前的一些储蓄，早用光了。他只有二十元一月，女人打点草鞋买油盐。但，他又很愉快地告诉我，领导上昨晚上宣布，他算是正式干部了。好多次医生劝他休息，说他贫血病严重，但他一直忙于工作。我找了一颗"三七"给他，以后打算再给他点。

约了刘赶场，买了十二两麻鱼子，托刘设法带回。刚回县委，雨就来了。

下午同刚俊一道去看大哥。瘦，精神还好，发了不少牢骚，脾气还同从前一样。当我批评刚正时，他说，是呀，不止是他，你、刚俊都那样抽烟，外边哪个不说吗！这真叫人哭笑不得。

晚上去郑家。因为碰到大雨，回县委夜已经很深了。刘同刚俊在家里等了我很久。

8月19日

在华泰店吃了碗茶等马车。同吴胖娃和朱裁缝的儿子谈了好一阵。吃早茶的人很多。多是劳动人民和商人，照样在茶馆里洗脸。

朱叫唤生活艰难，一家四口，就靠卖点生胡豆瓣之类的小菜为生。吴较乐观，他的大女儿刚考上德阳的技术学校，据他说是航空学校，完全公费。他的次子在读初中……

过了南河，仍不见马车来。在河边同赵仲安的女儿和县团委书记分别谈了一阵。

书记谈了谈浮坪堰的情形。赵十七岁，在雎水供销社工作过，自己拉了货到乡下赶场。

到秀水找周医生看了病。下午又约周一道去探望骆秉光，想不到是个块头较大的青年，气色不错，很乐观的样子。新刮了的有着络腮胡的脸孔。柳条花布的衬衫，很洁净，袖头是挽起的。袁还是那么小，还是像小姑娘一样，蓝色花朵的上下装，中式的。去时骆正在教一个工人的普通话拼音。

谈了一个多钟头，骆说，从医院回来后，情绪很不好。老是想到工作、学习，可是一再碰壁！……（日记至此中断——编者注）

1958 年[①]

7 月 29 日

我还没有起床，赵同几个社干就闯进来了。他们各人都拿着农具，显然是去双龙坝工作的，顺便跑来看我，因为我要回三台了。

我赶忙穿好衣服，下了床。这时天刚才发亮，至多是六点钟。

"怎么一下就走呵！"妇女主任潘尖声说，"我简直不知道哩！"

"请多给我们提意见吧！"赵和其他几个人同时说。

"意见陆陆续续都提过了，"我说，"没有其他新意见了。"

"这下不知道你啥时候才能来呵！"潘一唱三叹地说。

"容易得很！"我说，"你还愁没机会来呀！……"

"对！"赵说，"现在交通一年比一年方便！……"

接着他又一再叮咛，如果还有什么意见，在路上想起了，到了县上，可以向县委反映，或者直接写信给他；他们一定虚心加以考虑。因为怕耽误工作，我同他们一一握手，把他们劝说走了；但很快赵又跑转来了。

他是转来说肥料问题的，这件事很叫他感觉苦恼。

---

① 1958 年为由双龙到三台到尊胜日记片断。

"我已经向总支反映了，希望买两千斤硫酸亚盐，"他扛着十字锹说，"但是乡上、区上都不可能解决，希望你同县委说说吧！……"

"你不叮咛我也会说的。今年你们的化肥太分少了。"

"是呀，比去年都要少，这个怎么样跃进呢！"

"你们放心吧！县委一定支持你们。……"

赵走后，我就忙着收拾行李，准备在十二点前赶到三台。

过了骡子岩后，仍旧在李老儿那里歇了好一阵气。

这是一个高大、健旺、脸色红润、沙白胡子垂到胸前的老人，已经七十二岁了。正和我来那次一样，他正坐在阶沿边择蓑草。但我们这次说的，却不再是改土问题，主要是说目前的旱象。

他对抗旱很有信心，认为大春满栽满播没有问题。

"你光说动员了好多人在搞呵！"他说，"一个人吐点口水也要拿些田来装呀！只是小春没有多大希望了，好多膀膀地简直看不得呢。"

一个眉清目秀、穿着整齐的孩子走出来了，背着一个背篼。

"这是我老幺呵！"当我问起的时候，老头儿笑答道；随又叮咛小孩子说："你不早点回来嘛，跟昨天样，回来饭都冷了。"

我向小孩子问到名字、年龄；又问他是否在住学校。

"十四岁了，怎么没读书呢！已经三年级了。这几天放农忙假。"

因为我感觉惊奇，李老头会有这样小的幺儿，等小孩走后，我问到他的经历。他笑着说了一句："不怕你笑，以前过了些苦日子呵！"接着便一面择蓑草，一面告诉我他的身世。他是南充人，祖父把庄稼做烂了，才"搬月亮家"逃到三台。后来就在三台安家立业。有十多亩土地。可是到了父亲一辈人手里，因为有三兄弟，每房人就只有几亩地了。

"我父亲是大房，"他接着说，"生了我五兄弟，你看，到了我五兄弟分家的时候，土地越加少了，就只有门口这一小块块地！……"

"那么你怎么生活呢？"

"怎么生活，租地当佃农嘛。那时候还没有结婚。两个老的已经把人弄得没办法了。父亲整整在床上躺了三年才死。父亲埋葬不久，母亲又病倒了，一躺又三四年！那些日子真够人弄呢！"

"你结婚不是很迟？"

"不怕你笑，五十二才结婚呵。她比我小十多二十岁，生了三个都是男的。老二生病死了，只养起两个。大的今年才十九岁，参军去了。"

"什么时候参军的呢？"

"去年。他是共青团的书记，要起带头作用呀！……"

他满足地笑起来，随即同两个过路的妇女张罗去了。

到了三台，才弄清楚，班车三点钟才能到。乡政府只有一个女同志在守电话。乡干部都到场外种试验田去了。区委书记也在那里。

这个区委书记，上次路过这里，我们是见过面的。乡干部我都认识。把行李寄存好后，我就按照那位女同志的指引，一个人跑到场外去了。这在场镇的东头，不当公路。场外第一家农民的住宅后面，有一个老太婆在推棉籽。这是猪饲料，拌些粗糠就拿去喂猪。

我没有料到乡干部们的试验田正在这家农民的住宅前面。更没有料到有那么多人插秧，而且有那么多人参观。后来才问清楚，那十几个参观的人，都是各村的社主任。他们每人都得栽种几行秧子，然后再开一次田间会，进行评比讨论，决定各自的栽秧时间。经过区委书记一再催促，"不下不行呵！"才有两人下田去了。其他的人还在互相推诿。有的说："我只能推秧盆！"有的又说："我是旱鸭子呀！"

于是，到了最后，大部分社主任都陆续下去了。一部分乡干部起来歇气。因为田并不大，只有一亩二三，实在也容纳不下那么多人。同过去的旧办法不一样，秧苗很嫩，而且不仅栽的铲秧，另外还要包粪。还有，就是窝距行距都短，只是每隔五六行留一个窄窄的人行道。在秧田里，除了乡干社干，还有三个女学生在送粪、送秧，都是农忙假回来的。

区委书记一个人在田角补秧。只有二十多岁，开朗、白净，看起来斯斯文文的。解放前当过店员，刚刚高小毕业，家里的贫困，就逼得他用自己的两只手找饭吃了。在同瘦长长的乡长说了一阵以后，我就走向那个田角边去，在一株桑树下面蹲下，同他攀谈起来。从区委所在地到富顺的食盐生产，一直扯到本区的其他矿产。

他告诉我，这里煤和铜都有，还发现有石油。只是产量不大，国家是不会开采的。但是，他们已经决定由地方经营，而且准备就在今年动手。他说得蛮有把握，显然决心在工业上也来个跃进。

但，我们似乎都对农业的兴趣大些，因而最后的话题自然而然就回到当前的旱象和大春生产的准备工作上面来了。这个乡的还不严重，水田缺水只占百分之几，而且都可以栽插了。

"已经栽插了多少呢？"我插进去问。

"这才是头一块呢！"他笑笑说，"今天我们找那些社主任来就是为了解决这个问题。前几天就动员过，要大家抢时间，可是，都说秧子嫩了！要他栽密点也有抵触，说是将来插不进足，扯稗子不方便，栽铲秧又要包粪，他们也想不通！"

"这样恐怕很费粪吧。"

"是呀，这里一向都栽白水秧呵！可是，他们没有好好算账，这样虽然粪用得多一点，增产大呀。你算账呢，他们不听！"

原来如此！现在我算摸清楚这次田间会议的目的、干部老推推诿诿的原因了。

下午两点去公路上候车。没有车站，只有一个此处交接邮件的木牌，表示停车的地点。木牌对面就是幸福公社办公室。乡上来的同志把我介绍给杨主任，总算找到一个落足点了。

杨主任正在吃饭，坐在他对面的是一位穿短棉袄的中年人，身材高大，有点愁眉不展。后来才知道这正是修建滑车的木匠老杨。滑车很大，一头在屋后山头上，一头安置在场口的空地上。这个计划相当大胆，才来的时候我就注意到了。

办公室前面的空地上安置着木马、木料和木匠工具，那就是杨木匠的工场了。木马足下散乱着十多个小车轮，是附在绞绳口挂盛土和盛粪的箢箕的。还有一大圈篾制绞绳躺在旁边。

我向社主任问起这辆滑车的制作经过。

"是正月间去富顺参观回来做的，已经搞了一个月了。"社主任说，"经常十多个人搞，单是竹子就用了千多斤了！"

"试验过没有呢？"

"怎么没试验过？试验过七八次了，可是拉不上去！"

"困难在什么地方，你们研究过么？"我转向木匠问。

"困难么，就是轮子滑不动呵。我们这里又没有车工，一切就靠斧头、凿子，这样怎么行呢？找得到车工就好办了。"

木匠回答得有气没力的，社主任的嘴角上不时浮出苦笑。十分显然，他们大家都为这件事弄得很不痛快。正在这时，一群社员从河沟对岸场口上拥来了。中间一个女的特别活跃。

这个妇女有二十多岁，红花布短棉袄敞开着，亮出一件淡青色衬衫。赤足，裤管挽起一截，行动十分矫捷。

"杨木匠！"她边走边大叫道，"今天有把握么？"

"有家伙车几个轮子就好办了。"木匠说。

"像你这么说今下午不又是空事?!"一个男同志生气地问。

"再搞不成明天要叫你退饭呵！"那女同志说得更不客气。

接着，她蹦跳到社主任灶房里去了。随即又悄悄溜出来，悄悄走到绞绳边去蹲下，取出一根红苕，开始用牙齿去掉苕皮。

"我有个好办法，今晚上敬一下鲁班嘛！"她说。

"这个话对，恐怕你从来没有敬过祖师爷呵！"有人附和着说。

这立刻引起了一片笑声。就连木匠本人，也忍不住笑了。

这时候又来了几个人，都是来帮助试验那个滑车的。有一个是我上次同车来的复员军人杨文柏，医生的儿子，就在街上住家。一发现我，他就跑来同我握手。我问他是不是已加入了合作社？

"我是来支援的呵！将来究竟干哪一行，乡上还在研究。"

"你不是参加农业生产已经很久了吗？"

"一回来就参加了！那时候改土已热火朝天呵！……"

那位妇女正在把人分成两组，分头向山顶和场口上拥去了。我同杨文柏又握了握手，接着他就绕向屋后，向山顶爬去。

7月30日

下午去看了棉麻制造厂。厂址在河畔，是一座大庙子改建的。还看得见斗拱、鳌脊，可是庙前的匾额已经下了。

一进大门，照例就是戏楼，两边有两排走楼，右边住人，左边是成品陈列室。品种是按照工序分别陈设起的，从原料一直到棉絮、棉布和做成的帽子。当看到那些常见的野生植物和它们的表皮时，谁也不会相信这些东西有资格代替棉花。

发明人，确切地说，应该是创办人，是一个敦笃、聪明的青年，叫朱明君，只读过小学，解放前在酱园里学徒。到了解放，他不当学徒了，回到乡下参加征粮工作。民主建社时被选为乡文书，接着在供销社服务，搞收购棉衣的鉴定工作。他是五五年调到县联社的，五七年被派往重庆学习。

事情是这样的：那时地委吉书记在省上开会，看到报上重庆"五一制棉厂"利用废物制造棉衣的消息，就向重庆市委的负责人说了，遂宁专区可以派个人去学习。回来经过三台，就要县委立刻派人前去。于是朱明君入选了，很快就到重庆去了。

这好像有点偶然，但是，没有我们这个时代，这个机会，这个偶然是不会成为事实的。他在重庆一共学了三个月。回来时正当生产"大跃进"的高潮弥漫全国，三台也被卷进去。而在今年二月，他终于做到了"五一厂"始终没有做到的事：把棉麻的脱胶工作试验成功了！而且不止棉麻，枸树皮、芭蕉，都试验成功了！

同我一道去的，还有县委办公室的好几个同志。我们围在走楼前面一个泡料池子旁边。朱详细为我们叙述事情的经过。

"我差点厂都没进就回来啰！"朱说，"在旅馆里住了几天，打了几天电话，可是第二工业局根本就不知道有一个'五一厂'，我已经等得不耐烦了，都想往回跑了。一天上午，介绍信送来了！我很快进了厂，可是厂很小，搞出来的棉麻很粗，脱胶工作始终没搞好呵！还在试验。这是关键！就要脱胶好纤维才能全部分裂。"

"你又是怎样搞成功的呢？"有人好奇地问。

"不是说有个瞎了眼的化学教师是你们的顾问吗？"我想起了报上登载的消息，也插进去问，"这个人究竟起了什么作用？"

"这个人那个时候我还不认识呵！直到试验都成功了，自己感到化学知识太差，才找他教化学的。另外一个人对我倒启发很大：赤水人，解放前就用枸树皮搞过棉花。'五一厂'请过他，他不肯来只把他女儿打发来了，他女儿从前跟他一道搞。"

"那么是他女儿告诉了你脱胶的办法？"

"不，是他自己。重庆没有把他请去，遵义专署又把他请去了。现在连厂都办好了。他路过重庆，在'五一厂'住过几天，可是跟几个大学生合不来，他一开腔就被他们给打转去了。

"他只在重庆住了五天。临走那天是十月革命节，我跟他女儿到他亲戚家去看他，他对我讲了一些，对我帮助很大。"

接着他告诉我，省委很重视这个厂，要他们每天产十吨棉。

"你觉得这个任务能完成吗？"我想起那些繁重的手工操作。

"单靠现在的设备有些困难。主要是锤打，每天十吨总要五六百人才行。我们已经到上海、天津买锤打机去了。"

最后，我们又谈了谈原料问题，然后才告辞出来。

晚上去看了看地委兰书记，陕北人，身胚矮而粗大。

他现在分工管遂宁的地方工业，几天前带了一个工作组来，研究、调查和规划三台的地方工业。他坦白地告诉我，他对工业是个外行。

"二月间去成都开工业会议，连好多名词都听不懂呵！……"

"搞一个时期就摸熟了。"我说。

"当然，我们好多东西都是逼着学出来的，好在我身体还棒！"

他是去年冬天才从高级党校回来的，因此我们从反右派斗争谈到一位姓徐的新闻记者。他在党校与此公宿舍相连，一直认为是个久经考验的党员……

兰显然是农民出身的老同志，朴实、稳重，对同志很亲切。

7月31日

由三台到尊胜，同行的是一位公安局的下放干部，只有二十多岁，长条，看来聪明开朗，对下放是感觉愉快的。他带着一个油布背包，一个丝网兜，里面装着脸盆、书籍，此外是锄头、扁担。过河后他要替我搬运行李，我拒绝了，没有答应。

是林大爷——一个油黑、健旺、骨骼粗大的老头子在撑船。问起他的儿子，那个跟我比较熟悉的麻娃，他说挖麦冬去了。他已从对岸马路边的山坡上搬到尊胜。我一看那座几乎悬在陡壁上的草屋，竟连踪迹也没有了，只看到一些岩石、柏树，好像从来就没有人住过似的。这也算得变动。

我把行李留在船上，和那年轻同行者告了别，就独走了。我那伴侣得走另一条道去乡上转关系。河滩大部分已经被开发了，种了小春。间或也夹着一小块麦冬。横过一条小沟，有几个孩子正在挖麦冬。一共四个人，最大的一个不过十三四岁。他们有的挖锄，有的抖掉附在麦冬上面的泥沙，扔到另一个孩子面前，那个孩子在一个凳上插把刀子，骑在胯下，一只手拿着麦冬的须根，一只手抓住叶子，在刀口上一拖，就割断了。

这是我第一次看见收获麦冬。我走过去了，看了一阵，跟大家谈起来。从麦冬的收获谈到放农忙假。他们都对学校表示不满，认为假太多了，学习不到什么。我尽力说服他们，可是那大的很调皮，始终听不进去。这是一个穿着整齐的孩子，显然家庭相当富裕。很会调皮，而且经常逗得孩子们大笑。……

王达安①刚开会回来，正在睡觉；但很快就起来接待我了。我很赞叹他们的小春，因为个多月来，这样好的小春我在遂宁、三台其他乡下，就没有看见过。麦子乌屯屯的，麦穗也大。王本人也认为不错，只是觉得不少由于栽种不合技术规格，可能影响产量。随后我们又谈到今年的大春和生产指标。

在县上，兰书记向我谈到过他们的增产计划，我一直有点担心，感觉他们指标太定高了，因为山地太多，这会挪低坝里的产量，通产要达到一千斤，是会有困难的。但我没有料到，他们现在正在计划每亩达两千斤的通产呢。

他说得很稳，很有把握，因为发现我有点吃惊，他接着向我解释。由于县委的支持，全年的化肥、油渣比往年特别多。每一项有十五万斤，平均每亩是一百斤。此外，还有几万斤自然肥料。

同他谈话后，我好像丢心了。我们又谈到"鸣放"的情况，谈到王达贵的处分。王达贵因为套购粮食，工作消极，成为党内的重点批判对象，支部建议留党察看两年，上级审查后改为警告。

到社办公室去时，看见了那四十辆板板车。但是还未装配，只看

---

① 尊胜的合作社社长、劳动模范。

到一长列轮圈的胶带，这是贷款买的，一共去了六千元钱。王刚才已经告诉过我了，同时他还说过这样的话，"这个社员呀！有的人你就不好搞，昨天运起回来，就有人讲，'饭都没吃的，一花就六七千元！'……"

把行李安顿好后，王自立走来谈了一阵，他有点消沉，不像以前那样生气勃勃了。他把这推在胃病身上，而这胃病，又是因为管理木船拖出来的。但是，据我所知，他一共仅仅跟着社里的两只木船跑了一个多月。他是去年八月才结婚的，他那拉架架车的哥哥，当取丝工人去了。

关于王达贵的受处分，他又补充了些材料：他叫王达富拖坏了，他两个每天一道，咕咕哝哝，都想多搞点钱，把草房换成瓦房。

我记起吴向我说过：王达富也在争辩中受到过处分，可是检查得很不够，总是推口："你们都知道的，我不会说话呀！……"

"王的妻侄也说过怪话，批判的时候，他又跑了，睡着不起来！……"

又，尊胜的猪只，已由前年冬天每户 1.8 只增长到 3.5 只。

晚上，已经想睡了，听说要开支委会，又走去列席。

一个医药公司的经理，下放到本社四耕作区，中间跑来扯了很久。他的爱人住在高中，要求来社上一道住，在说到医疗室的问题时，他说他已经跟一个下放的卫生所长高谈过了。这个人态度矜持，喜欢卖弄，一个地地道道的小资产阶级知识分子。

支委会讨论了道路的规划问题，王取出一张彩色的地图，跟大家谈了很久。这张画，既不像图画，也不像示意图。对道路规划，有人显然很有抵触，怕占地太多了。王解释说在八条当中，主要先修一条干道，两条支路，其他按需要慢慢来。

在讨论到如何对待下放干部时，王首先介绍了一些情况。有个下放干部，因为房子问题没解决好，已经把锅提进城了。还有一个，来的次日，吃两顿换了两家。因为答允包饭的那家，天不见亮就把饭煮起吃了，接着把门锁上，出工去了。不少社员不乐意下放干部在家里搭伙食，说："我不再上贼船了！……"

这些问题，看来该社员负责；但下放干部本身缺点也多。王曾找他们开过一次座谈会，几乎所有的人都提出一些不合理的要求。在住房上要求瓦房，要求住在坝里，而且要求住得集中一些，说是这样便于学习，便于商量工作。他们似乎是摆起一副专家架子下乡来的，希望能够用其专长。在选择住地方面，有的人甚至说："那个队乌猫皂狗的，另外调一下吧！"

王谈话的精神，主要是希望大家安顿好那些干部，让他们真能发挥积极作用。他说："你们都知道的，这是我们争取来的呵。分配那天早上，我把王达仁的衣服披起就赶进城了！"其他的人都同意他的意见，但有的认为，要为全家人找房子，是有些困难的，因为有的下放干部，老老小小有七八口。他们也谈到一般社员的顾虑：一来这么多人，我们的口粮就更少了！

最后又谈了些生产上的问题，主要是贯彻技术改革和每队在五天内完成拆五十方旧墙泥的任务，散会时已经十二点了。

8 月 1 日

晚上，参加了四耕作区的党小组会议。讨论的问题跟支委会昨天讨论的问题一样，在讨论干部问题上，反映了一些新的情况。王自立说，有个社员就对他讲过怪话："养这么多老太爷咋了呵！"

但是也有好的一面，这是支委会上没谈到的。这个情况发生在四耕作区，那个下放干部是个卫生所长，四十多岁。他一来就受到社员群众的欢迎，大大小小的都帮助他搬行李，抬床抬桌子。因为没有床笆子，一个社员立刻自告奋勇，拿起弯刀，跑到竹林里去了。

这个医生自己也很不错，社员做啥他就做啥。有一天担干粪，大家都劝他少担点，或者去做手头活路，因为一挑干粪至少有百把斤。但他不听，照旧和社员拼起干。可是毕竟岁数大了，又从没干过重活，所以王达仁说："走起来就那么呼呼地喘气，就像扯风箱一样！"他的形容使得大家笑了；没有一点讽刺味儿，充满了亲切和关怀。

在拆老墙泥问题上，大家都认为困难不大；只是有家姓徐的很难办，这家人的房子已经百多年了，墙泥最好，可是他就不愿意拆换！说是怕还不了原，又担心拆换时伤到人。王说："你咋不问他：这两年都在拆墙，究竟打伤过几个人？你们拍拍胸口，把责任负起来就好了。我这个墙才二十年都要拆呢。"

"这才糟糕！"王达仁说，"墙砖已经搬回来了！"

"这是什么人做的决定？"王追问着。

"哪个决定的？你不知道，那个婆娘一提起就又吵又闹！"

"她闹就没办法医治么？我刚才说过，你们给她说：'伤到人，还不了原，社里全部负责！'头一炮就打瞎了，你们想过没有，这工作怎么做？"

"好吧！"王达仁说，"明天又往转的推吧！……"

大家情绪都高，而且决定趁这几天月亮大赶夜工干。

8月2日

同彭一道去文家。这是七耕作区四十二队的区域。我去，是想帮社里解决一件前几天发生的事情：各队检查、评比窝子苕，发现这一队把一块地的大窝子红苕种错了。不仅不合规格，还有栽错了的，把苕种已经发芽的一端倒栽在窝子里。大多数则是放平栽上。

早饭时候王曾经谈起过这件事，大家都怀疑是苟金芳干的。他入社较迟，"鸣放"中放过毒，被划为三类分子，栽种那块地时，他又主张过平起栽。还不止这些，他的大儿子偷过这块地已经栽上的红苕，而他门口那块大窝子红苕，也被偷了二十多窝。这一切都说明，大家的怀疑是有根据的，但是还得进一步调查，我同彭就去了。

我们先去李清富家里。李是队长，正在挨户收集水尿，准备为秧子催苗。我们在他屋侧地埂边谈了很久。这是个油黑苗壮的青年人，有胡茬子，光景三十上下。他告诉我们，栽种那块地时，他全部时间是在窖里选种。他所提供的情况，跟我们已经知道的差不多，只是更具体些。也有新的材料，就是副队长苟新华一向不负责任，那天他的责任又正是管栽种。对于苟金芳他也补充了一些材料：一贯唆使儿子偷鸡摸狗！

"不是说他的老大是哑巴么？"我问。

"三个儿子都是哑巴！"李的母亲，一个五十多岁的、矮胖胖的老妇，她站得远远地在听我们讲话，这是她第一次插嘴，"可是却奸得很！分柴草，分粮食，不合他意的他硬不要！哇哇地又比又说。"

"怎么会三个儿子都是哑巴？"我有点奇怪。

"好事情做得太多了嘛！"老妇人说，含讥带讽地笑一笑。

我们让队长淋秧苗子去了，我们向弯里走去，找副队长苟新华。这个山弯坡率不大，在最高一台土上，有十几个人正在地里工作；苟新华在使牛。我们在一块空地上坐下，同苟谈起来了。

副队长身材同李差不多，但是瘦些，而且带点狡猾神气。他对栽苕那天的情况谈得吞吞吐吐，但却一再强调："我把口都拌玉了①。"

"那么为什么大家还那么听苟金芳的话呢？"我问。

苟没有回答。他绕着圈子，支支吾吾说他在后面淋粪，又说那天有不少妇女，都是没有种过大窝子红苕的。他的话漏洞很多，显然想

---

① 四川方言，意生花妙口也不起作用。

替自己和苟金芳掩盖。因为他一再说："这样的事，没有根据怎么能随便说呢！"可是，当听到另外一块地的红苕被盗的时候，他却一张口就说是给放牛娃儿偷了！

从他显然不可能一下了解到事情的真相，我们让他回地里使牛去了。等他走后，彭向粮食局下放的杨同志，一个身材高大的中年人布置了任务，要他向一个姓赖的妇女从侧面进行了解。随后我们就到那块有许多人挖地的地里去了。人们正犁地，为大窝红苕挖窝子。但是，我们的目的，却想看一看苟金芳。但我们只看到他三个儿子。这三个哑巴，都面貌清秀，可是神情总跟常人不同，有点茫茫没没的憨气。

同哑巴当然谈不出什么，于是我们又到苟金芳家里去了。院子相当大，在挨近厨房阶沿上一张方桌旁边，老头儿正站在那里剥蒜薹。人很瘦削，面白须黄，头上包着帕子，神色冷静狡猾。灶房外面有个高大健壮的妇女，这很可能是苟的大媳妇了，首先招呼我们的就是她。

苟金芳当然不会说实话的。他也把栽错红苕的责任推在那批妇女身上，又怪副队长叮咛得太松了。在谈到自己时，他说他是立起栽的，但他堆土时没有用手扶住，可能土一堆下去就压倒了。后来我又向他问到种红苕在这一带的经验、习惯，究竟怎么办好？

他并不直接反对栽大窝苕的先进经验，但是他说："五六年我们栽的大窝红苕最好，主要栽得密，每亩收五六千斤，那时我们几十户一个社，没取消土地报酬。并入高级社，去年的产量减少了。这个窝子红苕我还没有种过呢，不知道究竟怎样才能搞好。"

离开老头儿时，我的判断更明确了，事情是老头儿干的，而且是一种破坏行为。我建议彭多从侧面了解，最好晚上开个队会。晚上我跑去时，因为耕作区在召开队长会议，老何家里，已经到了一部分人，队会就未开成。

老何把灯照出来了，一看，四十二队两个队长，都已经来了。从他们那里得知：他们晚上正在吃饭，忽然听到林盘里有树子倒下的声响，但是，等到赶去，连人影也没有了。我想起来了，文家湾这两天正在砍树，准备做架架车；而且苟金芳有不少树入了社。

我靠近彭问道："你估计这是什么人干的？"

彭悄声告诉我："可能是苟金芳，冬天他就把竹林砍光了！现在社里砍树，他心里会舒服？除了他，就苟新义树最多！……"

随后彭建议副队长清查偷树的事。

"好嘛，"苟说，"可最好有人一道，多双眼睛看得清楚一些。"

他一边懒懒地说，一边叼着叶子烟卷，满脸都是疑神疑鬼的神色。而且直到我离开的时候，他还叼着烟一动不动……

我在路上想起了王说的话："那个鬼地方呀，提起没有一个人不头痛的！合社以后，随时都在出事。老何不知向我提过了多少次了，他都怕那个地方了！每次去解决问题，总要闹到天亮。……"

何的爱人在向王诉苦：她同何住不下去了，要求找点工作。

她是城里一个小商人的寡妇，解放后做了接生员。后来，大约五五年，才同何结婚，已经有两个孩子，大的是个女儿，很娇，儿子只有半岁。这个女人很能说，尽是夸张着何的粗暴，她自己对何的体贴，非常爱护何在群众中的威信。据王告诉我，她同何已经吵过几次了。

有些争吵，是何引起的。去年，何时常同人打扑克，打到夜深，她关了门不让他进去。但何几足就把门踢开了，这件事何在党小组会上曾经作过检讨。最近的事是这样发生的：有个队把豌豆割了，何知道了，照例大吵大闹："这是破坏行为！你们安心叫减产吗？"他爱人认为他话多了，劝他。他吵得更凶："我又不是为我个人！……"

这样，两口子吵起来了，最后女的走来找王。在她的控诉中还谈到这样一个问题，何不肯动手术节制生育。"再养一两个怎么得了呢？现在就只这两个，他的负担已经不算小了。我呢，也要工作，不能老陷在家里呵！说不对我就把娃儿留给他，自己到城里去参加工作。"从她的语气看来，仿佛她已经被家务闹得不可开交，而她又多想参加社会活动！可是，事后王告诉我："她做啥呵，通共两个娃儿，连饭都弄不到嘴里！老何经常帮她煮饭喂猪呢，大的也是老何领，到哪里开会都带起一道！……"

这个女人的生活习惯显然很有问题。一般乡下妇女，尽管领起三五个小孩，但是同样把家务搞得很好。有的还得挤时间参加生产。她们总是用大带小的办法把孩子安顿得很好。一个小孩到四五岁时，就可以照看弟弟和妹妹了。如果是五六岁，就背个小背篼，领着两三岁的孩子玩，一面在田野间学着捡些猪草、柴禾……

8月3日

这几天最新鲜的话题：给男子扎输精管。

有不少群众反映：才解放鼓励生娃娃，生多了还可当英雄母亲，现在又劝老的去阉！又不是猪呢。一句话，抵触情绪是普遍的。但是，不少社干部都报了名。而且，为了巩固情绪，杜还在昨天夜里跑了几个队做动员工作。因为医生已经来了，今天要开始动手术了。

去吃早饭，王已经到乡上去了。他知道自己应当带头。我吃过饭就到乡上，已经有七八个人在会议室了，没有发现王，听说在手术室。一个女医生在为那些等候的人解说，还叮咛他们开始应该注意些什么。其中一条是一个月不同房！有人立刻叹息般地插嘴道："一个月算什么，我已经一年没有敢同房了！"这人瘦削，有四十上下。后来问起，才知道已经是七个孩子的父亲了。

王终于从手术室里出来了，后面跟着医生、助手。医生戴着口罩、眼镜，但看来很年轻。阶沿下烧了堆炭，上面有两个脸盆，用盖子罩着。那就是消毒的地方。王的行动有点不便，他慢慢走向我们，一面回答着那些等候者的问询："痛什么呵！就像蚂蚁子夹一下样！"陆续还有人来；但那女医生宣布，因为用具不够，今天只能做十几个人。这一来，好多人开始请求了："我路远呢，还是先给我做吧！……"

有好几个男男女女和孩子们看热闹。后来王跟我说，当他从乡上回家的时候，沿途有人说阴阳话："善人来了！"而且都好奇地看他。他又告诉我："老何通了，愿意动手术了。……"

正吃晚饭，一个穿着整齐、口齿伶俐的姑娘来了。十八岁，去年夏天才初中毕业，没有考上高中。城市整风时，在工会工作了一个多月，"是义务劳动"。她叫袁群碧，家庭是三台有名的富户，开着大酱园。算得是个资产阶级。她告诉我，农民对她很好，都关心她，不叫她做笨重劳动。

说来说去，不知怎么的，忽然谈到恋爱问题、婚姻问题上来了。她大笑着告诉我们，她最近接到一封给她介绍对象的信，把她笑了一天。又跳又笑，肚子都笑痛了。写信人是巫的隔房兄弟。

"你才来不久，他们怎么一下子就知道了？"我问。

"怎么会不知道？我们一道在工会学习了一个多月，早混熟了。我上次先来这里交涉了解情况，他们就听到我说过。"

"你的态度怎么样呢？"有人问。

"我痛骂了他一顿！真太岂有此理了！可以说是糊涂透顶。"

"是我，我就置之不理，太可惜时间了！"

"你不理，他又来信呢？"她回答，"就要狠狠痛骂他一顿！你看怪吧，约我昨天去新德赶场，当面谈呵！我都想这样回信，要他去新德等，我才不去，让你去等一天，这样的人就要这样收拾！"

"这个办法好呵！比痛骂一顿厉害。"

"可是我跟两个同学商量，她们都主张痛骂一顿。"

他们一共来了四个同学，三个女的，一个男的。我向她表示，希望同她们几个人谈谈。

"好呀！可是她们两个昨天才搬来呢。还说不上体会。……"

巫后来告诉我，她是高中毕业的，情绪很好，工作积极。来的那天下午就下地了。虽然只有几天，可是已经联系了几个妇女，组织了一个技术小组。还当巫的面批评过那个男同学，因为那个同学拒绝做队会计。

她也帮巫家做饭。但是春节时候，她和她妹妹拿到两斤肉毫无办法！

已经准备睡了。因为一些听广播的还在院子里闲谈，就走出去，同他们一道坐在院子里的青枫树下，参加了谈话。男男女女，老老少少有七八个人。

王达仁的老头子说话最多。声调照例那么硬朗、缓慢。他开始骂王方立，那个小计工员，说他不负责任，有些自私。这是下午记工时的指责的继续，他说："说他恍吧，你去查一查看，他自己就没有哪回漏掉！"

"他一直都是这样！"他又说，"提到别人的账，总是懒妥妥的，把眼睛那么睡起；一提到他自己，眼睛鼓得像牛卵子样，生怕你把他评低了！我还担心他给自己多记。发觉不了算了，发觉了，我要捶他的肉！"随后他又指责一般人不爱社，自私自利，"看到麦子倒了，他都不愿意扶一把，把胯叉开，一步就跨过去了。好像弯下腰杆会累死人样！……"

"不要说大铺盖话，你指名指姓说呀！"李青云说。

"指名指姓还没有到时候，将来开队会你看嘛！……"

他站起来，走到王达金面前去了。可是李青云还在嘀嘀咕咕，仿佛老头儿骂的是他，他受到冤枉了。我把话岔开，问他鸣放中谈了些什么？他不开腔；可是王达金二人都笑嘻嘻开口了，说："他呀，他说王社长尽说假话，分明没有产那么多，硬要说那么多，骗人！……"

"是有这个事呀，难道自己做了，还不愿承认么？"

"他已经检讨过了，"有人插嘴说，"现在就要这样做才对呢。"

于是我问到王华立的婚事。这一来谈话更活泼了。大家兴趣很大，特别是几个妇女。她们告诉我，那个女的才十九岁，是翟级义的养女。"矮笃笃的，脸有盘子那么大。她才出得众呢，你问她：你们华立老汉呢？脸都不红一下说：'在山上扯猪草！'"

"他们是什么时候结婚的呢？"我问。

"结什么婚呵！在一起住，还有洞房。华立老汉怕批不准，人看起来太小了，那么矮，可是，听他们说，她天天催华立想扯结婚证呢。"

"他们是哪个介绍的呢？"

"有什么介绍呵，两人当面说的。有一天，都在割牛草，她问华立老汉，有没有对象？华立老汉说还没有，两个人很快就说好了。"

这立刻引起一阵轻微的笑声。接着妇女们开始谈到自己的感想。她们显然都很同意由恋爱而结婚，对包办婚姻很有意见。"我们那时呀，管你光脸嘛麻子，八字落在人家手里，你就扳不脱了。"

这晚上我才知道王老汉只有五十八岁，除开儿子媳妇，他自己也是模范。

8月4日

这几天避孕问题和下放干部问题，一有机会总有人谈起的。吃早饭时，谈话不知不觉又扯到这两个问题了。大家对下放干部显然有不满情绪。这在那个提了锅拂袖而去的干部身上表现得很明显。

有的说："事情正是这样：是铁是钢，一锤就考验出来了！"

有的又说："你们看到苞谷种子么？瘪壳子它就要浮起来呀！……"

如此等等，大家都说了些讽刺话，但也谈到几个较好的到农村落户的干部、学生，都认为学生最好，单纯、热情、积极性很高……

在节育问题上，王说了一个故事：赖书记报了名动手术，他家里知道了，拼命反对，说："要说娃娃多，你从来管过吗？都是家里在帮你领呀！这对你有多大妨碍？偏要动什么手术，给弄得倒男不女的！"

赖的家离乡政府很远，他们几次打电话来阻止，赖尽力说服他们，这可叫家里更担心了，由母亲逼着老头子来到乡上，担着箩筐，硬要儿子把铺盖担回去，不要再工作了，说横竖有饭吃……

"结果怎样呢？"

王回答我道："赖自然不会回去！"

"动手术的事呢？该不会变化吧！"

"这个还不清楚，父亲是个老土，顽固得很……"

（实际赖并未报名，是家里犯疑。）

下午，去看了王华立，红润、肥壮，比前年更发福了。

他正在猪圈边划篾片做篾篾，仍旧是饲养副队长，可是从上个月起，他已经不喂牛了，专门喂猪。"干一门总要干出个成绩来！"他说，"现在喂公猪，猪草、饲料都自己搞，工作比喂牛重多了。……"

他是去年春天入党的，说到这点时特别喜气洋洋。他对自己的婚事也很满意，他又告诉我，女的才十七岁，直到现在还没有扯结婚证。正在谈到这个问题的时候，一个身材矮小，脸盘浑圆的姑娘，背一大背苕子，尖堆堆的，她一直走来，把猪草背到屋子里去了。

这一定是王的爱人，可是我不好意思问，一直扯谈旁的事情。我问到几个小孩，才知道大多数不喂牛了，在搞生产。后来又问到那布客。"他思想不对头呀！那晚上我们大家都批评他，他有些吃不消。回去，同他小孩玩了一阵，就一个人摸到蚕房，吃挂面吊死了！"

"听说他两个儿都在当干部，态度怎么样呢？"

"只回来住了一天，把老头子安埋了就走了，没听到什么。那时候王社长从城里开会回来，两个人在谭家碰起，连招呼都不打，已经走过身了，才回转头说：'我家里要好生照顾下哇！'"

"这是王社长在会上说的。看来儿子思想也有些不通呢！……"

那个小女孩拿起个空簸箕走出来了，向王问道：

"她们要去择棉种呢。"

"那你就快去嘛。"

于是小姑娘跨上田埂，随即在乌屯屯的麦苗中隐没了。

下午，杜同一个女医生向四十多个队作了计划生育的报告。

这中间又来了两个下放干部。是两夫妇，男的高大、瘦，棉军服敞开背着一个油布背包；女的矮小结实，红花棉袄，背着帆布背包。他们到我房里来找王，随即将行李搁在我房子里，到隔壁办公室去了。

后来我才打听清楚，男的在油脂公司工作，女的在医院当看护，是油脂公司经理的妻妹。这个妻妹跟姐住了几年，从护校学得一些文化，后来就随便在街面风来风去，有些野。她是去年春天才考上护士的，不久就结了婚。这两人给人的印象不大好。

他们是抱着怎样的理想和心情到农村的呢？我一直想着这个问题，可是老想不通。我很怀疑他们是否经得住考验。

正在院坝里避热，何维林走来了，比前两年长高了许多，但看来却更瘦了。可是精神饱满，过细的眼睛仍然那么灵活，十分吸引人注意。他告诉我，他已经不喂牛了，在搞生产。恰恰跟他父亲打了个调，因为他父亲多病，已经六十岁了，喂牛比搞生产合适。

他问我什么时候来的，什么时候离开，很亲切热情。正月间三台来了些学生支援他们，他告诉他们，我是时常来这里的。于是他们委托他一项任务，等我来这里时，一定去信告诉他们。……

他是去年入团的。当告诉我这个时，他满脸红润，有些兴奋。

晚饭时彭告诉我，四十二队的队会已经开了。这次讨论热烈，很多人发了言，不像上几次默不作声了。而且大家都证明在大窝红苕问题上苟金芳有责任，一致主张给他处分。苟的态度是倔强的，到了最后，看见辩不脱了，他说："好，我一个人背了就是了！……"

彭又说，据他侧面了解，苟的破坏生产，已不止一次了。去年，正当赶时间下种红苕的时候，他把几个主要干部约在他家里打牌！他的恶意是多么显然呵！这个人可能是块石头；全湾二十四户人，只有四户没有向他借过钱。他脾气很硬，钱一到期，就非归还不可！……

8月5日

去木鱼山看了看。刚到堰沟边，便看到好多人在山上工作了。向上一望，才感觉到这个山并不矮，因为人显得那么小。令我想起陕北高原。

爬了好久才到山顶，荒山上的广柑生长不错，青郁郁的。只有山顶上有耕地，一共有三大片，连成了一个丁字拐形。地盖全是用从河边运来的大鹅卵石砌成的。好多直冲沟都填塞了。靠坝几块地工作最好，有水池，砂函和排洪沟。后面一片地要差些，看来工程还没有完。

这后面一片地上，社员们已经在休息了。他们是种窝子红苕的。男子们坐在一起抽烟，旁边放着粪桶、农具。几个妇女坐得较远一些，其中有一个中年妇女，正在为一个年轻人"扯脸"……

我坐在横在地里沟里的锄把上面，跟男人们谈起来。我对他们的水系工程提了些意见，问他们为什么没有给水留下出路？这时我才弄清楚，由于工作量大，大春备耕工作迫近，他们把排水系统工程搁下来了。大春栽种后，他们将抽时间完成这些工作。

这几片土的面土工程确是不小。所有的淀泥，全是由涪江边运来的，单是平路就有三五里路，还有这么陡一个山坡。而每亩地沟面的淀泥是一千担，合七百多方。先由鸡公车从河边推到山足，然后再往山顶上担。而这三片地一共有二十多亩，可见运土数量之大。

单拿这片种大窝苕的地说，面的淀泥就有一尺多深！因为这些土都是死黄泥夹青石子，挖起来得用铁锹，原草多半是荒起的，即或牛力、人工用足，每年也只产五六百斤红苕；但是他们都希望搞一万斤！……

　　另两片地是王达贵那一队的。在山上工作的全是妇女、儿童。主要男劳力都在运粪，从坝里运到山顶上来。山顶每片地都有口大粪池，可是，为了保证增产，他们还在抢运干粪。只有一个中年人在犁地。妇女儿童都在休息。儿童都跟着犁沟跑，希望抢根红苕。

　　妇女们围着坐在干粪旁边，有的在锥鞋底，有的在缝衣服。她们当中有的把娃儿也背上山了。娃儿有的在玩泥土，有的在吃豌豆角。其中一个，最多两岁，不时又从围裙荷包里摸两颗豌豆来吃。这显然是母亲事先剥好给装在荷包里，光景吃得很香……

　　我告诉妇女们，在篾匠坡，社上规定，妇女出工，是不允许带鞋底板的。她们大笑道："这才怪呢！让人打赤足么？"她们的工作是向那块正在翻抄的土地面些淀泥，然后播种花生。因为那个犁地的中年人的催促，她们收拾起针线，又动手工作了。

　　那些跟着犁沟捡红苕的孩子们，也都各自向淀泥堆走去；一面吃着红苕。而且还互相嬉笑着，十分撒野地说着怪话。

　　"咋不蔫呢？我这根红苕吊起十几年了！"他们有谁说。

　　"丁点小就这么怪，我看你怎么长得大呵！……"

　　妇女们责骂着，同时响起一片哄笑。……

　　天很空旷、浩大，上上下下都可以望得很远。心情非常开朗、舒畅，感觉到无穷无尽的生命力的奔驰。这种感觉，我好久已经没有体会过了。广阔的代古坝，规规整整的田亩，涪江缓缓地往南流去……

　　我又绕着这几片耕地走了一圈，查看着地盖、沟道……

　　王的爱人到刘营开会去了。王一个人在煮午饭。米已经下锅了，我进去的时候，他正在灶门口生火，我蹲在门口同他谈起来了。

我谈了谈我对木鱼山的观感，提了些建议。然后话题自然而然滑到去冬今春的基建工程。大约是去年十一月，他们正在搞坝地的面土工程，葛书记来了，他检查了工作，于是建议他们把力量转移到土地去。因为这里的增产之所以不大，就在于给山地拖住了。

王认为这是一个方针问题，懊恼自己知道得太迟了。

"听说你用党籍担保过一千斤呀？"我问。

"那是四级会议时候的事。那个会议给人的压力大呵！光说好些社这几年都搞得很不错，先进经验也多，我们却什么也拿不出来！恰恰去年又减了产。都那么说，尊胜社是老社，应该有一些经验呀！听到真是惭愧！恨不得往土里钻。这下劲头子就来了！"

"也不是没有根据，我是仔细盘算过的。可是，回来以后，党内首先不通，怪我的计划冒了。老何是好同志，说干就干，但对一千斤的指标，他首先就反对。党内思想搞统一了，社干部又不通了！那时白天黑夜都在开会呵！比大鸣大放还要热闹！

"可是一搞通了，那个劲头子也大呵！坝里，山上，每天都像赶场那样，只看见人来人去，牵线不断。连四五岁的小娃儿都出动了，背的背，拉车子的拉车子。我们社里过去只有两百多个鸡公车，现在一千多了，平均一户一辆还有多的。做起来那个劲头呵，没有木匠就自己干！……

"许多工作只有动起来才摸得到底。开初，好多人认为平均一千斤太多了，还有人骂我冲天壳子！可是，一动起来，随后我们提双千斤，都说没有问题，认为办得到了。'这样搞还办不到？我都可以拍起胸口保证！'"……

这次谈话很好，对他们去冬今春的工作有了一个较为明确的概念。

列席了治保委员会。会上反映了一些情况：部分地富反是不太规矩的。最突出的例子是陈家庙儿子，又叫蚊子包的地方，有个富农，支孩子一连剥了几次丰产田的油菜叶子。这里是个麻烦，最落后的地区，问题很多。

王告诉我，去年冬天，一个老头子死了，这人一向顽固落后，他的一个十二三岁的孩子，曾经在大路上拦住王质问，措辞异常恶毒。

"王达贵！看究竟还要饿死多少人哇！"

"你说的啥呵？我没有听清楚呢。"

"就是这个：×××又叫你饿死了！……"

叙述到这里，王恼激地慨叹道："那个背时地方，就连小孩子都有这么怪呵！跟着大人一样的吊怪话。面土的时候，那些小舅子才推一两挑淀泥，他就躺下息气，晒太阳，躺一阵，晒一阵，休息够了，就爬起来往家里跑，还动员旁人：回去吃饭了！你看坏吧。……"

这是一个冗长沉闷的会。道理讲得多，具体情况反映得少。

1962 年

1 月 1 日

30 日夜搬来市委后，一直感觉得很安静。今天又是睡到九点钟才起床。白戈参加团拜去了。早饭后同齐儿在花园里闲谈，观望四周景色。大楼装饰得相当漂亮，远远的可以听见欢乐的人声，似乎还有鞭炮声音。

十点钟，白戈夫妇才回来。我们一早约定去华严寺，刚才准备动身，于书记、李书记、廖大姐来了。江震同志是在重庆养病的。他曾经在昆明住过一段时间，于是同我谈起傣族、景颇族的生活习惯，热带植物，以及那一片丰饶的土地。他说，解放初期，西南局就筹划过种植橡胶，但是有人以为不如买外国货方便，轻轻地放过了。这是殖民主义思想。他告诉我，他们将派人去研究那里的耕作经验。

于等走后，我们去华严寺，已经十点半了，华逸未去。这座寺院在去北碚的公路边，要下车步行两里多路。寺宇傍山修建，有四重殿堂，看去十分巍峨，这是我没想到的，以为只是座平常庙子。它修建于康熙初，大殿的五百阿罗汉是木质的浮雕，形体不到一尺，这是我从未看见过的，而且雕刻得相当精巧。我们只在藏经楼外面看了看，就出去了。因为后面两重殿的梯坎都高，要上去，无疑有点累人。我们是经过庙后，穿过一座工厂去到公路上的。

下午在家里休息，晚上去看了川戏，有刘小文一道，刘小文是嘉因的未婚妻，军医大学三年级的学员。她一来，小齐有了伴了，两个人玩得很好。

1月2日

齐儿去学校后，我一人出去逛街。上清寺"红姑娘电车站"门口一张感谢信引起了我的注意。这封信是一个产妇写的，因为当她昨天"发作"了的时候，姑娘们知道后把她扶上了车，让车子提前开了，并例外地在医院附近停车，把她扶去医院。而今她已经平安地分娩了，所以特别来信表示感谢。

去年以来，有的人反映，由于生活上的一些暂时困难，人们的精神面貌已经较过去差多了，特别是搞服务工作的，这有一定程度的真实性，扩大它就不对了，眼前这封感谢信就是证明。我情不自禁地走进站去，想多了解一点情况，屋子里人很多，绝大部分是年轻妇女、姑娘，全都有说有笑地忙个不停。

我同一个短小精干、身着黑绒大衣的姑娘摆谈起来。她详细告诉了我她们帮助那个产妇的情形。后来又说："去年8月间我们还为一个产妇开过一趟专车啊！"神情表现得很开朗。显然，能够帮助一个人摆脱困难这件事，使她感到莫大的快慰。这时，一架空车在开始上客了，那个卖票员正把一个老太婆扶上去。但是，因为老得厉害，又显然有病，好久都上不去，于是，那个维持上车秩序的女同志立刻跑了过去。最后，她们终于把她抬上去了。说"抬"要比"扶"符合实际。

我在车站上看了很久，实在打算进行一次认真访问。但我怕妨碍她工作，结果步行去两路口。在邓老家里坐了好久。直到他的棋友来了，我才走掉。到市委时，因为守卫的和传达不认识我，停留了一阵才得进去。

晚上，去红旗剧场，看了四个独幕剧。白尘的《未婚妻》最好。

1月3日

雾很大，忙匆匆吃过早饭，就到"文联"。因为刘隆华同志约定九点钟去谈话。但是，刚才爬上"文联"门口的台阶，向晓就告诉我，因为化工局的"运动"正很紧张，刘今天不能来了。相当失望！只好去邓老处闲扯。不久，王觉、林彦也都来了。

因为他们大家都有事情，我不便久留，又只好一个人去逛街。最后，去参观了工业展览馆。底层是机器，二楼为化学工业品，三楼是丝织品和花布之类的杂货。看了过后，我不住想：那些怀疑"大跃进"成就的人，都该来看一看。而这个展览馆也该进行大量宣传工作，让更多的人来看。

下午，同广斌、益言①一道去重庆宾馆看谭剑啸，他一再称我作沙老；又说可以把他的长篇作为素材，让我来写。听了颇不自在。但是整个见面还是很愉快的。谭中等身材，面孔黑黑的，有些细麻子，热情、健谈，生活经历相当丰富，广安人，在党的指示下，在重庆办过规模不大的工厂，当过袍哥大爷。他向我谈了那长篇的内容，虽然只谈了三章，可以看出生活基础相当雄厚。

我告诉他："单是你讲的第一章的内容，依我看来，就可以写个长篇。至少写个中篇。"并向他们谈了一些写作经验，介绍了《初欢》和《不平凡的夏天》的梗概，希望他们读读，以作借鉴。谭显然准备请我们吃饭的，但我固执着要走；他要叫车子送，我也拒绝了，照旧搭电车回市委。不过是去临江路搭的车，还不很拥挤。这时，已经快六点钟了。

晚上去看了京戏《六国封相》。回来后，又读了十多页谭的二次手稿。

---

① 即罗广斌、杨益言，《红岩》作者。

1月4日

天气意外晴朗，难得的一天太阳。老吕说："重庆冬天就是这样，来两次大雾，天气就晴朗了。"华逸替我搬了藤椅和凳子来，要我在走廊上晒太阳。正在继续读谭的小说，少言、王觉和林彦来了。

大家在屋子里围着火盆，谈了不少对广州的印象。因为少言刚从广州回来。他在湛江住过一段时间，据说，冰心曾经谈起，我会去的。听了不免有点歉然。这倒不是因为湛江的生活好、风景好，主要是有那么多熟人，可以"大摆其龙门阵！"经常能有次把次愉快的谈心，真是一桩享受。

下午，因为看了《四川日报》有关王家坡商店的报道，约了杨益言去参观。听说就在两路口附近，满以为很可看个究竟，下电车后，一问，才知道相当远，走了好久才到。街道不长，两边的楼房，全是"大跃进"时期才修建的。靠坡的楼房下层，全是商店，每间出售一类商品，也有服务行业。楼房面前，都种得有花草。

同商店经理谈了不少情况，其中有两点较为重要：这里的群众基础好，基本上都是过去的搬运工；2.8 万人口共有 500 多商业人员。看来，地段上的日用品分配人员在组织、安排人民生活上起的作用不少。而要干好这个工作，不仅工作作风上要公平，思想上坚决贯彻政策，而且要有深入细致的调查研究工作。还有一点也很重要：关于特殊供应，他们不在群众中广泛讨论，而只在有代表性的人物中研究，就确定了。这当然也是群众路线，可以避免不必要的副作用。

谈话结束时，公社李书记来了。李书记原在区委工作，瘦长长的，看来颇为利落、精干。经理则相当高大，解放前在印刷厂工作。他们两位陪我们走了一转，我们就告辞了。通过那条简易公路，向两路口走去。这里得加上一笔：王家坡正在菜园坝车站上面，以往从车站望上来，我一直还以为是工人宿舍呢。

晚上，在车站候车室碰到涪陵、万县去省里开会的同志。随后，米市长同他爱人也来了。上车后同白戈一直谈到就寝时候。也许年龄大了，总爱回忆往事。

1月5日

正点到达成都。回家后，孩子们已经上学去了，玉顷尚未起床。

上午，看了积累下来的信件。有一封是白羽①写的，寄往保山，最后才由昆明转来。他劝我在芒市住下去，可以住到春天。要艾芜更不要忙着回京。如有必要，林、刘②也可以作较长期的打算。读后颇为感动，也有些歉然，因为我已经回来一个月了。

下午，老是考虑应该如何利用春节前，乃至人大前这段时间：写早已想写的短篇？写回忆"左联"的文章？读陈联诗的遗稿？对于长篇的准备工作，也老是不能忘怀。最后，还是决定先写好回忆录再说，因为这是一项政治任务，我也有些东西可写。

因为咳嗽，晚饭后去卓院长家就诊。刚出大门，曾来看我，已经上了过街楼了。我们只简单地谈了几句。就诊，并捡好药，去张老③处坐了一阵，我们已两月多未见面了。

由张老那回来，即翻看有关"左联"的资料，直至深夜。

---

① 指刘白羽。
② 指林斤澜、刘真。
③ 指张秀熟，沙汀的老师。

1月6日

上午，曾克同志来，谈了很久。主要是谈他们的创作计划和生活安排。他们去东北住两年的计划，宣传部已批准了，决定春节后就首途。我希望他们严肃对待创作问题，投入更多劳动，不要轻易满足。她说，柯的长篇已交给出版社了。我表示了一点担心。

下午，丹南来，谈了谈东影在此组稿的情况。亚马同志希望我能再写一个电影脚本，可惜我的胃口已经败了。我把话题扯到《鸳鸯谱》的拍摄上去，对乔太守这一形象的处理上提了和导演不同的意见。后来又谈到识途同志①的《风雨巴山》。在重庆时，广斌曾给我看了一封青年出版社的信。但我作为传闻开始提到这件事的。

本想劝他们改变计划；但是，识途同志既已同意，实在难于出口。这真所谓"一个愿挨，一个愿打"，旁人的意见实在是多余的，所以只好含糊其辞！

晚上，礼儿夫妇来，说是次晨去接"小娃"。而心里却巴不得他们立刻就去。

1月7日

也许等"小娃"有点不安静了。上午十时，与劫老通电话。他正在赶写《大波》，准备今年完成，然后写反映五四时期的另一部长篇，此公的干劲、雄心实在令人钦佩。这种通过电话摆龙门阵，颇有味道。仅仅十分钟，可是，如闻其声，如见其人，谈了不少东西。

"小娃"终于回来了，有点不大振作，神气也呆呆的，问一句答一

---

① 指马识途。

句。可是，吃过午饭，却另外变成一个人了：顽皮、嬉笑，老是把人拖到书桌柜子边要糖果。越不给他，越是要得起劲。有趣的是他吃饭时的神气：一本正经，旁若无人。

晚上，找卓雨龙复诊。彼此一本正经，后来说到吃食，大家忽然都变得兴冲冲了。从卓那里出来，一连碰到两次叫嚷捉小偷的。回来，宜儿又谈了几个有趣的故事。使人笑不可支，同时也感到难受。

1月8日

李累来，谈了谈机关最近的工作和打算。他还没完，友欣也来了，谈了谈刊物。一个上午就这样过去了。看来刊物大有进步，1月份拟印二万三千册，而复刊时只有八千册。

下午翻阅两次收到的有关"左联"的材料，联想起不少当时的情况。此外还去省人委听了两个报告。这两个报告，是为视察的代表作的。让大家对1961年农业、工业的生产情况有些了解。刚一散会，我就同子健同志到张老那里去了。

在张老那里坐了半个钟头，我们约定21号同去绵阳视察。

不！我记错了，翻阅材料是上午，不是下午。

1月9日

上午，终于把电话打通了，去宣传部汇报在重庆的情况。回来，根据李部长的指示精神向李累作了布置，由党组开一次会，考虑李南力等的工作安排问题。

下午，阅读文件。晚饭后，同礼儿、士豪谈了些四中的整风运动。礼儿是初六回来的。回来后，他也谈了些农村整风的情况，相当动人！他现在在青白江区区委整风办公室工作。近一年来，他们一直在农村锻炼，听了令人高兴。

当然，主要的还在于：他较为明白这项工作对他的教育意义。

1 月 10 日

整个上午都在阅读文件。午饭后得一位文科教授的信，知道他最近的生活相当困难。而令人感觉奇怪的，文联送他的津贴，才送了一个月，就无音无信了。

午睡起来，坐在大厅里晒太阳。看《被开垦的处女地》第二部。中间，李累来了，是谈那位文科教授的事情的。因为我已把那封信转给他了，他提出意见，立刻送了一百元去，并将开支项目确定下来，以便今后每月送他三十元，一直到他病愈。

礼儿因为雾大，早上没有走成，火车停了。机关打牙祭，他们吃了晚饭去也好。但因为打牙祭，晚饭也推迟了。他又忙着非走不可，结果提前走了。

晚饭时，我们一面吃一面笑个不停：因为满碗的猪奶子！但也是算改善了一下生活。

1 月 11 日

天空一直昏蒙蒙的。上午，翻出一件别人寄来的小说稿，其中好几页，已经叫耗子咬得残缺不全了，看了有些内疚。决定看看，是否有修改基础，可惜写得太一般化了。但是也可看出，作者是有一些斗争经验的。翻阅五次，没有找出作者的姓名、地址。

下午，谭兴国来，我对他们拟的 1962 年一年度的理论、批评工作计划，提了一些意见：不要只搞全面的、系统的，但是容易空洞的大文章。理论、批评文章也要讲究文风、风格，人云亦云的话不如不说。

我一再强调：最好不要发表那种宽皮大脸的文章！

晚上，在锦江剧场看《御河桥》。不知怎的，总觉得不如小时候看过的精彩，但杨淑英的确唱得不错。休息时候，决定不要看后半部，提前回来。因为这个后半部，我一点都不满意。特别《圆会》那场，看了很不舒服，始终感觉有些像"赶团团转"。而奇怪的是，多少人以为蛮有味呢！《木荆钗》《哭灵》一场也同样拙劣，有点像"拉洋片"……

在剧场门口碰见雷部长，他现在西南局工作，1959年曾经在长寿同我谈了一夜，为我提供了不少解放前地下斗争的情况。还有一位是重庆市委组织部的，瘦削、矮小、精干，姓名记不得。我们站着谈了一阵《红岩》的出版和谭剑啸的长篇。

回家的路上，我记起雷的这句话："你帮罗广斌他们修改过嘛。"我没有作什么声明。因为事实上我只提过一些建议，并未动笔。到了家里，一想起这件事，就感到一点歉然。

1月12日

读陈联诗的谈话记录。这是"重大"，也许"西师"的学生记的。字写得太糟了！不少的字要花几分钟来猜，才能辨明出来。收在记录里的材料，作为素材有不少好东西，能够让人想起过去一些见闻。可惜讲述者本人死了，否则准可整理成一本较好的作品。

正阅读陈的"谈话记录"，收发处送来华清的信。是他为我提供的材料。每段有题，每题约六七百字。单看题目，就可以猜到内容使人忍俊不禁。如："假如西康有抽水马桶"，或者"米，大米，米粉和米团"。当然不止是有趣，主要它叫人想起解放前那段可怕的生活。从行文可以看出，他是有修养的，曾经试译过果戈里的小说，而正唯其如此，所以颇有风趣。

晚饭后，同顾跑去逛街。铺子里相当拥挤，志德号在卖猪肉皮烩饭。门口走过一群半大孩子，停下来，读了粉牌上的菜饭名称后，于是大笑。他们的穿着，有点不三不四，但是神色非常快活，不管是走路或者站立，他们都互相攀着肩头，非常亲热。一共是五六个……

睡前读完南江一个青年的来稿：《为了北京》，印象不坏。作为一个初学写作者，编辑部应该同他联系。决定将此稿转何世泰慎重处理。

顾说，伍陵同志病了，外伤、足疾。最近两天该去看看他。

1 月 13 日

早晨，大雾。中午时，照例，太阳又出来了。读陈的"谈话记录"。

一气读了四册陈的"谈话记录"。越来越觉得有把它整理出来的必要。可是到下午四时左右，就读不下去了。心里老想小娃不知今天是否回来？

咳嗽仍不见好。晚饭后去找卓求诊。看见门口有不少花圈，顾走近看了看：是卓的母亲去世了。想起冬至刚过不久，而这对老年人说来，特别是多病的老年人说来，这是个关键，仿佛是很自然的。想到卓一定很忙，就回转身走了。

找到唐云丰、一笑，买了两张戏票。演的是《三瓶醋》。但因经过改编，把名字改成了："骗妻记"。演得不错，场子里不断发出哄笑，但戏却并未改好。

散场时，很想找刘成基提点意见，但没有找到人。

1 月 14 日

上午，同曾克谈了谈陈联诗遗稿问题。我向她表示，这本遗著没有趁陈老逝世前积极查对、补充、整理，太可惜了！她向我作了一些解释。

从曾的解释看，在一些问题上，有的同志缺乏历史观念。比如，对吸收不合年龄的，乃至小和尚入党；几次掉了关系；在路线上有错误等等问题的理解，就都忘记了当时的具体情况。而且，从整理来说，还有个加工的问题。

曾谈到这一点时，我觉得颇受感动：陈的党籍问题，直到她逝世也都未明确解决；但临终时市委的同志都对她作过表示，她是共产党员，曾经为党做了不少工作。曾又说，虽然如此，陈死后一直没有闭过眼呢！仿佛仍然耿耿于怀。陈是解放后在重庆妇联工作时停止了党籍的，因为立场上有些模糊。

中午，小娃回来了，玩得很不错。晚饭后，我们一道出街，到梓潼桥才分手，秀清领他去幼儿园，我们去军区影剧院看实验川剧团的《白蛇传》。

《白蛇传》演得不错。可惜《扯符吊打》一场，演员太年迈了，表演较差。

1月15日

读仰晨①寄来的《黄蔷薇》，越读兴趣越大。好久没有读过这样吸引人的书了！

下午，去宣传部开会，仍然放不下《黄蔷薇》。我简直不知道怎么到了宣传部的，直到车子停了下来，老曾提醒了一声，我才发觉已经到了，停止了阅读。

从宣传部回来，找来李累，交代了一两件事情后，就又忙着同石应酬。而我一直有点心不在焉，《黄蔷薇》有几章没读完啊！他是从甘肃来的，还送了我们一挂晒干了的甜菜，正像红苕片样。他来的目的

---

① 指王仰晨。

是问询志平调动工作的事情。

晚上去看张老，顺便读了不少四川的史料。他说，佩云准备十八进城来住。这样，我就可以不必去金牛坝看他了。他准备开两次座谈会，收集旷继勋的材料。

睡前，终于把《黄蔷薇》看完了！可是，直到上床，还不忍释手。

1 月 16 日

天空昏蒙蒙的，没有雾，整天都是这样。这是最冷的一天。

打不起精神做事，上午回华清、仰晨信；还给一个北大中文系研究生回了信。这个研究生正在写一篇有关我的创作论文，要求我能提供些材料和意见。

下午胡乱翻了翻随手抓到的书，但是没有一本引起我的兴致。这种情况是不好的。晚上只好去看川戏。这种精神不集中的情况，是从昨夜服了大剂量安眠药来的。晚饭后，翻阅广告，最后决定去看一部印度影片。但是到文化宫一看，客满了。

只好转街，看旧货商店。皮货价钱之高，出人意外。一般都比三年前涨了三倍！

1 月 17 日

上午，去宣传部。向李部长、张处长分别汇报了干部调动和老安上马的意见。我的意见和看法得到了赞同。去时，李正在写信，一面说："在困难时候，人的关系赤裸裸摆出来了！"

随即同李部长一道去看姚石清，有郭生同行。姚住西玉龙街，铺面房子，门倒锁着了，既未见到主人，连个问询、打听的人也没有找着。于是出新南门外，到殡仪馆去，因为道路不熟，是由后门进去的。

空坝子里堆放着不少火葬时装尸体的木板箱子。这我一眼就认出来了。因而联想起火葬前工作人员给死者装殓时的情形，活龙活现的，如在眼前。

先我们几步进去的，是一架板车。上面搁着一副黑色薄板棺木，里面显然装得有尸体。这个院子相当的大，有两个大厅，一个供祭奠用，一个供祭奠人休息。这是靠大门的一间。两个大厅的墙脚都搁着一些陶器的、瓷器的罐儿。我们在后一进大厅阶沿边遇见了姚的爱人、女儿。他爱人有六十左右，女儿不过十一二岁，笑嘻嘻的，使人感到惊奇。

据郭说，他早晨去姚家时，那爱人见面第一句话是："再过五天就八十五岁了呀，真是没想到！"到装殓时，我们去停尸房审视时，她一面说着，一面也流了泪："你安心吧，领导上都看你来了。你一生总算为人民做了些好事。"死人静静地躺在棺材里面，给人一种印象：很瘦长，活像一根棍儿一样。我们只能看见那副瘦削的、蓄着沙白胡子的蜡黄色面孔。

午睡时被叫醒了。向全机关公布老安的新职务。也顺便谈谈其他两三位同志的工作调动情况，这一共五分钟都不到，我就走了。回来，不想再同佩云联系，因为想到今天已经17号了，隔一天，他就搬进城了，于是把拿上手的耳机又放下，可是总有一点歉意。

晚上，看实验川剧院演《鸳鸯谱》。途中，碰见杨淑英推着自行车走来。她身旁走着一个学戏的学生，有十六岁上下。杨有点瘦了，但是面色红润，神情远比过去开朗。谁也不会想到这个人会发脾气，也会愁容满面。这在我也是无法想象的。用旧话说，因为她真"喜纳"人！也就是说逗人喜欢。她请假从医院出来，准备回家看看。她在二团住家。

我们一路谈着，从她的病谈到我和顺最近看到的戏，从《御河桥》到《三瓶醋》，后来又谈到《人民日报》上盖叫天那篇文章。她说他们正在组织学习。我告诉她：川剧老演员也有不少好的见解，玉曲就说过："遍街都是眉眼张法，就看你消化得了不！"

这是我第一次看《鸳鸯谱》，这是个好戏！乔溪这个角色塑造得很不错。

1月18日

一个上午，看文件，读报就过去了。下午读《文史资料》第二集。

傍晚，佩云同志来了，大家谈了很久。从他口中，得知艾芜回昆明不久，又到思茅去了。是托他买的飞机票。艾芜仍有这么好的兴致，颇为羡慕。

晚上看《悲壮的颂歌》，是人艺演的。这是第二次彩排，征求加工、修改意见。车上听李累说，第一次彩排，杜书记、李书记都去看了。又说，大家的印象是气氛有点压抑、低沉，满台都是资产阶级在那里张牙舞爪……

一直演到十一点才完结。气氛虽然已有改变，资产阶级也没有那么猖狂了。但是这戏总觉并不怎么样好。我前年读剧本，兴致就并不很高，觉得在三部曲中，这本戏不大好，看完排演，我的看法更明确了。在上台的几个共产党员中，一个成了贪污分子，一个退了党，一个发生动摇，好像列宁是在孤军作战……

由于别人提出，这才恍然大悟，看来"颂歌"是在某种错误思想路线指引下的产物……

应该说，上演这本戏太失策了。也可以看出一些人政治上不很敏感。

1 月 19 日

整整一天都在开党组会。讨论的主要问题是：如何安排李南力等的工作；行政干部的安排和调动；创委会 1962 年工作计划；纪念"讲话"发表二十周年的准备工作。

看来，只要在家，这些问题总不能不管，或者说，这是义不容辞的吧！

上午十一时半，壁舟①从南昌回来了。会散后，找他闲扯了几句。晚上，在街上逛了一转，又同顾一道去看他。谈了一些他去井冈山的经过和离开那里的情形。回家后，看到艾芜由思茅的来信。说是正碰上部队开会，为搞材料弄得相当忙乱。

他还提到继玭的事，并说返京前将去重庆住一段时间。

1 月 20 日

早上大雾。九点半周道容来，说是大雾一直未散，连交通汽车也停止了。

上午写信给巴金、艾芜。又处理了一些杂事，因为明天就要去绵阳专区视察去了，至少得一星期才能回来。但一检查，这才发觉该办的事儿不少！

午睡后，同戈、马一道去新南门外看房子。我并无搬迁的打算，且已决定不搬，但因戈等再三催促，也只好去看看。房子质量的确不错，也还清静。但是空地太少，眼界也不开阔。不管楼上楼下，举目一望，不是墙壁便是屋瓦……

① 指戈壁舟。后面的"戈"即指他。

晚上看了几折川戏。燕凤唱的《吊打》，王竹慧的《人间好》，都很不错。青年一代的进步，真太快了！回家后吃了盘周代我们做的凉粉。这是长时间来未曾吃过的最好的下酒菜！真比以往几年吃凉拌鸡丝、肚条下酒有味。

这一天如果也有不愉快的事，那就要算给佩云打电话了。五次都未打通！

1月21日

正在戈处闲谈，佩云来了。他明天即离蓉，匆忙谈了几句，就分手了。

重去戈处扯谈到吃午饭。安也在，他们一再劝我搬往新南门外，我始终没有承认。因为不止感觉房子的环境不如意，重要的是，担心生活问题上的许多不便。

午饭后，即匆匆去统战部。子健同志正在交代工作，打过招呼，即去看李部长。张老正在他那里谈天。我们扯起《三瓶醋》来，我对改编提了些自己的看法。看来改编是他出的主意。因为他对我的意见总未明确表示反对，却以怀疑口气把我提出的缺点归结在具体处理上。

我最后只好带着自己的建议走了，因为子健来催促我们出发。好久未下乡了，出得城外，立刻感觉耳目一新。小春一般不错。车过郫河时，张老感慨地说："这么宽一条河。郫河之战打了两三个月都胜负未决，相持不下，当时军阀部队的作战能力，也由此可见了。"关于过去的情况，大家一路还谈得不少，其中涉及旷继勋、但老等等。张秀老讲到张德生的经历，颇有意思：黄埔毕业，参加过广州起义；抗战时与 C. C. 发生了关系，做过府中校长；一面又开黄包车行，置了约一万亩田产，这主要是他太太经的手；他本人后来却出家了。广州起义，一个和尚掩护过他……

过广汉，游览了公园，坐了茶馆。这里的公园之大，出乎意外，看来并不比桂湖差。一面是城墙，但已经不大看得出来了，因为已经搬去墙砖，种植了不少树木，这就使得园内更富丘谷之美。古老的柳树，花木，也相当多。张老说，这是房琯别墅的旧址。

一到白衣塔，即可望见工厂区的建筑了。虽然零落、分散，却很使人兴奋。因单凭这些零星的建筑，便是够可以看到工业建筑的速度和它未来的规模。公路很多。因为司机不熟道路。我们虽由东门进城的，如果不沿途问询，可能还会多走些冤枉路，钟鼓楼已经粉刷一新，街上满眼行人，这是星期天，我已经三年没到过德阳了！

到了县人委，是统战部长来接待的。而介绍情况的，却是后一步来到的伍书记。瘦长，已带病容，朴实而谦逊。是个山西同志，约三十多岁，是在地委统战部工作，兼罗江县委书记。

一经询问，才知道张书记下乡检查工作去了，吴书记已调专署。现在的第一书记是地委一位部长。陈德模同志呢，因为工业占地过多，西新乡已撤销，他也早调走了，在扬嘉公社做党委书记。双龙一直不错……

晚上看了几出川戏。其中《龙戏凤》较好，保持了不少旧有的精彩情节。

1月22日

上午，听两位厂长讲述工厂概况。水电机厂厂长，个子中等，像一般四川人，但却是个北方干部。镶了两枚金牙，身穿黑呢短大衣。他的讲述不算精彩，也不太详尽，但是工厂的设计、政策，却也大体上讲清楚了。它的规模较大于东北某厂，已经开始生产中、小型机器。

重型机器厂厂长，身材要高大些，黑呢大衣已经相当陈旧。他脸色红润，态度从容，一看就知道是经过长期锻炼的。后来由子健口中得知，此公曾经任过渤海区党委书记。当时只有三十多岁。他的介绍也最精彩、扼要。看来不仅熟悉业务，对情况也很了解，政策水平也高。他认为目前主要问题是：维护、保养，正确解决同农民的关系。

在正确解决对农民的关系的问题中，有三个方面：1. 退回已圈未用的耕地；2. 修复被打乱了的水沟水渠；3. 建造赔偿农民的住宅。而前一两项处理好了，今年将有8000亩至10000亩的地可以生产。其中大部分是稻田。他们准备将计划压缩的2000工人投入修复农田水利的工程，然后才让他们各自回到本乡务农。结束参观的途中，我问他，在工农联盟方面，婚姻问题有无影响？他答道：职工都是有家属的，其余都是青年娃娃……

厂房相当分散，我们一连看了两个车间，高度都在30米以上，长度则为200多米。附近有不少钢筋水泥支柱，看来保养工作的分量不会小的。车间里的机床未完成安装工作，但部分已开始生产。我们都对水压机很感兴趣，因为从来还未见过。最后是去看一处地下作业的工程，更加感觉惊奇。这个设备是铸件"淬火"用的。三个圆洞各有三四十米深，已经挖掘了一半了，是用冷气将土地缩了挖掘的。

离开工地的时候，一个姓王的工程师被介绍给大家。瘦削、精干、长条条的，满面风尘。他身穿黑色毛料大衣，据厂长介绍曾去越南工作过一段时间，最近才转来的。而一听到这个情况，不禁使我兴起一种自豪和尊重的感情。而且由此联想到一些国防情形。下午本来约定一点半钟就去参观水轮电机厂的，因为子健同志进餐时被鱼刺卡住了。开始用土办法，喝了些醋，后来又送往医院。所以结果只好推迟到两点钟，让他能有充分休息。

在水轮机厂，我们只参观了一个车间和一个附属车间。前一个车间，把三个跨度计算在内，有8米宽，长度是300多米。但是，就整个厂说起来，这还不是最大的车间，最大的车间现在还只有几根钢皮柱子。和重机厂比起来，这个厂投入生产的时间较紧；虽则仍然已经部分投入生产。那个支部书记给我印象很深，人是那么灵动、有趣，知识又相当丰富。他还指引我们看了一些新进口的机器，好多在世界上都是数一数二。这些机器，都是他去大连港接收的。他原早就在东北工作。

还有一点，也给我印象最深：那些认真工作着的"丫头们"，"孩子们"太可爱了。他们都是 1958 年从射洪、中江，还有德阳招考来的，曾经去北方兄弟厂留过学，当时只有十四五岁，现在也不过十七八岁。有一个女娃儿，或者像那支书说的"小丫头"，瘦小，拖在背后的两条辫子，也又细又短。但她却那么熟练地使用那架钻床，为一个已经车光的零件打孔。我不禁想到：没有进厂之前，她们的情况怎样？而在投考时她又挨过了多少兴奋的夜晚？……

要说希望，这些青年人的确是我们的希望！回家的路上，我同张老又在车上对这一点谈了很多。而且越来越加兴奋。晚上去看戏时，我们又谈了谈这件事。戏剧节目不错，表演也好，散戏时，上车前碰到了司徒。

1 月 23 日

在孝泉时回忆起不少 1956 年春在那里的情况，情绪有些激动。

公社爱委会的院子，已经改建了一下，整洁、漂亮多了。在接待的同志中，我一眼就认出了邓书记。看来好像胖了，也红润些了。向他问了几个以前认识的人，知道黄书记也一直在这里，刚去县上开会回来。社长说认识我，但我可已经记不起了。汇报了很久。这个社的主要特点是：公社化以来，逐年都增产 6％ 左右，副业收入大，一直每月都发工薪，现在仍然是社有制。

介绍完后，我们看了三个大队的生产。生产的确不错，而且真是如汇报说的，没有多少土地是空闲的，都种上庄稼和绿肥、饲料。第一个管区的书记姓蓝，邓说他过去是认识我，但已记不清了。最后一段路上，我同邓谈了一阵，他说，如果不是毛主席那封党内通信，在他们社抢手快下达了，当时那股风他们也是顶不住的。一个工作组组长知道他对"愈密越好"有些抵触，他存心要按规定插的，然而结果，还是稀了。只稀了几分，但却挨了批评。这还不够，组长还向上级写了报告，说他右倾。弄得他做了几次检讨！

邓对省委一位部长很尊敬，十分体贴农民群众。他说，这位部长在德阳蹲点那段时候，老是戴顶草帽逛田坎，见了农民就问东问西。有一次种稻子，行距密了，农民很有意见。他知道了，去找邓，问："你通不？"邓说："我跟农民一样，不通！""那就照你们自己的规格搞吧！""工作组规定的呀！""难道宪法对栽秧子也有规定？如果宪法没有规定，那就按照你们自己的意见办吧！"邓举这个例子，无非想说明要顶住瞎指挥并不容易。随后在车子上，张老也说了件事，他同农业厅徐孝恢 1959 年一道去农村参观，他向徐说："小春太密了"。徐立刻提醒他："都主张越密越好啊！……"

我们到孝泉时，已经一点钟了，街道很长很窄，据说有 400 多户人家，是一个大场。几乎把正街走通了，才到得公社。是过去旧乡政府和一位旧军官的私宅连在一起的，相当大。我们等了很久，说是住这里蹲点的李县长，因为久等我们不到，下村子里去了。已经派人去追他回来。大约一点半钟，李才转来。于是吃汤圆，听李介绍情况。李，我仿佛听到刚俊提过，是解放前绵阳的地下党员，斯斯文文的，原籍中江。

情况介绍不算精彩，但工作却是好的。特别是看了庄稼之后有此感觉。闲谈时候，李还告诉了一些另外的事情。他说 1949 年 10 月，王陵基曾在这里召开过全省"山防"会议。可惜内容简单，我准备将来找严啸虎谈一谈，此人可能知道详情。

到绵竹时六点钟了。一进招待所的正房，就看见几盆烧得红朗朗的火盆，感觉有点烤人。这是原商业局的房子，房屋高大，开朗，是旧建筑加过工的。

晚上，第一次看了绵竹的川戏！听了徐鸣刚的《逼姬》，很不错。

1月24日

上午游览了祥符寺改建的公园，看了年画，还参观了新建的酿造厂，以及旧南轩祠改建的县立中学。印象最深的是酿造厂，绵竹的名酒终于同饮者见面了，但是旧窖已经损坏 50％ 左右。幸而抓得快，否则恢复起来会有很多困难。

旧南轩祠，是同书院相连属的。现在，不仅已经连成一体，还扩充了不少的地盘，校舍也很可以，大部分是新建的。我同几个正走向所谓月波井，打算在那里等候张瑟，一个身穿山峡布制服的青年走过来了。他问哪一位是沙汀？我没有应声，还故意往井底看。但是，同行的人，最后把我指给他了。

这个青年人姓周，安县人，西师中文系毕业，是这里的语文教师。他讲了一些仰慕的话，叫我开口不得！最后，他交了一册手写的诗稿给我，说是送给我作纪念，这叫我不好推辞，只好接收下来。这时，一位同路的走来说，张老他们在校长办公室等我们，总算借机会脱身了。可是，到了办公室后，又得听例行的情况介绍。而这个块头颇大，面孔微麻，健谈，而又深信自己谈得不错的青年，似乎不大注意客人的情绪。

下午去土门。这里过去十多里是火烧堰。我记得很清楚，年轻时候曾经由这一路去过成都。而且还记起不少当时的情形。至于是否在土门停留过，就不大清楚了。但火烧堰倒的确住过，我还能活鲜鲜记得起鲜暴牙的形象。土门街道不长，但很宽大。这是产烟地区，在接待我们的会议室里，桌子上就摆着一大束烟叶。党委书记到县里开会去了，介绍情况的是副书记，宽大结实，但是矮矮的，声调硬朗，脸上随时都露出笑容。我看，他至多不过三十吧，可是一问，已经四十几了。是土改出来的干部，对情形很熟悉。

还有个副书记，是女的，相当健壮，右眼有一点斜。她也非常健谈，不时插一两句。但是当我们问到社会主义教育运动中出现的问题时，她可认真谈起来了。从同她一见面，我就觉得面熟，但总记不起来，也没有机会问。直到去田间参观时，她才主动向我提起。1956年在县委，彼此曾见过面，同时还知道她是成都人。1950年从"革大"毕业后，就到绵竹来了。我们见面那时，她是组织干部；她调到这里工作，已经有一年多了。回家的路上，何副县长又向我补充了一些她的情况：已经有两个孩子了，丈夫当过统战部长，因犯错误调了工作……

何副县长也是很健谈的，对人十分亲切。在车子上，他还告诉了我一些解放初期的情形，那时他们才14个人就来接收这样一个大县，城内住着两师起义部队。当桑枣暴乱的消息传到时，这里经过了紧张的一天一夜。直到次晨，80辆汽车的解放军开到了，大家才丢心落肠。那天晚上，他们聚集在县政府的楼上，本来准备好作战的。他自己当时是一支征粮队队长，住在大恶霸钟子元家里。他喜不自胜，还带点得意语调加上说："这家伙有时晚上还送汤圆给我们吃呢！"他说，钟只有一只眼睛，非常恶毒……

同何的健谈、亲切相反，统战部范部长有点沉默寡言。这可能同他的矜持有关。不！也许不是矜持，只是有点疲倦，不想讲话而已。他最初给我的印象，使我想起一个熟识的藏族上层分子。因为他人很魁梧，宽大的棉大衣用布带束得紧紧的，足下穿的又是长筒皮靴。他的脸是瘦长的，呈灰白色，眼睛细长，架着一副看来度数不大的眼镜。他主要是吸北方人常吸的大烟，这给人的印象就更加突出了。一句话，这个人颇有特色……

晚上又去看了一次川剧。一共六折，黑头戏就占了一大半。但是，值得人欣赏的还是徐，其他两位，只能说是条件很好，前途无量。徐演的《会兄》，比《逼姬》好多了。就目前所知道的川剧界说，徐的确是数一数二的黑头。这晚上他算使出本事来了。

1月25日

上午去复兴参观。经过五里蹬时，想起了1956年到这里参观饲养场的情况。据同行者告诉我，这里在猪饲养上，依旧数一数二。复兴与安县的河清乡接界，是一个有一万多人口的大社，土质较土门差，但是小春却比土门好些。

公社党委书记相当年轻，还三十岁不到，土门人。1956年在孝泉师范毕业后分配在县委宣传部工作。1960年12月整社，才调到复兴来。他漂亮、精明，对情况介绍得很详细，也很准确，几乎没有翻看材料。在介绍干部情况时，他提到一位干部，诨名叫作"饥荒"。这里社员们取的，因为他总是说干就干，不许有任何拖延。在参观开掘泉塘的工地上，他们会见了这位支部书记。

这个支部书记可能姓邓，我已经记不准了。身材矮笃笃的，看了他那轮廓显著的大脸盘，略带严肃的神气，这个人的神情显然十分坚决。皮肤黑黑的，嘴唇却因干燥有一点白。他老是皱着眉头，仿佛随时都在考虑问题，或者准备行动起来，这是那种不大喜欢说废话的青年人。他原籍拱星，是1960年从公安部门下放来的。叫邓吉云。他还有个诨名：邓黑娃，这都是他下放后社员叫出来的。

这个社的水田，绝大部分靠泉塘灌溉。社管会为了扩大水稻面积，保证栽插，正在进行一项工作，把水源好的几口塘适当扩大，但不另开渠道。或者说，为了减少人力，改变了过去开渠道的方法，先让抽水机把水提起来，通过一道费工不大的浅浅的渠道，把水引去灌田。土地上有着几十个社员在挖掘土方。他们都穿着整齐，颜色红润，显然心情身体都很不错。最后，支部书记要我们去参观猪只。我单独跑了一趟，的确是喂得好！

今天正逢赶场，很热闹，一片繁荣景象。在街上走了一转，我们就回城了。专区视察团也来了，可惜没有碰见安县的代表。午餐后听刘书记介绍全县的情况。吃了好几年没有见到的黑附子。赶到绵阳时已经六点钟了。三年多来，这里又变化了，出现了不少高楼大厦，新的市街。

晚上看了川戏，很不错。白丽群的唱腔有廖静秋的味道。彭书记同我坐在一起，他不时问我：这角色怎样？显然相当满意。他尚未痊愈，还有点浮肿。我们都劝他去外地疗养。因为在绵阳，他不可能得到休息！

1月26日

上午游览了绵阳的名胜。虽然故乡离绵阳很近，前后也有好几次经过绵阳，但是，子云亭、富乐山我都没有看过。富乐山是刘备、刘璋见面的地方，有不少石刻。

下午听地委的同志介绍情况。中间，彭书记、吴部长都来了。我总的印象是，"六十条"贯彻后，农村已起了根本变化；但重要的是"大跃进"以来的工业方面的成就。这一点，上午参观名胜古迹时已经感觉到了。因为我们曾经看到过不少新修建的工厂。

两点半去缫丝厂参观，完全是自动化的机器。据说是从日本进口的。女工们都很年轻，她们专心一意地工作着，很少留心我们。最有趣的是化验室，为了成品能在国际市场受到欢迎，那些女工同志要在工作中付出多么细心的劳动啊！但是有意思的是：1吨生丝可以换取1万吨以上的钢铁；大米呢，可以换120万吨！……

我曾经向厂长问到女工们的思想情况。回答是目前很好，过去两年因为婚姻问题情绪有些波动。而后来之所以得到解决，因为附近有了一个机械工厂，已经有不少人结了婚。厂长还笑说道："他们就经常请我们的女工开联欢晚会啊！"

晚上的川剧较昨晚精彩。特别是《打鱼收子》。到后台看望了演员同志。

1月27日

昨天夜里咳嗽厉害了。在剧场就感觉不舒服，咽喉有些哽塞，作痛。地委的护士给了我药吃，还服了安眠药，但是依旧没有睡好，昏沉沉的，有点腾云驾雾的味道。

早上，请了医生来看。据说是急性支气管炎，温度37度多。这才使我恍然大悟：原来夜间的"腾云驾雾"是发烧啊！地委的同志、子健、张秀老，都一再征求我的意见，是否留下来，或者多住半天一天，再去江油。但我怎能为点小病就耽误大家呢！

因为取药，耽延到十点钟才出发。行前，彭书记来看了看我们，就又匆匆去了，说是参加省委的电话会议。我感动地告诉他：你这样不行啊！因为他不仅肝痛，不仅浮肿，喉头上还有个小肉瘤，以致连嗓子也嘶哑了，无论如何他该休息。但是他解释道："几个书记都不在家，我不去咋办呢？……"

过青莲场，参观了太白祠、陇西院，以及李白的衣冠墓。这些地方都急待重修，看了它们荒芜破败的情形，心里颇有感慨。特别是衣冠墓，三年前小学校扩充校舍时，坟土全搬走了，幸而制止得及时，石砌的墓穴倒还存在。太白祠、陇西院的风景是不错的。特别是陇西院，地势高敞，举目一望，山环水绕，气象不错。只是房舍有一些破烂了。

到中坝时，已经两点钟了。可是，因为我们在青莲场耽搁太久，县委以为我们是延期了，没有准备午饭，所以大家只好空起肚皮等厨房赶任务。好在这里钢炭不少，燃得很旺，否则会又冷又饿。到了开饭时候，已经三点钟了。

晚上看了川戏。《满江红》很精彩，《三瓶醋》的结尾给改坏了。

1月28日

刚吃过早饭，江钢的伍书记就来了。黑黑的，瘦削，身穿黑布面的短大衣，有四十多岁。解放时是62军的团政委，随即在雅安主持军事学校。大约是1958年，他就带起整个学校的干部、学员到绵阳专区来了，分作三批，转业到工业方面。

伍向我们介绍了江钢建厂的经过和生产概况后，领我们一同前去参观。这个厂，是联合企业，除煤炭必须仰给于广元外，它自己有矿山，有不少附属工业，包括水泥厂、砖瓦厂和机器修配厂。厂址很宽，设计能力是：年产钢40万吨、铁50万吨、钢材60万吨，几个主要部门，我们都一一看了，可惜高炉正在检修。

在炼焦厂碰到专区组织的参观团。我以为会碰见刚俊，结果大失所望。昨天午后，王书记打电话把她叫到县委来，我们算已经见面了，可是很快就一道去看川戏，回来的途中我就叫她回厂去了，还没有摆谈过，所以希望今天能见到她。我还这样想过，可以到她家里看看她们的生活情况和孩子们……

参观江钢后，又去机器厂，可惜没有碰见一个干部。这个厂规模较江钢小，我们只看了两个车间。因为是星期天，只有几个学工在值班，他们有一个是重庆来的，子健同志同他们胡乱扯了一阵，问东问西，很有意思。我们回去时已经1点钟了。午饭后，只休息了半个钟头，就去江油旧城参观人民公社。我们首先在区委听情况介绍，这所房子是蹇幼樵的，我记得十多年前来过，改变不算太大。

向我们介绍情况的，是城郊公社的党委书记。人还年轻，有一枚金齿，我看见后不禁皱了皱眉头。这显然是来自成见，因为他的整个神气是叫人高兴的，朴素、诚实。从生产情况来看，这个社只是1959年受了点"风"灾，1960年生产很快上升了。原因之一是他们一直没有丢掉评工计分。全社只有二十多个社员患肿病，口粮标准一般是8至12两，连奖励粮在内，少数劳动力强的，可以吃到1斤以上。

　　介绍情况后，我们绕城看了两个大队的小春。都很不错，大家甚至觉得比德阳的还要好些。参观中间，两个队长突然向我们谈起红军当年围攻江油城的故事来了。队长中的一个还讲了他参加红军的情节。是父亲送他去的，但身体太弱，红军转移时又把他劝回家了。另外，他的叔父走到了松潘时也掉了队，只有他的两个哥哥没有转来，可至今也没有消息，显然是牺牲了……

　　回家时，刚俊带着她的孩子和刚锐的女儿，早在屋子里等着了。她是3点钟来的，因为打电话给她的人没有听清楚王书记的交代。刚俊的孩子四岁，很结实，也很顽皮；刚锐的女儿三岁半，瘦弱，但是清秀。两个小家伙一见面就叫爷爷，很喜欢。我们谈了些家常、往事，没有参加歌舞晚会。我们三年未见面了。

　　夜里，因为给他们准备的房间只有张单人床，我把自己的房间让给他们。不知怎的，这天夜里我总担心她们睡不好，虽然曾经起来招呼过两次。

1月29日

　　虽然还隔一个通道，天刚亮，就被刚俊的孩子给吵醒了，在床上大声哼唱。

　　因为我们要去二王庙和后坝，我想送她们过河，再回来吃早饭。但是，刚好走到坝子里的梯阶前面，组织部长来了，坚决要她们吃了饭再走。这是个将近中年的女同志，县委第一书记的爱人，原来就同刚俊认识。这中间，王书记也来了，只好一道转去。

不知怎的，出发以后，我老是挂念着孩子们。坐车经过钢厂的宿舍时，还不住四处张望，可是始终没有发现她们。她们比我们早走十多分钟，可能已经到家，也可能进城买东西去了。起床时我曾经想过，要刚俊叮咛一下刚锐，两个孩子已经够了，得注意一下节育，免得在生活上和工作上背包袱，失掉前进的勇气。可是，一餐饭吃下来，又都走得匆忙，竟然忘记掉了。而我在途中就一直想着这些，真有点念念难忘！

我们几乎是沿着铁路走的，一路有好几个开阔的平坝子。几乎翻过一个山坳就是一个坝子，看来还很肥沃。我们很少见过树林，几乎比德阳、绵竹的情况还要差些。而这里却是山区！当然，这里曾集中过三十万以上的农民开矿炼钢，而且建立三座铁厂，树木损失多些是可以理解的，同时也很值得。因为单是一个江钢，如在平常时期，就绝不是两年间可以建成的。当一想到这些，就立刻兴奋起来……

我们一路经过了两座铁厂，后钢和小溪铁厂，最后才到二王庙水泥厂。厂长和党委副书记接待了我们。厂长身材高大，穿着灰布面子的皮大衣，足上是半筒皮鞋，一眼可以看出，他是部队里来的。淡淡的八字胡，神气有点严峻，江西人，曾经当过地委书记，最后又转到工业上来。他在东北住过很久，1958年才到江油来的。在介绍情况当中，可以看出，他对水泥已经是一个专家了。这个厂是全国四大水泥厂之一，设备全部是自动化装置。

副书记是山西人，当过三台县委书记，遂宁地委组织部长，也是1959年调来的。他的身材也还高大，但面貌和神气却与厂长的威严、爽利不同，很和善，虽然是知识分子出身，我们曾经在遂宁地委见过面，可惜印象已经很淡漠了。还有一位工人出身的副厂长，只有三十多岁，长条条的，东北人。对于全国水泥工业的分布情况相当熟悉。

介绍情况后，我们就被邀请到所谓"生活区"吃饭去了，它与"工厂区"隔条河沟。

想不到厂长同志很能喝酒。他一面笑着申说他有十二指肠溃疡，一面爽快地不断喝五粮液。这是一个颇有风趣的人，已经五十岁了，但是神态、容颜却显得老一些。在这里接触到的人物当中，另外一个同志给我印象也深，这是个青年技术人员，个子不大，脸蛋红红的，架着近视眼镜，东北人。参观时数他最活跃了，而他对那些"大家伙"的介绍也最有声有色。他的兴趣显然比我们还高，不断地发笑，喧嚷，比着手势。

正跟我们在这次几座工厂中所见到的情形一样，所有的职工都很年轻。而且只有1%的技工是其他老厂来的。这在我们归途中参观后钢的时候，感觉特别深切。同时我们好像也更加感觉到"大跃进"的深刻含义了。后钢的规模仅次于江钢，比江钢早一年建成。而最有意义的是，它的两位负责业务和技术的厂长，一个是商业部门来的；一个是搞卫生工作的。而在"大跃进"的洪炉中，他们可都已被锻炼成钢铁工业专家。其中一个认识刚俊。

参观后钢后，我们也就一直回中坝了。放弃了参观小溪钢厂的计划。在中和场遭遇到一件不大愉快的事：那个负责轮渡工作的同志太官僚了。他让我们等了很久，调动了几次车子。而且说了些很不负责的话，可是王书记却很有耐心。

晚上没有参加晚会，太疲劳了。但是打了一点多钟"夺牌"。

1月30日

上午听了王书记的情况介绍，以当前的情况和措施为重点。他的介绍涉及1957年以来生产和生活上的变化。1957年最好，1960年春天有两个月的时间则最为困难，每人一天只有四两口粮。由于贯彻了"十二条""六十条",情况迅速有了改变,1961年的产量已经接近1957年了。在分析减产的原因时,他举了几个反证:其中一条,凡是交通不便,处在大山地区的社和大队,都较为稳定,有的甚至连年增产,生活一直是上升的。

他也说到1958年大炼钢铁的情况。他就是那时候带起十万三台、遂宁的农民,来参加钢铁战线上的斗争的。当时他是三台县委书记,但直到1960年他才正式转来组织关系,成为江油主管工业的书记。可是目前他又接受了新任务,专门管农业了。他是中江人,地下党员,只有三十多点。中等身体,瘦瘦的,皮肤油黑。从性格和皮肤看,他沉着,细致,说话不慌不忙,好像一个久经锻炼的干部。他给人一种谦虚谨慎的印象,好像从来不知发火和激动是怎么回事。但又绝不是那种没有主见和决断的人……

我们一直谈到午饭时候。吃过午饭,只休息了半点钟,就动身了。到德阳的时候是五点半钟,离吃饭还有一阵,而且还得等专区来的参观团吃完后我们才吃。同时房间也没有调整好,所以大家就在会议室里打起牌来,一直打到吃晚饭。

晚饭后,同子健同志走了走田埂。回来又在余通灵屋子里闲谈了一阵,他是专区参观团的成员,没有去参加重型机械厂的晚会。他显得有点苍老,最近经常失眠,脸还有点浮肿,可以想见前两年故乡安县的灾情不轻。

因为医生来了,我才向余告别。医生走后就又打起牌来。

1月31日

到达四川化工厂时,已经十点半了。我们一面休息,一面听黄副厅长介绍情况。这是个广东同志,解放前在军工部门工作,他是以副厅长资格直接领导这个厂的。因为它是四川最大的化工厂,凭我知道的情况，问题也很不少，特别是最近揭发出了不少问题。

据礼儿告诉我，这个厂贪污盗窃，投机倒把之风，相当严重。运输队的司机可以把成吨的硫氨偷运出厂；一个退休工人一个月就捡了一吨二炭；附近一个队的干部、社员，宁肯放弃生产不管，就专门捡二炭，或者同厂内的不良分子勾勾搭搭，进行不法活动。很显然，领导上再不抓紧整顿，是不行了。可是，副厅长却未谈到这些，为了礼貌起见，虽然几次话到口边，想问问，终于又忍住了。事后想起感到内愧。

乘车去厂区参观时，我在市场门外一眼发现了礼儿，但我只来得及招一招手，车子就很快滑过去了。厂区很大，但是除开硝酸部门，我们全部顺着工序依次看了一遍。真是洋洋大观！我们常常为那些少见的庞大设备惊叹不已。很多时候是车间主任，或车间支部书记从旁说明。有一个车间安放着七台机器，其中两台是我们自己造的。那个高个儿北京同志充满自豪感告诉我们："不要看它外形粗糙一点，功能可比那五台外国货好多了！使起来又方便。"

副厅长有时也插说几句，风趣而又扼要。当谈到空气压缩机的重量和作用时，他笑着说道："氮气非常活泼，氧气又很呆笨，要使它们结婚不容易啊！就得这样大的气压强制它们才行。"我发觉他的手有点颤抖，但这不是激动，而是一种疾病。当吃饭的时候，我就更相信自己的判断了，因为他用起筷子来也颤抖不止。不过，就整个印象来说，这个同志显然有一点神经质。

吃过午饭，我们就到附近的成钢厂参观。我们被接待到那间专为开电话会而设置的屋子里面。静得很，光线有点暗淡。而那位书记的谈吐又缓慢低沉，加之，刚才又喝了几杯五粮液，所以在听介绍情况当中，我起瞌睡来了。也许还打过鼾，因为当我一下清醒过来时，有人出奇地注视着我……

当开始参观时，我总算完完全全地清醒了。这个厂虽然修建得较江钢、后钢紧凑，可也占了不少耕地。几个主要部门，我们都看过了。而且在高炉边停了很久，因为要看出铁。因为正当交接班的时候，炉子附近的工人很多。有的用锑锅装了菜，一边等候接班，一边把锑锅放在出槽不久的铁块上烘热；这是我过去没想到的。

单是出渣和鼓风炉的情形，已经就叫人兴奋了。等到铁水出炉，大家更兴奋得不得了！只见一片耀眼的红光，明晃晃的。而烘热的气温不断扑面而来。据那位记者出身的钢铁干部告诉我说："夜里才好看啊！几个炉子一齐出铁，半边天都亮了！那个情景才叫奇瑰、壮丽……"

我到家时已经五点半了。一见刚虹就毫不自觉地问起刚齐："有信吗？什么时候回来？"当听说要春节以后才能回来的时候，不免有点失望。至于她改期回来的原因，是组织上告诉她入伍三年后才能回家过年、过节假日；但却同意她春节后请几天假。这样也好，让她多受点锻炼吧。

夜间，邀壁舟来喝了几杯，谈了一些视察时的见闻。

2月1日

上午，清理积压的信件，补记了两天日记。补记日记时，感觉记忆力很不行了，许多事和一些情节，要想一阵才能明确。一想起这件事就很苦恼。

午饭后，宗林同志来电话说，三点半要来看我。我猜想是谈编写《省志》人物志的问题。等他来到，才知道我猜错了。他同我商量写革命回忆录的问题，内容是他在上海和苏州的监狱斗争。一共有三四十个题目。我们逐个地谈下去，一直谈到吃晚饭的时候。就我看过的描写监狱斗争的小说，这本书写成后是丰富多彩的。

我一边听他讲述，一边提出问题；有时提点建设性的意见。因为不少题目有的把生动的叙述变成了讲道理；有的又感觉琐碎或角度不够恰当，而这些有可能影响作品质量。当然，事后想来，我的有些叮咛，可能是多余而不必要的。

晚上去壁舟处，谈了一些创作上的问题。他给我一再打气，要我快一点动手写作长篇。还建议把计划搞大点。但他显然并不知道，我自己更着急呢。

壁舟又说，有一种药，叫抗老素，是用乌龟髓做的，治虚弱有奇效。

2月2日

出了太阳，气候比前两天暖和多了，所以，虽然起床较早，精神一直不错。

傍晚翻捡信件，有大哥一封信，看了非常生气。他要我们多给他80元还账，还用威胁口气写道："万不得已，将于春节前只身来蓉"。因为他双目早已失明，相信这一来我会按照他的话办，而他就可借以满足那个不务正业，成天泡在烧酒里的杨猪儿塞黑窟窿。因为前不久据刚俊说，杨猪儿曾因做投机生意被捕，把倒腾到手的东西给没收了！

正与玉顺谈论之间，友欣来了。他告诉我，一位在郊区养病的文科教授因为稿子问题，向前去看他的葛鹏大发牢骚。把过去几年我们都曾经作过解释的一些不值一提的误会，全都搬出来了。说他受了我们好几年的气了，声言要同我们断绝关系！不错，他是有病的人，但是，一个人老了，有了病，就应该这样随便发少爷脾气么！我本想最近去看他的，现在决定让他冷静下来再说……

友欣走后，我同玉顺就又谈起这位文科教授来了，深深感觉这个人有时太神经质，使人难于同他交往。接着就谈起大哥的事。据玉顺说，2月份的生活费，她已经托刘士豪带去了。他需要冬衣，也同时带去了，是我那件皮短大衣。但我相信，这件皮短大衣，终归又会叫杨猪儿吃到肚子里去的。人就有这样怪，有时为儿女做起牛马来很舒服！

晚上去永兴巷洗了澡，这是交涉了两次才成功的，太麻烦了！但是去一舟澡堂，最近不但拥挤不堪，而且容易着凉。这是我最担心的，所以也是不得已的事情。

2月3日

大雾。到十点时，还对面不见人。可是，天气却更加暖和了。

一气写了五封信，都是早该回复的了。是写给下面一些人的：赵大姐、谭剑啸、均吾，以及《红旗》和《边疆文艺》编辑部。赵大姐的信来得最久，三星期了。

午间，在球场上碰见曾克，对陈联诗写的革命回忆录的整理问题交换了意见。我们都认为廖灵均的建议不错，由她和林相柏来搞整理工作，我们只派一位干部进行具体帮助。一个女儿，一个女婿，真是再恰当没有了。

下午，出版社送来《川剧传统剧本汇编》，书款也由玉顾付了，这也算办好一件事。虽然打了不少麻烦，当即写了一封信给马仲明同志。

晚上去张老处闲谈，中间涉及如稷、劼人的近况。

2月4日

大约洗澡和理发时着凉了，整天感觉疲倦，不舒服，结果休息了一整天。

礼儿夫妇带了小娃来团年。孩子长得更结实了。可是，来了好久以后，这才逐渐活泼起来，不再显得老是有心事的神情了。吃饭以后，闹得更加起劲，常常爆发出哄笑。可是，因为他的父亲母亲都在这里，却不大喜欢跟我一道玩了，总是缠着杨礼不放。

午觉睡了两个钟头，犹然困倦不堪。简直有点爬不起来，只好又睡。起来时已经四点过了。吃过晚饭后比较有精神些，于是同玉顾、虹儿一道去东大街。大约正当晚饭时候，也许已经拥挤过了，专门供应干部副食品的地方并不拥挤，物品相当丰富。我们买了一定数量的黄豆和鸡蛋；当然都是高价。出门时碰见刘元瑭带起一家人去买东西。

街面上人很多，全都喜气洋洋，也全都同熟人一路摆谈着吃食。连小孩子也不例外。相反，所有饮食店都比以往清静多了。既无人排队，吃的人也从容不迫。我们发觉又添了好几家饮食店，有的则在赶着装饰门面。一片节日气象，鲜明地反映生活情况的好转。

想去张老家坐坐，结果没有去成。因为孩子们等我们去吃元宵。到张老那里闲谈，是有意思的。前天夜里，我们扯到从最近几年来人与人之间的关系；扯到《论语》和儒家的恕道。

路上，玉顾谈到礼儿一点见闻：在公共汽车上捉住几个小偷，都是半大的孩子。

2月5日

上午去锦江饭店参加团拜。我去得并不迟，场子也比省人委礼堂大，人可早已经坐满了。绝大多数是孩子和半大儿童。有的一家人就占据了一张桌子。招待员要我到前面去，说有空坐，但我执意不肯，随便在一张桌子上挤下来了。

这张桌子只有两个大人，恰恰还有一个空座。两人中，只有省银行的张曾一起开过会，四面也没有熟人，这倒正中下怀！不知怎的，在生人较多的场合，我总力图不声不响，也不想多活动。特别在人丛中穿来穿去找人握手，实在不大习惯。可是，偶尔朝后一望，正碰上几个熟人的眼光，康部长、李劼人、韩伯城……

文娱节目很快就开始了。这很好，场子里立刻清静下来。有不少孩子们站在椅子上看，也不管是否阻碍坐在后面的人们的视线。这对我可无所谓，因为所有杂耍节目我都看过。我可以静静观察场子里面的人们的装束、表情。而且可以一有机会就溜回去……

十一点半离开会场，在大门口碰见劫老。我问起他的生活和健康情况，劝他注意休息。也谈了谈如稷的情绪。他赞成我的意见，搁一搁再去看他。前两天一个夜里，张老曾谈到李在给他的信中，有体力不支的话，显然是好久以前的事情了。

如果不是报社两个司机帮助，汽车几乎无法开动，这个老家伙真该进博物馆了。街上的行人比前一天多得多，可以说是水泄不通。回家听说凡儿来了，立刻去抱；他可一看见我就咧开嘴哭起来。这个孩子的面貌、脾味，同小娃完全不同，这倒颇有意思。玉顺说，他像他舅舅，而小娃呢，则像刚宜。凡儿来这里的次数太少了，一共还不到四次……

傍晚，陪同玉顺、刚虹到街上走了一转。已经不像白天那样拥挤了。春熙路特别清静，不少店铺都关门闭户的。提督街要闹热一点，水花街拐角上那家有名的馆子照例挤满了人，服务员则对着喇叭报告菜目，维持秩序。这个馆子可以交肉票吃各种煎、炒、炖菜。

回家后，礼儿他们已经走了。写了"左联"回忆文的简略提纲，把材料也找出来翻看了一部分。我的文章看来必须从这样几个问题来写：宗派；关门；白色恐怖；创作和思想斗争……

2月6日

上午，同党组的同志到宣传部。李部长钓鱼去了，我和壁舟改去东胜街。

宗林同志家里已经有很多客人：阳友鹤、竞艳等等，陈部长也在那里。杂七杂八地谈得相当热闹，也很愉快。阳等走后，又来了两位客人，于是大谈起成都的小吃。全都显得津津有味，谁说"画饼不能充饥?"临走时，宗林同志说，一两日后，他就去蓝家花园写东西去了。但却表示不要人记录，他自己慢慢啃。我们本来准备了小丁或唐大同去帮助他的，但愿他能顺利进行!

在程部长家里，碰见卓雨农，因为咳不止，顺便要他开了张单子。此公颇有风趣，他边切脉边说："咳嗽公，忌不到油酒，宁肯不要吃药!"他自己就是老咳嗽，所以又叹息道："我就吃的这个亏啊! 你看，经常咳嗽不利桿!"开单子时，他向旁人借了笔用，写完后，他显得慎重地说："好! 赶紧还给你吧!"

于是，回转原位，他讲了一件趣事：有次开会，有位同志请他看病，他照例借了旁人的笔用，可是用完后他就揣在荷包里了。隔不多久，又有人找他来，他又向人借笔开处方。逢到开会，他总最忙，因为平常不容易找到他。他照例看了，开处方时，总照例借旁人的笔用。最后，总又糊糊涂涂在荷包藏起来了，以为是自己的。

这样，有时他一直为四五个人诊了病，前后也借了三五支钢笔，可是全都认为是自己的藏起来了，直到晚上回家他才发觉。他自己嘲道："这个麻烦可不小呀! 记忆力又坏，哪一支是哪个人的，全都记不得了。再想也想不起，想起了也不敢说想得准确，还错了又怎么办? 这个硬麻烦呀，只好一家一家地退! ……"

他说得主客们大笑不止，可是他自己并不笑。有时仅仅脸上浮点笑容，照例带点自嘲味道。他穿着宽大的皮袍，外罩新蓝布大衫，头上是黄色绒帽，加上满脸麻子，特别是他那副满不在乎的神气，真是很有意思……

从东胜街回到家里，阳友鹤就叫人送票来了。晚上去锦江看阳主演的《斩四姑》。已经三十多年没有看过这个戏了! 这是戏班子初到一个新城镇演出，亮角色、亮行头的开台戏。

我忘记了，上午文询持如稷信来，并送来久已不见的葵菜一捆。

2月7日

终夜咳嗽不止，早晨，感觉疲倦不堪，有点起不了床的样子。

午间得白羽信。我好久就想得到他的信了！想不到他又病了一场，而且流连了相当久。信上说，天翼开始写长篇了，每天写几百字，此公颇有"心劲"。自己对创作抓得太不紧了。白羽问我何时动笔写长篇？使人汗流浃背！

最近几次同壁舟接触，他也催我赶快动手。但是，因为这两三次的时间都相隔很近，颇为不快。仿佛觉得他认为我一直都在睡觉似的。这次对白羽来信的反应可不同了，可见说话得看时机，得有分寸，如果像敲木鱼一样，反而效果不佳。当然，壁舟完全出于好意，好像他也自知，几年内没有像样作品，过不了关！

其实，去冬以来，长篇的构思问题，就已经一直叫我心神不安了，几乎无时不考虑它。但是，由受孕到十月临盆，这个过程并不那么简单！何况是长篇呢！这中间自然还有原因，主要的一个思想上的问题没有明确解决：单独写一部，或者写三部曲一类的东西？充分反映时代的精神这个问题也颇费思考……

下午回白羽信，但没有详细谈到进行长篇构思中的具体情况。因为这不是几句话讲得清的，只有等到北京时面谈了。这里我倒另外想起一点，这几年来，由于机关情况特殊，我变得更谨小慎微了，而这对于长篇构思也不无影响。

晚上去张老处，他参加晚会去了。下午，他派人来问巴金的通信地址。我原本说过要去的，那个带点傻气的公务员，显然忘记说了。否则定会打电话给我。

街上很热闹，所有的饭食店，连同新开张的，全部挤满了人。

今天还回了揭祥麟一信，想起前在重庆未能同他面谈他的创作问题，颇有歉意。

2月8日

刚起床，少言来了，还有他的女儿永梅，是春振陪他来的。少言手提塑料线包，说："给你带了点杂拌！"接着取出老窖二瓶，笔筒二个，其中一个是邛竹做的。

少言告诉我，重庆文联碰到点麻烦事：孙书记批了，要他们搬回新民街去，将两路口的房子交手工业管理部门。这使得邓老大发脾气。设身处地，便是我，也要发脾气的！少言同他去见了人委会的林蒙，已经同意暂不搬迁了，等白戈回去作最后决定。

我们由此又谈到均吾的为人，有的干部对他的确不算尊重，用平均主义的态度来看待他。以致去年有个时候，弄得他衰惫不堪，甚至患了肿病。少言曾经送他两只来航鸡，很快又被偷了。好在去年便已得到照顾，有了很大改变；但是他的力量仍没有使出来！

经人联系后，亚群同志要少言立刻去宣传部。少言约我同去；到大院后，我们又约了壁舟也去。此公刚才起床，东等西等，结果抹了帕干脸，就一道去了。我们到后，还有春振，二李也该去的，因为李部长准备在理论批评工作上做些指示。显然，《文艺报》那篇介绍四川文学的文章，他是高兴的，理论工作引起注意了。

一面由少言汇报美协的工作，一面等候二李他们。他们到后，少言的汇报已经快结束了。最后，李部长做了指示，就开始谈怎样进一步展开理论批评工作。我也随时乘兴插上几句，但是，回想起来，这是不必要的，这可能因为我们太熟识了。

壁舟约吃午饭、喝酒，我婉谢了。我正在服药。决定忌忌酒，忌忌油荤，咳嗽已经把我弄得来很苦了！永梅一直在我家里，同刚虹玩得很好。这个女孩子才七八岁，很开朗，问啥说啥，若果你不问呢，她也可会主动地问个不停……

午睡了很久，足足有三个钟头，太疲乏了！读了二三十页谭的小说。是初稿，但我觉得后二稿好些。夜里，去陆羽春买茶叶筒后，回来又读谭稿，直到夜深。

2月9日

天气晴朗。读谭的长篇，午后打电话给劫人，接电话的是远岑。他已经回来一个星期了，有他爱人和外甥女。李远山没有回来，留在北京过寒假了。

我找劫人，是为了接洽少言去菱窠看他的藏画。并约他来参加明天上午的聚餐会。刚回转身，郭生又来电话，问到少言去菱窠的时间，因为他想同去。我是把时间决定在午后的。这样，既可以多看点东西，又不至于麻烦别人，我自己经常有这样的体会。对于是否留客吃饭的问题，感觉相当苦恼……

吃了两剂劫老介绍的草药方，又忌了油、酒，咳嗽是好多了。但是，每到午睡之后，总是感觉困倦，这和天气也不无关系。因为阴历正月初一立春，而一过春节，气候就突然变暖和了。晚间去街上散步，走不上两条街就出汗了。

晚饭后去旅行社会少言。本来准备去传达室写会客单的，那守门的一看是我，就笑容满面，请我直接到三楼去。这个人前年在永兴巷，曾误认我是坏人，因而彼此弄得颇不愉快，现在变了，这正所谓不打不相识！

壁舟也在少言房间里面，他们正准备去看《抓壮丁》。原来我错看了广告，以为他们昨天就看过了呢。告诉了去菱窠的时间后，我们随即一道下楼。这中间，据少言爱人说，孔繁祚也已回省开会；伍陵呢，早到北京开会去了。

与少言他们分手后，去张老家闲坐。我们谈了些解放战争时期后方的情况。主要在几个大事件、大变动时期，各阶层人士的思想动态：日本投降；卫护胜利果实；毛主席到重庆；伪国大的召开；进攻延安和延安的撤退；挺进大别山……

我们这次谈话，近于对证彼此当时的印象，而大体上颇为一致。张老劝我随时加以记录。临走时又借给我胡华的《中国革命史讲义》。

回家后，翻看《困兽记》，直至十一点半。觉得还吸引人，但也发觉一些不足之处。

2 月 10 日

差点起不了床，昨夜太睡晚了，上床时已经十二点过。洗过脸，一看闹钟，十点半了！东西都没有吃，即刻去五月文化服务社听李部长作报告。

这是文联召开的一个座谈会，时间是一整天。中午，在耀华聚餐。到达五月文化社时，茶厅已经坐满了人。我想进去，但有人告诉我，李部长已到了，在书场里。于是我又去书场，坐在李部长、张老那一桌闲谈。有不少人在玩"扑克"。劫人来后不久李部长就开始作报告。这时一位在郊区养病的教授来了，一来就坐在我身边嘀咕，不住调换话头……

这位教授今天的神情特别使人感觉异样！他可能受了"刺激"了。他没有接到通知，车子也没有接着他——他早进城了。对此我们已经作了补救，但他还是那样激动！当然，另外还有件事：他那篇关于杜甫生活的文章，北京有人在反驳了。他一坐下就提出准备卖自行车，偿还文联的钱，说他平生"一戒不与人，一戒不取诸人"。我有点火了，说："你这么说把对象弄错了，是组织照顾你！"

但我没有同他深谈。他交给我的信，我也没有全看，就搁下了。

这信是洪钟给他的，说要买他的自行车。自行车是他儿子用的，现在在南充读书，不需要了。我不看信，不愿深谈，一半是李部长正站在我们侧面作报告，一半担心自己也会激动起来。看见我冷冷淡淡，他又找张老谈，找劫人谈，可是，他们并不比我热心！而挨近他坐的五六个人，他都一个个扯谈了几句。

大约无处发泄，这更使他不快，李部长报告还没作完，他就走了。起初是去厕所，最后借口青年路他父亲家里约他吃饭，这是肖然告诉我的。肖然问他何时回去，好派车送，他说要到四五点钟才走。我听了很难受，也很不快。去耀华途中，我把经过和看法对劫人说了。他也感觉他神情异常，说是精神病初期的情形正是这样。这一来，我更加不安心了。我们又谈到另一位因患精神病去世的熟人，真不知该怎么才好。耀华的露天餐厅里挤满了人，都是依轮子吃盖浇饭的……

好容易挤上了楼。但是，刚才坐下，一眼看见友欣坐在我对面桌子上。我走过去，请他到中间一张空桌边，告诉了我对那位熟识教授的担心。随即建议，要肖然饭后去青年路，找找他，说明准备叫老曾送他回去，这才算稍稍心安了，可是吃得并不愉快。三元一餐，一菜一汤，一杯"草咖啡"，在这两三年应该说是很不错的。我对面坐着一个身穿窄窄的棉紧身的胖孩子，面前搁着一只三件的菜盒，来一样菜，他就倒一样菜。我问了问，是那位盲音乐家的用人……

因为不愉快，又很疲倦，喝完咖啡，我就忙着同劫人挤出去了。因为车子已经修好，我就要老曾顺便先送我回去。在车子里，我又提起那位神经异样的熟人和我的担心。据劫人说，前天在统战部开座谈会，他就感觉他有些异样，老说话，很兴奋。他曾向劫人诉苦：养病得太久了，成天住在家里，什么人也看不到！可是，现在丁书记已经答应他每周上点课了。不！不是上课堂讲，是带少数学生做研究工作，他还夸口他能够上课……

午觉睡到四点钟才醒，但还是很疲倦。本来没有精神去会场的，后来还是去了。因为感觉不去不好。我首先找到肖然，他告诉我：车子送李部长转来，他就去青年路，可是那位教授已经坐三轮走了！实在很不痛快！彼此年龄都不小了，为什么还要这样来浪费自己和旁人的精力呢！真有点不愿同他来往了。在散文组也有点闷气，因为发言不太热烈，最后大家要我谈题材的多样性问题，因为情绪不好，谈得很不上劲。

晚上回王觉信。我有些不愿意由我"代"作协分会通过总会给谭剑啸请两三年创作假。因为就我已经读过的初稿和二稿看，作者确有生活斗争基础，但还不知道怎么组织它们和表现它们，这样就请创作假太早了。还该搁一搁，多听听旁人的意见，多做些酝酿，多读点书，然后再作决定。

2月11日

还未起床，就听说刚齐回来了，有人从前院一路喊过来，文孃接着又向我们叫喊，声调里都充满了惊慌。可是，隔了一会儿才闹清楚，文只顾嚷，可忘记了开大门！

刚齐进房里来了，全家都提前起了床，只有宜儿坐在床上，我呢，照旧躺着。可是全家都参加了琐碎的问询：车上秩序如何？春节的供应怎样？请了几天假？等等，等等。而到了最后，我同玉顾在子女问题上的分歧爆发了一次争吵……

我知道她的脾气，只要我置之不理，她也很快会反省到自己的不是。我蒙头再睡，不理她。而等到我起床时，她果然好像已经忘记了刚才的顶嘴，变得很平静了。只是愉快地安排如何打发这一天的生活。刚宜在一旁扮鬼脸。他生怕我们又吵起来，悄声劝我："算了，她脾气是这样！……"

顾这一天都在张罗刚齐。而无论如何，生活是愉快的，天气也很不错，遍地阳光。礼儿也回来了，一道吃了午饭。只是，因为玉顺要他多留一天才回青白江去，心里又有些不快。对礼儿也有点不满，因为假期已经满了，他似乎还不想走。当然，也可能我把问题想得过于简单，要求也过于严，到了不通人情的地步……

午饭前，袁琳和袁孝潘来坐了很久。我们已十二年不见面了！两个人都很健壮，只是袁琳也有点苍老了，照样显得拘谨。孝潘要是在街上碰见，我会不认识的，想不到他会长得那样粗壮。他比袁琳开朗得多，从言谈中，对生活和工作似乎都很满意。他解放初参了军，到过芦花黑水，现在江油搞卫生工作。

袁琳向我谈了些他的经历：早在潘阳工作，1959年调往朝阳。已经结婚，爱人是山东人，有两个子女了。他前妻的女儿早已同他们在一起。他看来颇有进步，几次大的运动当中都没有出问题。他在反右斗争中被划为左派，看来是可靠的。他对一位亲戚，一位同学有些气恼，因为他们曾经污蔑他参加过反动组织；好在当时经过反复查对，已经搞清楚了。我再三向他们强调思想改造的重要性……

午睡到三点半才醒，正迷迷糊糊躺在床上，起来不了，文说，有两个客人，已经来了大半天了。而家里的人已经全部出街。起来一看，才知是光祺、光勋弟兄。这几弟兄也有本事，在那么困难的情况下，四弟兄都已在医学院毕业，当医生了。光勋是从河北调回来的，光祺是从资中回来的。我们谈了些农村情形。看来两兄弟都很谨慎，在谈到天灾、肿病一类问题时，都有点含糊其辞，显然担心惹上麻烦。

晚上去锦江看青少年演出。最精彩的一折戏是最后的《杀奢》，三个角色都很小，不过十四五岁，但是演唱俱佳。当然这是从他们的水平说的。

2 月 12 日

上午，在一种烦乱情绪中去草堂寺。奇怪，等候汽车当中，心情反而逐渐地平静了。等车的人很多，足有半里路长的行列。等了半个钟头，乘车的希望还是渺茫得很！

最后，礼儿骑自行车来了，而时间已经快十一点，于是只好要礼儿回家去叫老曾。到草堂时，已经十一点过了。梅花开得很好，展览馆又添了不少杜甫的诗意画，而且质量不错。去管理处，以为可以碰见熟人，交涉吃午饭的事。结果全都是生面孔！而且，据办事人告诉我，今天休假，只卖凉粉，看来只有回去补吃饭了。

管理处是个三进的小院落，很雅静。信步只顾往里面走，而越是进去，越发幽雅，屋子也更漂亮，朴素。最后一进院子是新建的砖木结构房子，后面是楠木林，相隔只有一道短墙。但正想观赏正屋里的书画，却受到"逐客令"的待遇。出来时，在第二个院子，又差点跟一个女办事员吵起来。怎么老碰见这种事呢？出来后去茶馆闲坐，忍不住把经过向顾他们讲了，大家都很生气。

碰见严志胜，招呼之后，我就又一个人游玩去了，实际是想考虑一些写作上的问题。但是，景色太好了，注意力很不容易集中。回转茶馆时，严来了，说已代我交涉好了午饭。又说，那个年轻的女办事员是礼儿的学生。于是礼儿又亲自去了一趟，而这一来，吃饭的问题解决得更稳了。不久，严又把那个长长的贾主任介绍给我们，贾曾经一再向我解释、道歉，但一开口，我就用话给岔开了。

午饭吃的面条、凉粉、红白萝卜，味道不错，我把带来的一小瓶酒全喝光了。饭后在管理处饮茶时，贾说很希望作家们能去住，他们感觉不好办的是没有副食品，交通也很不方便。我向他作了一些建议。同严谈到剧本荒时，我也提了一些意见，要他们不要只看到创作多幕剧，也该重视独幕剧和改编……

贾要陪我再各处看看，我婉谢了，我怕麻烦人家，也怕拘拘束束。可是我们单独也没有玩痛快，我们碰上了阴天，而且风又刮起来了。据说昨天人日，川大和文史馆的同志倒玩得很不错。这只怪日子没有选好，四点钟我们就匆匆离开了。

晚上去锦江看老艺人演出，劫人全家都在场。一共六折戏，以黄佩莲的《坐舟》为好，而最后竞华的《挂画》太差劲了，唱腔、表演都已坠入魔道！

回家，得到两起电报，说大哥当日去世。议论一通后，礼儿愿意回故乡，办理他伯伯的后事。

2月13日

几乎一夜未眠，想起不少过去的事情，也想起刚敏一些事情。不知怎的，在大哥两个孩子中，我总觉得刚敏毕竟还有一些可爱之处，尽管他的流氓习惯更重。

起床时，正碰见宜儿出门上学，我要他催礼儿去买车票。直到中午，礼儿来了。他刚从市委宣传部开会回来，一问才知道他是黎明去排队的，但是仍然没有买到上午的票，要下午四点才能动身。颇感不快，今天到不了安县了。为宽慰我，他改在皂角铺下车，带上自行车，准备当天赶到，就是摸点黑也行。可是，这会发生意外，我叮咛他得量力而行，天黑了，就住下来，不可冒险……

午睡醒来，礼儿已经走了，还有许多话要叮咛，因而有点怅惘，整个下午都不安静。顾又出街去了，等她回来，才知道让带了一百五十元钱，并嘱咐礼儿不必勉强，非在当天赶到不可。至此，稍微安心点了。可是，晚间心里反而更加不宁静了，因为志超晚饭后来看我们，闲谈中涉及一些社会秩序问题。

志超已经好久没有来了，至少半年以上。除了社会秩序，我们还谈到子女教育问题。大哥的性格、脾胃，以及光祺、光勋的近况。这两弟兄前两天也来看过我们，一点没有想到一位亲戚曾经因为夫妻关系不好自杀过一次。志超看来身体不错，心情也颇开朗。最后我们出街，到了梓潼桥才分手，他回家去了，我则去锦江剧院。

戏并不坏，但是，我的兴趣总不如以往那么高。中间发现劫人、如稷都全家在看戏，几乎占据了头一排，可也有点懒得同他们张罗。休息时，大家简单扯了几句，劫人还约我们星期日到他家吃饭。好几年没吃过他家的春酒了，可也有点懒心懒肠……

上床前，拟好给余通灵的电报，要他在礼儿到达后电告。服了安眠药，仍未睡着，考虑长篇的构思。但是，不时仍然挂念着礼儿，担心他在路上碰到坏人……

2月14日

早上，王照明来，将电报稿交他拍发，同时请他同机关联系，和报社一道去金牛坝。因为担心本机关的车会中途抛锚，耽误了听传达中央工作会议精神的报告。

正走到院子门口，肖崇素来了，极口称赞华清为我写的材料，说是很像中国的传统笔记，而写起来又不费力。我向他说明，我之所以交他看的动机，他自告奋勇，表示将来为我写些这类材料。随后，又问我长篇准备得怎样了？

我告诉他，至快也得明年才能动手，他照例充满自信地笑了："怎么这样慢啊？"我说明了准备工作的困难，并又感慨地说："精力不够了。"他问了问我的岁数，我说了，他又大笑起来："五十七岁正是上劲的时候啦！"这个人的特点是：凡事乐观、肯干；但也不免有点自满。而且，好像喜欢从旁人身上看出弱点，以此自傲。

因为既然忙着去搭报社的车，又要忙着同他闲扯，我把应该带上的东西给忘掉了。因为，同他一路谈着，一路出出进进走了三趟，最后，到了前院的大门口了，我们还站着谈了一阵，这才同他分手，去找半黎同志。

天气不错，有太阳。但是，出了城后这才真正感觉到晴朗天气的美好。仿佛胸襟一下就开阔了，明亮了，视野远大而又广阔。我们到时，会议尚未开始。一进会场就发现了伍陵同志，我走去和他一起坐下。我们的位子比较靠后。接着，宗林同志来了，站在座位边闲谈起来。也许没有刮脸，他满脸病容，问起，才知道他又病了。回忆录还未动手。临走时，他玩笑地说："看戏呢，总坐前面；碰到开会，总是往后面溜！……"

郑瑛同志在伍侧面坐下来了。于是我们又才开始了另外一种比较严肃的谈话：子女教育问题，她举了些例子来说明问题的严重性。认为对于子女，单靠学校是不行的，父母得负一定责任。她说，一个干部，因为子女染上恶习，气极之下，几棍子给打死了，现在政府还要判他的罪，这真是一个悲剧！我们都赞成她的做法：应该在《四川妇女》上提倡一下家庭教育。

这时候，守愚同志又来同我谈了很久：从小川的创作打算到我的创作问题，中间还扯到对《被开垦的处女地》第二部的看法。他劝我应该就川剧传统剧本做些研究工作，认为这有很大意义。他还以莎士比亚为例，感觉改编传统剧本，是可以搞出出色的作品的。他也谈到他的肿病，说是过去在日常生活上太严格了。这是我过去就知道的，他确实很严格，在下面整社时生活非常艰苦，以致拖坏了身体。

会议是十一点开始的。首先由许书记报告了会议的内容、开法，以及一些组织上的问题。接着是李政委讲话，主要是讲会议的目的、要求。他的谈吐是缓慢的，有时声音很低，这是同他前几年的情况不相同的，是一种政治上成熟的特征。从他的鬓发可以看出，这几年他在工作上付出了多大的精力！因为他的头发似乎已经白了。

下午，去宣传部听阅读少奇同志的报告。直到六点，第一部分还没读完。因为读"报告"中间，个别同志偶尔又发一些议论。都听得很专心，气氛严肃而又愉快。这是种学习性质的会，可惜不能抄记，这对记忆力衰弱的人说来，效果当然受到限制。

回家时，首先就问礼儿有无电报？可是没有！就连刚宜似乎也知道我的脾味、心情，曾经一再向我解释："普通电报很慢，也许这时候才接到你的电报呢！"可我并不因此完全安心。同玉顺、刚齐出去逛了街后，又特别去叮咛庞："有电报就即刻送给我！"

临睡前，找安春振谈了谈洪钟借款的事。玉顺已经忙着为齐儿准备吃食了，炒了一些炒面。所以虽然想早点睡，结果，还是闹到十一点半！睡前，服了"眠尔通"二片。

2月15日

早上有雾，但已不像春节前浓重了，而太阳却更明朗，同时也出来得早些。

整个上午，都是在忙乱中度过的。还没有向壁舟谈完对谭的小说的意见，以及对谭请假的事的意见。曾克来了，于是接着又谈起对陈联诗的回忆录的修改意见。简单说，就是不要贪大，把似是而非的材料删去；不必勉强求其连贯；书前必须说明，因为口述人已死，所有材料无从查对，整理时又补充了一些东西，所以不能作为史料看待。……

因为心里有些烦乱，谈话中间，曾经两三次缺少耐心地插断壁舟的发言，事后想来颇为歉然。既然觉得创作上的事情应该管管，又是在和同志们商量，根本不应该有什么不耐烦，这是老毛病，稍一不慎，就发作了，可见必须随时加以注意。在同洪钟谈到那位在郊区养病的教授时，我也有些激动，仿佛自己受到了很大的委屈。

当我回转家里不久，偶然发现一位同志已经坐在外面客堂里了。愁眉苦脸，显然已经在那里坐得相当久了，只是没有进来招呼。这就使我有一些不痛快，但却充满了同情。于是我抑制着自己的感情，耐心地向他作了些劝告："顺利时扬扬得意，稍受挫折就垂头丧气，这样下去不行！而只要他肯承认错识，改正错误，是用不上把自己弄得灰溜溜的。"我又向他说，党和组织不会把一个勇于改正错误的干部推开。

午睡后去宣传部参加学习，听了少奇同志的在中央扩大工作会上的报告最后一部分。对不少问题，讲得透彻极了，可惜不能记录；我也拙于记录，只能写下一些要点。

晚上，看了几段谭的小说，算把第二章看完了，有些情节不错。

2月16日

晴天，太阳不错。在壁舟那里同友欣商量了一阵明天座谈会的开法。

刚回家，志平的爱人来了。不断谈到他们夫妇调动工作的事。我反复向他说明，这是不能单靠个人愿望能解决的事，得由组织决定。而且，甘肃是缺乏干部的地方，学校不同意走，这是很自然的，只能等有机会再看。但他照旧说个不停！

我已经感到不能忍耐了，这时，有人引了《人民文学》一个编辑进来。这人去年曾经来过，很年轻，长条条的，只是已经忘记了姓名。他向我转致了白尘的问候，又说了天翼的近况：从广州回家后，身体健康多了，正在写作长篇。接着向我诉说起缺稿的情形，三、四月号还没有可以作头条的稿子。

我们还谈到一些创作上的情况和我自己的意见，主要是对《创业史》《山乡巨变》，以及立波和杜鹏程的短篇小说的意见。简单说，我认为《创业史》深厚，但一般人之所以感觉沉闷，由于议论较多；而它的议论，是用抒情笔调对于人物行为的阐发。《山乡巨变》明快生动，很容易抓住人。但分量又觉较轻。对于杜的小说，主要是谈他的《飞跃》，没有用人物的行动来唤起读者的激情，作者本人可又太感动了……

我们一直谈到吃饭时候，黄明海还没来。他是领那位编辑来看我的，说是去帮人家找住处，就走掉了，真是莫名其妙！我只好领客人去前院。而更叫人莫名其妙的，黄正坐在食堂吃饭呢！在工作上真有这样大意的人。

下午，很晚才从宣传部开会回来，家里已经吃过饭了。饭后计算了一下日子，礼儿已经去安县三天，犹无音信，重又不安起来，对余通灵颇有怨言……

去街上转了一转。回来后，心情照样不安，只好读谭的小说，直到夜深。

2月17日

早上，忙匆匆吃了一碗粥，就到艺术馆去了，才来了一两个人，其中一位是粟茂章。

去艺术馆，是为了参加纪念主席"讲话"发表二十周年座谈会，应邀发言的人，都先后在解放区工作过。直到十点，才到了大部分人。生怕谈不完，李部长、丹南和我，下午又得参加会议，只好不再等了。开始还谈得活泼，一到一位女同志正式发言，就有点沉闷了，谈得有点烦琐。

她一直谈了半个钟头，她还不想结束。我不得不提出建议，让下午请假的人先谈了，这些人是亚群、紫池、丹南。亚群说得简要，颇有独到之见；丹南呢，谈得生动、具体，围绕思想改造问题，他颇有选择地列举一些"讲话"前后他在太行搞戏剧工作时的思想情况、活动情况，借以说明主席指示的伟大正确。他还谈到吕班，说他现在在"东影"做杂工。

我没有参加聚餐就回家了。一到家，看见礼儿回来了，很高兴。几天来的不安，算完全没有了，特别在听了他回家办理大哥后事，以及有关见闻以后。我坐在沙发上，一边喝酒，一边听他讲。有时又插上一句两句，或者提问题，或者是让孩子们知道某些情节的意义。真有这样的事：大哥老断不了气，老是指他的棉裤，直到别人代他说明："你是说把棉裤交给刚正，是不是?"他这才点了点头，扯下眼睛，认真死了！

其实，家里的东西，早给杨猪儿卖光了。连他身上的衣服，也脱给他卖了！死的时候，身上只剩下一件汗衫！据邻居们说，春节前，猪儿闹起要出门，他还摸下床来，跪在猪儿面前，求他别走。而平常，这个东西不仅不招呼大哥，不仅靠着他吃，水井就在屋子附近，他还买水吃呢。当礼儿去访问段上的干部时，他正在把椅子敲了当柴烧！更可恶的，他连刘济棠送的一丈裹尸的白布，也偷去藏起来了。一个人会堕落到这个地步，真想不到！

谈完，吃完，我就赶去开会去了。觉得不先去艺术馆坐坐不行，所以叮咛老曾吃完饭开车接我。到时，大家也吃完饭到齐了，坐了一阵，继续开会。李模同志讲话不久，就快三点了。我老是看表，老是抑制自己。最后，三点了，再不能坐下去了。因为宣传部的会规定是三点钟。于是，分别向李、安说明原因，就走了。可是大门外没有老曾的踪迹。想去打电话，办事员说电话在后院里，结果就雇"三轮"走了。

到宣传部时，是三点半；会议已开始好久了。阅读毛主席论"十大关系"的讲话已近结束。接着是1958年以来主席自郑州会议起的历次在中央全会上的讲话和指示的节录。而这些指示和讲话指明，如果大家真重视主席的提示、警告，三四年来，我们工作中的不少错误，完全，至少大部能够避免。无论如何，严重程度可以大大降低！显然不少同志都有这种感觉，这从他们的神色，惊叹和脱口而出的疑问可以看出……

散会回家，小娃已回来了，秀清也回来了。孩子们大笑着告诉我，他们去幼儿园时，正在开饭；小娃同另一个孩子却灰溜溜站在门边。而一瞧见刚齐，他的眼睛可就泪汪汪了。后经问明，才知道开饭时他同那一个孩子搞起鬼来，忙着向瓢里抓面条吃！他显然受了处罚，全家都认为不应该；刚虹甚至十分恼怒、不平……

晚上，秀清带小娃走后，大家在闲谈中发觉，刚虹的情绪颇有一点异样。经我同她单独谈话后理解到：因为她这期快毕业了，要投考大学了，相当紧张，很担心考不起。我向她说了很多，甚至到她同刚齐快睡了，我还两次跑去说服她们：只要她们忠于党，忠于人民，任何岗位都会是光荣的……

我也分析了刚虹的优缺点，觉得她的优点是：泼辣、热情、勇于帮助别人；但是缺点是不够冷静、时冷时热，而且每每感情用事。我主张明天开一个家庭会议，由礼儿主持，他们一道谈谈各自的思想问题，她两姊妹都同意了。

2 月 18 日

九点才勉强起床。有点不大想去菱窠，因为刚齐晚上就要去重庆了。还要开家庭会议……

同礼儿他们谈论了好久，一直拖到十点半，这才决定到菱窠去。可是，刚到大厅，安主任说："壁舟一家人坐了车子看房子去了！"相当生气，因为壁舟这两天老催我解决草堂的房子问题，并决心搬去。我自然以为他们是到草堂去了。但我并不见怪壁舟，只觉得老曾太粗疏了，因为昨天我叮咛过，他可连话也不留一个就走了！我不仅发脾气，还四面叫人给草堂管理处打电话，忙得乌烟瘴气！但到十一点，车回来了，原来是到新南门看房子！……

上车后，心情还是不快。不过，已经是在自悔：怎么又犯老毛病呢！冷静一点不更好些？给同志们的印象多不好啊！去接如稷时，我抱了小娃坐到前面去，这也因为心里不快，不愿多同旁人谈话。直到在菱窠坐了一阵，谈了阵，心情才好起来。当李朗诵《大波》三卷中一个片段时，小娃虽然不断纠缠顽皮，还是听得爽快。这一段确也精彩，它复活了辛亥革命前后皇城坝的形形色色，虽然我到成都很迟，当时年岁尚小，但我感觉非常生动……

朗读后，又继续谈话。不过，题目已经不再是北京的名吃了，也不是一般生活琐事了，是谈的话剧《胆剑篇》和川剧《卧薪尝胆》。我们扯了很多，最后李又提到茅公的那篇论历史剧的文章。这篇文章，我尚未全读，但李却已经读过了，而且，对于不少论断证明他的识见深广。老头儿这股劲真叫人佩服！他说，茅公十分称赞京戏《卧薪尝胆》的处理方法，特别是开头同结尾。但这恰恰同川剧《卧薪尝胆》一样！而他同我都怀疑这不一定是偶合，显然受了川剧《卧薪尝胆》的影响。

菱窠照例这样，一直谈到三点过才吃午饭。李一再笑道："东西叫几只蝗虫差不多吃光了，还拿了些走！"实际他说的"蝗虫"是指远山他们吃得很不坏。一瓶中瓶白兰地我几乎喝了一半，已经有点醉了。饭后，我就坐在阶沿上太阳里休息，一边继续谈话，可是已经四点了，想起刚齐夜里要走，就同如稷他们一道进城。回家时，只见礼儿夫妇都在，膺即就躺下休息。

醒来时，从模糊听到的话语声，听出晚饭已经吃了，秀清他们正领小娃回托儿所。起床时，已经七点多了，玉顾正在为齐儿弄吃的。我头昏脑涨地在沙发上坐了很久，直到齐儿动身时候，我才勉强起来，到大门口送她。我一路叮咛她：不要考虑以后能否正式学习，必须忠诚老实，严格遵守部队纪律；做好自己的工作。这些，她都一一地承诺了。

我没有去看锦江的川剧演出。等刚宜回来了，同他闲谈了很久。这个孩子真有意思，除电影外，什么文娱活动都不参加，而一心只想做滑翔机、火箭，几乎是入了迷！等他睡后，直到十一点过，玉顺才同刚虹回来，都显得很疲乏。

原来，火车误点了！站上宣布，可能十二点可以走；也可能，误点的时间还延长。玉顺颇为不满；但我除解释外，劝她说："这对于年轻人，这也算是锻炼啊！"

2月19日

早上起来，就忙着打听开会的时间、地点。因为星期六下午，我没有听清楚康部长的话，但我似乎记得，他说过这样的话：从星期一开始，要用一个半天的时间，读完所有的文件，而且是大组会。可是，打听结果，上午并不开会，这才算安心了。

正准备做点事，写回忆"左联"的文章，亚群同志来了。他来找我们谈工作，可是，几乎所有的人都走了。我们只好闲谈听少奇同志报告后的一些心得。他的不少看法，几年来的零碎印象，对我体会报告的精神，颇有帮助。这中间，我曾三次顺便要人请艾、戈等，但是，直到快十二点了，都还一直没有消息！

午睡时，音协同志跑来转告我，下午不开会了，改在夜里，地点呢，也改了：省委二楼。但我两点半起床后，仍旧不很放心；去找半黎，已经走了，还不知道是否前去开会。赶着回来，叫人打电话去问，回答说三点仍旧开会。于是迫不及待地坐车赶往省委。刚一下车，张处长来了，告诉我，时间仍是夜晚七时，我就又忙匆匆往回赶。可以说，我这几天的全部心思，都在担心听不全报告！

不只是我，好多人都希望能够早点听到这次中央扩大工作会议的传达。而且，显然大家都有一种共同的直感：在这样重大的会议上，主席一定讲过话的！而听了他的讲话，无疑会增长无穷的智慧、力量、勇气。李累曾经认真表示过，他希望早点听到传达；友欣才下去三天，就忙着赶回来了。昨晚深夜，李模打电话给我：有两位老同志问，是否可以在军区听传达。他们都这样提出要求，实在不够恰当……

下午六时半，忙着到半黎处搭车，路上碰见伍的爱人。到达后，半黎正在打电话要车，于是就在电话室外面阶沿下等车来。伍从窗口探出头来，要我去他家里；但是，车子很快就开来了。车上，彼此含蓄地说了一些听了主要报告后的印象、感想。到省委时，人已到得不少了。一直到十一点，总共听了三个文件：主席的；少奇同志的；邓政委的讲话。屋子里有暖气，相当热，大家听得非常专注。每当有人听见皮鞋声和椅子的响动，就不以为然地哼声叹气……

回到家里，孩子们已经睡了，记了一点日记，照例十二点过了，这才就寝。

2月20日

上午九时，同壁舟夫妇，《人民文学》的周明，还有玉顺，一同去赶花会。虽然不是下午、夜里，游人仍然不少。我们胡碰了两次，然后才找到汽车的入口。在青羊宫侧面，门道不大，游人也较少，正对着省立医院。这是合理的，卖票处也不挤，因为单是城内就有好几处卖票。

进入会场后，我建议：可以来个大集体，小自由；参观时各随己便，十一点半约定在八卦亭前面集合。壁舟说，他们主要想看字画。我笑道："你们太高雅了，我却只想买点用具，弄点'小吃'！"这自然近于玩笑，但除了欣赏兰草、盆景、各色春灯外，我们的确也走了好几处卖农具和日用品的地方。买了一把火箝，一只木桶，还为两个孩儿各买了一个气球。我同顾没有和他们一道，而且还单独在一处茶棚里喝了碗茶。

因为没有找到壁舟他们，又未到约会时间，向老曾叮咛后，我们又出去，到青羊宫街上赶集去了。市集并不拥挤，卖清明花的很多，其次是卖苕菜，光景市场已经散了。因为在会场内，我们曾经碰见不少游客提着一束蔬菜。有两三个卖鱼的。周围围了不少的人，可是没有人买，因为每斤叫价都在五元以上。我们碰见两个青年，问我们花会在什么地方？他们是农村来的，而且，显然是第一次来成都赶花会。街上的茶馆、饭馆，人虽不少，但不拥挤，秩序也好……

午饭时得到通知，今天不开会了，改期在明日上午九时。决定晚上去锦江看戏；但正将动身，周明来了，说他准备乘十点的快车到重庆去。于是我忙着一气为他写了四封介绍信：给揭祥麟；给罗、杨；给陆礁；给王觉。帮他组稿。

在剧场感觉疲倦不堪，不住地打哈欠。休息时单独溜了。

2月21日

上午下午，都在省委听报告，两次都搭的报社的车子。

虽然听得都很专心，但从表情，从熟人之间的相视一笑，可以充分看出，所有的报告、发言，给了人们多么大的鼓舞！当周秘书长问到大家是否同意重读一遍主席的讲话，全场掀起一片赞同的呼应声。显然这个提议正是大家所希望的。

下午六点过回来时，伍在车上心情舒畅地说："简直像下了场透雨样，真痛快！"无疑，他也道出了与会人的整个思想感情。大家都愉快地笑了，显然感到困难局面将会加快结束。

晚上，去转街。跑过艺术馆，看了曲艺剧目，有大章的"碎琴"，很想听。但是，买票要卡片，而我们恰恰没有；可又于心不甘！于是只好从正门进去。在收发室、办公室都没有找到熟人！本来想走掉了事，一眼发现崇素、映川和肖兰在茶馆里喝茶，总算是有门路了。然而事情并不简单，几经周折，才算进场去了……

我已经不记得大章究竟是什么样子了。有人告诉我，是唱"钟父"那个盲人；瘦小，没有戴黑眼镜，神情相当严肃，唱腔苍凉。这说明，不管他是不是大章，一定是个老艺人，而且修养是相当的高。他头戴呢干部帽，帽檐下是苍白的额头，深陷的眼眶……

这一班人几乎全是盲人，如果不是李月秋等到花会演唱去了，也许他们不会有机会在这里演唱。但，他们的技术并不差劲，特别是他们的态度、唱腔，都很认真，可以说一丝不苟。这次演唱，是为了改善他们的生活，由音协安排的。

2月22日

上午，忽然得到通知，要我去宣传部开会。于是同安春振忙着到商业街，安是去交涉车子的。在省委见到了贾主任后，我就到宣传部去了。因为是部务会，我又回转省委，要安也一定参加。

讨论的问题，同文联有直接关联的，是纪念毛主席《在延安文艺座谈会上的讲话》发表二十周年的活动计划。李部长扼要地说明了计划的内容后，心源同志对文联的工作作了一些指示。他肯定了最近一个时期的评论工作，艺术讲座，小型座谈会的做法。此外，还提出要我们注意工农业余作者的培养工作，在不太妨碍生产的前提下，可以集中少数人进行短时间的学习，提高他们。关于纪念《讲话》的活动，他还要我们同北京联系，看他们准备怎么做，以作参考。

因为有别的会，心源同志来得较迟，但来到以后，他还谈了些别的话。这些虽与讨论的问题无关，但是给我的印象很深。他说：从前，大家叫他部长，现在又叫他书记，听起太不舒服，不这么样叫好吗？我已记不准这话是怎么提起的了，可是他的提出深得我心！我记得有人叫我沙主席、沙主任时，我也每每感觉如芒刺在背。前年秋在医学院，还差点为此同李守先同志闹僵！去年底，去绵阳专区视察，为了避免魏秘书胡乱说，我总抢先自我介绍：沙汀……

午饭时得到通知，下午不开会了。但是午睡两点过时，老曾跑来把我叫醒，说半黎坐着车子在门口等我一同去省委开会。我有点怀疑；但他说是一点得到通知的，而时间已快三点了，于是头脑昏昏地坐在司机侧面，跟他们一道走了。到省委后，看见汽车不多，又有些怀疑。到了二楼会议室，里面坐了二三十位劳模；一问，才知道是廖书记召集的座谈会。最后，去找办公室也没有问清楚；好在守愚同志来了，果然没我的事！

只好单独坐报社的车子回家。休息一会，即去芹春洗澡，客人多是一般干部和少数工人。好久没来，浴室又扩大了。看见有人在修脚，颇为不快。回家途中，去锦江，没有碰见熟人，因而就没有买票。但我的确想看望江剧团的戏，特别这天晚上又是演《红梅阁》。晚饭后打了电话，总算订到票了。一般说，剧本基本上改得不错，演员也演得认真。

《红梅阁》的改编，已经闹了好几年了。自己也提过一些改编意见，同时还提过别的同志一些意见。看来"望江"演出的改编本，在几个主要方面，特别是裴生性格的处理，把明容的戏改为插曲，而不当作线索，即与慧娘一条线平列，等等。同我的设想是一致的。当然，从演出看，还有烦琐的地方，而最使人不快的是《斩姜》一出戏的配音！淹没，至少冲淡了川剧的特色。

2月23日

一早就起来了，准备同刚虹谈谈，因为前晚上我责备了她，她呢？后来哭了。

原来事情是这样：看戏回来，又做了点旁的事，十一点了，我催了她两次，要她去睡，但她还是坐在自己的桌子上写作文。催到第三次时，她准备睡了；可又到我房里，问"杜工部"的"工部"是什么意思？因为她的作文题是"游草堂记"。我简单地、生气地告诉了她，但却着重批评她说：她提到的问题，对于作文关系不大。而且，作文应该选自己熟悉的题材写，不要选不懂、半懂的……

这些话，本来不错，但是我态度、口气太暴躁了，因此她流泪了，我有些失悔。接着，为弥补，也是为了让她进一步把问题弄清楚，就又忙着为她找参考材料，随后又进她房里去找《中国文学史》给她看。这中间，因为书堆得乱，她一再劝我算了，明天再找。但我不听，非找出来不可，结果是找到了；可是她却更难受了。我呢，当然也不舒服，在阶沿上独自坐了很久很久，想起不少问题。有关家庭教育、学校教育的，想到自己该如何教育子女，但又担心过分妨碍自己的工作……

我没有找到刚虹，正同昨天早上一样，她早走了。盼望午餐时早点回来，虽然明知道即或她早回来，也没有时间谈话。于是早饭后，一面想着这事，一面翻阅《文学月报》。在五、六期合本上，看到一篇小说《野火》，还有一篇茅盾评介《航线》的文章。这篇文章提到我还在这个刊物上发表过的《汉奸》和《码头上》，但是没有找着，可能是在四期上。但这份从省图书馆借来的30年代刊物，偏偏没有四期！

十点半，石来，我告诉了他志平调转手续的事，但无法热情地接待他。他问："你不是很忙呀？"我说："忙啊！你还有什么事？""没有了。""那我就不留你了。"石去不久，廖宁均又来了。虽然接待了她，也不热情，刚一问明她是办请假手续来的，我就让她找老安去了。但同时却又感觉这样不好，因为她和石不同，不是亲戚，于是勉强送她到大厅上……

这一向，我的确烦躁，因为有好多事要做，可又老是遇见打岔。好像弄得连回信的时间也没有了！比如，前天巴金、斤澜来信，我就想马上复的，可至今未复！昨天，又得谭剑啸来信，准备月初来省，找我谈创作问题，这也得早点作复。克非希望我们能向地委反映，就让他在盐井公社工作。这也非快点写信给吴儒芬同志不可！单是具体事务就有这么多，更不必说写文章了，回忆"左联"的；纪念《讲话》的；还有答允周明的小说！

送走廖后，赶着给吴儒芬写信。深恐措辞不当，重读一遍后，去找友欣。等他肯定了，这才回来。可已经开午饭了。跑过食堂时，榴红告诉我，苍溪白山公社某大队的陈书记来参加劳模会，晚上要来看我。我立刻想起了一个魁梧的身影，他曾经告诉过我他的斗争经历。也想起了《你追我赶》中的"龙书记"，基本上就是用他作模特儿的，因而有些激动。但我考虑了一下，决定改个时间我去看他，心里还想，得设法找一批劳模谈谈。

午饭时，吃的豆花，豆渣也很不错，已经好久没有吃到这些东西了。刚虹回来时我们已经吃完，因此，她一面吃，我一边告诉了她几点：写作文，要写自己最熟悉的；如写不熟悉的，得先搜集材料，加以研究，然后动笔；平常碰见生疏的东西要随时问；去游览名胜古迹，得先看说明、介绍，以至碑记，切不可糊糊涂涂东张西望一通，就算是游览了。

午觉一直睡了两个钟头，醒来时已经四点过了。看了文研所寄来的有关"左联"的材料，作了些简单记录、摘要。因为准备在三月前挤出时间写好初稿。晚饭后，又记了一两条，随即去锦江看《武则天》。角色整齐，演员认真，但剧本和演出形式，颇多可以商量的地方。有点像话剧，同时又有不少配音，好多现代语言引起一种滑稽可笑的感觉。

竞华也带起两个学生在看，她说自己带了三个学生，看来相当满意。

2月24日

上午，重又翻阅了一遍有关"左联"的材料，就吃饭了。

因为下午三点钟要去宣传部开会，怕迟到了，午睡前，把闹钟拨到2点20分。

被闹钟惊醒后，忙匆匆赶到大门时，半黎和苏台长正好坐了车来。我立刻上车，同他们一起走了。中途还去锦江饭店接了伍陵一道去。闲坐好久，人才到齐。继续读主席几年来的讲话和对一些文件的批语的摘录。五点过才读完，接着就开始座谈。

座谈相当活泼，因为全部根据自己在工作中的经验，就其一点来谈自己的体会，没有八股腔调。曹说得最直率、生动，有自我批评精神。亚群也就民主问题谈了谈自己的一些感想。他开始引用了一句他三年前在农村写的旧诗："忧国忧民未敢忧"。但作了一些解释，最后甚至向组长提出，记录稿可以让每个人自己看看。半黎悄声向我笑道："一纸入公门，九牛拔不出！"

我也做了简单发言，主要是谈高指标问题，因为在这个问题上印象较深。我只谈了1959年秋收时在新民社的一点见闻，又把它同毛主席的党内通信联系起来。因为当我和一位基层干部开玩笑，说他们的实际收获距他们插在田坎上的指标太大时，他愤然答道："大话哪个不会说哇！"同时又了解到"党内通信"根本没有在党内传达过！最后我又提到我在武胜的一些印象，这已经是1960年夏天了，可是中央的指示仍未很好贯彻。而我谈到这些，是想说明我对这一论点的体会：领导全民所有制的经济和领导集体的应有所不同。

在会上，康部长通知：以后，每组都要发一份文件，搁在一定的地方，大家可以翻阅。因为省委考虑到，读一次两次是不会记牢的。这真是一个好办法，也是个好消息。

回来的时候，同半黎、苏一道去参观了人民会堂，雄伟而富丽，很不错。

2月25日

上午，刚拿起笔，准备回巴金、斤澜、林彦的信，并给白戈写信谈谈继玳入第七军医大的事，而且决心在上午了却这几笔账。可是，石来了，我请顾去接待，同时掩上了门。

但我最后还是出去了，感觉不见面不礼貌。而果不出我的预料，他又提出一些琐碎问题要我解答、办理。事后想来，他有一种担心，怕志平回来后工作无着，或者是工作不太合意。当然，从他当时提出的问题，我已感觉到了，因而颇为激动、不满。特别经我说明后，他还挽着我问："你不是要去北京开会么？""那我就不去开会好吧？""绵阳专署我们没熟人呀！""那么请求把我调到绵阳去怎样？这么一来，你们的问题就容易解决了！"

因为立刻省悟到措辞太重，我又耐心向他解释，并解嘲地反问道："你们会带介绍信一道去吧？""当然！""另外你们每个人还有张嘴，是不是？"他笑了，我接着说道："同志呀！又有介绍信，又有嘴，你还有什么担心的呀！"我以为问题算解决了，但他还在啰唆，又吞吞吐吐的，似乎有不少心事，我就只得托词走了，怕又闹得来不痛快。我一个人在礼堂附近走了很久，越想越不痛快。等了好久，以为他早已走了，这才回去。但，一出前院的后门，又同他碰了头。因为他刚好从后院的前门走了出来……

不打招呼不好，于是我向他招呼了，而且诚恳地叮咛他说："这样好吧，你们可以认真地考虑一下，如果担心回来找不到适当工作，甚至怕弄来吊起，你们可以不必回来。"随即赶快同他告别，忙着"逃"回来了。接着大大松了口气，一面同顾交换对石的印象，一面动手写信。而才写好两封，就吃饭了。最近以来，为些琐事浪费了不少时间。好多人，一闯就进屋来了，这样下去真是不行！

可是晚饭后，正在听收音机广播的川剧，志和同她爱人又走来了。解放后这是他们第一次来看我们，我一向又对志和印象不错，所以没有感到烦躁。但总打不起精神来招待他们，直到好一阵了，才关了收音机，同他们谈起来。赛显得有些苍老，脸也有一点浮肿。志和也显得有点苍老，但却健康。而且照样朴实、沉着、笑眯眯的。是不容易的，因为她拖着四个儿女，还得教书。据说，住房又窄又小，光线也差。

赛看见我不断呵欠，精神不好，最后算谈起来访的目的了：他在温江教书，可又不是温江城内，是在靠崇宁的乡间，回趟成都，往来得步行百余里。但主要是，他感觉志和的负担大了，担心难处，所以想调到成都来。他想叫我代为设法。我告诉他：他父亲出面就行了，因为从他父亲的地位说，出面说话较我恰当，如果他没这个父亲，那又当别论了。

谈话中，我们又扯到石。赛说，他对石的印象是：书生气太重，而且志平曾经向他们表示过，石在夫妇间也有些自私自利。赛还说，前两天石曾向他们说过，将来最好能去乐山专区工作，因为乐山的风景好。顾还补充了一点情况，石昨天让她看了几行志平给他的信，建议他们最好不要一道工作。而所有这些，让我对石的印象更明确了，好像昨天的逃跑是应该的。

送志和夫妇走后，读了两篇文章：丁山的《对于古典文学研究的几点建议》和一篇《一字师》。前者问题提得很好，水平高，有分量。我感觉这篇文章可能是位老专家写的。

从昨天起，气温一下从 20 度降到 6 度，风也不小，夜深时感觉得更冷了。

2 月 26 日

照旧很冷。看见宣传部烧了一大盆火，使人感觉冬天又到来了。

会前，杜书记又谈到检查问题，还提起前年批判 19 世纪资产阶级文学的事。我作了些说明，并认为自己有一定责任，因为我曾经作过布置。虽然是请示过，而且再三叮咛，不可一哄而起，不要轻易发表文章。但杜书记却有意把责任归之于宣传部，指明我的责任不大。

开会时，李力众同志发言占的时间最多，显然有些激动，因而也就不免偏激。他有好些看法，我是不同意的，我曾经零碎地把我的看法告诉了坐在我侧面的丹南。而当李的发言告一段落时，丹南催促我接着谈，但我担心会造成针锋相对的形势，致使空气紧张起来，对于展开讨论不利，颇为犹豫，后来就拒绝了。其实，时间也快到了，因为李的发言太长。

下午只写了两封信，其余的时间，全用来看那天"联欢会"的座谈记录，以及为纪念《讲话》发表二十周年召开的座谈会的记录。而主要还是后者，编辑部准备发表这篇记录。而且，好像非发表不可。但是，看了以后颇为失望，因为只有半数谈得不错，其余的不是简单，就是一般化。还有一点，就是各说各的，既非针锋相对，也非互相启发，互相补充。因而以整个记录看，呆板、单调，缺乏生动活泼、谈笑风生的格调。

感到有些为难，不知道怎么提意见的好，既不要泼冷水，但又不能任其滥竽充数。因为我们不能用草率的态度来纪念毛主席的《讲话》。而且，如果是五月了，又无别的稿子，这还情有可原，现在是准备三月号刊发啊！考虑了很久，最后决心找友欣谈谈自己的看法。友欣不在，又去找安旗，她又睡了，结果同戈交换了意见，他也赞成不发。回家时又顺路去友欣处，他出街回来了，我们总算取得了一致，不发表了。

回家后已经十一点过了。准备做点事，但是有点闷气。因为我想到，自己似乎又陷入具体工作了。这样下去，怎么行呀？搬出城吧，但是困难不少，至快也得明年才行。

2月27日

上午，赶到宣传部一看，才发觉人还没有到齐。在等候开会中，孙炎同志同我闲谈起来。他说，在上海时，他读到我在《文学月报》发表的作品，感觉得很新鲜。

我听了，感觉欣喜，也有点难为情，于是把话头牵开了。原来他当时在光华读书，认识何家槐、穆时英，因为他们同一个学校。他提到，现在在台湾当伪外交部长的沈昌焕，也是光华的，而一次英语讲演竞赛中，他还驳斥、批评过沈。

孙炎高长长的，瘦削，满脸的胡茬子，他显得相当干练，举止从容不迫，穿着也很朴素，又单薄，显然非常健康。我1960年在西师同他见过一面。他是去年才调到电工学院当党委书记的。他是孙炳文的中子吧，自小在外省长大的。我曾经想问问他母亲是否健在？这位老太婆曾在"抗大"学习，一般人都叫她"妈妈同志"。

会议室照旧烧着一个火盆，但我坐得很远。到了十一点钟，足有点僵，而且似乎越来越感觉冷。最后，我摸着穿过会议室，到火盆边一个空位上坐下，烤起脚来。随又脱去鞋子，一直烤到散会时候。回到家里，也早生上火了。昨晚上雨下得小，因为整个上午都没太阳，街面上还有点潮湿。

午睡到四点过才起床。一个上午的会，就把人拖疲了。但是起床后精神很好，心想做一点事，外面叫喊有我的电话。原来是宗林同志要我找一册《红岩》。他因为开会，又生了病，写回忆录的事，早已经搁下了。他的嗓子有点嘶哑。放下耳机，停停，就打电话找苍浪，但他却到广安开会去了。但剧院的人说，《红岩》可能不在苍浪家里，找到后就送来。苍浪借《红岩》快三星期了。

晚上去张老家。他正在吃饭，我们独自上楼去了。等他上楼后，我们一面喝茶，一面闲谈了很多。从李劼老的为人、精力谈到他的作品。我们都觉得，从思想说，他的作品是有缺点，甚至错误的。但他所接触到的生活面，却比绝大多数名家广泛，规模之大，更是少有。有他自己的风格，乡土气氛非常浓厚，而以一个七十岁的老人，能有这样大的事业心，是值得重视的。

我们还谈到其他一些创作上的问题：生活积累和作品的酝酿。张说，李不愿离开成都，是有道理的。这不仅因为一生绝大部分时期生活在成都，作品的题材内容，又是写的过去的成都，而且，至今还在搜集材料。据张老说，可能有这种情况，别人向他提供材料时，他有时也送钱，而这是有根据的。

我们还谈了不少目前川剧改革中存在的问题，从中国戏曲的特点谈到五四时期钱玄同等人对传统的全盘否定的错误。我们推荐了望江川剧团整理的《红梅阁》，认为值得肯定，虽然演出上和音乐上，特别是音乐上存在着不少缺点。

回家后，已经十点过了。但是我还是一气读完了《文史资料》第20辑上罗隆基的文章才睡。虽然他所说的未可尽信，但是，却有一些生动而有意义的细节。

2月28日

上午，在宣传部开会。当叶校长发言时，我的老毛病又发作了，插上相当长一段话。这是由另一位同志的插话引起来的，后来自己感觉得有点难受。

当然，我插话的本意，并不是反驳叶，毋宁说是补充。因为叶谈得并不错，有些看法和体会，甚至是精彩的。但是，我的态度激越，很可能给人一种不同的印象。我谈的内容，是关于基层干部，主要是农村基层干部的问题。对于这个问题，我一直不同意前两天李的意见，而今天终于借机会爆发了。因为那种把基层干部、新生力量估计过低，把群众路线弄得高深莫测的看法，实在叫人不满。

插话以后，几天来闷在脑里的东西消失了，痛快了，但是很快就又感觉不安。而且，这种不安，一直继续了好久，直到夜里都还不时出现。散会时，我向张部长提出，希望能参加一两次劳模会的小组会，这就是说得请一两次假。因为劳模的小组会是在上午，这也是我考虑了好几天的，可是没有得到批准。他似乎担心请假的多起来，对会议有影响。可是，我长久不下乡了，多么希望能有机会看一看熟人啊！

散会后去统战部，没有会见宗林同志，把《红岩》留下就走了。接着去协商会找傅茂青，这也是好久就该去的，可是一直没有机会。但我找了好久，才找到傅的房间，而且一刻钟后才会到他本人。原来他去厨房取饭去了，提着个饭盒。因为得忙着回去，我把几件事拜托了他：严啸虎等的书面材料；代我考虑几个人座谈或写材料……

下午，给谭回了一信，要他3月5日后来成都，谈他的作品修改问题。接着看《文史资料》第20辑杜聿明的文章。相当吸引人，晚饭后并不休息，接着又继续看。这种情形是少有的，顺和刚虹都催我休息，上街转转。但我一直不为所动，读到十点钟才看完。感觉腰、胸都有些痛，于是单独上街跑了一转，随又去戈处闲谈。我向他们介绍了《黄蔷薇》《紫罗兰姑娘》的内容、风格，认为有一读的价值，答应明天送他们。

我们还扯到其他一些创作上的问题，也涉及具体作品。而谈得最多的，是柳青的《创业史》。我们一致肯定这是部好作品，有分量；但也一致感觉有些沉闷。原因呢，戈以为抒情的东西太少，我和安旗不以为然。他正是用抒情笔调发了不少议论，而这是不容易看出来的，但是感觉沉闷。最后，我用托翁、肖洛霍夫的表现方法同《创业史》作了比较。因为，据安说，柳特别敬佩肖，他的书房里只有一张照片：肖洛霍夫的照片……

回来时已经快十点了。给如稷一信，还附了一份我的简历，是他指导下的那位研究生向我要的。我本不想写简历，但如真的不写，如稷会生气的，而且感觉对不起那位看来相当朴实的青年人。但也真的只是一个简历，用处不会太大。

3月1日

大家似乎都有点疲沓了。当其他同志发言时，孙炎同我谈到培养新生力量问题，随后又谈到天翼的早期作品。我告诉他，天翼是有学问，有修养的。解放后写的童话、理论研究性的文章，很有分量。特别提到《宝葫芦》比早期作品成熟多了。

西师的同志长而闷人的发言还未结束，杜书记来了，他是来传达中央有关精简问题的。他的传达一完，已经快十二点了，于是会议宣布结束。我赶去成都餐厅，玉顺已经同旁人挤在一张大圆桌上。但是等了好久，两个孩子才来。这次进馆子，完全是他们闹起的，想吃一点石膏豆花。因为这个餐厅要有黄豆票才能来，比从前松散多了。但仍然有点拥挤，可能这是月初，都有新发的黄豆票的缘故吧。看见一两个熟人，四处看看，眼前没有座位，又笑嘻嘻溜走了。

下午，曾克引来《中国妇女》几位组稿的同志，她们要我为她们写一篇贺英同志的文章，作为烈士传发表。但是，她们的常识似乎有限，因为她们连贺是湖南人、湖北人都不清楚，而且把贺炳炎同志误认为是贺总的侄儿。可是她们还说读过《记贺龙》呢。我给她们提供了几个搜集材料的线索，并推荐柯岚同志写这篇文章。因为柯在昆明谈到过贺英，似乎已经有些材料。但她们非要我写不可，只好推到将来。

晚上去尔钰处谈了很久。我是去找他提供过去的社会见闻的，我们就写什么以及如何写交换了不少意见。他对文学一向是留心的，又有相当修养，所以谈得来很不错。后来我们又扯到一些当时的情况，以及冯棣弟兄和尔钰的兄长在解放前的遭遇。感觉这两个材料都有一定意义，将来可能作为素材，用到长篇里去。

3月2日

今天在会上又作了发言，照例是感想式的，一共提了四点意见。

午睡中，老曾来通知，傅已同宣传部联系好了，三点去看文件。这时已经只差五分钟了，勉强打起精神来，同曾、戈一道坐车出去。他们是去政协看字画的。到达宣传部时正三点过五分。在明部长办公室读少奇同志的报告，一部分主席讲话摘录。

很想读完毛主席讲话的摘录，但管理文件的同志已经来过一次，而且已经六点钟了，有点头昏脑涨。于是无可奈何地下了楼，将文件还了保管人。

礼儿从乡下回来，一道用了晚饭。晚饭后仍然疲乏，同顾去听曲艺。

3月3日

根据大伙商定的办法，今天该我参加记录工作；这可真把人苦到了。

几乎是曹振之一个人在发言，他显然有很大委屈情绪，但是他的有些说法，却难于令人同意。这是个言谈比较爽快的人，谈了不少心里话，他谈的一些事实，有些确也值得注意。如：有的中学，在1959年曾提出过"苦战七昼夜，彻底消灭资产阶级分子！"又如，有一种想法，没有资产阶级知识分子，到共产主义简便多了。

因为要记录，有时又忍不住要插一两句，散会时已弄得人头昏脑涨。好在川师的同志爽快地承担下了整理记录的工作。在散会出来的路上，半黎对曹笑道："我应该聘你当杂文编辑！"曹笑了。

午睡后，已经四点钟了，还在昏昏沉沉当中。同曾、戈夫妇一道去政协看文物展览。只有赵之谦的一堂屏，龚晴皋画的四个斗方，很吸引人，其他平平。在所有展出品中，老的东西较多，其他，也多是旧军人的藏品。

回家后，老等小娃都无踪无影，心情有点烦躁。晚饭后虹儿才领了他回来，是用自行车载回来的。1959年以来，自行车的作用可真大了，载小孩，也载老太婆。小娃玩得很好，可是，天一黑，就独自说，他不回托儿所去。虽经解释，说不送他回去，借此稳他的心，但却从此不活跃了，不说话了，好像心思很乱。

十一点钟独自去街上逛了一转，回来时，小娃已经走了。听顾说，他很不愿走，担心送他去托儿所。回家的路上，曾碰见榴红，我要他注意一下，若果下午有小组会，就告诉我；而且设法让我会一会苍溪的劳模。

今天有一件这样的事：上午，我刚准备出去开会，碰见车辐。灵机一动，我要他提供一些解放前成都社会的形形色色，他同意了。

3月4日

从前天起，天气又转晴了。一起床，就叫老曾去雇三轮车，但到十点尚未雇着。

最后，只好坐汽车去。到南郊公园时，礼儿已找好茶座了。人相当多，附近一张砖砌的桌子上，四个老年人铺了桌布，从容不迫地在搓麻将。其中有两个老太婆，光景是民主人士的家属。后来，人一下多起来，于是发生了争吵：客人争椅子，服务员也为座位问题同客人互相嚷叫。因为有的人只泡一两碗茶，但却占据着四五个座位，不肯让人。

后来，还不到十二点，茶馆坝儿里，几乎连空隙也没有了。随处都是椅子，摆张凳子喝茶，有的就围着花坛坐下，把茶碗摆在花坛边上。感觉烦躁起来，而在参观了新开的展览画后，硬着头皮去管理处，希望能借到一只温水瓶，然后去荷花池的附近午餐。意外的是，办事人认识我，终于把温水瓶借到手了。

我们在旧刘湘墓园的意大利柏树丛中找到一张石桌围坐下来。有一对青年男女占据了一张石凳，但，很快就感觉不便地走掉了。正对墓园大门的路上，两边都有石桌、石凳，但都有人。也有一个人霸占一张石桌的，他躺在上面睡觉、晒太阳，别人怎么去坐呢。在我们午餐当中，不时有人从我们的前、后、左、右走过。这些游客当中，有不少红领巾、中学生，还有戴眼镜的青年。午餐后，我就在石凳上躺下，睡起午觉来了。给太阳晒得暖烘烘的，很舒服。

等我午睡醒来，发现有不少人一批一批在对面树丛中走过，他们都是参加劳模大会的代表。我希望能找到一个熟人。不久，我认出苍溪白山公社的隆书记，立刻赶过去了，他曾经约过，要去文联看我。白山一共有三个代表，除开隆，还有党委谭书记，一个才十七岁、矮胖、愉快的饲养员，他姓母，也是青龙大队的。我同他们边走边谈，问到一些熟人的近况：区委雍书记到县委工作去了，杨书记则已调到区委工作……

我们穿过那一片杂树林，又沿儿童乐园走向武侯祠。因为他们是集体行动，很快就要进城，在武侯祠大门内树脚下分手时，我同他们约定，晚上七点去招待所看他们。我心情愉快地回到石桌边，一看表，快两点了，立刻动身进城。但我忽然发现对面有一片李子树，正在放花，于是又到那里去徘徊了一阵。只是，当动身后，小娃一直都不快活，老是嘀咕："我不回幼儿园"。

我同顾，是带了小娃坐三轮车走的。近一两月来，三轮又多起来了。据说，前两年，好多三轮车都改装了，改成装货、运货的车子，最近才又逐步还原。街上行人很多，汽车一过，就扬起一片尘埃。到家时已经三点钟了，走了三十多分钟。因为午觉没有睡好，一到家就补睡。吃晚饭后，又休息了一阵，然后去商业厅招待所。这个招待所我从未去过，更未料到规模会那么大，有四五栋大楼！

隆领我到南楼下面一间房间，已经有好些人在里面了。主要是白山、石马的代表，此外还有县委农工部长、秘书和一个身材魁梧，架着眼镜的人。后来，隆告诉我，这是杨书记的哥哥，解放战争时期，在家乡以小学教师身份为掩护，搞地下工作。后来敌人发觉就溜走了，一直还未回去过。现在西南局工作。石马一个党委书记在房里，年轻、矮笃笃的，有颗金牙，他笑着向我说道："《你追我赶》我们早看到了！"

石马一个支书，叫李真的，榴红曾经写过一篇报道，也在屋里。她的朴素，也有点叫人吃惊：头缠一圈帕子，粗布大褂，像个中年妇女。其他还有两个妇女代表，穿着也同李一样，完全是山区的派头。可惜人太多了，谈话只能是零碎的，而且多半带应酬性质。只有谭告诉了我这样一件事印象还深：他们在1960年修了大猪场，等修好了，

214

正准备集中猪只，"十二条"下来了，就把这座"猪公馆"改成了公社党委的办公室……

坐了个多钟头，又去三楼看武胜烈面的代表，可都不在。最后，有人把我领到一间屋子里去，几个人正围着在打"扑克"。我一进去，那个开朗、直率的县委农工部长，就把我认出来了。他收了牌，别人也都陆续走了出去，于是我们扯谈起来。我从过去对烈面的认识、疑虑谈起，我们爽快地就农村工作交换了一些意见。后来又谈到天灾，以及目前的情况。这个谈话很有意思，直到九点过了，才离开招待所。

回家后，同小娃玩了很久，他不断发出哄笑，有时黏着我不放手，有时又跑去躺在玉顺怀里。礼儿夫妇看戏去了，刚宜还没回来，刚虹在做功课，家里很静。据顺说，电灯一亮，小娃就活泼了，因为他显然知道，不会送他去幼儿园了。

3月5日

上午，散会后去省政协，这时已十二点了。因为事先约过，很快就会到了傅茂青。但他已调市政协，于是又领我去找陈龙友。矮胖胖的，五十上下，原成都大学学生。

陈是省政协副秘书长，党外人士，看来沉着老练，社会经历也相当丰富。听说，"二一六"事件有他，幸而没有同袁诗荛一同被捕。他对我的要求很支持，随即又去资料室。看了目录后，感觉资料不多，而所有几个我所需要的材料，都寄往北京了。

最后，我带了四件材料走。陈陪我出来时，途中又碰见李处长，手上提个饭盒。于是走前我又提出建议，大的事件，要收集；但是，每个重要时期内各阶级、阶层的动向、情况，也得收集。我随又举例说，解放前夕，工商业破产的情况，公教人员日常生活的苦景，以及被淘汰的地方军官的言论、活动，我需要了解……

午睡后，一气读完了李振的《起义前几点回忆》、王应桌的《对李文兵团投降的回忆》，以及邓锡侯的《川西起义经过》。只是严孝虎的留下来未读。前两篇较好，没有装腔的东西。而且，虽不系统，但有不少具体细节，对了解当时情况很有作用。读来使人联想起不少东西。

晚上，同顾去锦江看青年学生表演程式的演出，心源、宗林同志都在。

3月6日

上午，去宣传部看文件，我着重看了一部分主席讲话的摘录。

刚要散去，心源同志从劳模大会会场回来，向我们谈了一些粮食和疾病的情况，还谈到生产指标问题。我提到罗士发和田家英的一次密谈，在他远低于指标实际产量，及他叮咛田道："哪里说的哪里丢哇！"希望不要张扬。他笑了，也谈了些对罗的印象。

今天又突然有点冷了。气候变化真快，昨天穿丝棉已经觉得受不住了。一走动，就得敞开衣服，而我早上刚才脱去了丝棉袄！回家后，立刻又穿上它，然后才吃午饭。礼儿也在，记得昨夜同映青闲谈时，我们曾提到他。而映青认为他进步甚大，而且认为他颇能为文，因此对他作了些鼓励；但只字未提映青的赞许。

午睡醒来，疲乏不堪，头也有点昏晕，大约早上脱换衣服出了毛病。晚上独自到街上去逛了一转，后又在张老家里闲谈了很久。主要是我对昨天读过的三篇文章的印象、要点，以及若干推论。张老对我的意见颇表赞同。

回家后，本想做点事的，因为仍旧有点疲乏、昏晕，只得提前就寝。

3月7日

全天休会，因而早上起来很迟。天气似乎比昨天更加冷一点了。

上午，办理了一些积累下来的杂事。还弄了劳模大会的全部发言来，随便翻看了一阵，就这样，一上午过去了。想写作，心里有些着急，这样下去无论如何不成！但又怎么办呢？离开机关，搬到城外住吧，生活上会发生种种困难；什么事都置之不理吧，又于心难安；进一步说清楚，什么管，什么不管吧，这当中又很难划清一个界线……

午睡醒来，看了一些有关第二次国内革命战争的材料。晚饭后，去散步，碰见温田丰夫妇。温犯错误后，已经下去劳动四年了。面貌油黑，有点浮肿；但还照旧那样开朗、直爽。我们一同去春熙路，随又约他们到家里闲谈。因为他们原是来看我的，希望能来文联工作。我们谈了不少思想改造问题，也谈到刘盛亚。

闲谈中间，我把温领去看安，而在介绍后就离开他们，让他们直接去打交道去了。回来后听了温的爱人转述当天下午她听到的一个报告的内容：一个青少年盗窃集团的罪行。报告是市团委作的，而这个盗窃集团，已全部被破获了……

送走温夫妇后，仍旧看有关二次国内战争的材料，直至十一点半。

3月8日

上午，正想做事，友欣来了，他是来同我商量如何开理论批评座谈会的。我同他谈了谈我准备在开会时发言的内容，一共三条，以及会议的开法，他都同意。

下午在宣传部开会，休息时，我又向李部长重复了一遍我的意见，他也同意。他病了几天，今天才又开始参加会议。又瘦又黑，气色很不正常，显然还未复原。张部长看来也生了病，脸呈红铜色，还有点浮肿。他一直靠在沙发上面，手呢，不时摸胸部。

回家后，忙着吃了碗饭，就去伍陵同志家里。他在宣传部约了我去喝酒的。我到门口，他刚回来。连他爱人，我们一共喝了大半瓶五粮液，我已经有点醉了。饭后，我们又闲谈了很久，离开时已经八点过了。回到家里，才想起已经买好了理发券，得去剪头。但到大光明时，已经收了堂了，只好又朝转走。

看了政协寄来的五件材料：甘丕绩的《解放前的盐都》和冷寅东的《解放前的成都市》。临解放时，前者是自贡市市长，后一个是成都市市长！

十一点半就寝，因为眼睛已经张不开了，这大约是衰老的征候吧。

3月9日

天气晴朗起来。准备写有关"左联"的文章。正坐下来，《中国工人》的编辑来了。

瘦长长的，很年轻，从来未见到过。等我发觉，已经到了门边了，只好请他进来。是要我写文章推荐四川工人作家的，结果我把它推到下半年，才算送走了他。但是，隔不上一刻钟，戈来了。我们谈到如何帮助雁翼和高缨的问题，并对两人作了比较。随后又谈到另外两位作家。这一来，话题也越来越多了，一直谈到十一点过！……

下午，会议开得不错，发言相当热烈。伍的发言，"成大"叶的发言，都较有分量。伍的水平高，叶的着重在事实的陈述，他讲了他在大邑和崇宁的见闻，给人印象很深。使我联想起我所知道的睢水乡和河屯乡的不少情况。不止浮肿，死亡也多！大多田地荒芜……

大家对成都的供应情况和社会秩序也谈了很多，几乎每个人都表示了不满。伍说的一个事实有点叫人吃惊：为了防备偷盗，各机关的蔬菜基地，每夜一共约有千余人看守！……

晚上赶着去理了发，本想去看钦岳、华清，因为时间迟了，没有去。

3 月 10 日

上午，安来说，理论批评会议不开了，感到不大痛快。

为开这个会，是费了些周折的。请求批准，安排食住，都不那么简单。当然，省人委有过指示，不能随便召开会议，这我是知道的，也能领会这个指示的重大意义。但我们的会议，外地只有重庆一处有人参加，而全部人员，就连三十个人也不到啊！

自然，不开也好，可以节省些精力。于是打起精神，动手写有关"左联"的回忆，希望能在去北京前写完它。否则，今年第一季度会变成完完全全的空白！到吃午饭时，写成五百多字，总算起好头了。下笔时印象很多，但却只能作概略记述，因为担心变成自传，也担心引起纠纷。

下午去宣传部开会，发言照样热烈。看来已经算扯开了。叶第一个补充昨天的发言；但他谈的比正式发言的内容还要丰富。他昨晚找人对证了他所列举的事实，不仅属实，甚至还要严重，情绪比昨天激动。我从侧面望去，他的眼睛似乎有点润湿。他还谈到郊区农民的生活情况，以及他们同农民的关系。我只是不同意他对农民某些行为，比如拿模的看法。因为从我看来，这些行为应该得到原谅。我忍不住插了一句："衣食足，礼义兴"……

卫生厅一个副厅长也接着发了言。这是一个骨骼宽大，身体结实，神色相当沉着的同志。从他发言中的插叙看来，这是个出身下层的老同志，是从部队上转业来的。他用一种自我检查的口气，谈到几年来他在下面，特别在江津的见闻，他显然对上级和下面都有意见，认为上级不注意下情；下面则蒙混抵制；而他自己呢，怕负责，有顾虑，不敢如实反映情况。他把它们一概归结为党性不纯。

教育厅的余，也打破了几天来的沉默，发了言了。而且完全没有前几天发言那种显明的审慎，谈得相当爽快。她发言的内容，同卫生厅那位厅长的基本上一样。不过地点是南江的一个区，内容也更完整，简直像一个故事：人物、矛盾、情节，都很突出。她从这个故事引出的结论也是好的：压力大、顾虑多、互不信任……

此外，厅长同志还提了一个具体鉴别一个县、一个区的工作的标准问题。叶呢，也提了一个具体建议，都很好，值得注意。而余在论述一些情况时，爱用连锁反应这个用语，也有意思。

晚上，去张秀老那里谈了很久：日本的花道、茶道，以及过去旧社会一些风尚。似乎都有意避而不说当前和过去两年的情况。

3月11日

因为昨天约了青年出版社的同志来谈，虽然很困，一早就起床了。

他们来，主要是表示感谢。因为他们为我在《红岩》的修改加工上出过些主意，提过些意见。但我赶快把话题拉开了，谈党委的领导和作者本人的努力。这绝非谦虚，而是事实。我也顺便谈了谈进一步加工的意见。因为据李累告诉我，作者们本人显然也有这种想法。

那位编辑向我说，肖泽宽和作者都希望我能重读一遍，向他们系统地谈一次。我以为重版前再加加工，是应该的，这是种负责的态度；但也有个限度。特别他们，即作者们还很年轻，不必老抓住这本书不放，应该深入生活，或者计划新的创作。这本书的影响，我算基本上预料到了，但我仍然感到兴奋。因为好多人都希望读到它，昨天就有两起人向我借……

因为太阳很好，午睡后同顾去猛追湾游泳池。我是准备去喝半天闲茶，看一些材料的。但茶馆里已经坐满了人，连插足的地方也没有了。因为圈了一半不到的场子卖茶，其他地方，连坐处都没有。在一切游览场所，规矩也太多了，变化更大。今天全天开放，明天又只开放一部分，后天呢……

茶馆没有地方，只好到游泳池去。但是奇怪，原来夹道的法国梧桐，今天不见了，已经成荫的变成了嫩树条。结果走了一圈，就出去了。算是晒了"五分钱"的太阳！

途中，在医院附近碰见先忧夫妇，谈了一阵。晚上看了川戏，《写状》一折非常精彩。

3月12日

整个上午，都是李力众同志发言，别人只是插上几句。

这个年轻、白净、瘦长、壮健而又漂亮的山西同志，曾经在广安当过一年多的县委书记。因此，他所了解的地、县两级的情况，是相当丰富的。他给我提供了不少考虑问题的材料，旁人可能也有如此感觉。而他最后表示他的话还没有说完呢。

下午，疲乏不堪！老是想到这几天的会议。这种会，迫着人不能不考虑一些问题，这对自己的提高，增长一些见识，特别是深入、全面了解过去几年的情况，都是有益的。可是，脑子里不时总会冒出一些创作的打算。

那篇已经起好了头的文章，已经搁下来了。晚上去看了川戏。

杨淑英、谢文兴的《写状》很好。主要是对话，精彩极了！

3月13日

在宣传部开会后，顺便去统战部。宗林同志已经走了，子健同志正在开会。最后找魏秘书转陈，请其代为请示大章同志，是去北京呢，还是留下来开会。

午睡醒来，顾告诉我，统战部已经来电话了，要我去北京开人代大会。不久，大章同志的秘书也来了一个电话，要我准备去北京开会。看来只有去了。

两点半去省人委听大章同志的报告，直到六点半才结束。我是同能海法师坐在一起的。老人已经七十九了，但精神照旧健旺。他是回来探望一个老佛爷的，可能是他在西藏学经的老师，一直都住在成都的净慈寺。

休息时同华清谈了一阵，对他前次写的材料，首先表示了意见，接着希望他能多写一些正面的东西。他同意了，说："我没工夫写了，一定尽量提供给你！"

晚上去锦江看戏。静环的《刺字》，竞华的《数桩》，都很不错。

3 月 14 日

上午，会议开始，康部长提出了一个值得人深思的问题。突然灵机一动，我向挨近的伍谈了谈自己的看法；但接着杜书记又提出了另一个问题，议论就开始了。

康所提的问题，是作为举例说的。而杜书记却是从文教工作本身的实际出发，提出了一个大家更感兴趣的问题。可是不知怎么搞的——可能康的问题更具普遍意义，我可始终在考虑着，思索着，不断向伍发表一些极不成熟的意见。

讨论尽管是热烈的，但是，不算关心的却不止我一个。可以说，除了大学院校的党委书记，其他单位同志的情绪就要差些，因而我带去的两本《增广》，不断有人借去翻看。而不到散会时候，半黎就把它们全读完了，伍也读完了一本。

散会时，分别向杜、康说明了大章同志的指示，他们也同意我去北京。

晚上去戈壁舟处交换了一些改进文联工作的意见。

3月15日

上午，赶着读了二册内部参考、三件中央和省委的文件。随后清理信件和文联一部分打印的材料。凡是不必要保存的都毁了，想不到竟装了一竹篓子！

午睡后去接待室座谈。先由亚群同志谈了谈总结前三年工作的精神，并特别指出希望曾、柯多提意见，因为他们很快就要到东北去，至少两年才能转来。接着就谈开了。但是，谈不多久，便已四点过了，于是一起去成都餐厅。

不！开会，聚餐，是上一天的事，我记漏了；所以在这里补记一下也好。因为除开谈了一些工作而外，特别聚餐以前，亚群同志还谈了他所认识而又已经牺牲了的几位同志，给人印象很深。有一个中国大学毕业的同志，回四川后，就一直在下层工作，好多行业他都干过。雇工、石木工、推车、抬轿，后来被拉了兵，他就当兵，终于成立了士兵支部。他关系早断了，直到成立了士兵支部，这才同组织接上头。亚群一再说："这样'滚'不容易呢！"亚群又说："这个人真像一团火啊！"他举了个例：一次，他们到成都汇报工作，约定在南门城墙上开会。因为有的人迟迟不到，这个同志闲不住了，于是他跳起来，主张大家在城墙上写标语。他是被李家钰杀掉的，当李审讯他时，他的谈吐非常幽默。他同李有这样一段对话："我知道你会爱护青年人啊。""那就好呀！""可惜你这种爱护对我们这种人只能引起恶心！"李气得拍桌子，他可调皮地哈哈笑了。

接着，亚群同志又想起了愿庵同志①就义时的情形：刘湘把愿庵同志装在一乘凉轿里面，由一个手枪连押往朝天门去。轿子是拆了顶的，

---

① 刘愿庵，作为川西特委负责人20世纪20年代领导过沙汀。

下坡时轿夫跌了一跤，愿庵也从轿内跌下来了。但他首先做的，却是赶忙扶起轿夫，微笑道："这个该怪刘湘！因为我们共产党人怎么会要人抬起走呢？"据亚群说，当那一连兵往回走时，好些人都哭了，更不必说在场的老百姓了。他又一再地赞扬道："这真可以说得上从容就义——不容易啊！"

亚群又说，那个"像一团火"的同志，从小学到大学，成绩常是第一；但却时常受到一些人，主要是他的同乡的歧视。因为他父亲是一个理发师。此外，他还讲了另外一个故事：有三姊妹，都先后被捕了，其中一个，很快就被释放了，因为她叛了党，写了自首书。但当她回到家后，因为得到其他两姊妹慷慨就义的消息，终于又自杀了。在赞叹了不少先烈的优秀品质后，他还讲到这样一位同志：贫民，靠母亲洗衣服长大的，为了救济同志，从家里偷半升、一升米出来……

聚餐后去看实验川剧院的演出。这当然也是 14 日夜里的事情。15 日夜，一直在家里清理东西。睡前同虹儿谈了很久，主要是希望她端正对于投考大学的态度。

3 月 16 日

赶到车站，只差五分钟就开车了！可是，因为只有通知，没有车票，被一个妇女检票员留难了一阵，才得进站。这个检票员前年因为呵斥乘客，曾经受到过我的责难。当然，她并不认识我，但我相当和气，所以把信塞给她后，我就忙匆匆闯进去。

我的房间里尽是生人。开车后，只好去劫人处闲谈。他住在二号车厢，我是一号车厢。罗世发同他住在一道，我们的谈话由庄稼、小春，扯到都江堰的灌溉问题。罗有不少精彩意见，指出水利厅在岁修工程中，不断扩大灌溉面积上造成的种种恶果。李接着又提到府河的淤塞问题，说是近百年来，已经填高二丈多了，将来可能发生大患。

午睡后，又至邓作楷、黄天启处谈了很久。他们就住在我隔壁，而我的房间又给一些生客塞满了。显然由于近几年现实生活的考验，我们也是从庄稼、小春谈起来，近来大家似乎都有点为春旱发愁。可是，接着我同邓谈起了如稷，彼此都不以他的爱发脾气为然。

五点过，那个渝华纱厂的女同志告诉我，钦岳要我到他房间里去。等我走过三个车厢赶到，看见瘦长、沉着的裴，还有华清，已经摆好一些凉菜，在喝酒了。钦岳约我去的目的原来在此！

因为痛痛快快喝了好几杯酒，晚饭后，倒上床就睡熟了。

3月17日

早上醒来，感觉得有点冷。原来已经过了秦岭，气候早就变了。

这一天在劫人房间谈得相当痛快。从《红岩》《青春之歌》《林海雪原》，谈到他本人的创作计划，后来又转到辛亥革命以来，一般所谓有社会影响的人物的风度，以及一些秘闻。

他很称赞《红岩》，对于《青春之歌》，也认为不错，唯独对《林海雪原》不满，认为是公案小说，只是追求离奇的情节。老头儿读书真多，他引证一位军事方面的同志评论《林海雪原》的话：自然风景的描写不像东北，而剿灭那股土匪更不怎样轻松，因为实际上动员了两个师。这个话如果确实，那么，单就真实性而言，这本书也就值得重新评价了。

他对所谓畅销书采取了极大保留态度，说："慢慢看吧，虽然流行，终究经不住时间的考验！"随即谈到他的创作计划。他准备写完《大波》四卷后，换换口味，写一本关于成都风土志的散文。接着列举了唐宋以来，成都地域、街坊习俗的演变。有好多都是我从前不知道的，也未曾注意过。而不知怎么一来，话题又滑到北京，以及八大胡同来了，谈了不少玩世不恭的话。但也对他自己青年时代的胡闹加以自我嘲笑。

他说他初到北京，一个年逾八十的亲戚——江庸的父亲就劝他该到窑子里长长见识！而他在留住北京的三个月中，有二月半是在窑子里混过的。他精精神神地结束道："喝！这两个半月增长了很多知识！……"

后来，我把话题转到熊、但身上，这样好多所谓闻人，也就一个接一个成了我们的评介对象。他很佩服杨沧白，瘦小，温文尔雅。抗战期中，每去重庆，他总要到江北杨的家里去，看望杨并向其请教。杨很欣赏他写的几部书，说："等我慢慢跟你谈吧，将来你好接着再写下去！"杨向他提供了不少政治上的内幕新闻。但他赶快声明，他去的次数并不多，因为杨成天都在烟灯旁边，从来不跑警报，这叫他有了顾虑。

在谈到杨度和周孝怀时，他认为杨不如周，因为周说得上是个策士，晚年在上海成了金融界的主要幕后人物，比黄炎培厉害。而杨不过善于投机而已。抗战期中杨的靠近我党，也是投机。张老立刻插了一句："这次是投革命之机，跟搞筹安会不同！"李对张秀老相当佩服，说张澜有眼光，有魄力，能够认识和相信人。张老赞成他的看法："他对我跟袁诗荛就是这样，那时的南充师范，一切都放手由我们干。碰到军阀造谣滋事，他就出来撑起，从不当柳肩膀——这要有点魄力才做得到呢！"

午饭时，因为有一个冷盘，我们把它留下来了，饭后就在房间里喝起酒来。而谈话也就更丰富了。内容呢，则是有关那些所谓闻人的谈话的补充、发挥……

晚饭时又在餐车里喝了一通，我也喝了不少；可是我一个人在房间外面一直坐到十二点才睡。

3 月 18 日

尽管夜里没有睡好，11 点 45 分又将到达北京，可是仍旧在劭老处吹了很久。

内容照例无所不包：有人物掌故；有关国内外的风俗人情，往往如数家珍。有时直接批评，有时含讥带讽。这次，在谈到他在法国勤工俭学时，某些法国人在男女关系上的不正之风，他更假装正经地嘲讽说："本来嘛，既然需要，随便来一下有什么了不得！"我也忍不住凑趣地问他："在法国传过种没有呀？"他颇为幽默地笑道："这就很难说了！"实际他在男女关系上十分严肃。

在谈到过去一些地方军阀时，他一开口就贬责他们："都是会同时下几着棋的角色啊！"接着指出，二刘早就同延安有关系了。红军在陕北会合后，由于傅真吾、钟军犹的建议，刘湘曾经送过我党四十万元。而二十四军，早就在雅安设有联络陕北的电台了。他还讲了一件使人感觉意外的事，那个曾经在省师代过哲学课，诨名陈棒客的陈希虞曾经给刘文辉当过长时间的策士！

他佩服邓，说他很会应付，有几手，不管你挽什么圈套，他都摆脱得了。随又话头一转：嗨！可是他自己却不会挽圈圈，处处被动！我曾经问过他这个问题，他说："是呀！我就吃亏在这上面啊！"不知怎么一来，话头又转到尹昌衡。他认为这个人并不坏，缺点是狂妄自大，以拿破仑自居。但也正唯其如此，尹是很大胆的。接着举了两个例子：巡防军"打启发"后，尹自己只骑一匹大白马就跑去安抚去了。杀了赵尔丰后，他更挑起人头游街示众，以致遇刺……

谈话中，他还批评了郭勋祺一通。说他虚有其表，因为他不敢在解放前夕出面维持成都的治安。结果，教王缵绪钻了空子。接着，又为我形容了一番王的外表：矮小，像个冬烘先生，但是眼睛却很狡猾。他还把王在统战部召开的一次座谈会上的神情作了刻画。说是，尽管"火力"很强，他却始终不动声色，把不少揭发都承认了。

直到到站前几分钟，我们的谈话才告结束。出车厢后，微微感觉有一点冷，而衣服没带够的，看来还不只我一个呢。李眉和远岑的爱人来接她们父亲，同她们招呼后我就同罗等一道等车去了。直到一点才到达前门饭店，吃罢午饭，就蒙头睡了。

艾芜来时，已经三点过了。我起了床，同他闲谈了很久，直到五点以后。这中间，李济均、李宗林同志先后都来坐了一阵。艾芜是前天回京的，他谈了不少在云南的经历。特别是在景洪的经历，他骑过好几次马，也跌过两三回，还坐过无棚卡车作长途旅行……

晚上，在张老处碰见大章同志，还有程部长、罗鬓渔，闲谈了一阵。回来，已经十点了，洗澡就寝，但老是睡不着，因而又起来补吃了安眠药，并补记了两天日记。

3月19日

夜里没有睡好，十分勉强地起了床。早餐也吃得像应景样。

从窗口望去，空地上还有一些残雪；可是相当意外，天气并不如昨天初到时冷，这也许是没有刮风的缘故。到附近熟人房间里走动了一下，写了两封信，就到餐厅去了。

这中间，还接见了一位百花出版社的编辑。是位妇女同志，四川人，来向我约稿的——但她把对象搞错了！谈得很不起劲，完全外交式的。当问到冯棣时，因为她在解放后听人说过，于是有一点精神了。我告诉了她冯的身世、外表，托其代为打听……

午饭后，刚好睡着，魏把我叫醒了。随即去七楼子健同志处，大章同志也在那里。等到闲谈一阵下来，还不到两点钟，可是再也睡不着了。好容易挨到两点半钟，于是约李劼老一道下楼，交信，然后乘车去东总布胡同。刚一走进46号，司机们就把我包围了，分别握手问好。后来又碰见勤务人员老刘，也很热情，我感到像回了娘家一样！

到了白羽家里，柯灵正同白羽闲谈。他们可能在谈彼此的创作计划，因为坐定之后，我记得白羽曾经笑道："是呀，我们正在谈应该抓紧时间搞一点东西呢！"从脸色看来，他的病显然已复原了。因为柯是绍兴人，在李谈了谈自己的创作习惯后，就又谈起目连戏来，以及社戏衰落的原因和川剧的特点、演变……

李虽然照例谈得不少，但比之平时，却有节制多了，态度也较沉静，真像是在做客一样。谈了约一点钟，李就起身告辞，于是柯也随同我们一道走了。我同李去天翼处，我们没有发现一个人，等到转过假山，身后才钻出那个大块头事务员。简单回答了几句，我就把李一直引进侧院去了。这里比前院还清静，我叫了几声，天翼才打开房门，欢呼起来。可惜"上影"一个女同志正缠着他请教改编《宝葫芦》的事情，我们只好让他们谈下去。

我们一面等候天翼他们的谈话结束，一面低声谈我们自己的。可能由于联想作用，李同我谈起《死水微澜》的问题来了。因为宗林同志、白尘同志曾经先后打算把它改编为川剧和电影。而出乎意外的是，我先前面向他提过的几点意见，即让蔡拒绝顾的求婚，同时使罗歪嘴不仅是个赌棍，而且是积极支持打教堂的英雄好汉，等等，他都表示接受，并作了发挥。

那个女同志终于走了。天翼为我们每人酌了杯白兰地，于是扯谈起来。从四川的生产、生活和供应情况谈到耕地、垦荒，以及移民问题。看来，外边有的人对四川的困难有些夸大，虽然照样非常关心我们，而李回答得相当得体。离开时，没有查问翔鹤的地址，我们就决定直接回饭店了。在大门口碰见张章，脸色红润，照样调皮，她是刚从幼儿园回来的。

晚饭前给张僖同志打电话，告诉他我不去四川饭店了。但当正在李的屋里听蒲老讲杜老的病例时，作协又来车接我来了，当然婉言谢绝。蒲颇有风趣，我觉得这是长寿的征兆。他谈了很多，范围也广，从肝炎到一般学术研究问题。最有意思的是，当中央一位同志前两年向他说到相当普遍的肿病时，他曾经答道："每天增加几两粮食，病就好了。"后来又谈到欧阳老人的病，可惜不能一一记述。

十一点半，得文井电话。他刚从四川饭店回家，告诉我不能来了。他还告诉我，那两位阿尔及利亚作家，是参加过东京会议的。但通知时未曾说明，否则倒应该去一去。

3 月 20 日

上午，去怀仁堂参加党组全体党员大会，听了彭真同志的报告。

我们到时，人已经坐满了，后来看见赵公、立波，终于找到了一个座位。散会时，艾芜告诉我：继玳已申请退职了！而蕾嘉对此大为不满。因此，他把她安顿在 22 号。但这只是暂时之计，他打算送她去四川住，以便暑假投考第七军医大学。

艾芜家里的情形，他们每个人的脾胃，彼此间的关系，我都比较了解，所以我在车上向周泽召同志问到今年军医大学招生的事。但是出乎意外，他告诉我，医大今年不招生了！只是抽调医务干部培训。他的话当然较为可靠，可是，我却因此不仅单为继玳的学习问题发愁，也为刚齐担忧起来。因为刚齐工作不到一年，显然一时不会被抽调了！

有点闷气，连午觉也没睡好，虽然相当疲倦。几乎整个下午，都在考虑刚齐、继玳的事。其间，《人民文学》的肖同志来了，他在"文代大会"时，曾经同我一道在西山住过一夜，代我作过记录，他是来看我的。我向他谈了一些创作意见，以为劫人小说中的乡土气氛，是相当突出的。而目前一般作品对社会风气的描写，却太不注意了。

晚上，正在七楼上打"夺牌"，巴公到了。等牌打完，我们就一同回到房间。张老也跟着下来了。取出中午买回的白兰地，我们一面闲谈，一面喝酒。随后，宗林、罗苏也先后来了。可是，谈话却反而没有先前活泼了，这可能因为罗苏对张老等比较生疏吧。

这晚算是来京后第一次喝酒，所以几乎倒上床就睡熟了。

3月21日

从昨天起，第二次寒潮来了，风很大，幸而昨天张僖同志叫人送来了皮大衣。

上午，几乎全部时间，都在同巴公、劫老的闲谈中过去了。当然得到不少教益，也获得了巨大愉快。下午，天翼、翔鹤先后来看我们，又一直谈到晚饭时候。大家正将散去，文井来电话，约我们去新侨吃饭，然后去翠屏庄看电影。好多熟人都在餐厅里会见了。

饭后去翠屏庄，这是个中央组织部招待所。因为把时间弄错了，还得半个钟头才得放映；放映的场子又小，同天翼商谈后决定不要看电影了，去他家里闲谈。在等候司机当中，在新侨碰见的有些熟人也来了。于是向朝闻问起他对《红岩》的评价。他对这本书是称赞的，但却提出疑问：为什么不把另一个作者的名字列入？他又说明，这不只是他一个人的意见。

到了天翼家里，一面喝白兰地，一面谈到我对自己计划的长篇小说的一些想法。他也谈了谈他的计划。我们有个共同想法，彼此年龄都不小了，应该有个比较长远的计划，可以一气写它十年八年。但是在艺术构思上，彼此间却有分歧，而且始终没有取得一致的看法。因为知道他休息得早，九点钟我就走了。在文井处停留了一会，就去白羽家里闲谈。

等到文井由翠屏庄转来，白羽又取出酒来，谈话也就更活泼了。话题不外当前的经济生活和创作计划，等等。白羽由刘禹锡说到鲁迅，十分感慨于我们这一辈人知识基础太薄，写作也少。他随又提出一个值得深思的问题：应该考虑考虑文学上的基本功是些什么内容……

我们一直谈到十一点半才分手。回到旅馆时，巴公已经睡了。

3月22日

上午，在人大会堂四川馆召开的小组会上，李初梨同志向我同巴金谈到两位老朋友的近况，相当激动。会后回家，午饭后，又向巴公打听了其中犯错误的女同志的实际情形。他也很同情她，在这两夫妇中，我对她印象最好。

午睡了一个钟头，去二楼会议室看冰心大姐。里面只有一个人在假寐，用报纸盖着脸。为了不要妨碍他人睡眠，我们小声，但很热情地谈着去年五月自郑州分手后的经历，特别是我们分别在湛江、云南的旅行。她曾经约过我去湛江的，可惜我没有去成。随后又谈到各自的创作计划。她还约我暑假去乌鲁木齐旅行，我婉谢了，但是心里感觉得非常歉然。

两点钟，赶向三楼参加党小组会。三时半，就到人大会堂去了，参加预备会议。碰见起应同志①，同他一道坐下，闲谈了一些问题：从四川的生产、生活情况到对中央工作会议几个文件的学习，但都只是摆谈摆谈而已。后来又扯到《红岩》，他以为刘德斌既然参加了初稿的写作，是应该把名字列入的，我随又向他谈到李兰的事。

晚上，方老来谈了很久，随即约巴公到上海组去了。他们是去看刚从维也纳回来的金仲华的。巴回房后，我们一面喝酒，一面闲谈关于培养青年作者存在的一些问题。这中间，刘主任送来两瓶白酒。刘走后，我们又谈了很久，上床时已经十二点了。

---

① 周起应，即周扬。

3月23日

在家阅读了两个文件:《农业六十条》和《科学十四条》。

下午四点,君宜①同一个北方同志来坐了很久,谈到一般组稿情况和四川能够提出的组稿对象。他们希望出版《清江壮歌》,要我们从中出一点力,推动一下。

我的短篇集,他们认为字数少了,希望我能赶写两三篇添上。我说明了自己的打算,一两年内,不准备写短篇了;但到最后,还是答允了他们。因为巴公一直用开玩笑的口气从旁推波助澜。关于长篇,我说:"青年出版社不会要的,你们放心好了!……"

这时,白羽来了。君宜等走后,我又代白羽约了劫老,一道去鸿宾楼吃晚饭,同座的有光年、水拍②。我告诉水拍,《红岩》另一作者列名问题,我已向苏华谈了,可望得到解决。还谈了些别的话。主要是反映一些有关培养青年作者的分歧意见。

水拍因要看宁波戏,先走了。散席时,车子先送白羽回家,然后再送我们回旅馆。回家不久,张老来,特别请他喝了一杯从鸿宾楼带回的茅台。

3月24日

上午去七楼,同罗、张、袁等一起阅读文件,获益不少。巴公呢,到上海组去了。

所谓获益不少,因为除阅读外,还逐段进行了讨论。"六十条"昨

---

① 君宜,即韦君宜。
② 指张光年、袁水拍。

天他们本来就读完了，因为我的提议，大家又就"指标"、"技术规格"、"浮夸"、虚报现象作了讨论。从罗的追述可以看出，他一直是清醒的，对一些外来的压力应付得好，也可以说是抵制得相当巧妙。

同罗相反，张却非常直劈，因而也受到不少打击。当然，这同县一级领导的作风，以及其他一些具体条件，也不无关系。但，不管如何，他们两个人的叙述，都既深刻，又生动。我希望下午能谈得更好。但当我午睡后上去时，所有四川的工人、农民代表，都聚集在一起了。照样由袁朗诵，可是讨论却很少了。散会后，巴告诉我，文井要我一定去国际俱乐部。

在国际俱乐部，夏公①一见面就握着我的手说："对战斗的阿尔及利亚的作家，怎么用得上讲究衣服！"等客人来到时，闲谈中间，和我们同车从前门来的君健②又开了我一点玩笑。他指着我向客人说："你看，他们四川已经穿夏衣了！"当然，这也许不是玩笑，而是为了我的不合时宜的浅色衣服解嘲，弄得客人感觉莫明其妙。

两位客人，穆艾·阿什拉夫我还是第一次见面。瘦小、沉静，曾经被法国反动派绑架过。马·哈拉德倒是在东京一道开过会的。大个子，眼睛深陷，头发长得距离眉目很近，给人一种勇猛、热情的印象。有点像欧洲人，虽然穿着较在东京时漂亮多了，但我仍然觉得他是刚从火线上来的，而且随时都在准备着重上前线。他很能喝酒，总是一口一个满杯。

显然，陈总下午的谈话给他们印象很深，影响很大。马·哈拉德很热情，谈了不少，而且有些话题使我们无法深谈下去。有一次，夏公提到马列主义，他手一摆说："不要说马列主义！毛主席的思想对我们更亲切些。"我深感到这个绝不是外交辞令，而是由衷之言。当夏公

---

① 指夏衍。
② 指叶君健。

提到萨特的存在主义时，他也激情地插话说："在法国，只有他反映了我们的观点……"

谈话当中，他还叙述了一些在他本国农村做小学教师时的见闻，对祖国的儿童付出了巨大的同情。说他们成熟得太早了，祖国获得真正独立后应该充分关心他们。艾·阿什拉夫则始终是沉静的，虽然他也说了不少对我国表示感谢的话……

临别时候，马·哈拉德紧握着我的手，意外激动说了好几句话。他说："我希望我们能够再见。可是，我们还得进行战斗，这就很难说什么时候能再见了！"无疑，他已有了几分醉意。但是，他的谈话却完全符合他的性格，他的思想和他的处境。他们明天将去上海、南京参观。

与文井同车到46号谈了很久。主要是谈去云南的经过，而且谈得相当直率。随后张僖同志来汇报两外宾宴会后的情况。最后，巴公也如约从沈从文处赶来接我来了。

3月25日

上午，同巴公租车出街，到百货公司后，他下了车，我到黄土岗看立波和林兰。

立波、林兰，看来身体都好多了。林兰坐了会后就去陪她从前在东北雇的一个保姆去了。立波同我闲谈了很久。他对自己的住屋颇有意见：冷，见不到阳光。他又向我声明，前年他回北京，出于张僖同志的督促，并不是自愿的。他很为他的孩子小百岁担心，已经寄养到吴亮平同志家里去了。

他准备让林兰留在北京，他单独去湖南。他很想把湖南的文学工作整顿一下，要我去住个时期。他自己似乎打算写"南下"的材料，但他还不想把计划公开。我可把自己的长篇计划告诉他了。正讲到这里，林兰来了，她很赞成我的计划，还说，这是青年一代无法写的。最后，我提到舒群，以为应该请组织上考虑，让他把他的长篇交出版社。

因为租车不易，立波叫作协开车来送我回去。这时已经十一点半了，迟疑了一阵，决定去大佛寺看树理后再回家午饭。这是我第一次去赵的新居，面临大街，院子相当宽敞，他住的是北屋，一列五间平房，比他的旧居要好多了。他正在屋子里同他的二湖、三湖，两个戴红领巾的男孩在桌子边看画报。我一坐定，两个小孩子立刻溜了。

当我问起他的创作计划时，他告诉我，目前他无心写作，想做一点更加有益的事：对农村工作向中央提了一些建议，他很想把内容告诉我。因为我表示需要赶回去吃饭，他叹了口气，说先告诉我一个大概，接着就退往隔壁屋内去了。最后，取出一摺纸头，坐在桌边，开始向我讲说起来。可惜只说了个手工业问题，我就因事走了，后来想起颇为歉然……

餐厅里人很拥挤，几乎全都是生面孔。草草吃了两碗饭就上楼睡午觉去了。午睡醒来，去劫人处，他的儿女全部都到了，取了茅台请他的儿女喝。随即得到通知，朱总司令要来看四川代表。到了七楼，正碰上叶心佳在为子健同志扎针，就顺便也请叶看了看病。总司令到时，已经四点过了。健康、慈祥、朴素，他同所有的人都握了手。从他在江西的视察谈起，他对四川在解决衣食问题上提了几点很好的意见：普遍养蚕、植棉……

他一再强调，在经济工作上，千万不要把传统的土法一下子丢了。植棉问题他是这样提起头的：邵式萍同志去年在屋前植了二三十苗棉花，结果收了三斤皮棉。他口气坚定地说：如果每家人都这样办，这要解决多大问题！他还讲到一些增强健康的办法，主要是经常做些轻微劳动，心情舒畅和不要考虑个人得失……

在谈到井冈山，谈到辛亥革命时，他的语调、神情都非常纯朴。辛亥革命时，他正在四川荣县。他对挨他坐着的但说："那时候你是司令，我在当连长呀！"但说："对！咱们两个就是那时候认识的。"他们随又一连提起几个相识的旧人……

晚上去全聚德。劫人请客，所以他的儿女们都到了。喝酒当中，远岑轻声告诉了我一个故事：前次回家，因为讨论当前面临的一些问题，老头儿大发脾气，连椅垫子都甩了……

我想，一定是拿椅垫子打远岑，否则远岑母亲不会那样担心、惊恐。

3月26日

继续参加小组讨论。但已不是罗世发组，而是张为炯组了。

这个组有但、邓、卢、巴公和劫老，谈起来，气氛同罗世发组完全不同。咬文嚼字；说趣话；引用成语，好像都能来他几下。在谈前两年的困难时，就连能海法师，竟也成了打趣的对象。这大约是但老，他说："法师跟我们不同，是吃十方的！"劫老接着笑道："医生比他凶啊！吃十一方——连法师他都要吃！……"

从讨论中，也可明确看出各人的风度多么不同。但老爱使用土语：麻布洗脸——粗相会，等等。这个人说趣话自己是不笑的。他讲了一个很有意思的故事：一个右派分子，下放到徐水，他发现一个村子死了好几个人，于是回京后向中央反映了。可派去调查时，当地的负责人却加以否认，而且一连否认两次。到了最后，却终于被证实，那个右派也就被揭了帽子……

邓锡侯也爱讲笑话，而且，一开口就同劫老抬扛。但是，不管如何，总使人感觉他在故意打趣，而且使人感觉他世故很深。在讨论当中，从他的发言可以明显看出，他对文件是认真读过的，但却并不怎么了解。还流出不少不满情绪，有时甚至是用讽刺语调叙述一些见闻。

晚上去参加作家出版社的宴会，地点是帅府园的全聚德。柯仲平夫妇也在。仲平精神很好，王林有一点发胖了，这次我才看出这个人的豪爽。有好几次，当旁人谈到什么趣话时，她都放声大笑……

谈话中我提到四川很难找到红枣，她表示寄一些给我。

3月27日

可能由于渴望下午的报告，上午的小组会相当冷淡，几乎就在闲谈中混过去了。总理的报告，是在大会堂作的，主席也参加了这次的会议。

总理一直讲了将近两个钟头，把报告中的国际问题部分，宣读完了。中间不时激起一阵阵雷鸣般的掌声。当他用我们同美国进行了六年半的大使级谈判这个事实，来反驳有的人造谣我们反对一切谈判的时候，场子里发出一阵轻蔑的唉声。

整个报告所系统阐明的论点，以及对于某些在国际形势上的措施、看法，显然是同苏共针锋相对。但是在措辞和语调上，却作了很大的克制，是非常不容易的。

晚上，分别就总理的报告零碎地交换了一些意见，都很兴奋。

3月28日

上午，在原来的小组会上，对总理昨天的报告进行了漫谈。

这次漫谈，进行得很好。特别老一辈人，他们根据自己以往在旧中国的经验，相当激动地对新中国的外交政策和国防表示了极大的振奋。其中以卢子鹤卢老，劼老谈得最好，因为他们都谈得非常生动、具体，给人印象很深。

漫谈当中，大家还提出这样几种看法：留法学生，几乎全部是共产党；留日的，绝大部分反日；留美的，却无不为美帝吹捧。这些看法，都是有例子的。虽然全盘肯定是不行的，但是一般却都接近事实，而且也说得通。如留法的多是勤工俭学学生；去日本的，好多都不富裕，大半是因为用费简单才到日本去的。

给我印象最深的是劼老谈的一个故事：他在从法国回国的船上，认识了一个法国军官，一直谈得不错。但是航程越接近东方，双方也就越冷谈了。对方由于看到越南人的困苦生活产生了一种傲慢情绪；而劼老本人呢，则产生了对一个侵略者的仇恨。特别在他知道了对方是去重庆一条法国军舰上服务的时候……

下午赶往人大会堂听总理报告的第二部分。这一部分，是关于国内形势和任务的。它照样受到代表们的不断鼓掌。但是比之对于国际部分，鼓掌声却要少些。我感觉这反映了一种思想：有些人对国内形势的认识存在分歧，在灾情的轻重上，恢复发展的进度上……

这里值得记一笔的是：当报告中提到延长定息，说"暂定三年，到时再说"时，场子里响起一阵有所克制的笑声，而这笑声的意义，显然流露出对资产阶级的轻视。

晚上同君武、文井在白羽家里闲谈到十二点，接触到一些创作问题和文艺界值得忧虑的现象。

3月29日

一起床，就赶着去三楼听大章同志的传达。接着又赶赴人大会堂开小组会。

小组会讨论通过了分组和讨论进度后，就分别开会去了。我被分配在第一组，讨论地点就在四川馆。所以别的两组人一散，我们就接着开会了。阅读文件的第一部分，直到下午，才算是读完了。发言是踊跃的，特别老一辈人的发言，都相当积极。

夜里，仰晨未到前，来了好几批人，最后约仰晨去楼下喝了酒。

3月30日

整天都在开小组会，发言照旧踊跃，但有些一般化。

一般化表现在，大家都着重想从解放前和解放后的对比，借以阐明他们的论点和对文件的体会：解放十二年来，特别近三年来工业方面的进步，是史无前例的。

其中以一位科技界的代表发言为好。此人健壮、和善，据说是体育迷，在工业方面经历很多。

3月31日

今天的发言，值得一提的是肖则可。又瘦又长，蓄一点小胡子，看来有严重的肺病。过去是宝元通的老板。他反映了一些工商业者的情况，说话时相当冷静。

当他发言时，场子里很清静，全都十分注意倾听。在对造铝业提了建议以后，他说了一番工商业者的苦况和希望。几乎都想增加工资，但又觉得这时候提出来不恰当。因此他说："延长定息，工商业者太感激了！即使无定息可拿的，也会感激政府！"

晚上，白尘来了。坐了一阵，一道去楼下喝酒。我把劼老一家人也约去了，满满地围了一桌。正喝着，赵丹带了一群人来，立刻七脚八手拼上两张方桌，摆上菜碟和酒。随又领了他的女儿赵青，向我和巴公作了介绍。白尘笑道："场面真大！……"

大家快散去时，佐临来了。送走白尘后，我们约佐临在房间里谈至夜深。

4月1日

还未起床，赵大姐就来电话了，于是赶着起来收拾。她是为写赵世炎同志的传记来的。希望我能帮助解决两个问题：给适夷一些时间，让黄钢也一同编写。

她一直谈到十一点才走。这中间，来了好几起人找巴公，我都分别把他们引到会议室去了，因为巴在那里写信。来的客人当中，有以群、罗荪、罗荪的儿子和靳以的儿子。这一批客人最多，也待得最久。送走赵，刚想去会议室，郑律成夫妇又来了。

郑的爱人姓丁，重庆人，原是一个银行职员。后来由漆鲁鱼介绍去延安的，现在中央联络部工作，是大会的四川代表。同他们夫妇一道的，还有他们的小儿子。和其他在京同志一样，他极口称赞四川的风格；积极运粮去北京。但又很为目前四川的处境担心：是否真好转了？好转程度如何？……

午饭后，两个大学生先走了。以群、罗荪留在我们房间里休息。他们两个在沙发上假寐，我同巴公呢，躺在床上。他们留下来，因为两点半钟，轻工部一个总工程师将领我们去北京酿造厂参观。而还未到时候，这个高大、喜欢文艺、自己从前也写过小说的四川人就来了。我带着瞌睡不无勉强地起了床，于是同车去建国门外。

1955 年在作协工作时，我到过建国门郊外，但已大变样了，修建了不少工厂。我们先到酿造车间试饮，一气喝了五六种酒。陪同我们的有厂长、党委书记，随后又来了四川籍的女工程师。她是 1952 年离家的，先在烟台学习，1958 年才来北京。白尘昨晚要我当心，说她很能喝酒，但她实际上却喝得很少……

对各部门进行了参观后，我们题了字，就又转向啤酒厂去了。规模比酿造厂大，设备也很复杂，这都是我们从来没想到的。从前，我们把制造啤酒想得太简单了！在这里，当然也大喝特喝，今天算过到酒瘾了。我和罗都有点飘飘然……

4月2日

上午的小组会上，大章同志就工业方面的调整问题，提了几点意见，要大家扯一扯。这些意见，都很尖锐、明确，而以配套局的何代表谈得较好，也较为也生动。

下午，夏康农终于把如稷给他的信交给我了。情绪低沉真有点使人吃惊，但按如稷的性格，却又觉得非常自然。看完信后，我们交谈了很久，也为之叹息了很久。接着，我们一面听旁人发言，一面交换了不少对工业调整问题的看法。

晚饭后，与冰心同车去她家里。见到了吴先生，一边喝酒，一边闲谈。可是，对于摆在碟子里的几片香肠，却始终未动。一直坐到七点过，才又乘原车去东总布胡同。在文井家碰见向路。随后，何又邀了丁宁来。谈的话很多，也很杂。从五四以来的文学创作；直到一些工作问题、人事关系，还谈了不少目前四川的春旱和生活问题。

在文井处也喝了不少酒，而且，西凤酒和香花酒都喝了，因此头脑有些昏晕。可是，直到何同丁都走了，我还一直地谈下去，而且话也越来越多，几至不可收拾……

离开文井家时，已经十二点半了。电梯已停，我是爬上楼的，上楼后气喘了很久。

4月3日

今天的小组会上，大章同志又就农业问题，准确点说，是又就人民公社的问题提了几点意见要大家讨论。这些意见，显然是根据少数人的糊涂想法提出来的，因而也特别尖锐。他的话一完，张泗洲同志就发言了。可是，他并没有把问题说清楚！

我对泗洲有点失望！觉得他热心于学文化，搞试验是好的，但对主要的政策方针，钻研得太少了，我很想找机会向他谈谈。别的代表谈得较好，但较空泛，说服力不够。我一面听，一面同康农闲谈，而且谈到黄妈妈前两天的发言。她主要是谈他们刮五风的情形。她边谈边笑，心情非常舒畅，给了我很深的印象。

因此，当我向康农谈到，我们的缺点、错误，我们在干笨事时也是严肃认真，满腔热情时，康农忽然问我："我们的创作上有这种形象吗？"我随口回答说："没有！但在苏联早期的作品里，却是有的。"于是我想起了"不走正路的安德伦……"

这真是一个好的提示，直到夜里，已经睡上床了，我还在考虑这个问题。

4月4日

我在上午的小组会上作了发言，以武胜为例，论证了天灾为主的问题。

下午，向张泗洲同志提出我对他的一些建议。希望他在学习文化、搞科学技术试验之外，要特别着重钻研党的方针政策。他同意了我的意见，可又向我说明，这三年来，他的政治学习的机会是很少的。他使我想起了我接二连三挨批评的情形……

晚上，正在劼老房里同卢老一道大谈解放前，1926 前后北京的生活。巴公来告诉我，叶君健来了。我赶往楼下，约了叶去小吃部喝酒。一直到八点过，巴才领了一大串友人进来，围着另外一张桌子坐下。我同叶照旧地闲谈下去。谈话的内容主要是对五四以来文学作品的看法，以及对一般创作的意见和"文艺工作十条"。

巴公送走他的客人以后，就到我们的桌子上来了。不久，白羽、文井、以群和罗荪，也意外地来了。于是我们就继续喝下去，谈话也更热闹起来。最后，大家又谈起红线女，对她的健康情况表示了极大的关心，甚至关心到她的婚姻问题。

白羽他们走时已经十点半了。不知怎的，对其中一位客人我始终都感觉有点别扭。

4月5日

总司令来参加了上午的联组会讨论，并作了发言。他是最后一个发言，这之前，是辛人、初梨发言。总司令谈的是国防问题，辛人随又介绍了古巴一些实际状况，很有意思。

侯代表也发过言，但是并无新的意思，没有什么事实。他那教授式的腔调、口气，颇使人不快！仿佛他是来训话的。比之总司令的朴素、真挚，以及他那摆龙门阵的亲切感人的风格，使人深刻感到，这也是个以平等态度对人的问题。

下午去作协听白尘传达"剧协"广州会议的内容。他的传达，只就会议的经过、内容作了大略的介绍。主要是听陈总和陶铸同志的讲话记录。

直到八点，才从作协回家吃晚饭。夜里看了电视《连环套》，看得人头昏脑涨。

4月6日

上午的大组会上，发言相当踊跃。但有的话，已经在小组上谈过了，有的空泛。赖部长的发言看来颇有内容，但又听不清他的福建口音，所以只好同康农闲谈。

我同康农的谈话很乱，主要是谈知识分子问题。他是这样把话题拉开来的：中国作品中还没一个正面的知识分子的形象。于是很快就把话题转到革命的知识分子的作用和自我改造问题上去了。他告诉我，解放初期，他在重庆碰到一个入藏部队的参谋长，向他谈了些自己参加革命后思想感情变化的情况，"真美极了！"

这个参谋长从前学习化学，但是，大学毕业后却参加了旧军队。抗战以后，又到了延安，从此走上革命的道路。康农照例谈得非常热情，对我产生了极大的吸引力。但当我问到具体情节时，他却记不起了！这颇使人失望。虽然也由此引起一些回忆，联想起我所知道的一些同志走上革命道路的曲折过程，总算不无收获。

散会时，将《记贺龙》一册送给余秋里同志。这是他前几天向我提出来的，说他还未看过，希望送他一册。不知道怎么搞的，解放以后，我一直很少拿自己写的东西随便送人。仔细想来，这一方面是感觉写得不好，因而拿不出手；另一方面担心这会是自我宣传。

下午，同劫老、巴公去逛市场和百货大楼。东西不如以往丰富，有的品种、质量也降低了。想买一个帆布提包，没有买着，所有的提包，都又小又差。结果买了一只草编提包，做得相当粗劣。在百货大楼看了看茶叶，已经提了价了，有二百多元一斤的龙井！

我们还去和平餐厅喝了一杯咖啡，人又杂又拥挤。我向巴说："留心看一看吧！将来如果写到特务，国际上的坏人，社会渣滓，这个背景是有用的。"但其中很多像是青年华侨。

顺路看了看人民英雄纪念碑，大家对整个造型，浮雕，都有意见。

4月7日

大组的发言比昨天好，特别余秋里同志的发言给我印象很深。这的确是个很有特色的人物！精力饱满，谈吐干脆利落。到最后，他甚至站起来讲话了，十分自然地打着手势。

他是就石油工业的发展情况，来阐明总路线的正确性的。说了不少精彩的比喻。他说："日本人在东北搞石油，资料堆了一屋，现在还保存在哈尔滨，可是什么也没有搞到！难道我们算不上大跃进吗？"又说，"不容易啊！同志，这就跟洗澡样，下下水才知道那个味道，站在干坎上面是不行的！"在谈到暂时的局部困难时，他说："不要那么紧张！看到人家两夫妇吵架，就以为会离婚，这是不现实的！……"

他也谈到生活的困难情形，认为就在目前的情形下，这也不是没办法解决的。他说，他得到川中油区一个干部的信，告诉他说，为了解决副食品问题，他们一天到河沟里去捉鱼。结果，黄鳝、乌龟、团鱼、泥鳅、螃蟹，一共搞了一百多斤！他的发言，几乎把整个场子里的人都吸引住了，顿时都发出惊叹声和笑声……

散会的时候，他在衣架边向我喊道："老沙，你那本书写得好，让我这个工农出身的干部也来跟你学一学吧！"随后，他又要我同他一起离开会场，我们边谈边走向大门去。当我称道他的发言时，他说："要有机会，我还想谈一谈农业呢！"

午睡后，躺在澡盆里看完了新收到的"文艺工作八条"。洗完澡后感觉得非常累，因此什么事也没做，就一直同巴公闲谈到吃晚饭。所谈都是文艺界和文艺创作上的问题。饭后，一直挨到七点半了，才同黄妈妈一道乘车出去。

请22号的收发把我领到荃麟家里。荃麟照样很瘦，但精神还不错。葛琴为我斟了杯茅台，于是我边喝酒边闲谈。他在青岛读了不少作品，总结了几条经验。对于创作，他有很多精彩见解，但有的，也还值得考虑、商讨。

一直谈到葛琴为他针灸时我才离开。是陆胖子送我回饭店的，我请他喝了两杯茅台。这时，小吃部已经在收堂了。上楼后，我又到宗林同志处喝了点葡萄酒，瞎吹了一气。

4月8日

原定的大会、小会，今天都停止了，全都推在明天，让大家好好休息。

整整花了一个上午时间修改罗的发言稿，总算把任务完成了。上七楼交稿时，碰见那个老年的法律学家和配套局的何。他们是来看四川代表的，可几乎全出街了。

午睡后得周扬同志电话，他要来看巴公。我也只好留在家里，希望能看看他。他是三点过来的，同巴扯到好些问题。印象深刻的有两个，一个是像我这类人应如何自处？他说，他劝过老西，要他放手使用肖段，自己陪陪外宾，酒席上致致辞好了，可以埋头写作。他要老西，其实上也包含我在内，要信任新生力量，说："我们搞工作的时候还三十岁都不到嘛！……"

另一个问题，是从目前的工作任务谈起的。在肯定了开国以来文艺界的历次运动之后。他认为，扫清道路是为建设，现在应该从正面切切实实做一些工作了。一年四季都搞运动总不成的。他以满清为例，虽然有文字狱，但是却让文人学者搞了《四部丛刊》等等。于是，不知怎的，他把话头转到鲁迅，说："鲁迅死的时候才五十六岁，可已做了不少的工作了！"这个话使我深为感动，也很惭愧，觉得自己真该拼命写些东西，不能再不三不四混日子了！

在说到翻译介绍外国名著和编辑各种丛书时，他向巴问到好些能够搞翻译的人才，还提到一些我不知道的名字。他认为，有的人，即使政治历史上不好，只要有一技之长，比如钻研过外国名著，与其弄去劳改，不如指定他从事翻译工作。当宗林同志来后，他又谈到剧改，谈到四川过去的名人杨升庵、廖季平，建议由文史馆整理他们的著作。在谈到吴又陵时，大家扯得最多，因为中间牵涉到李劼老对吴的看法。

谈话刚告一段落，李劼老来了。衣冠楚楚的，准备约我们去四川饭店。可是，因为周扬同志在这里，招呼之后，他们就又闲谈起来。从旱象扯到供应，李照例又在最后诉苦了一通生活上的不便，抱怨四川人在会上没有辣椒吃！直到佐临来后，才把话题扯开。周扬同志原要同我们一道去四川饭店的，但到了电梯边，他又改变了计划，看上海的代表去了。

到四川饭店好久后白尘他们才来。今天的屋子比昨天好，烟也是听子中华了，配的菜也很不错。白尘用玩笑的口吻谈了谈订座的经过，很有意思。本想戒几天酒的，但却喝了不少白尘自己带来的"加饭"酒。因为有罗荪在座，二李给红线女写的介绍信找到了着落了。饭后没有去政协参加晚会，就直接坐车回到虎坊桥。

正在房间里同仰晨闲谈，出人意外，默涵、白羽来了。他们显然是来看巴公，并同他交换人民文学社的出版计划的。因为插不上话，仰晨提前走了。当我送他出去时，他在电梯边告诉我，他日内即去成都，向廖灵均交涉出版陈联诗遗著的事。

我感觉很疲累。但当默涵、白羽走后，已经躺上床了，我又向巴公扯到周扬同志下午的谈话。十二年来做了些什么呀？一想起心里就不免发慌！

4 月 10 日

以上记的是 8 日同 9 日的事，我混在一起了！记忆力如此之坏，实在可悲！

这里该补记一点：9 日上午，巴公去北大后，我躲在罗世发家里看他的发言稿。罗出街了。泗洲同两个大学生在一边大谈他的蒸汽疗法。这种莫明其妙的治疗法，这两年他都一直大吹大擂，说什么肿病啦，子宫下垂呀，等等，都能治好，他还约我去简阳治疗支气管炎……

10日上午开大组会。开会前，康农交给我前两天送他的《记贺龙》，说，他的两个儿子都很怪他，为什么没有叫我签名题字？我听到有一点难为情，但也夹着一点高兴。题好字交还他时，我用纸把它包了，因为我担心被什么人看见。

上午的会上，主要是大章同志发言。他讲得很好，很坦率。把我省目前的困难，当然是经济上的困难，全都摊出来了。要大家认清楚，所谓大好形势，主要是指政治、思想和人们的精神面貌说的，而在农业方面，我们正在经历着天灾的威胁。他讲话时场子里呈现出一片严肃认真的气氛，空气似乎有些儿沉重。

下午大会上的发言都不算精彩，听起来只是感觉疲倦，连身子也懒得拉动了！更不用说鼓掌表示欢迎。老实说，不少发言，是可以作为提案用的，作为发言，不只浪费时间，而且文不对题。只有湖北一个农民代表的发言不错，语言相当生动。

晚饭后严毅来了。他已转到农机部工作了，因为他是搞燃机的，觉得农机部更适宜些，可以大力支援农业。他已经设计好了一种高原地带使用的内燃机。交了份他在长沙的发言稿给我，要我看，并转给白戈。谈到七点半，我们又和童少生一路乘车去何迺仁家里。

何已显得相当苍老了，张成修的衰老更是触目。但她还一再问我："你看我老得多了吧？"我们谈了些安县的情况和过去的一些事件。最后，话题落在民生公司和卢作孚身上，童约他去成都写民生公司发展史。他问到文史馆的情形，显然有意回四川住。

回家后在宗林同志处和罗一道喝了一些啤酒和葡萄酒。

4月11日

上午九时，同劭老和巴公去陶然亭。太阳很好，闲谈了很久才回家吃午饭。

午饭前，曾去宗林同志处闲谈。他很客气地指出我有些束足束手，谨小慎微，这是不必要的。同时又劝我对干部要大度些。对于我的工作，他也提了几项建议。

没有去参加下午的大会，因为感觉非常疲乏。巴公走后，清理了一下行李，并特别为刚齐包了包糖，准备交继玫直接带去重庆。不知怎的，最近几天特别想念刚齐，十分担心她暑假考学校的事。我老是自问，要是第七军医大真不招生了，怎么办呢？

因为心情很不舒畅，与文井通了次电话，告诉了他我一部分心情，主要是周扬同志前两天谈话引起的沉重不安。他说，因为他得在家里等郭老的电话，否则会跑来看我的；问我能不能去？因为车不好找，又需补记日记，我婉辞谢绝了。但是，约定晚上再通一次电话，如果他不去郭老那里，我就前去看他，他已买好酒等我了。

已经六点过了。还不见代表们回来，于是单独下去吃饭。上楼后请服务员联系出租汽车，这时，葆华来了。直到巴公吃完饭上楼，汽车的问题才得到解决：由大会派车送。在电梯边碰见小钊，他是去协和医院的。立刻约他一道出发，并说送他去协和。到白尘处不久，金铃便摆出酒、菜，接着与白尘一面喝酒，一面谈心，心情非常平静。谈话内容都很集中，《鲁迅传》改写经过和《人民文学》问题。主要是白尘谈……

九点三刻，文井从郭老处来了。谈话由我转到另外一些问题：周扬同志前天在前门谈到的一些意见，以及我自己在创作上的一些想法。对于我的创作计划，文井提了些值得考虑的建议。他说："估计写到七十岁，也只有十三年可写了！应该正视这一点。"白尘同意他的看法。文井随又提到王统照、靳以的逝世。我打趣道："这真是生死无常！"

十一点半回到家里，药已经送来了。巴公正准备洗澡，我要了瓶啤酒来，一面喝酒，一面同在卫生间洗澡的巴公说话。等巴公洗过澡大家都上床了，还继续谈了很久。而内容呢，不外是怀旧、创作计划，以及如何搞好身体，抓紧时间写作，等等。这是最近常说的话题。

4 月 12 日

整天开大会，发言精彩的又不多，令人疲乏不堪！

上午十一时，因又累又困，溜出会场同康农谈了很久。而奇怪的是，他近来也有个共同感觉：必须赶紧做点什么，不能再嘻嘻哈哈，随随便便过日子了。

我们谈话的主要内容，仍然是知识分子问题。中间，侯外庐同志一个人从我们面前走过，于是把他也拖起来闲谈了。我们着重谈到鲁迅和鲁迅所塑造的知识分子形象。五四以来思想界的情况，也谈了不少，特别是无政府主义思想。我们凭记忆凑了一下，它在五四时期大体流行了两年，一到党成立后，便很少市场了。

下午的会几乎是拖过去的，不仅疲劳，有时还变得令人烦躁。休息后，实在没气力进会场，只好留在原地喝茶。直到快散会了，为了取文件，这才回转到会场去。当散会坐上车回家时，好多人都在车上大打喷嚏。雨很大……

晚上在楼下同巴公、汝龙、柯灵等喝酒。我是同世发一道去的，喝了两杯后世发就先走了，我留下继续闲谈。中间，还来了柯的岳母、爱人。在柯一马人离开前，谈话并不活泼。他们一走，空气都不同了，话题主要是旧俄的作家和他们之间的关系。

这是一场愉快的谈话，而谈的虽是外国的过去，如从感情上说，每个人却都不免想到我们自己。我们特别谈了不少高尔基同托翁、契诃夫等人的关系。

4月13日

上午在会场上打了两次瞌睡，感觉疲倦极了！下午决定请假。

巴公走后，睡得正好，《诗刊》编辑的电话来了，通知我们座谈会已改期在星期日下午。这样，我们可以不必担心赶火车的问题了，能够放心参加完座谈会。

正上床睡下，水华同志又来了电话，准备同田方来看我。我索性不睡了，起来一边收拾行李，一边等田方他们来。他们来时已经四点钟了。他们是来谈改编、拍摄《红岩》的。但是他们显然相信了传闻，以为我在"峨影"负责，而且相信我会抢着拍摄《红岩》。当然，主要的目的，是希望我能在这件工作上出一点力。

最后，我们商定了三点意见：由我负责向重庆市委提出，请作者从电影的角度考虑考虑改编的问题；同意他们同作者直接通信，经常交换改编意见；到必要时给作者一定假期，前来北京讨论剧本提纲。他们随又提到改编五四的创作问题，要我推荐一些作品。我提出了《子夜》《上海屋檐下》《包身工》和《石青嫂子》供他们参考。

送走田方。水华才发觉已经六点了！去食堂一看，只有几个服务员挤在一堆闲谈。上楼后，那个矮小、善良的服务员同志，自动跑来问我，是否端上来吃？我同意了，并取出酒来。这一餐吃得很好，酒也喝得痛快，我好几天没有这样喝过酒了。

晚上，仰晨来后不久，从文也来看我们了。他精神、情绪都好。刚一坐下就说："三姐派我来请你们去吃炸酱面呢！"随即问我们哪天有兴，喜欢喝什么酒？他所谓三姐，是指他爱人说的。我们随即闲谈起来，从创作和生活的关系问题扯到批评，以及作家之间的关系。他一再问到我四川有些什么有前途的青年作家。

直到九点钟了，巴公才从一个华侨代表那里转来。从文又提到我们吃饭的事，但是，巴公也婉谢了，随后我们就去楼下喝酒。在去楼下之前，从文还提出这样的意见。说我最好是写短篇和中篇。但是巴公反对他这个意见，认为我是可以写长篇的。我问从文看过我的长篇没有？他说没有。于是巴又概括地谈了谈他对我的长篇的意见……

喝酒当中，我们又谈了些创作上的意见。但对我印象最深的，是从文对电影剧本的看法，认为写电影剧本很偷懒。这个看法，跟我一向的看法是一致的，因此我也谈了不少。我们的共同意见是：青年人最好是多写小说、散文和诗，少写甚至不写电影剧本，因为写小说和诗歌比较能够锻炼写作本领。

喝到十点钟，我们又一道乘车出去，目的为了送从文和仰晨，并去从文家里看看三姐。我三年前同巴公去过他们家里，感觉两间屋子都小。这晚上感觉得更小了，挤满了东西。因为三姐已经睡了，开始，我们在外面一间屋子里坐下。一个青年人应声从床上撑起来，看来相当结实。从文说："他是个工人呢，像吧？"我怕他受凉，要他依旧躺下。这时，里面一间屋子的电灯亮了，于是我们随着三姐的招呼走了进去。

直到坐了一阵，我才发觉屋子里多了张床，上面同样躺着一个青年，笑嘻嘻地望着我们。这是他们的又一个孩子，同样长得苗壮。三姐泡好茶后，我们又谈起创作，谈起鲁迅的作品。因为多喝了点酒，我谈得特别多，而且提到《忆韦素园》中的某些具体情节。巴公说："你读书真比我仔细呀！……"

从文要我们喝点酒，我婉谢了，而且坐了半个钟头就告辞出来。在回家的路上，巴公向我谈了好些从文过去同徐志摩的关系，这对我了解从文颇有帮助。他又谈到，曾经有一个时期，尽管那时以前他同从文仅有一面之缘，他曾经在从文家里做了一个月食客。因为感觉自己学问不够，他曾力劝他的妹妹学习外文，而结果发疯了……

回到家里，一直到上了床，我们仍不停地谈着从文和他过去的作品。在谈到某些作品中的色情描写时，巴公说："是他自己的苦恼的反映。"原来据巴公说，从文曾经为爱情痛苦万状，有时候，甚至一个人躺在床上哭呢！

4月14日

天气更暖和了，连大衣都穿不住了，但在会场里却很凉爽。

发言逐渐变精彩了。正同其他各届的发言一样，梁思成的发言照旧不错，问题谈得深，又有文采，有时措辞还相当幽默。可惜因为时间关系，改成了书面发言。

下午休息时候，我同夏康农在一处不当道的地方谈了很久。题目呢，仍然是知识分子问题。他向我谈了一些闻一多的为人。闻的关心赵枫和拒绝离开杀机四伏的昆明，回转到北京去。当时清华已经在北京开课了。

他也谈了些他自己的经历。他十四岁离开家到湖北，完全靠自学考上大学，并到法国去的。他当过图书馆员，办过平民夜校。在上海时，党内同他联系的是艾寒松，艾去香港时又把关系转给一个年轻女同志。他们向艾要求过入党，但他至今却还在党外。谈到这件事，他曾经用过"机缘"二字，又说自己缺点甚多……

我们也谈到会上的发言。他对我们组卫的发言是不满的，认为他在摭尾巴了。对冯沅君的发言，他也感不足，觉得整个发言的精神有点自我吹嘘的味道。他判断，"脱帽""加冕"问题引起的思想动荡，还得两三年时间才能平静。大家在这个问题上有一致的认识。

这天他又向我表白："不能再含含糊糊过日子了！"他准备整理他的讲义，同时也想认真钻一钻中国知识分子的问题。关于后者，我力劝他写一部关于知识分子的活动和变化的回忆录之类的东西，因为各种类型的知识分子他都接触了很多。经过几次谈话，我对康农的印象更明确了：热情、锋利、爽直。但是有点偏激……

晚上，在白羽家里谈了很久，也谈得很热烈。在座的有文井、光年、罗荪、以群和红线女。光年、文井来得较迟。在谈到川剧时，红提出了一个建议：川剧演员的唱腔，太高昂了，有点像喊叫，这不能持久。可以在不破坏唱腔风格的前提下把唱腔放低一点，这于保护演员的嗓子是有利的。随后，当我们谈到川剧的喜剧时，文井回家取了本《川剧喜剧选》来，送给了红。这之后不久，光年同志来了。

光年是同他爱人一道来的。谈了一阵川剧，不知怎么一来，话题又转到《红岩》，他对《红岩》非常赞扬。但是话题忽又跳到《达吉和她的父亲》的讨论。他认为履冰的文章太教条了，但又承认履冰是能够写的，并且用过功夫。我同意了他，但又提出了一点请他注意：不少批评家把剧本忽略了！一直从小说跳到影片，这是不公平的，必须对小说、剧本和影片加以区别。

随后，话题又转到一般批评上来了，于是我同光年的争执，也就更加剧烈起来。我以李健吾为例，对当前的批评工作谈了谈自家的意见。并且侧面举了前天夜里从文的话："按照批评家的意见，是写不出东西来的！"这时，文井忽然插嘴："啊！他敢说这个话?"而且他显然感觉得很高兴……

我们走的时候，已经十二点了。但，若果不是巴公提醒、催促，谈话也许还会继续下去。这晚上，我真也喝得多了点，大曲光了，我又自动喝完那半瓶白葡萄酒。但是，直到回到家里，由于巴公的提示，我才清醒过来。

4 月 15 日

北大那个姓黄的研究生来访。他来过两封信，我都没有回复，结果，他自己跑来了。我在等候电梯的地方同他交谈起来，准备快一点送走他。

他正在写一篇研究我的作品的文章，是来要我谈一些有关的问题的。他开始诉说了一通找我的经过，先去民族饭店，然后才到了这里。我逐渐为难起来，所以当巴公走了，出街去了，我就把他请进房间，一一回答了几个简单问题。这时，又来了两位《人民日报》的记者，都是妇女同志。于是我们又从《红岩》谈了些其他的问题。我觉得谈得来很有趣，她们说："这写来就是文章呀！"可是我拒绝了。

记者们走后，我又向黄谈了谈我对五四以来中国文学的看法，不同意给所有的作家都简单地戴上批判的现实主义的帽子。随后，黄又谈了谈他自己的经历：印尼的华侨，1951年回国的；参过军，现在是北大的研究生。关于研究我的作品的论文，他已经写好了，带来了，要我看看；我没有同意，但是留他一道吃了午饭。

午睡后去怀仁堂照相。我恰恰站在茅公背后，当看见他的头发竟是那样稀少的时候，心里不觉感到一阵难过。然而，他却兴致勃勃，一边向坐在他侧面的傅作义谈着坐得远远的高士奇的病状，治疗经过以及目前的情况。我也偶尔插上一句。直到毛主席等中央领导同志来临，他的谈话才被雷鸣般的掌声淹没掉了。照相后，在离开的途中碰见郭老，他停下来同我和艾芜扯了几句，叹息自己老了，说我们还是壮丁……

和艾芜一道坐车去人大会堂河北馆参加文联、文化部召开的座谈会。这个会是座谈"八条"的。座谈开始时，位子移动了一两次，最后，我才和君武、默涵坐在一道。在一些文不对题的发言当中，我私下向默涵就新发的"文艺八条"提了三点意见。大家的希望显然都在陈总身上，红线女发言后，他就开始讲了。他的讲话，是从会议的估价开始的……

晚上，很想去东总布，因为想到是星期日，不好破坏同志们的家庭生活，只得作罢。代表们都去看杂技去了，很清静。一个人在家里看了梁思成、冯友兰的发言。

4月16日

上午是主席团开会，代表们都出街了，我留在家里选了些发言稿看。

下午，举行闭幕式前，总理和陈总都讲了话。陈总是作为发言讲的，内容是党的对外政策在实施中获得的成果，在各方面引起的反映。他是照稿子念的，有点结结巴巴。在他发言以后，我老是这么想：要是他能随便谈多好呀！

当总理讲话时，主席也到场了。而在陈总发言后曾经有过二十分钟休息，这可能就是等主席来。总理的讲话不长，但照例很精练、扼要而又深刻。讲话的主要内容，是对这次大会的估价。因为他讲得不长，所以还不到六点钟就散会了。

晚饭后，要了一部出租汽车去看文井。有酒无肴，淑华临时炸了点面食下酒。这晚上，可以说是留京期中最有意义的一个晚上。因为我结合自己已经思考过多次的素材，把我对自己准备搞的长篇小说的一些想法，包含主题思想和构思，全对文井讲了。他有时也插上几句，淑华则坐一旁听我们说。走的时候已经快十二点了。

回到家里，躺在床上，还一直很兴奋。想到我在文井家所谈的一切，似乎已经有了中心，把我想写的一切连起来了，不少的人物形象在我眼前直晃。因为担心明天起不了床，最后，我又起来，在巴公的鼾声中服了安眠药。

4月17日

早饭后，巴公领起宝华到八楼阳台上去了，我留下来清检行李。

下午前去人大礼堂参加政协的闭幕式。听了总理和陈总的讲话。

陈总这次不是念稿，照例讲得生动、尖锐、开朗。总理在估计了大会的成就后，着重谈了统一战线的问题，国际统一战线和国内统一战线，讲得又集中又精深，叫人开了眼界。

在两位总理讲话之前，有胡先骕的发言，很像专题报告，又离开讲稿补充了不少材料，实在叫人厌烦！显然他有了错觉，以为大家是专程来听他这个发言的。

夜里，拖罗世发去楼下喝酒，同座的有巴公，还有巴公两位客人。

4 月 18 日

巴公出街去了。十点钟，荒煤来访，大家痛快地谈了一个上午。

开始，我们就改编、拍制《红岩》的问题交换了意见。接着他同我开玩笑，责怪我处处向准备写电影脚本的人泼冷水，希望我不要这么干了。但他承认了这个事实，照目前一般电影脚本的写法，的确太容易偷懒了，对青年作者是不利的，他将公开谈谈这个问题。

随后，由于他的关心，我谈到了我的长篇计划，以及我的某些看法。主要是对知识分子的看法，因为他们将是我作品中的主要人物。他说，他也早想写知识分子了，而且准备从大革命时代写起。现在虽然没有条件，但他将来一定得写。看来，在这个问题上，我们的观点基本上是一致的。他也同意我这个意见："不打无准备之仗！"

后来，我们又谈到一些老同志、老朋友，彼此都对周扬同志的健康非常关心。我特别着重谈了谈我的心情：见了周扬同志，每每不知怎么说好！党培养他这样一个人多么不容易啊！而正当年富力强，大有作为的时候，却患了那样的病！……

正谈着，佐临来了。因为明天一早他就要回上海，主要是跑来同巴公道别的。而他一来，我们就把话牵到一般戏剧创作问题上去了。一直到午饭时候，我们才一同下楼。荒煤离开饭店，我们去餐厅用午饭。佐临留在大厅前面，没有同去，因为他得等候白杨。

下午同巴公一道去四川饭店参加中国文学的座谈会，讨论有关介绍古典作品，以及五四以来的作品问题。会议是茅盾主持的。会后并一道用了晚饭……

我没有去参加杜甫的纪念会，和天翼、艾芜、文井到荃麟家里去了，随后又单独去白羽处坐了将近一个钟头。不知怎么搞的，每次将要离开北京，心里总像忽忽若有所失。

4月19日

这几天真忙得呛人，不少应该记上一笔的事，都记漏了！

17日晚，我曾同康农长谈到十一点钟，内容相当丰富，我就没有记上。他曾经说到他的出身，他的妹子和妹夫的牺牲，还谈到邓演达给他的印象。当然，我最感兴趣，认为最重要的，还是他在云南的经历：如何离开联大；到马坚的家乡去办中学；以后又如何回转昆明。而他的这段经历，仿佛替我解决了不少问题，而且他谈得多么具体、生动啊！

19日，这天夜里，我就要离开北京了，但还有好多事需要办理。吃过午饭，巴公出街了，我给立波打了个电话，要他代我问候灵扬，并且谈到我对周扬同志的印象。想起上海时期的情形，真有隔世之感。时间过得多么快啊！可是电话上好多话都无法谈，因为要说的太多了！所以，最后还是只好怅怅然放下电话。

康怡泰送药来后，《人民文学》的涂、周也坐车来了，要我去编辑部谈一谈。但是心乱如麻，不知说什么才好。所以上车时，我有意坐在司机旁边，以便冷静地想一想。因为同车的还有艾芜，坐在后面，我们是会谈起别的事情来的。这件事，他们已经约过我几次，我都拒绝了。昨天周又空跑了一趟，留下一个字条，所以只好答应下来。这可能是一种冒险，因为在这样忙乱的情况，肯定讲不好的，但也说不得了！

看来，编辑部的同志全都参加了座谈，连白尘也来了，已经调到《文艺报》的沈承宽也在座。从语言问题谈起，我一共讲了我对创作和批评的七点意见。白尘不时插一两句，给了我不少帮助，否则很难一气讲下去的，因为我的思路相当的乱。但是，讲了一点多钟以后，我真有点继续不下去了；好在老赵闯了进来，于是兴高采烈地谈起他在"长影"改编山西戏的经历。他越谈兴致越高，最后还忍不住作了表演，这个人真太可爱了。

有了老赵这个插曲，我总算把任务完成了。午饭是在丰泽园吃的，因为金铃今天过生，白尘的兄嫂又刚从家乡来，他早就把座位订好了。同座的还有他的侄儿、侄女，以及侄媳，此外还有柯灵夫妇。饭后回前门继续整顿行李，一直搞到三点半钟，竟连午睡也牺牲了。接着就同巴公、令儒一道坐车去人大会堂福建馆参加《诗刊》的座谈会。因为这个会总司令、总理和陈总都将参加，葛洛又一再邀约，否则是挤不出时间来的。

可惜总理因事没有出席，只是听了总司令和陈总的讲话。他们的讲话，有一个共通精神：如何继承传统。在这一点上，总司令还谈到家庭的作用，陈总的讲话不时引起一阵笑声，他说得多生动有趣啊！而含义又是多么深刻。他曾转述过一个揭了帽子的右派分子对他的谈话，并且加以引申："是呀，现在就是想'告地状'也不行了，警察会来干涉！"郭老也讲了话，郭老讲话后就去外面摄影，接着就到餐厅里去了。

晚饭后同光年谈了谈"达吉"的问题。我希望他能提供一些意见，供我们作继续讨论参考。他提了三点意见：对于冯牧，不必有对立情绪，应该克制一点；应该就已有的讨论文章归纳几个问题，进行深入讨论，不能老说重皮子话；注意培养这次讨论中出现的新生力量。我们正谈得起劲，座谈又继续开始了，只好草草结束。

在继续座谈当中，我一直都在看表，因为七点钟我必须赶往车站，否则将有掉车的危险。至七点差五分时，我同坐在一起的天翼、文井分别握了握手，就悄悄溜走了。赶到车站时，同行的人都已到齐，我的行李也完全运到了。

来站送行的很不少。陈其通也来了，他是来送宗林和书舫他们的，同我也应酬了几句。他似乎很惊讶我也来开会了，多少带点难为情的味道……

4月20日

上午在两位张老房间里谈了很久，主要是谈知识分子问题。这个问题，近来对我是有不少吸引力的，这同总理的报告，同我的长篇创作计划，都有直接关系。

张老同我谈了一些1940年抢米事件前，他在成都工作的经历。在谈到抢米事件时，他对当时成都党的负责人提了不少批评，认为他太麻痹大意了！他不该按时去办公；更不该同变了节、做了特务的旧相识来往；他同那位妇女同居，组织上是批评过的，但是照旧和她相好。因而他的秘密、住址，让敌人知道了。抢米事件发生以后，他要旁人撤退，而自己却留下来……

我问起他对杨伯恺、王干青的印象。他说见面不多，只觉得王为人刚直；杨呢，却太书生气了。于是，我谈起我对这两人的认识，以及同他们交往的经过。在革命道路上，两个人都经历过不少波折，特别是伯恺。他们可以说是两种类型，前者旧知识分子的气质是主要的，绵竹起义失败后虽然一直都靠近党，拥护党的主张，但是始终没有提出恢复党籍的要求。而杨呢，虽然曲折多些，有过失误，主要是把叶青搞到了上海。但是，中间他也同叶进行过不少斗争，而最后仍旧成为共产党员……

午睡后的时间完全是在扯乱谈当中过去了的。有时感觉腻人，就独自跑出车厢，向窗外瞭望一阵。庄稼不怎么好，好多洋、土、群的炼铁炉都烟消火灭了，看来下马的时间已经不短。回想到1959年在泸州所见那种大轰大撞，到处都在炼铁的忙乱情景，以及自己的振奋不免有些歉疚。

夜里没有睡好，因为老是翻来覆去考虑上午的谈话和几个熟人的形象。

4月21日

决心在车上读完《叶尔绍夫兄弟》，但是老给别人打断，串门的人太多了。

最后，只好躲到餐厅里去，可是，读不上十页，所有的桌子又都叫人占据了，都在打百分。随后，杨松青部长、洪处长来了，要打乱戳，把我也拖了进去。接着又找来张老，只好放下书不看了。但是碰到是我坐庄，我就挤时间读上一页两页，这本书还相当吸引人。

午睡后的心情都有点儿紧张。因为眼看就要到成都了，大家都在忙着收拾行李。我叫了继玦来，对她作了些必要的叮咛，并将刚齐的住址写下来交给她。随后，我重又去她的车厢，向去重庆的同志托咐了一番，请她们照料继玦。而所有的人，连那个老板娘在内，都异口同声地答允了，她们还笑我太啰唆。

当我收拾两组葡萄酒的时候，宗林同志同小周都同我开玩笑。若果不是《人民文学》编辑部临时又送给我四瓶，事情本来也简单的，现在我却不知道怎么收拾好了。一方面怕人看见不好，一方面呢，又担心给碰坏了，未免可惜……

到站下车时，紧张、忙乱得有一点像打仗！同行者几乎都有家里人来接，我呢，可是连老曾的影子也望不见！直到已经有人走了，这才望见老曾——他只是东张西望，一动也不动呢。坐上车后，我向马儿问到庄稼、生活和社会秩序……

家里人都快睡了，刚宜正在洗脸，因为我的回来，大家都帮着搬行李。随即谈到家里的情况，上个星期，以为我会回来，小娃在家里等了两天，他们还特别煮了新鲜胡豆……

随后又是大谈庄稼、生活和社会秩序！看来大大小小都对这些情况有一种深切的关心。

4月22日

赶着给马仲明、肖泽宽写了信，整个上午就过去了。给肖的信，是谈改编《红岩》的问题。

午睡醒来，壁舟来谈了很久，主要是谈曾克的离开和他参加轮训的问题。随后安旗也来了，因为发现我对一些具体工作并无兴味，他们随即到春振家里去了。

但是，他们走后不久，罗世发的爱人老黄，又提起两个口袋直接走了进来。照例生气勃勃，喜笑颜开，所以我倒反而热情接待了她，不断扯谈起来。从庄稼直到她家的副业生产。当问到河屯乡的情况时，她摇摇头说："还是差啊！"前年我曾到这个公社，其困苦程度真是触目惊心，而它却和新民公社连界……

我留下她吃晚饭，并叫刚虹为她准备住处。我感觉很愉快，吃饭时候不断同她讲些笑话，就连杨礼也都笑个不停。饭后，我同玉顺又陪她出去逛街。一直看了好多地方，比如盐市口的百货公司，我们才慢慢回来。社会秩序的确有点儿乱，随处都可发现一两个不三不四的青少年。沟头巷巷口聚集着一群做黑市交易的人。

回来后好久都不想睡，老是想着看见和听见的一些消极现象。

4月23日

送走老黄不久，亚群来了。我向他汇报我在北京开会的心得和见闻。

开会期中，我自己在创作上、工作上的各种想法，我也全都摊开向他谈了。随后，我们又谈到天气、庄稼和眼前人民的生活。当谈到少数干部的作风时，他叹息道："连元稹都有过这样的心情——'邑有流亡愧俸钱'，有的人却不见得是这样啊！"可惜我记不全他的谈话了，但他对于当前某些消极现象的不满，却很显然。

随后，他又谈到川剧《和亲记》的修改和最近上演的情况，要我有机会看一看。我想，至少他有这个意思。关于光年对《达吉》继续开展讨论所提供的建议性的意见，我也一一向他谈了，此外还谈到陈总、陶铸同志的讲话。

因为一直跑了两趟东大街，玉顾累了，晚饭后，我准备单独上街看看。正在这时，王永梭来了。他已经揭掉帽子，要求文联给他一个机会表演新的节目。我向他要了通讯地址，就出街了。信步走去，一直到了文化宫，沟头巷附近。有些社会现象直令人忧心忡忡……

回来的途中，我忽然有一种强烈的要求：赶快同公安局联系吧！希望他们能让我了解一些青少年的情况。我甚至可以同他们一道工作！显然有些青少年正在走上绝路……

4月24日

王照明送来大批文件，选着读了几件，一个上午就过去了。

午睡后，党组又送来总理、陈总和陶铸同志在广州科学工作者、戏剧工作者会议上的讲话。后两个讲话，我在北京就听过了，印象很深；但忍不住又重读了一遍，一直读到晚饭后才读完。

下午，张枫同志来。谈话中，当接触到他们那个准备上演的歌剧时，他对那位老同志流露了不满情绪。因为并未最后改好，那位就走了，而在修改当中，也很难接受、考虑他人的意见。我答应了他文联可以进行帮助。

张来时我正在读文件，陶铸的讲话，送走张后，我又立刻继续读下去了。这是一个好的讲话，看的时候比听的时候所得更多。

晚饭后同玉顺上街逛了一转，并看了《和亲记》。

4月25日

忙着到医院去，段可情已坐了车子走了。这个饥荒人真叫人头痛！

准备不去医院了，开始阅读积累下的文件。但不多久，老曾把车子开回来了。因为事先有约，只好又坐车去"川医"。但病房、教务处，我都去了，没有找到曹医生。在门诊部验了血后，又去曹的家里，这才知道进城开会去了。

找寻曹的住宅时，曾看到不少协和医大时期建造考究的小洋房；但都破破烂烂，几乎没一座是完好的。有的这里那里装置了粗糙简单的木板；有的把窗子普遍用泥壁封了；有的纱窗尽是窟窿——这样糟蹋掉太可惜了！整个气氛使人感到有点荒凉。只有菜蔬长得不错，还有在家门口养猪的⋯⋯

下午开始校《淘金记》。晚饭后在张老处谈了很久。在谈到知识分子时，他告诉我，省人委正在开扩大会。在一次小组会上，邓锡侯又特别谈到知识分子问题，而且以为自己是知识分子——这未免太可笑了！

十点后才回家。走到梓潼桥时，街上已经没有一个人了。但到了布后街转拐处，我发现一个青年，站在电灯杆下，手里拿着一盒纸烟兜售⋯⋯

4月26日

继续校阅《淘金记》。一面校阅，一面觉得好笑；有时甚至笑出声来。

不管如何，我还是喜欢这本书的。对于旧社会小城镇当权人物的描写、刻画那样生动，就连我自己也不免感到有点吃惊。许多语言是怎么想出来的，我自己也都记不起了！好像这是出于另一个人的手笔。但正看得起劲，李部长忽然又看我来了。

我心情舒畅地同他谈了很久。但这不是从谈话内容，至少不全是谈话内容的重要、有趣来的。《淘金记》带给我的喜悦并未一下就过去了，它还对我继续发生着作用。一直谈到十一点，同曹约的时间到了，我们才一道离开。李部长去壁舟那里，我赶往四川医学院去了。到的时候，曹已经等了我一刻钟！

曹为我检查后，要我再去验一次血。因为我的淋巴球有点偏高，他得弄清楚这是否是常态。验血以后，我又去找曹，但他已经走了。这一次淋巴球是四十几，据那个检验的同志说，比上一次低一些了，看来是正常的。

下午继续校《淘金记》。这本书几乎使我看入迷了。晚上看了黄佩莲的《挑窗》回来，虽然已经十点过了。但是，直到十二点了，我才丢下了《淘金记》。

4月27日

因为刚宜淋巴腺发炎，下午带他去第一门诊部就医。是内科王医生看的。他怀疑有结核，我的心沉下去了，感觉得很不自在。但愿不是结核就万幸了。

我自己也请王医生看了看。因为近来精神很差，胃口也坏。闲谈中，我问王近来肿病的情况如何？有无减少的趋势？王说变动不大，而且认为只有粮食情况好转了才能逐步彻底解决。这是个大变化，因为从前医生不可能这么说。卫生厅周纯德还曾作过报告，用不少事实"证明"肿病不是因为口粮少了，是生理上的病态，我记得事后曾有人问他："究竟是不是像你说的那样呵？"他叹了口气，摇摇头未作回答……

除看病外，上下午其余的时间，都在校《淘金记》。晚上带刚宜去参加中央军乐团的晚会，饱听了交响曲。回来后继续看《淘金记》，一直到十二点过。

4月28日

早晨起床，情不自禁地赶着看《淘金记》的最后两段。连脸也忘了洗！

等到刚宜起来，这才在他的催促下动手洗脸、刷牙，又吃了一点东西，照例是一个价值七八角的鸡蛋。看看时间还不到九点，我又继续看《淘金记》了，而且，在去医院前果然也看完了。

我是领刚宜去第一门诊部照光的。但是，虽然到得并不算迟，检验室B室里已经聚集了不少人。大约都是从一个单位来的工人，男女都有。等了半点钟才照好光，于是拿了诊断书去找王医生；因为诊断书上有"不确切"几个字，有点担心。

王看了看诊断书，只说没有什么；但口气有点含糊，到他叫刚宜打"青霉素"时，我更加怀疑了，至少觉得有结核的嫌疑。刚宜也有点紧张，在得到诊断书以后，他的情绪就有点波动，一直问我上面的断语是什么意思？随又凭己意判断："是说医生的怀疑不确吧？"我怕他背包袱，同意了他。

等候打针当中，我坐在内科楼下一张长椅子上，取出仰晨要我提意见的稿子来看。刚看了一半，刚宜就把针打过了，于是一路回家。路上，他有点兴高采烈，我们一路谈了不少。到了商业场，我就独自到"大光明"理发馆去了。理好发回去，途中看见锦江剧场侧面，"盘餐市"对门的巷口，照旧蹲着两三个流浪儿童……

午饭时喝了点酒，因而饭后昏昏思睡，困倦得要命。正想睡，仰晨来了，同我谈起廖灵均整理她母亲遗稿的事。他有两点意见值得注意：廖把她父母看得太革命，太神圣了；书中一些大地主家庭出生的革命青年的形象作为说服力不强。

但我没有同他多说什么。我太困倦，太疲乏了，连眼睛几乎都睁不开了。他看出了这点，有点不好意思；我约他改日再谈我的意见，他就走了。

傍晚时到《四川日报》宿舍，没有碰见伍陵，但同半黎谈了一阵。

4 月 29 日

同刚虹一道领小娃去春熙路百货公司，买了玩具汽车。

因为午饭时间还早，带了"人大"、"政协"的发言稿，去看半黎。半黎不在，门窗都关闭着，也可能还在睡觉。我到伍陵家里去了。他同他的秘书关着门在搞一个报告，我一去，他就立刻把工作搁下来了，显得有些疲劳的神情。

那秘书走后，我们就闲谈起来。主要是在北京的所见所闻，以及对总理报告的体会。我们也谈到广州两次会议的报告，大家都很兴奋，好像心胸、眼界都扩大了。随后，我们还喝了酒，我并没有喝多少，但走的时候，已经醺醺然了。

回家后，又喝了两三杯葡萄酒，一直睡到四点过才起床。头脑昏涨得很，什么事也不能做！夜里，独自去鼓楼街听扬琴。感觉得很适然，算是得到了真正的休息。

当我又独自绕提督街回家时，沿途碰见成群结队的男女青年，显然剧院已散场了。边走、边看、边听，完全用不着担心什么，考虑什么，一任情之所至……

4 月 30 日

上午，宣传部讨论"精简"问题，很想告假，结果还是去了。

会上，杜书记作了些指示。主要是文联在精简问题上，应该注意党对知识分子的政策和统战政策。他还特别强调了"精神生活"的特征和重要性。

下午，又去统战部会商人大代表同政协委员去专、县的传达问题。我早有去的意思，因为很想看看下面的情况。我又有几个月没有下农村了！但是，最近精神太差，又得尽力为《人民文学》赶稿，结果没有报名；但是终究有点歉然……

晚上读文史资料。因为上午把已出的二、三册全买到了。

5 月 1 日

去体育馆参加"五一"纪念会。到达时间还早，同几个熟人在空坝里休息了很久。

到主席台时，四面一望，所有的看台几乎全没有人。只是场子里排列一些队伍。比之往年，规模要小多了！碰到邓作楷，谈了一些关于康农的情况。因为昨天他在统战部曾忙匆匆通知我，康农准备同我通信，而他们又是老友。

已经好久没有见到井丹同志了。在工会负责人讲话时，同他闲谈了一阵。他对我未在云南久住，颇为惋惜。而当我简单说明情况时，他笑道："你这个人就是容易紧张！"后来我又谈到自己的创作计划。这时宗林同志也走来了，鼓励我把计划搞大点；可是廖说："我还是觉得邓政委的话对，好作品不在多！"他说的邓政委就是小平同志。

当谈到《红岩》时，廖说，他选着看了一些，感觉并不精彩。我于是提醒他，这很可能是书中不少重要事件，他早已知道了。他承认这个看法，说："收集材料的时候，我参加过工作呀！"李也说了他的看法，气氛太沉重了，大家慢慢会感到这一点……

下午同玉顺去看如稷。因为时间还早，我们先去望江楼走了一转，可是没喝到茶，有点不足。因为卖茶的地方已挂了"毕"牌了！服务员围在一边闲谈。看来，只有这些做服务工作的，认真在贯彻"劳逸结合"的方针；可惜这对游客太不便了。

到了如稷家里，已经七点过了。他精神看来倒很不错，我同他谈了谈"人代大会"的精神，自己在创作上的一些想法。他也谈了不少，主要是抗战期中高级知识分子的苦况。给我印象较深刻的，是黄炎培的儿子在乐山武大的故事。

九点过才从如稷家里回来。稍事休息后，照旧读文史资料，直到深夜。

5月2日

今天已经二号，小说尚未着手，有一点发忙了。整理翻阅了一些材料。

此外，还去二医院验过一次血。检查结果，白血球一下降低到3800，使人很不愉快。因为上一星期在医学院验血的结果，第二次是6800，第二次虽较低，也接近6000，不知怎么会下降得这么多？而且，显然又不能打针了！

下午，老曾来说，关于打针的事，二医院感觉得不好搞，因为我从北京带回的"抗漫灵",是新药,没有说明书,他们甚至连保存也有点不大愿意的样子。我也不知道怎么办好,于是立刻写信给张僖同志,托他向江医生问明究竟。

下午,觉得应该抓紧时间为《人民文学》写稿了。但是,想了很久,脑子里始终空空洞洞,甚至连过去已经考虑多次的几个题材,也勾引不起一点形象来了!……

有些苦恼。晚饭后,单独去壁舟处,谈到九点半才回来。做好鳝鱼,已经十一点了。

5月3日

九点,去医学院;但没有碰到曹。等了一阵,曹派人来了,说他正在开会,要我前去验血,并约定五号再去。验血的结果,白血球是4900,算稍稍安心了。

接着又去省医院门诊部拔牙。黄老不在;但却意外地碰见了焦锡葳!这个年轻医生给我印象不错:聪明、能干、性情开朗。1959年在宗林同志处我曾经误认她为护士。她为亚群同志拔牙的经过非常有趣,简直可以写成一篇小说。这些可以说是我对她印象好的基础。她一面为我进行手术,一面向我摆谈家常。

因为焦在谈话中提到守愚同志,说他因为吃饭哽塞,思想上颇有顾虑。拔牙后我特别到住院部去了,他住在二楼。我进去时他刚才打过针,正在床上躺着休息,但他立刻就起来了。虽然我一再招呼他,要他躺在床上。他显然希望有人来谈谈。我们从中央工作会议的精神一直扯到人代大会,随后,又倒过来扯到广州的两次会议。我为他转述了一些总理、陈总和陶铸同志的讲话内容,他感觉很兴奋。

他对陈总的讲话,显然兴趣很大。当我为他背诵某些片断的时候,他一再大笑说:"这是陈总的风格!"或者:"这个话是陈总讲的!"我们还谈到一些如何领导创作的问题。后来又扯到金圣叹，因为他正看金圣叹批注的《水浒》。他认为金的思想当然不成，但对写文章的某些见解，是不错的。他举了好几个例子。

我们一直谈到医生来请他去诊病我才离开。接着我又赶到中医学院去了。我在针灸室没有找到那个姓钟的主任，又到病室，也没有找着，结果只好请一个姓蒲的医生诊治，是蒲相臣的儿子，据说他是认识我的。回家后已十二点了。

午睡后头昏脑涨，什么事也不能做！结果只勉强读了几份文件。夜里，打了一些麻烦，才在可风处要来陈总的讲话，作为散步去《四川日报》，送给伍陵同志。

在报馆总编室抽了支烟，听伍陵谈了一些农村新的情况，很兴奋。农业真正在开始好转了。

5月4日

一起来就去川医。而且，经过几天的麻烦，准备不打"抗漫灵"了！

在门诊部会到了曹。书舫、竞华也在高干候诊室，曹正在为书舫诊治。随后轮到了我，我向曹谈到几天来我在医生的顾虑中得到的一些想法：既然白血球升降不定，又是新药，大家顾虑完全是合理的，我也有一点动摇了！

曹肯定了我的想法，十分显然，他也不是没有顾虑。他说："你这样想很好！老实讲，你的情况还用不着冒险，若果是两抢，那又说不得了。不过我是有准备的，若果要打，我就亲自动手，每次都验验血。"他认为，动物的血清是不宜多注射的，而注射"抗漫灵"又非三十针不可，这就不能不慎重其事地对付了。

他劝我打"奴芙卡英"，说是已经普遍采用，疗效相当显著。我请他为我开了个处方单。这样，我本来就可以走掉了，因为想到书舫她们乘车麻烦，决定留下来带她们一道走。但是，等了一点多钟，结果只是竞华同我一道走了，因为书舫还得到十一点以后才能照光。在等候当中，曹曾谈到艺人的生活，还谈到杨淑英，对她们的健康颇为担心。

午睡后把送天翼、艾芜、文井的豌豆角，同玉顾妥妥帖帖收拾好了。觉得东西不错，提携也很方便。但是，等到仰晨来时，他却不能直接返回北京，需要绕道重庆，在武汉还有耽搁。真有点扫兴，算得是白忙了一阵了。因为精神不佳，我扼要地向仰晨谈了谈我对一篇稿子的意见。开始，说得有点含混，可是，越谈下去，我的意见越明确了，因而还向他做了些具体的修改建议。

送走仰晨后，我又回头来招待温田丰。他已经来了很久了，一直在外面屋子里同玉顾交谈。他精神很好，浮肿也消多了，因为想到他的处境，我对他特别注意，生怕一大意，就会使他感到难受。但是，当我谈到他的工作，以及有关借款问题的时候，他却忽然很兴奋了，第一次向我诉说他所受的委屈。

我觉得他委屈情绪的产生相当自然：因为直接领导和参加对他的批判、处分的人们，后来几乎都变成右派分子。他曾经给党组织写了大量申诉材料，可是从没有找他谈一次。我劝他凡事要向前看，过去的事不要扯了，特别在目前不应给党增加麻烦。他同意我这个劝告。说，正因为如此，虽然他已经给毛主席写了信，但却至今没有付邮！

他很愤激，但也有一些悲观情绪。当谈到他的肿病时，他说："我真担心，说不定一下就完蛋了！"这个话，他说过不止一次，而对于我的安慰、解释，尽管表面上他接受，但可以看出来，并不怎么相信。他沉默了好一阵，眼眶里浮着泪花。

当我取出二十元送他时，他跳起来跑开了，说他无论如何不能接受！我说："你以后还我好啦！"又说："我们连这点交情也没有啦？"但他始终不肯同意。等他平静下来，我又费了不少唇舌，他才勉强接受下来，临走时我一直送他到新巷子巷口。

同温的会见，使我整整一个晚上都不平静，联想起很多问题。

5月5日

左手，从膀臂到手指，照样不断发麻、肿胀。我真想索性不管它了！但是，九点钟，老曾来了，只好依旧去中医学院针灸。人很多，直到十点，这才动身回转家里。算是诊治过了。

在途中和扎针当中，我都在考虑赶写短篇的问题。但是，回家以后，我却怀着负疚的心情，给白尘写了信，说我六月号赶不出短篇了，请他们允许我把时间拖后一点。这一来心里较平静了。取来解放前两本自己的短篇集，选着翻阅起来。

我看下去，逐渐有了一个想法，为什么从前的东西写得那么自然，行文正像流水一样。而许多刻画、语言，竟是那样生动有趣，甚至我不相信自己现在会想得出来！当然，根本原因，在于我对过去的农村生活是熟悉的。现在呢，则比较生疏。但是，除此以外，就没有别的原因了么？我停止了翻阅，想了很多很多，但一时也说不清。

午睡后，仰晨来了。今天就要到重庆去，是来帮我带东西的。我向他谈到我的病，谈到赶写短篇的失败，情绪相当低落。后来，他提出一个问题：他准备写过去，但是采取什么形式好呢？他显然太拘谨了，我向他谈了谈我自己的看法。

晚饭后，陪玉顺她们去省府礼堂看电影。但等她们进去后，我却又退出来转街去了。春熙南段卖酒的地方，跟前几天不同了，人很多，因为在开始零卖了。买的人居民较多，也有干部；但都有顾虑似的走近柜台边去，直到挤进人丛，这才从裤袋里掏出酒瓶。

回家后就下雨了，下大点吧！心里感觉说不出的爽。但也有点担心，深恐它下不成，不久有了响声。于是开始翻阅上午未曾翻完的旧著；有时又改上一两个字。

心情相当舒畅，这不仅因为久旱之后雨下成了，创作情绪好像正在慢慢增长起来。

5月6日

这一向胃口都差。一看见那烂糟糟的米饭，更加不想吃了。这样下去怎么行呢！

米不好是个原因，但主要是煮的问题，我已经提过好多次意见，可是毫无效果。因为管伙食的固执己见，以为煮硬了分量少，无法满足许多青壮年的愿望。今天的饭虽然仍旧煮得太烂，可是米却不错。是云南的米，红色，在昆明曾经吃过。

午饭时，因为谈到米的问题，玉顾说，她前两天理发，理发师曾向她表示过这样的意见："说起来真笑人，我们吃的米是云南来的呢！"可是我仍然吃了不少胡豆、豌豆，饭却吃得很少。在饭桌上，特别是在目前，总不免会谈到副食品的价格。而且家里大大小小，似乎都很留心行情，而由于种种正确措施，近来物价的确下降了，蛋已跌到六元十个。

顾告诉我，她在街上碰见一个卖蛇的，提了一竹笼子！而作为标志，有一条是剥了的，提在另外一只手里，带着一种招摇过市的神气。因为正是这一条已经被剥死的蛇，招引了几十个小孩子，跟在卖蛇人的后面，一路不断嚷叫："快来看呀！"有的还谈着蛇的种类和蛇的故事："看到两头蛇，他们讲要生病呢！……"

礼儿说，他们在乡下整社，空闲时候，还到仓库里捉过老鼠。"真想不到，"他津津有味地说，"多厚一层油，肥得很啊！"可是，玉顾、刚虹，却都表现出恶心的神情，说："哎呀！老鼠我才不要吃呢！"而刚宜则老盯着我问："蛇好不好吃……"

自由市场的跌价，同国家大量供应干部、居民副食品有关。同一两个月来，有时可以买到猪肉和豆类副食品有关。肉是腊肉，有时代以家禽，而豆腐、豆芽更是不少。这些东西，已两年多不见了！

整天只是翻看旧作，阅读文件，晚上独自去逛街。卖零酒的铺子逐渐多起来。

5月7日

这一向，礼儿每天都在家里吃饭，饭前饭后，我们总要闲谈一通。

午饭时候，这天我们扯到说老实话的问题。礼儿告诉我说，根据他知道的情况，有一个时期，就连中学生讲话，也不很坦白了，怕在政治上出毛病。其实是担心戴帽子。他认为现在已经改变了，但是认真彻底的改变，却还需要时间。

午睡后去中医学院针灸。但我照样去得早了一点，病人很多，等了半个钟头，才得到治疗，等候当中，特别去找冯主任打了个招呼，但他已经认不得我了。

晚上出去散步，发觉市面上的情况已经有了很大改进。大饭馆墙脚边已经没有流浪儿靠住墙壁啃客人丢弃的骨头了，蹲在电灯杆下卖凉拌藤藤菜的小贩也已逐渐绝迹……

5月8日

上午，正准备做点事，《青年报》一个记者，直接闯进房间来了。

有什么办法呢，只好同他闲扯起来。他是从云南来的，住几天就要回北京去。他向我谈了些云南的情况，认为潞西一带最好。我问到吴一铿去世前的情形，他告诉我，她的帽子早就揭了，而且一直心胸开朗，表现得不错。

这个记者走后就晌午了。心里忽然乱起来，觉得这样下去真成问题！但是，那位青年朋友可能还会生我的气呢，因为他走前一刻钟我表现得有点冷淡。

下午、晚上情绪都很不好，只是看了几份文件。

5月9日

今天算是有了个决心，先把《困兽记》改好看吧！

这个主意不错，心情很安定。上午就一气改了两章，而且逐渐觉得这本书不算坏，是可以付印的。有些地方，我甚至感觉写得不错，有我自己的东西。

下午去省人委会礼堂听陈云同志一个报告的传达。此外还有富春同志和先念同志的讲话。都是讲财经问题的。陈的报告值得人深长思之的地方很多，而且说得有根有据，显然是通过认真的调查研究来的。这个报告一共读了两遍。

这天壁舟、友欣都因病未去，太可惜了！散会后亚群同志向我问起他们，我把原因说了，但他照旧感觉惋惜，不住摇头叹气，同时要安向他们传达。

这天散会时碰见好几个熟人，卫生厅龚厅长劝我去青羊宫医治手臂。

夜里继续改《困兽记》，一直到十二点钟，还有点舍不得罢手。

5月10日

正在改《困兽记》，安春振来了。他向我谈了谈动员讨论"精简"问题的情况。

这次讨论是传达了总理在"人大"会上的报告后开始的，而且是按照宣传部的指示做的，算是文教界的试点。讨论情况不错，因为大家一般能从国家目前的局势出发来考虑问题。可是震动也大，主要是下面两种人震动大：子女过多而工作能力差的；犯过重大错误的。据说，刘星火发言时哭了一场。

下午去中医学院针灸。这次去得较晚，已经五点过了，几乎没有一个病号在候诊室了。因为医生知道我忙，照顾我，建议我买两根灸条，若果没时间就诊，自己可在家里用灸条诊治。据说这样也有效果。回家时已经摆好晚饭了。

晚饭后去新东门大桥，想看一看那里的自由市场，因为听说情况较乱。果然不错，我们还未走拢那些拥挤不堪的人堆，就听见叫捉小偷，接着一个男子从人群中跑出来，穿过街向一条巷道里逃走了。后面跟着一个大喊大叫的妇女，拿了盒纸烟。

我们刚想到街边去看看，究竟有些卖什么的。这时，人堆里又嘈号开了，一大群人赶鸭子一样，往一个巷道口拥过去。而在人群中心，却爆发出一种稚气的哭喊声。那是个十五六岁的青少年，随即从人堆里跑出来了；但却立刻又被刁了转去……

我们问一个妇女，这究竟是怎么回事，她回答道："说是小偷。可是这也只有天才晓得！"这使我想起了另一件事：一批流氓，借口说抓小偷，把一个乡下人抓住了，剥光了他的衣服……

心情很不舒畅！但是，回家后照旧改稿，而且照旧工作到夜深。

5月11日

今天，天认真转晴了，气候也暖和多了。改稿的工作也相当顺利。

下午，刚虹把小娃从幼儿园领回来了。可是，因为跌了一跤！右边眼睑肿得像桃子一样。好在没有伤到眼球，也没有破皮，只是又青又肿，看了也不免有些担心。晚饭后领他去儿科病院，可是，既没有找到序宾，也没有挂上号。因为护士说他们没有外科。

晚上，一位曾多次一同去农村的记者同志来了，谈了很久。主要是谈农村近两年来情况。当然也不外"三风"和老天爷造成的灾害，从肿病直到迷信活动流行。他讲了一个小故事很有趣：一个妇女社员问生产队长："你们以前老叫节制生育，可是一个个接连不断地生，为什么这两年都不生孩子了呢？"因为队长只顾苦笑，她又自我回答道："一上床就跟庄稼一样，咋会有孩子嘛。"

我们一直谈到十一点钟。

5月12日

昨天遗留下来的八、九两章中的一些段落，上午算全部改好了。

在所有已经改好的各章中，这两章，特别第八章，花的时间、力量最多。因为这里牵涉到牛祚的性格，以及他的政治态度。而在修改当中，我更加感到过去的水平太不够了！一般说改得还算不错，因为既不勉强，而人物的性格，也更可爱了。

夜里，安又来向我谈到精简问题。他下午去宣传部开会，下达了首长们新的指示：精简重点在事业、企业单位，而不在文教界；不能操之过急，凡是可以"简"的，必须本人思想通了，又有可靠安排，才能"简"；时间呢，也可以拖到明年，对于大学生必须照顾。安大大松了口气，说是这样就好办多了。其实，这和亚群同志昨天来谈的精神，基本上并无不同。

当然，亚群同志还提到一件事，就是在总的数字方面，全国又增加了几百万。因而安听混了，也紧张起来。对于一个干具体工作的同志，这也完全是可能的。除了传达省委的指示外，安还补充了一些干部的思想情况。简单说，大家都紧张、失眠、焦急，担心被精简掉！……

安还告诉我，文联一些较大的孩子，也动起来了，如像朱乔乔、王宏他们，都担心读不成高中了。前天夜里，他们还找刚宜谈过，做出紧张、秘密的神气。安走后，刚虹说，这两天夜里，魏德芳同她的孩子们总是嘀咕到深夜，考虑着是回农村去呢，或者留在成都市？

晚上，玉颀、刚虹看电影去了。我散步后回家时，刚宜一个人在沙发上胡乱翻书。我问他这两夜他同王宏等的谈话内容。他说，谈的是总理的报告，而他今天下午同一个同学谈话的内容却广泛得多。不只是总理在"人大"会的报告，还有在广州对全国文化科学界的讲话。但他们显然都未听过正式传达，是从大人口里听来的，因为他那同学的父亲是川大的讲师。

刚宜还提出不少具体情况和问题，要我解答。而他所知道的一些情况，使我有点吃惊。他说，因为"拔白旗"，川大一个数学教授，一个生物学教授，变得不开口了。而这两个人都在学术上有威望！又说，公社过去的浮夸风和弄虚作假非常厉害。上面去视察呢，总是想方设法蒙蔽和封锁消息！举了些郫县的例子。此外还问到兄弟党的关系和原子弹的问题。

我听他讲，一边觉得吃惊，他怎会知道这些呢？但也有点高兴，好些大问题就连小孩子也在严肃地进行思考了！此外还有点担心，他们是怎么听来的？有这个必要吗？为了使他有个正确看法，我根据他所提出的材料对他进行解释。谈了有一点钟，他显然很满意。

谈话结束后，已经十点钟了。但仍继续改《困兽记》，一直搞到两点多钟。

5 月 13 日

昨晚睡迟，今天又一早就醒了，因此成天昏昏然，什么事情都做不上劲。

虽然也改了一章《困兽记》，可是，要继续改下去，便感很吃力了。于是只好随手翻阅，为将来做准备。然而，奇怪，越看下去，便越感觉得没有前面十三章写得好了。精神不好可能有些影响情绪，但是，我看这两三章，的确也有不少问题，一定得认真考虑考虑！

午饭后，小娃走了。真有点不放心，因为跌伤的眼睛还没有消肿。小娃走后，同玉颀去街上转了几个大圈子。盐市口百货公司在卖冰棒，队伍排得很长，连警士也挤去了。这简直是有意制造紧张！从竹林小餐经过时，走到窗边看了看，连所有的碗盏都换过了，全是大红土碗。

散步中我发现了几点值得注意的现象：从那不少一双一双在街上走过的青年男女看来，我猜想，他们大都不是夫妇，就是爱人。于是不免想到早婚的问题。而且想了不少！……

这几天太忙，好多该记上的事情都记漏了。比如那位记者的谈话内容就很丰富，可是记录得很少。他曾经告诉我，一个老太婆向他说："这两年的确苦，可是想到解放后享的福，也值得！"

这个老太婆的话是代表性的，它使我了解了不少问题。我们的人民真太好了，通情达理，顾全大局，在巨大困难面前不怨天尤人。

5 月 14 日

准备休息一天，把《困兽记》搁下了。给《人民文学》发出一通电报后，就给林颜回信。是谈他一篇小说的，密密麻麻写了两张信纸。快写完时，李部长来了。

他是来了解干部的思想情况的，很担心可能因为精简问题引起什么意外。在老安未来前，他又向我谈起陈云同志那个讲话。陈云同志自1957年以后就在休养，研究评弹，但他现在看来又在管财经工作。亚公对此发表了一些感想，很不错。

亚公这一向都很激动。他向我表示，这一下，问题算全面弄清楚了。他特别注意政治生活、财经工作，说是这两条线理伸了，就什么事都好办了！对于前途显然非常乐观。我们还谈了些农村的情况，觉得家底子这两年损坏多了，恢复得有一定时间。安来后，我们又谈了些干部思想情况。在谈到大学生时，我力主采取积极办法安插，不能简单地包下来。我还谈到江西办劳动大学的成就，认为值得参考……

午饭时候，礼儿谈了些教员和学生的情况，但都比较特殊。他说："一个曾经去波兰讲学的教师，最近把字典、西装都卖来吃了，因为在国外过惯了舒服生活。"学生些都在为自己的前途发愁，考不上大学又怎么办？其实刚虹就是这样，一天都在忙课，情绪很不正常。当前的情况，几乎牵涉到了每一个人。就以我而论，今春以来，情绪也经常不平静。

为了一点小事，礼儿把我弄得很不痛快，我一直不言不语在屋子里闷坐了将近一个钟头。当然我也有不对的地方，过分拘谨。但是他的态度太叫我生气了。这孩子什么都好，能干、正派，也还肯钻问题，但脾气太大了。而且总是板起面孔，这很不好……

晚上去红照壁看川戏。戏虽然不算精彩，不怎么吸引人，但是，主要还是我的情绪欠佳。玉颀的情绪也不很好。一点小不痛快，为什么会闹成这样呢？……

5 月 15 日

精神很差。昨晚的不快也还在继续发生影响，一天只改了一章《困兽记》。

午饭、晚饭礼儿都回来得很迟。他显然也没有忘掉昨天的事，而且显然有意在回避我。但我很难猜准：他是失悔了呢，或者照旧认为自己完全对头？

晚饭后同顾、刚虹、刚宜一道出街，一路也使人感觉得心情不很舒畅。刚宜一边看书，一边走着，经常拖在后面。一加制止，或者催促他走快点，他就发火。到了成衣店为他量衣的时候，他也满脸不快，仿佛是叫他做苦工。随后叫他去理发店，他也照样显得非常勉强⋯⋯

等刚宜走进理发店后，我们就到东大街买东西去了。一边走一边谈起刚宜，他的脾气和他的健康。我总觉得他同礼儿十分相像，都不喜欢娱乐，都喜欢板起面孔谈大问题，而且自视甚高。更坏的，或者更加叫人担心的是，刚宜成天手不释卷！但是他的肺已经很值得怀疑了，背也有一点弓，而且常出鼻血——这样下去怎么行啊！

刚虹因为就要投考大学，情绪也越来越坏了。回家的路上，因为她嘀咕耽误了复习功课，玉顺劝她。但才开口她就烦躁起来，这一来玉顺也生气了。她虽没有回嘴，但是神色显得沮丧，仿佛有很大委屈。这样下去也不行啊！因为我想起了夏蕾的女儿⋯⋯

5 月 16 日

晚上没有睡，早上又一早就醒了。昨天发生的一些忧虑，一直叫人不安。

整天不能好好工作，总是想着儿女的事，可能是衰老的征候。但又怎么能够不关心他们呢？昨年刚齐的事就已经把人苦恼够了。我觉得我的身体好像正是从那时候坏起来的。而糟糕的呢，刚齐今年是否能参加学习，还是大成问题。

给张枫同志打了电话后心情稍稍安静了些。他说他们已经给重庆通过电话了，刚齐今年可以参加考试。接着又打电话找茂章，但是一连三次都没有找到人。打第四次电话时，因为一连叫了很久，至少有五六分钟，接线生才来接话，问打哪里？我忍不住批评了一通，可是结果仍然没有打通！像这样打电话真是叫人难受！⋯⋯

晚饭后，刚虹相当激动地向我谈到她们今天听的一次报告的内容。是一个"人大"毕业的教师自动要求讲的。但在国际问题上他却散布了不少马路新闻，以及一些错误观点。而当他谈到投考大学的问题时，曾经三次警告大家不要自杀，这真太混蛋了！

5月17日

茂章来了。他介绍了广州会议的一些情况，后来又谈到四川的戏剧创作问题。

看来，他和沧浪都有些苦闷。因为这次会议受到重视，党内也早就传达了，而尽管如此，会议的精神，还有"文艺八条"，在戏剧创作界，一切计划都还没有落实。

下午，改稿的时候，一面注意着时间。因为已经隔了好几天没有去针灸了，今天非去不可。该在四点半以前去的，可是，直到四点半过几分了，这才忙匆匆赶出去。到了大厅，汽车已经叫安坐起开会去了。我只好慢慢又往回走，感觉疲累得很。

顺便到李累家坐了几分钟。我出去时经过他门口，我发现他回来了，可是没有来得及打招呼。我有气无力地同他谈了谈他同友欣轮换的事，他表示得很好。

晚上去五月社听扬琴，一个女孩唱得不错。可是离开时颇不痛快，因为客人只能从太平门走，而这又得通过一条又长又黑的巷道，差点跌了一跤！

到了大街后很生气，他们为什么要给客人这么多不方便呢？真令人不懂！

5月18日

十五章以后的《困兽记》，改起来真费劲。今天一整天只修改了第十九章！

因为相当疲劳，午饭后，同玉顺去人民公园。满园碧绿，茶馆里人很少，河沟里已经灌满水了，浮着绿色的浮漂。泡了茶，价钱是二角一碗，而味道很差，正像去年在广汉一带吃的茶样。跑去看了看粉牌，原来是四级花茶。还有"混茶"，每碗一角。

我们到达公园门口时，看见沧浪正在想着心事，走了出来。他表示想找我谈谈，而且准备很快就去白山公社。最后我叮咛他："枪法乱不得啊！……"

晚上继续改《困兽记》，但一直熬到十一点半，才改好一章的1/3。

还有件事值得一记：上午友欣来征求我的意见，是否让罗湘浦仍旧留在编辑部，不必精简？我告诉他我为什么主张罗转业，感情相当激动。因为罗在各方面都不错，可是来文艺机关快十年了，结果是越来越消沉！与其这样，倒不如让人家走了的好！

这是件很不愉快的事，它说明我们存在的问题是不少的，想起来很难过。

5月19日

第二十章刚改完，刚齐的信就来了！看了过后，很高兴，这个孩子越发懂事了，文字也清楚明白多了，特别是已经被选为先进工作者了。只是对于考试、入伍问题，仍有苦恼。

趁着饭前半点多钟时间，我立刻给她回信。主要是从目前国家的困难，克服困难的方针、政策精神出发，让她对投考大学和入伍问题有个正确态度，解除她的紧张情绪。当然，我也谈到革命队伍的传统精神，要她埋头工作，不要考虑个人的得失。

下午四点半赶去看病，但老曾又不在了！回家不久，壁舟来了。可是庞跑来告诉我，老曾已回来了。因为时间已经快五点了，我放弃了看病，准备同壁舟谈一谈。谈的范围很广，大家逐渐有了火气。后来，因为谈到具体工作问题，我把安也请来了。关于工作问题，包括话剧界创作力量的安排。最后，决定星期二由壁舟和安去找李部长请示。

晚饭后同玉顺、刚虹和肖兰出街。她们去看电影，我呢，照例逛街。在总府街口碰见宗林同志，于是和顺等分了手，陪他走了一转。他显得更瘦了，我向他谈了谈我的近况：改旧稿和治病。我们特别在龙抄手和赖汤圆铺子面前站了一会，看卖的什么。

这两家名小吃都把招牌改了，也可说收了，因为他们早已不卖抄手和汤圆了。或者卖的烩饭烩面，或者卖的"搅搅"。我觉得这件事做得很好！可是，当我想起已经两三年没有卖过鸭子的张鸭子那块招牌还未改过，禁不住在心里好笑……

回来已经快九点过了，照旧改了半章《困兽记》，到了十二点才睡。

5月20日

六点钟就醒了，躺在床上，想起老蔡、夏蕾的孩子，不知痊愈没有？

老蔡在延安生病的情形，也一下很清楚地浮上了记忆。他们给我的印象，始终都非常喜良，因而更为他们担起心来。很想给华君武同志一信探询究竟。

从老蔡我又想到艾芜、白羽。因为具体情况虽然不同，他们在子女问题上精神负担也大。还有立波，当然，他和林兰的处境，要算最困难了。他们现在把自己的最小一个儿子寄养在吴亮平同志家里，但照旧心事重重，日夜都在担心。此外，我还想一些近似的情形。

起床后还在考虑给华君武写信的事。但是，想来想去，还是决定不要写了。因为别人会感觉有点意外，也许以为我有点神经吧。但是心里总是一直挂念着这件事。修改《困兽记》时，也有点心不在焉。可是后来逐渐好了，而且进行得相当顺利，不到中午，就改完一章了。到街上逛了一转，春熙路很拥挤，但已没有排队的现象了。

今天小小娃也回来了，这孩子很少回来，比之小娃，大家对他似乎要冷淡些，这真莫名其妙！因为很少回来，所以有些诧生。好容易把他哄到身边，但一转眼就又溜了，离不开曹秀清一步。我曾经把他提起来试了试轻重，但引起我很大担心：太瘦了！

晚饭后，因秀老来电话相约，叫玉顺为小小娃搞了些蜂糖，几个鸡蛋，就到学道街去了。秀老正在坝子里逗他的孙儿玩。这孩子比小小娃大一个多月，但是结实多了！上楼谈了一阵，宗林同志忽然来了，说他给我打电话，才知道我在这里。

他来，是找秀老和我谈劫人的事情的。随又叫司机取来劫人的信，并作了分析。随又谈到市场的情况，主要是蔬菜供应问题。他还去过都江堰了，谈了些有关水利的情况。据他在罗世发那里了解到的，以及其他材料，在农村，四五元一斤的白酒销售量最大。

他还谈成都几家不要肉票的高级馆子的营业情况：芙蓉销售量最大，但也只能达到指标 70% 以上。秀老则多半谈的他在通、南、巴的一些见闻，很高兴！因为是大山区，"风"刮得小多了，生产生活全都不错……

我们回家的时候，已经十一点了，喝了点酒然后就寝。

5月21日

正在改稿，安来了。邀约我去宣传部向亚群同志请示汇报文联的工作。我推了，但却谈了谈我对一些工作的看法。老实说，我不去，实在担心又卷入具体工作中去。

下午，正在改稿，高缨来了。迟疑一会，还是决定热忱地接待他。他过两天就要走了，于是对他深入生活、写作问题和学习传统问题提了一些自己的看法。而且，有些意见，提得相当直爽。我老老实实告诉他，在生活锻炼上，雁翼要比他强多了。

我还极力劝他：四十岁以前，一定得尽力为生活和学习打好基础，若果拖到我这个年龄，问题解决起来可就困难多了！这是出自心底的话，他颇为感动。但当他提到"教诲"这个字眼的时候，我却感觉得很难为情，而且感觉得不舒服！……

晚饭后，同顾出去转街，在顺城街一家小饭馆门首看见一个小贩，很有意思。

5月22日

十点钟，因为想休息一下，正在看《谏太宗十思疏》，李部长、张处长来了。

他们是来谈文联的工作的，所以随后春振、友欣、李累都来了。谈到的问题很多，机构问题；干部的平均主义思想和作风问题；还有纪念《讲话》的座谈会如何开法的问题。因为李累刚从农村回来，还扯了些农村情况。据说，凡是生活安排落实了的地区，庄稼是没人守的。否则不管集体的也好，个人的也好，庄稼，特别蔬菜，都得有人看守。绵阳虽旱，但情形很好。

谈话中间，丹南也来了。我想，他是来看我的，可惜时间不对，我们没有单独谈话。我只问了问他对茂章专业化的意见。他坐了一阵，似乎感觉无趣，就去厨房门首同玉顾扯谈去了。随后大家走了，玉顾向我谈了谈他们闲扯的内容，他很关心刚虹的问题。

饭后去中医学院针灸，并去看了宗林同志。晚饭后，同玉顾到猛追湾，在河边草地上坐了很久。我们对子女的问题交换了不少意见。也谈了另外一个老同志为女儿婚姻问题招来的苦恼。不用说也谈到真妮，我们都为她感到难受……

晚上，刚从猛追湾回家，刚虹几句话就把玉颀弄发火了。事情牵涉到文复初和庞昭容的胡言乱语。因为我的劝阻、批评没有多少效果了，只好到街上去，逛了好一阵才回来。叫嚷终于也结束了，只是彼此都感觉闷气……

这种情形真叫人不好受，一夜都没有睡好。起来服了两次安眠药。

5月23日

一早就赶去青羊宫洗牙、补牙，是焦医生整治的，回来就十一点过了。

刚好自己用灸条烤了手臂，准备做一点事，廖灵均夫妇来了。他们带来均吾代我买的挂面。谈了谈在重庆征求整理陈联诗的遗稿的意见经过。我给他们说，我们的意见，早就向出版社、创委会谈了。还是那样：不要贪大，也不要忙着写成小说，先就回忆录整理出来再说。

疲乏之至，实在没有精神多谈了。而且，读过的又早就忘掉了，也没有多少谈的，可是，廖却是健谈的。还是坐了很久。林相柏我第一次见面，瘦削，相当沉静。也许由于犯过错误。

这一天，什么事也未做就完了！因为虽然延到夜深才睡，但才改好三页《困兽记》。

5月24日

上午，算把《困兽记》二十四章改完了，有一处，曾经改了很多时间才改妥当。

午睡后，赶着看了23日《人民日报》的社论。接连有人来说，这个到了，那个到了，催去出席纪念主席《讲话》发表二十周年的座谈会。但我两点半出去时，到的人还不多。

开会后，预先约定要发言的人们中，有一半没有到会，只好临时约请缪钺、周企何补缺。最有内容的是沧浪的发言。也许参加过"广州会议"的缘故吧，虽然措辞婉转，实际却相当尖锐。最后是李部长讲话，着重谈了知识分子的政策和"双百方针"等问题。我本不想多说的，但李部长的一些话引起我谈了好几分钟，最后非常失悔！

晚饭后，同顾去看壁舟夫妇。我觉得壁舟对某些问题的看法较偏，也容易动感情。但又不便直说——担心不但无益，反而在彼此间引起不快。所以只好旁敲侧击，要大家互相鼓励，把创作抓紧点。随又提醒他说，我们应该踏踏实实做些工作，帮助一些青年同志，这个是我们可以做到的，也是应该做的，而且不会引起任何人事上的不快。

我们谈了很久，但我主要谈的内容，只有一个：既然是搞专业首先该抓紧创作，而用余力帮助一些好的青年同志。要事事都管是不行的！结果会捏起两个拳头交卷。

5月25日

去金牛坝参加地书会议。本来宣传部通知得很灵活，后来变了，指定我一定得去。

读了一整天文件，首先是财经工作组给中央的报告，接着是中央负责同志的讲话、发言。这报告和这些发言，使人对于当前的经济情况和方针有了进一步的理解，都很重要。

上午休息时看到井丹同志。晚饭后，又去白戈房间里谈了一些家常。

晚上回来时，筋疲力尽了！什么事都没有做。

5月26日

上午听李政委的传达报告，下午小组会我请了假，因为约好了医生看病。

医生是王文雄，由吴先夏介绍的。据云，此公曾到美国学过海军，回国后，却学起中医来了。他有很多嗜好，现在他特别喜欢养鸡。下班一回家就首先喂养它们，而且挤出自己的口粮来喂！我曾经设想这个人的外貌，家庭的气氛，但我设想错了！

他是有名的医生了，但出乎意料，他的院子，屋舍都显得很零乱。整个房间里没有一样像样的家具、全都破旧不堪，而且很不齐全。书桌上则堆满着各种破书、讲稿，一大堆叶子烟和一把剪刀。他已经六十岁了，瘦削、不整洁，一只眼睛正在报废……

看了这间房子，有一点不好受。但他对我的病情分析得很细微，谈得有些道理，而在谈的时候又充满了很大的自信。他有个四十多岁的女徒弟，但他却给我亲自开了单方。引经据典，把脉案写得相当详尽，是我从来没有看见过的。他是取掉眼镜才写字的。

看病后，顺便把小娃领回来了。他眼膛边的青肿，几乎完全消了。据托儿所的同志告诉玉顺，他们曾经找医生为他做过针灸。这是不容易的，可以看出国家对于幼儿的关心。

因为小娃回来，家里的空气好像也变样了，但是到了晚上，他就黏着秀清把他领起走了。

5月27日

今天是听各方面负责同志根据中央指示精神报告我省各方面的工作情况和措施。在休息时候，一位记者告诉了我一个故事，颇有意思。

它说明领导的信心和群众的有距离。

事情是这样的，夏收以前，他们曾经几次找一个地委负责人谈问题，但都被谢绝了！不是生病，就是忙着开会。实际则是对夏收无把握，心情沉重，不愿意接见记者。但是，到了真正进入夏收，这个负责人却主动找记者谈话了，说是情况很好，愿意大力支援国家……

因为报告太多，又都重要，上午的报告一直延迟到一点才结束。中间好几次感到无力支持，简直像要垮了！好在午后的小组会延迟到四点再开，算是得到了比较充分的休息。

我参加的是农业组，会议是李政委主持的，中心问题是加强生产队。

5月28日

上午疲乏之至，只好向大会请了假。但是，正想做点事，李部长来了。

等到叫来安和李友欣，李部长提出一些问题要大家考虑。我谈了不少话，也相当激动。因为有些情况实在叫人不大舒服，还有就是精神太坏，情绪本来就不大好。我想，这同我的处境也有关系，因为有好多事情，实在用不着我来说啊！而且，自从从北京回来后，对于文联的事，特别人事问题，我总竭力避免，现在又生拉活扯把我拖进去了！我认为这是生命的一种浪费，可是，我已经没有多少生命来浪费了！

当送李部长上车时，我向他简单明确地陈述了我的想法。我说：即或我能工作到七十岁，我也只有十一年了！我多么希望他能了解我的心情啊！

晚上去看了川戏，因为留在家里，是反而得不到休息的。饭前还做过针灸。

5月29日

上午又去春熙南段做针灸，而且终于找到老医生黄婉香了。

昨天是由黄的学生做的，手很重，也不够准。黄已经七十一岁了，但头发依旧很黑，很密，看起来六十一岁还不到。她的嘴，因为过去抽风给扭歪了。壮年时候她患过半边风，拖了好几年才医好；只是嘴没复原。她一边按摩，一边不住讲话："很痛吧？你这里已经起了疙瘩了！"或者，"不要怕痛，痛过后就好了！"她还讲了不少的话，很高兴。

她告诉我，我的左边脸部，左臂都有风瘫的危险，应该抓紧医治。时间呢，要继续两三个月。当我谈到失眠、针灸的时候，开始，她承认针灸的疗效，但她随又笑道："我们是收烂摊子的，好多跑来找我们医治的，屁股都给针锥肿了！"

这是个朴素快活的人，对她的有些话，恐怕不能简单说成骄傲，对于自己那么样自信，我觉得这是每一种行业的一个必要条件，否则她怎么样工作呢？当然，轻视旁人，而自己却也并不高明的角色，是不少的，但她似乎还不是这种人。她已经被邀列席省政协了，这件事无疑叫她十分高兴，看来她从前是个劳动人民。

晚饭后陆续来了周晋和石，同周谈了我所需要的材料的性质，如何收集，如何写法以后，我就把他催起走了，因为石还等在外面。同石谈起来是不大愉快的，我不喜欢这个人！但我仍然向他提了些必要的建议，又写了封介绍信。

直到七点才动身去锦江，戏很不错，可是回家时已经十一点过了。

5 月 30 日

白尘来信，谈到他将去捷克、罗马尼亚访问。同日，巴金也来信了，说他一直都在开会，一个月来只写了个发言稿！可是我呢，《困兽记》只誊了三章，这一个月一定得改完它！

因为连日开会，针灸停止了好几天了，因而请准了假。于是上午首先是自己进行诊治，擦了虎骨酒后，接着用灸条烤。诊治完后，我把《野牛寨》也读了近一半了，于是就一气读完了它。故事、主题都很寻常，但却写得多么亲切动人，这是篇好东西。

给艾芜一信，但却一字未提到《野牛寨》，只是简单谈了谈继玧的事。把康濯的信也回复了，还给《红旗》文艺组复了一信，辞谢了他们的重托：评论一下《红岩》。这件事我犹豫了好几天。但是，考虑到自己的健康情况，文章的分量，结果还是没有把握承担下来。这有点叫人不安，因为好久以来，他们就约过我写稿了，我可一直没有兑现！

一直改了两章《困兽记》，可是碰到不少困难。幸而精神还好，算应付过来了。晚上，心情舒畅，看了很好的川戏！但是十一点回家时，一件意外却弄得人很不痛快。刚齐来信，说学校在内部招考了，而且至今没有给她复习时间，因而非常焦急，担心参加考试的机会是失去了！这看来是可能的，这封信引起了我的巨大不安。

因为静不下来，决心马上给她一信。我一气写下了一张信笺，主要是从各个角度解释，这不是什么了不起的事，她被批准参军，就已经不错了。信写好后，已经一点钟了，但我还不安心，接着又给了邓老、王觉一信，要他们代为了解情况，稳住刚齐的情绪。

服了两次安眠药，可是照旧没有睡好，而且天一亮就起床了。

5月31日

几乎一夜无眠。得到大会通知后，仍然坐半黎的车子到金牛坝去了。

途中，半黎同我谈起前一天他参加小组会听到的一些发言，主要是关于社会动态的。而这些动态可概括为一句话：天干出谣言！这是旧时代农村社会的规律，它现在竟还在一定程度上发生着作用，这使我想起了好多道理和主席的一些讲话。"移风易俗"真不那么容易啊！

到金牛坝，我就去看白戈，但是没有找着，陈宏也无踪无影！只好立刻到会场去了。听了几个报告，一直到一点钟才散会。午饭后找陈宏谈了谈，就去三楼午睡。大约过度疲劳，十分酣畅地睡了一个多钟头，但一醒来，就立刻找白戈去了。因为今天下午会议就要结束，夜里他很可能赶回重庆，很想找他谈谈家常。这回总算找到他了。他对我的神色有点诧异，问我是不是刚才睡过？于是我们一边谈一边前去会场开会。

当到达会场时，大章同志已经在讲话了。接着是李政委作总结。散会时已七点钟了，疲乏不堪！我结了伙食账后，向半黎表示，实在吃不下饭，准备回去休息。他同意我的建议，立刻找伍陵同志去了，因为他得交点东西给伍陵同志。趁这个机会我又去看了看陈宏。

回家后，在床上躺了很久才用晚饭。等到去锦江时，已经八点过了。最近几乎每夜都在看戏！因为想来想去，只有这样，脑子才可得到休息，而我又多么需要休息！

6月1日

上午总算把《困兽记》改出来了。但是还得搁搁，挤出时间做进一步修改，不能就这样寄出去。而且有些地方，看来非再加工不可。如果可能，我还准备大改。因为考虑到当时的审稿制度，不少地方写得含糊不清。

下午请了黄老师来按摩。她满口承认愿意对我进行长期治疗，说是完全可以把我的"五十肩"治好。而且认为我的情况并不严重，她是有把握治好的。玉顺也按摩了。她主要是肠胃病，经常腹泻。我以为她会受不住的，结果她很满意。

晚上去锦江观剧。有十多个外来干部，可能是第一次看川戏，老是笑个不停。看完《归舟》后我们就走了。杨淑英虽说唱得不错，但比之静秋，毕竟太差远了。

廖静秋的死，对川剧真是个大损失！几年来，每次看戏，都有这种感觉。

回家时，才知道石来过，说统战部已经同意在四川安插他们了。

6月2日

同玉顺、刚虹去玉泉街看病，这是昨天约好了的；但是王医师到南大街去了。

犹豫了一阵，决定派老曾去接他，我们到鼓楼北街尔钰家去。因为精神疲倦不堪，我单独在尔钰书房里坐下，同他闲谈。起初很勉强，后来却逐渐上劲了。我们谈到的问题很多：中学文科的教学情况；今年的高考；一般教育方面的现状。

随后，我们又谈到自己对鲁迅以下好几位前辈的印象，随又谈到鲁迅的逝世。他找到当日的《文学》《中流》出来，因为这两种刊物都有纪念先生逝世的特刊。我们都特别喜欢郁达夫的悼念文。当时郁在香港，在得到先生逝世的消息后，次日就搭船赶回上海来了。这篇文章是他送葬后回家写的，读起来很像鲁迅先生写的文章。对鲁迅的评价有独到之处：一个民族没有伟大思想家是可悲，更可悲的是有伟大思想家而得不到尊重。这当然是大忌……

看了看表，十一点了！烦躁起来，只好叫刚虹去看。一边继续同尔钰闲谈，可是再没有先前谈得那样有声有色了！等刚虹回转后，因王还未回来，老曾也无踪无影，我忍不住了，决定不看病了。因为尔钰劝阻，只好又留下来，准备再等一会。

然而，坐下还不到一分钟，我还是跳起来走了。心烦得很，甚至连招呼也没有向尔钰打过。好在在街口叫到了三轮，否则还会步行而归呢。可是到家不久，老曾接了医生来了。原来他在南大街看病后，又被病家拖往四川医学院会诊去了……

医生有一点难为情，我也有点不大自在。但我极力向他表示客气，所以开好处方以后，我们已经变得很不错了。我一直送他到大门外，等他上了车了，才走开。

晚上在张老家里闲谈了很久，他很感慨我们这些人已经没有根据地了。而根据过去的传统，任何一个知识分子，不管干什么事业，总在农村有个基地。

这个话有点意思，因为都市生活、机关事务太烦人了，说法却不一定对，值得考虑。

6月3日

正准备将中篇残稿的一段改好，寄香港还债，《成都晚报》的肖青来了。

原来《工农兵文艺周刊》已经快出完两百期了，他们打算8日开一个座谈会，要我谈谈创作上的问题。我向她追问一般作者需要解决的有些什么问题，我好准备，而且可以避免无的放矢。她提出来的还是那两个老问题：如何深入生活和怎样反映生活。

这两个问题，我已经谈过两三次了，当然也还有可以谈的。但是，久已不看他们的刊物了，既无具体例子，实在很难谈出新的见解。我将我的意见告诉了她，她说，编委会已经做了研究，要我谈谈《你追我赶》的创作过程，另选一篇也可以。这自是一法，但谈自己的作品，也是很无味的。记得1959年那次谈话，谈自己的创作就谈得太多了！

但我也毕竟想到了一个题目。因为她在谈话中提到1960年所谓"暂时困难"，已经在各方面暴露出来了，为什么我还能写出那样感情充沛的东西？而且抱怨他们经常联系的作者近年来写得太少，而且都感觉越来越不好写了。这的确是一个带有普遍性的问题，值得一谈！

下午，什么事也没有做。但是有件值得高兴的事，刚齐来信，说是领导上确定保送她入学了！而且毕业后即留校工作。并已给了她准备功课的时间。

晚上，给白羽一信，谈了谈我的身体情况、写作计划，只是情绪不怎么好。

6月4日

勉强改好了寄香港的文章。准备抄好后寄给文井看看，然后付邮。

午睡照例脑子昏昏然，什么事也没有做！一面用灸条烤左臂，一面构思一个短篇。是写解放前夕的，到五点时，已经略有眉目。可是按摩医生来了，这是门诊部另外派的。姓柳，在诊治当中，她向我谈了不少黄老师的经历、脾味，颇有意思。每夜都要学生为她按摩，最喜欢看川戏。

从街上散步回来，于无意间发觉有两件府绸衬衫不见了。越来越莫名其妙，但也越想搞个水落石出。把所有的箱子都清理了两遍，奇怪的是，恰恰就在最上面的一只小皮包箱里！我原以为在外面丢掉了……

睡不着，三点起来进一步考虑短篇《入党》的布局，颇有所得，最后服了安眠药。

6月5日

早上，七点半就醒了！计算一下，大约睡了四个钟头，但仍然在八点就起床了。

赶到红照壁礼堂时，楼下人已经坐满了，于是又赶到楼上，在最后一排找到了一个位置。这是省人代会党组召开的党员大会，省政协委员列席，以及不参加会议的省级干部都来了。因为大章同志的报告内容牵涉到当前全省的主要工作方针、任务，报告到一点半才结束，人已经疲乏之不堪，有点不能够支持了！休息时候，同杨淑英扯了一阵，对她的《归舟》提了点意见。此外，还碰见巴金的侄子，要我送本"短篇选集"给他……

回家时已经两点钟了，大醉了一台，一直睡到四点过才醒。

晚饭前，由柳医生赶着做了按摩。晚上出街，看见耗子洞在卖鸡了！买的人很多，真是拥挤不堪。

6月6日

上午，友欣来了，说少言在他那里，想看看我。我立刻搁下工作去了。

少言是为美协的编制问题来的。他们由三十几缩编为十五名，而且已经停止发薪，这太不合理了！我就自己知道的中央和省委的指示精神谈了谈自己的意见，叫他不用着急，问题在宣传部会得到解决的。直到晌午，我们才叫人送他到总府街招待所去。

午睡醒来，赶着去锦江礼堂参加省人代会的开幕式。休息时候同老杜谈了一阵，问起她今年重庆郊区的生产情况。她告诉我，雨水多得一点，但是稻田栽插得比往年多多了。她又告诉我，春节时刚齐去看过她，当时她在生病，刚齐坐了一会就走掉了，她有点歉然。后来又碰到两三个熟人：曹中梁、刘承钊，韩伯城。同韩开了点小玩笑。回转会场时，又碰见马识途、伍陵。而在谈到喝酒的时候，也讲了两句笑话，随后想起很觉不安。

因为要赶回家进行按摩，一散会就走了，生怕误了时间。柳医生正在给玉顾按摩。等把我按摩完已经六点半了。晚饭后去街上散步，发现不少穿着背心，或近乎背心的汗衫的妇女。近一年来，就在穿着上也有不少新鲜东西！因为是端阳节，街上相当热闹，不少青年人显然是近郊的农民。听说，连罗世发一家人也来成都过节来了。

可是，走了几条街，都发觉卖蔬菜的乡下人已经不很多了。这是忙于过节，或者因为价钱垮得太多？但是，提督街上却添了十多个贩卖日常用具的小贩，很打眼。

由于这些小贩，我想到上午少言告诉我的那个：矮子肉捉贼。这"矮子肉"是有名的小吃铺。

6月7日

上午，少言同志来了。他是来找安的，我去陪他坐了两次。如我所预料，他们的编制问题，在向杜书记、李部长汇报以后，基本上解决了，但他对于少数行政干部，有点舍不得放。

照例，午睡后总疲乏不堪，什么事也不能做。只是白抽了几支烟卷而已，一个字也没有写！结果算把仰晨的信回复了，后来就做按摩。柳较黄年轻多了，顶多四十带点，有些文化。她原是学针灸的，蒲相臣、王小儿都是她的老师。她又向我谈了些王的脾味，对徒弟很严格。

晚上去街上逛了一转，这在我已经是定规了，我是把它作为运动看的。回来后，给巴金、萧珊各写了一信，一直到十一点才写完。等到喝了点酒，上床时已经十二点过了。

思潮起伏，长久不能入睡，最后起来看表，两点半了！服了大量安眠药。

6月8日

上午去第一医院。等候医生当中，在院办公室把下午的发言准备好了。

午睡后，前去参加《工农兵文艺周刊》召开的座谈会。这个座谈会，是纪念该刊出版两百期召集的。时间过去得真太快了！光景有百多位青年作者参加。

我的准备相当充分，估计可以讲三个钟头。但实际上只讲了两点钟，因为越往下讲，精神越不行了。而且，有些问题，准备的时候，好像头头是道，临时，有的意思不是被遗忘了，就是感觉不好措辞，有意忽略过去；但以遗忘的为最多。

事后想来，如关于积累生活的问题，应该多讲一些。因为大家显然还不明确。我准备要讲的例子我觉得也不错：说书人陆邃初的所谓《塞垫》《假日》中的奶娃的处理。我本想着重说明，日常生活点点滴滴的东西对于塑造人物的重大意义。但我忘记了用具体事实进行分析，这可能说了等于未说。事后想来，实在有些歉然。

因为疲乏不堪，同玉顺带小娃去少城公园玩了很久。直到九点过才回家。总算得到了休息，可是那个感觉歉然的情绪、念头，始终忽隐忽现。

6月9日

上午，去锦江饭店参加省人代会的代表资格审查委员会召开的会议。

因为审查报告草稿在提到已故的和犯有严重错误的代表时，措辞有点含混，好像都是被撤职的。我建议分开写，不要连在一起，大家都同意了。

当时我说，若果人都死了还被误会成受了"撤职"的处分，就不好了。我本来还想说："万一死人会从坟墓里爬出来，要我们恢复名誉呢，怎么办？"可是我忍住了，没有说，因为我怕有人认为我太不慎重。的确，我也应该少讲点笑话才好！

会议只开了一个钟头就结束了。散会后，去重庆代表团办公室，想找均吾、华清、钦岳。但是，均吾、钦岳都没有来，华清虽然住在锦江，却到政协开会去了。

午睡后同谭剑啸同志谈了一个下午。谈得不错，他有收获，我也收获不少。因为从他的谈话中，我对证了一些自己在解放战争中的见闻。觉得自己的想法是可以成立的，有很大代表性。这对我的长篇的构思，有着不少帮助。他说，他已在写第三稿了，但我劝他，不如先写成回忆录，然后量体裁衣，进一步写小说。

他的初稿、二稿，我都看过一部分了，头绪纷乱，而又拘泥于自己所并不熟悉的章法、笔法。因此不仅结构散漫，而且没有一章、一段是写清楚了的。但是，非常明显，他的生活、经历是丰富的，语言也还生动，就只不知道怎样组织和表现它们。

他告诉我，他的工作，已经由西南局分配定了，在经委工作。但他还得回重庆治病，要得到医院同意后才正式工作。这个人还诚恳，我准备再找他谈一次。

按摩医生没有来，等到七点半后，同顾去街上散步。街上一片繁荣景象。

6 月 10 日

上午，正打算做点事，杨礼夫妇带起小娃两兄弟回来了。小娃穿着新衣，而他的弟弟穿的却是他穿旧了的，又不合身！玉顺说："真像前娘后母呢。"

小小娃少回来，很诧生。我取了萧珊送的糖给他。可是对我照样不愿接近，刚一拿到糖就溜到他妈身边去了。我给他取了三次糖，结果都是这样。小娃对他不错，说是凡事让他。碰到抢他东西的时候，照例总是哈哈一笑……

十点半，单独去春熙路逛了一转，市面上的小摊贩更加多了。特别是卖水果的，这是近两年少有的情况。我记得，好像有两年没有吃过桃子了。

下午，最后一次看了看给香港《大公报》的稿子，并写了封信给文井。

6 月 11 日

上午，去锦江听大章同志的工作报告。因为忘记带签到卡，在会场门口一再受到阻拦，似乎同去的安和戈的证明都不生效。在北京开人代会也有过同类情形，但，只要有人证明，就解决了，不会碰到更多的麻烦。而如果不是省人委来人解释、说明，我还会进不去呢！

休息时候，没有找到华清，但在寻找当中，却不断碰见熟人。李光进也碰见了，他问到魏伯原。这使我想起那个失败了的影片，颇不痛快，所以匆忙讲了几句话，我就走了。同如稷、为涛一道谈了很久，主要是谈病痛。为涛六十四岁了，真看不出来！

在听报告的途中，我又慎重地向安提出，要他抓紧调查研究创作、批评方面的情况，这点无论如何不能忽视！而且建议指定创委会和编辑部定期交出书面报告。让王益奋综合一下，打印出来，交党组成员，作为提出问题、讨论问题的依据。我本不想多管的，但又深切地感觉到，放松了这一工作，无论如何是不行的，所以也就说了。

午睡后，照例头昏脑涨，什么事不能做，连书也看不进去。便是摊在椅子上想心思，也是很累人的。只好坐坐，又站起来在院子里逛一阵。不时又望望大门，希望柳医生今天能来，可结果又失望了。我已三天没按摩了，一定得找老曾去催问一下。

何世泰家被盗了！失掉两件衣服：白绸衬衫和卡其上装。而更为重要的，是上装荷包里有半年的供应券！小偷太胆大了，是扭了锁进去的，可能知道音协搬走了。

晚上，同谭剑啸一直谈到将近十一点。这个人确有不少生活斗争经验！

6 月 12 日

读了马的《且说红岩》，大大松了口气。我可以回《中国青年》的信了，因为他的主要论点，同我向该刊记者谈过的差不多，实在用不着重复了。我立刻就回了信。

此外，我还在信内附了一元七角邮票，因为《中国青年》向我约稿时，曾经交了一册《红岩》给我。而这本书我又送给李眼镜了。文章既然不写，又无从奉还，当然只有照价付书款。可是信交出后，才发觉书价是一元七角五分！

为《淘金记》重排本写的题签，也搞好寄出了。仰晨在成都提起过这件事，我没有同意。昨天方殷来信，说整套书都这样，一定得写，于是只好"吾从众"了。

这两天骤然热了起来，怕穿衣服。晚饭后，破例没有出去逛街。

6月13日

因为昨天做了按摩，睡得较好。上午准备认真做一点事，但是《入党》刚才起了个头，约一两百字，就头昏脑涨，无法写下去了。烟倒抽了不少。

休息当中，看见新寄到的《上海文学》，一口气读完了巴公的文章。这是他在上海文代会上的发言。前一部分，在谈到作家的顾虑、批评界的框框和棍子时，问题提得相当直率。我觉得，他这篇发言，是经过好多苦恼才写出来的。

巴金显然有不少闷气。当他谈到自己白发日增，记忆衰退，而又急于想写东西的时候，我的印象特别深刻。这也许由于我自己在创作上最近也感觉"时不我与"。而解放已经十二年了，这十二年可写得又少又质量差，所以很想立刻写封信给他。他有些意见不错，但是，也有一些意见值得考虑。他前一向来信，说相当疲倦，现在我似乎更理解这意义了。

下午得王觉信，谈到宋真将北归，准备对子南遗稿作一交代。但有一部分找不到了，可能在作协，要我叫人清查一下。这件事颇叫人难过，因为整理、出版子南遗稿，已经闹了两三年。我也催促了好几次，可是现在竟连清理好的稿子也不全了！当即向创委会交代了一下，要他们清查。并回信王觉，提出几点处理意见。又着重叮咛他：千万不要推脱了事！……

晚上，华清来了，他是从锦江步行来的。我们在天井一直谈到九点半钟，谈话内容很多：张润、伯恺和干青的性格；他从成都逃至上海，以后又由上海转至汉口，化装到中原解放区的经过。他人颇消瘦，但精神却比我好。末了，我陪他前去二号，叫了老曾送他。

刚睡着，下起雨来，很快就冷醒了。想起不少老友，辗转了很久才又睡去。

6 月 14 日

因为晚上没有睡好，整天都头昏脑涨，什么事也没有做成！

午睡后，休息了很久。看了两三章《被开垦的处女地》第二卷。我读的是 22、23、24 三章。前两章，在入党的仪式上，竟让舒尔卡老爹大出洋相，占了很多篇幅，真有点使人不可想象！但，仔细想，倒也有值得我们认真考虑的地方。写华雅丽同达维多夫谈情说爱那一部分，很不错。

五点半，柳医生来为我做了按摩。后来感觉相当疲乏，以至于吃饭时去迟了，同顾闹得很不痛快。等她冲气走了，我息了一阵，单独去街上走了很久，然后又去青年宫等她。到后不久，电影就散场了，终于找着了她。她大约也气过了，彼此没有再提什么……

睡下不久，下雨了，而且越下越大。不知怎的，感觉得很轻松；庄稼得救了，但也有点担心，怕它下不了多久。又怕受雨的地面不宽。终于在雨声中迷迷糊糊睡过去了。

6 月 15 日

报纸一到，忙着找降雨消息：几个受旱的专区，都下雨了，至少30 毫米以上。

雨虽然小了，停了，但看来还会下的——能这样就不错了！今年争取一个较好的收成就会更有保证。这不只是幻想，天很阴沉，气温也低起来。我一连添了三次衣服，最后，连呢便帽也戴上了，简直像要过冬那样。

晚上，风更加大起来，所以出街的时候，我还特把皮夹克翻了出来，披在身上。但是，刚走到春熙路，就有点受不住了。在张老处谈了很久，主要是谈旱象，谈这一场雨。

6 月 16 日

昨晚上和早上下了很久的雨。心情很好，准备写《入党》。但刚起了个头，就头昏眼花，无法写下去了。休息了一阵，再坐上桌子；但是很快又吃饭了。

午睡后疲乏不堪！按摩医生也没有来，情绪很不好。

晚上读了几章《被开垦的处女地》，觉得这本书值得认真读它一遍。

6 月 17 日

一起床，就忙着去找王文雄。到的时候，他也刚才起床。

这个医生颇有意思，原是学海军的，抗战时期到成都养病，又恰同一个姓顾的名医生比邻而居，于是他也学起中医来了，而且逐渐有了名望。谈话中喜欢杂用几个英语，但是他的嗜好是喜欢养鸡，经常自己挤出粮食来喂，而且非常注意鸡的品种。

这天因为时间充分，我才认真看了看他的鸡场。他几乎把那块并不算大，长条条的天井，全部圈给鸡了，四周绕着竹栏。据说，他一下班回来，首先就是喂鸡……

晚饭时候，礼儿交了篇读书笔记，要我看看，题目是：《进与退的辩证关系》。饭后忙着看了一半，觉得不错，心里相当高兴。叫刚虹取了包花茶给他。

晚上出去散步当中，向顾说了很多有关礼儿的话。

6 月 18 日

这几天老是想着：既要认真对付疾病，也得认真干点事啊！很苦恼。

小说写不下去，只好索性搁下来了，并且想到这样一个计划：在治病期间，上午考虑写点散文，下午用来读书。晚间呢，全部用来休息，或者到老朋友家里吹牛。

在写散文方面，我还有这样一个打算：写一本有关创作的小书，内容分两部分：对一些写得好的短篇小说的看法，感受心得；自己的某些作品是怎样形成和进行加工的。这个计划，抗战时期就有过了。但在目前说来，关于自己的作品，实在很不好讲，而且可能引起非难：自我宣传！也许先把它写下来，发表问题，十年八年后再说吧！……

决定先把有关"左联"的文章写出来。好多从前翻过的材料，已经大部分遗失了，只好再看一些书面材料，但却很少有形象性的东西。午饭前，找出春天写的提纲，虽然简单，可是唤起了好多回忆，特别是同白戈、艾芜一道生活、工作的情景……

争取在晚饭前把礼儿的读书笔记看了。写得颇有层次，逻辑性也较强，看完后相当高兴！他选这个题目，显然是根据目前一些思想情况来的。饭后我同他交谈时，他承认了这点。他还告诉我，他准备在两三年间认真学完"毛选"。

我肯定了他这个计划，但我要他注意实际知识和历史知识，而且要确定一项专业。因为我担心他流于空谈，流于教条，这就反乎毛泽东思想了。

此外，我还同他谈了一些一般做学问的意见，鼓励他不要随遇而安。

6 月 19 日

上午，得统战部电话，志平可以从甘肃回来了，可能派往农场工作。我随即给志超一信，要他立刻告诉他们，而且要他坚决服从组织调配。

晚饭后正想上街，余通灵来了。他是来参加政协会的。我们谈了好些安县的情况，解放前的和近两三年的。据他说，解放前的处分已撤销了，礼儿从旁证实着这个消息。因为春节刘世豪回安县，也听到有人这么说过。

我提到好几个熟人，但我得到的回答是："恐怕已经死了！"否则就是："好几年没有看到了呢！"余这个人没有刘济棠热情，对于各方面的接触，显然也不很多。看来，他的改变是不大的，还是过去那样：谨小慎微……

他告诉我，安县旱象虽然严重，但是，市场的情况却比前两年活跃多了。又说农民手边相当活动，也肯花钱！有的一次就买四五瓶五粮液。问到安县的沙沟鱼，他回答说："少得很！大人、孩子成天都在搞呀！生也生不及啊！"……

余走后，同顾去街上散步，闲谈着对余的观感。

这几天睡得较少，晚上也不做事，已经五六天不吃安眠药了。

6 月 20 日

上午参加了人代会，郭政委在会上作了有关形势的发言。

午饭时，得到巴公、适夷来信各一封。巴的信很简单，他特别告诉我，沈起予的生活、医疗问题，已解决了；并正为他找一处比较安静的房子住家，要我放心。适夷的信，说是准备重排《困兽记》，已把原书寄出来了，要我改正错落之后寄还。

晚上去锦江看《王汤元打鬼》。本来不想去的，因为是文联的干部编的剧本，又曾经要我去看，所以只好奉命前往。李部长、张部长和邓垦同志也都去了。张同我谈了他在上海检查喉疾的情况。最近，吕钟灵等又为他作了检查，主张动点手术。但是，所有内科医生都认为不必要；我也是这个意见，一再劝他慎重，不能随便听信医生的话。

戏看得很不起劲！若果不是怕难为情，休息时真想溜之大吉。越看越感觉疲倦，简直不能支持了。戏太冗长，又不少形式主义和不伦不类的东西，前一部分是灯戏调子，后一部分却变成正戏了。把王汤元写成个概念化的正面人物，这一点很失着。结尾是从《五子告母》来的，而《五子告母》的讽刺唱段，却多么尖锐啊！

回家的路上，向顾谈了不少我的观感，她也对这个戏不满意。

6 月 21 日

早上起来很早，总算把有关周尚明同志那篇文章补充好了，只补充了一段，多少还有点意思。

本来想请假的，因为小组会全未参加，结果还是去了。看来昨天夜里的雨也不算小，到处都是积雨。争取一个较好收成的希望，显然更加有了保证。

会上疲乏不堪，听了三个人发言后，就溜出去休息了。碰见吕钟灵也在休息室里，于是向他问了问他对张部长的喉疾的意见。而我这才算弄清楚，他们不是主张开刀，只是准备用管子伸入食道，查看一下。当然比较痛苦，但他以为，只有这样才能解除病人的思想顾虑。我们还谈到如何保护健康和陈序宾的养生之道：一回家就把自己关在房里，不同家里人交谈、接触……

休息时碰见邓垦同志，向他谈了谈对《王汤元打鬼》的意见。后来又提到望江剧团改编的《红梅阁》。我认为这个戏在演出上虽然毛病不少，但看来剧本是改得不错的，白戈出的主意，我的某些设想，都包括进去了。好像事先同我们商量过的那样……

晚上，把有关尚明那篇文章的补充部分重看一遍，添改了几个字，又在后面给《青年生活》编者写了几句。我要他们在发表时加个按语，说明重新发表的理由。

上床不久，又下雨了，而且越下越大，心里十分痛快，但也想到可能发生点水灾。

6月22日

汽车到了壁舟门口，他出来告诉我们，安旗又病倒了，他不准备参加大会。我提示他，李政委将在会上发言，他又同意去了。于是立刻回去穿戴，随即忙匆匆上了车。

他有些烦躁，一路谈着安旗的病况。他说，她从省人民医院回来，医生本来不同意的；可是，到底她还是跑回家了。因为她有些受不住普通病房里的嘈杂、拥挤。她才回来一两天，昨晚上病又发了，而且情绪十分恶劣，说："死就死吧！"她不准备找医生了！……

休息时意外地碰见了刘中和同志。我谈了很久，从解满的甄别问题谈到他同王奋英的作风。随后又扯到余通灵和李泽泉，以及后者一件被拖延了八年的被人冤污的案件的处理经过。而从这一案件看来，党确是英明的，因为处理得非常慎重。

午睡后疲倦透了，没有去参加会。半下午正在休息，肖然来，我告诉了他我对《王汤元打鬼》的一些意见。他显然不尽同意，但这是他们的事，我总算尽了责任了。随又得到李部长的电话，说是七点钟来看我，但我约定八点钟去看他。因为我七点钟要按摩。

因为柳生了病，好几天未按摩，今天只好去接黄婆婆来了。按摩后，我送她到新礼堂，然后去宣传部。走了好多路才找到新宿舍，是公寓式的房子，小孩子相当多，吵闹得可以。到了三楼，才知道李部长到办公室去了。一进办公院子的大门，看见杜书记、半黎，同其他几位同志，正在院子里闲谈。找到李部长后，我又出来，叫老曾去简阳为文联的蔬菜基地运苕藤子，不必等了！

开始谈话时，张部长也来了。张是来随便看看的，我把吕钟灵的意见告诉了他。后来，我就同李部长单独谈下去了，张在李的书桌上写字玩，没有插话。我们谈了几个问题。广东戏剧工作者座谈会上陈总和陶铸同志的讲话是否传达及如何传达？文联的编制问题，以及目前的情况和工作问题，而凡我想到的意见，我都扼要地说到了。

在谈到编制问题时，张部长也参加了谈话。此外他还提到他对老安那天传达有关"蒋匪帮"反攻大陆这一指示的意见，认为需要补课。当我由他们派车送回文联的时候，已经十点半了。

上床后老睡不着，老是想着文联的情况。

6月23日

那篇有关"左联"的文章，搁下来了！今天只继续写了四五百字。

午睡后的时间，几乎全给小娃侵占去了。他就缠着我不放，老是叫着要我领他出去；随后又拖到外面院子里去捉蝴蝶，末后饿了，又要我给他糖吃……

得文井回信，说稿子已替我转走了。他告诉我，白羽患重伤风，已经进了医院。茅公、邵公准备开一个短篇小说座谈会，还可能到各地走走；但未说明是否会来四川。他仍然在机关工作，但是毫无怨言——该让我们有的同志知道这一件事！

晚饭后，小娃由礼儿领走了。他以为是去托儿所，听说要走，就立刻咧开嘴哭起来。而且挨着我和玉顾动也不动，深恐礼儿会抱走他。

后来，经我们反复说明，是去他妈那里，又叫他明天回来，这才高兴起来。而且当坐上车的时候，嘴还说个不停，吵麻了。

晚上去张老家里，谈了很久。主要是谈人代会和政协会小组讨论的情况。他有一份情况简报，已经收到四十期了，但我只看到三份，主要是有关文化的。

我多希望能将全部简报看一看啊！这一定可以增长很多见识。

6月24日

去第一医院找王文雄。春熙路已经没有昨天挤了。昨天因为是星期，又刚发了工业卷，各处都很热闹，几乎每个人都买得有东西。百货商店的货物，花色品种也更多了。

今天却有点清冷。可是照样有不少水果摊和担子，第一医院门口附近有八九处补鞋子的地摊，似乎各种身份的人都有。有一个十五六岁的青年，还架着近视眼镜，可能是初中或高小毕业生。我在住院部三楼上找到王，看病回来，很快就吃饭了。

午睡后读《两姊妹》，昨天我偶尔看了几章，结果又被吸引住了，一直到夜里十一点。除开休息，我一气读到三十六章，但要不是玉顾责难，我还会一气读完它呢。

因为连续两夜都未睡好，午睡时间也短，服了重量安眠药。

6月25日

读完了《两姊妹》，又倒过来看了看作者的自传。有一处，我还特别打了记号。

这打记号的地方是：当他谈到创作上的试验和可能伴随着发生错误时，作者接着写道："没有胆量，也就不会有艺术。"这是经验之谈！

是值得好多人注意的。仔细想来，谁又没有这样的经验呢？当然，这话是有个前提的：一定的生活积累和艺术技巧，以及比较充分的准备工作。否则，那就成了胆大妄为了。但在目前，值得重视的并不是这点。……

午睡中被老曾叫醒了，等我走到前院，春振、友欣，显然已经在车上等了很久。幸而赶上了开会。是闭幕式，省委不少负责同志都出席了。大章同志在会上讲了话，对讨论中提出的问题做了必要的解释、答复，并对会议作了估价。他的讲话颇受欢迎。

在休息时我把给齐儿带的东西交给老杜，她立刻用手巾包扎了。这个公社妇女干部热情、负责，为了医治哮喘病，她手掌上刚开了刀；她向我叹息说："三四个月不能摸锄头啊！"……

夜间在春熙路散步，看见一个又瘦小穿着又破烂的孩子，手里拿着一册《保卫延安》。

锦江对面街沿上照例有很多简陋的地摊，卖些杂七杂八的日用品，还有衣服，我感觉其中有的人很可怀疑……

6 月 26 日

药单交出两天了，还没把药捡出来！按摩医生，也无踪无影，好几天没有来了，颇不痛快。也许正因为这样，睡眠很坏，又开始服安眠药了。可是照样睡不安稳，精神困乏之至！

开始读《苦难的历程》的第二卷，几乎是跳起看的，好多篇章都甩掉了。我急于想知道主人公们的遭遇、离合。但描写战争，介绍新的人物的篇章却太多了。这说明了作品的成功之处，人物的命运很吸引人；也说明了它的缺点，有点儿臃肿，杂。但作者知识广博，笔触挥洒自如，却也令人钦佩。

到了深夜，总算是看完了。可是后一部分，我丢得更多。我躺在床上想了很久。有不少是小说引起的类似的回忆；也考虑了一些结构和描写刻画上的问题。觉得这种才气纵横的信笔挥洒我学不来。

6月27日

夜里没有睡好，可是天一亮就在床上躺不住了，很不痛快地起了床。

上午，准备读《苦难的历程》第三卷；但无论如何读不下去！我感觉自己好像病了，快要垮下来了——真是糟糕之至！我想了想最近几天的情况：早上和晚间得不到一点安静！再不给我调整一间房子，让我有个可以自由活动的小天地，真有点活不下去了！只有烦死……

因为实在无法支持，只好去睡。迷迷糊糊睡了两个钟头，起来已经十点半了。友欣来，向我商量刊物如何配合当前的政治斗争：揭露美蒋窜犯东南沿海地区的阴谋。我没有立刻表示意见，也没有为房子问题发火。却首先谈了不少我对《苦难的历程》和《被开垦的处女地》二卷的看法，以及对目前创作情况的感想。此外，还谈到国内几部有定评的长篇——不过并没有畅所欲言。

最后当然对他提出来的问题发表了意见，相当具体。但我一再强调：千万不要在字面上机械结合！自从新华社公布了那个罪恶消息以后，一种同仇敌忾的感情，已经弥漫于广大人民。而在这个前提下面，如果文章写得不错，这个结合是理所当然的，何必要在形式上讲求呢！……

午睡既然没有睡好，精神照例很差，可把《苦难的历程》的第三卷读开头了。较之二卷，我感觉好多了，因为环境的描写同主要人物的活动结合得相当紧，不像二卷那样支蔓，那样臃肿、庞杂……

晚饭后同顾上街散步，但刚到梓潼桥，我就转来了，由她单独去看电影。

6月28日

虽然服了安眠药，照旧没有睡好。半夜为雨声惊醒后，就只好张起眼睛躺在床上了！

早上六点就起了床，打算写完有关"左联"的文章，可是写不下去！这不能怪参加了几次会议，心里一直就很不安，烦躁，不知怎么做好，可又多么想做点事！连我自己也有点不明白自己了！

幸而《苦难的历程》的第三部还吸引人，于是继续看书——不然会东想西想，六神都不做主！而且一想起房子问题，就想发通脾气。已经说了两个月要调整房子了，音协搬走后这个院子就空起四大间；前院也空起好几间房子——可是偏不进行调整，弄得人得不到应有的安静！……

将近吃午饭，李累来看我。这多少有点出人意外！他已经从三台回来两天了，说了些王大发队的情况很好。小春收获后，一般口粮都提高了；有的每天吃到两三斤。据他说，王大安在参加省人代会；但我一直没见到面。他近两三年受到一些委屈，也许有意回避我呢。这是个好同志，我还能理解他的心情。我向李谈到赵映青的撤职和白山公社的弄虚作假，他有点吃惊……

夜里去看川戏。因为刚下过雨，在场子里还受得住。我的座位前后都是青年艺人，可是后来逐渐都被迟到的观众给挤走了。四出戏都是老艺人主演，张惠霞处理潘金莲很高明，一点不感觉黄色。但给我印象最深的是李惠仙，她演的《三跑山》，一出场，但凭一句台词，一个动作就把人抓住了，真了不得！

这出戏本身也很不错，家遭不测惨祸，母女三人在旷野荒山中逃难，这是个悲剧；但却不少喜剧情节。没有哭泣、悲啼、绝望，特别最后的结束不错，每个观众都忍不住笑起来……

张达雄就坐在我侧面，我对目前的川剧演出谈了不少意见。

6月29日

精神很好，心情也不错。到天晚吃饭时候，几乎一气把《苦难的历程》的第三卷读完了。

但在晚饭刚吃完后，却同玉顺、礼儿弄得不很痛快。事情并不大，是为了买戏票。但我却那么尖锐地感觉得他们对我都不耐烦，好像我太难于将就了！争吵几句后，精神十分疲累，心里也有些难受。于是在床上躺了很久、很久——这样下去怎么行啊！

最后，经过顺的一再劝说，到八点钟，我终于起了床，同她一道去看张老。我们从《文史资料》，穆济波的回忆录谈到成都广汉事变后的白色恐怖。这是 1930 年的事情，我还写过一篇小说《恐怖》。张老说，当日被杀掉的青年很多，逮后假意释放，然后由手持大刀，隐蔽在附近的便衣队拦路砍杀，单是南虹艺校附近，就杀了五六个；主凶是三军办事处的向育仁……

随后我们扯到川戏，前一夜的演出，给我印象太深了。张老向我转述了《成都晚报》上一篇文章，是说周慕莲谈他向邹海滨学习《秋江》的心得的，他说启发性很大。接着又把剪报找了出来，对着电灯，向我读了一遍。因为我和玉顺都没有戴眼镜，看不清楚。

文章的确有启发性。周学好《秋江》后，他的老师向他作了一次考试，向他提出的问题看来与《秋江》关系不大：秋江是大河？小河？船有多大？上流吗下流？有风无风？……

而邹最后这才点明：这是身段戏，要做得准确，先得搞清这些问题！

6月30日

今天，人好像又垮了！什么事都没有做。这样怎么行啊？应该认真考虑一下。

再去看看老艺人的演出，情绪可能好些，但结果还是只得作罢。因为计算一下票价，我同顾看一场就得一块六角，一个月即使只看十场，这个数目也很可观了！

晚上顾告诉我，存款只有四百元了，她又为我算了算细账。说是可以用两个月，因为每月的薪水，扣去房租、水电，只能拿两百元，而用度却非四百元不能解决。物价太高昂了！一只兔子得二三十元。她又提出，准备要求恢复工作。但我尽力劝阻，目前正在精简，这样是不行的，而且无此必要！

晚上去春熙路散步，一个戴眼镜的青年人，在一家店子的橱窗下摆地摊，卖木板拖鞋。高大、纯朴，是隆昌技专遣散回来的。我对他作了些鼓励，并提了几项建议。

担心明天精神不好，服了重量安眠药。这样下去很不行啊！……

7月1日

相当疲乏，无法做事，只好去春熙路散步，在文物收购处耽延了很久。

春熙路照常是热闹的，因为今天是星期日。小摊贩越来越多，物件的品种也越来越丰富了。都是小商品，有卖花生糖的，漱泉楼梯口，有不少小孩子在卖纸烟。奇怪的是还有阿尔巴尼亚的纸烟出售，几乎每一级楼梯上都站得有卖纸烟的孩子。

出去前，到崇素那里坐了很久，同他扯了一些问题，主要是想帮助他把一些问题弄清楚。谈话中我一再强调：我们都需要有诤友，这只有好处的。后来我又问到他同他下去的三个年轻同志的思想情况。回答虽然含混、忍口，看来都多少有些问题。对其中一位同志，他谈得较多，说是委屈大，因为在受处分期中，他爱人闹了几次男女关系问题……

从因为年轻夫妇分离而发生的爱情悲剧，他又谈到森工部门的情况：干部闹离婚的占20％以上，有时还要多些。他很幽默地说："爱情真挚，百折不渝的年轻女人并不多呢！"这倒使我想起另外一些问题，有不少人，把生活理解得多简单呵！好像都差不多。

晚上，一时心血来潮，同顾乘三轮去人民公园玩了很久，回忆起不少旧事。回来也是坐的三轮，车夫是瘦长的中年人，有四十多岁。问起他，说解放前是职员。话既然扯开了，谈了些家庭情况和收入外，他又告诉我们，耗子洞的熏鸭子很不错，王胖的也很好。又说，今天市面上在卖罐头，是黄鱼罐头；又劝我们不要买红烧的……

这个车夫很有意思，他的话虽然不尽可靠，而且一再避免回答他过去究竟当的什么样的职员。但从他的谈话，也可以了解到一些社会的变化。他过去的社会地位，是不会很低的。目前，他大儿子在技专毕业了；次一个在音专；三的在读高中……

他从前一定喜欢吃的，谈起鸭子、黄鱼津津有味。他还建议："子姜都上市了，买点烟熏鸭子熬起，很鲜！"他诉苦粮食不够，每个月要在自由市场买四五十斤洋芋……

回家后心情相当舒畅，想着车夫的谈话，喝了好几杯酒。

7月2日

冒雨去市一医院看病，回来时在梓潼桥碰见老戈。

老戈可能是从文联回来，神色匆忙。我问了问安旗的病，他就想车身走了，说是要去捡药。因为多日不见，我陪他走到商业场，又去文物收购处看了看。奇怪的是，他一进去，就好像有点舍不得离开了，约我去经理室；可是我的兴趣不大，先走掉了。

老戈看来相当暴躁，当我提到李部长要我搬去同他合住的时候，话还没有说完，就叫他岔断了。说是刚才搬了好些人去，怎么一下子叫人家搬起走呢！他又劝我搬到草堂寺去，说是现在交通方便，已经通了车了。显然他还没有弄清楚，我并不想搬去同他住啊！……

午饭后，同顾去猛追湾河边堤坎上坐了很久，已经好久没有出过城了！因为两天都阴雨连绵，游泳池同河边游人很少，只有两三个女孩子在草地上埋头做功课。

7月3日

虽然回了《人民文学》的信，说我写不出。但我仍然想赶一篇，所以把信留下不发，想在上午努力一试。可是，不仅注意力不能集中，刚才想了一个多钟头，便已精疲力竭了！……

午饭时，顾向我谈到近来的社会秩序：火车站早晚有抢劫事件发生。一个旅客下车，刚出车站不久，就有一堆人拥上去，把行李抢去了，分头四散，往往弄得被抢者不知所措。决定不了去追赶谁，而窃贼已无踪无影们！又说，刑警队为了抓住线索，一时只好听之！

这几天都想在报上发现一些纪念"七一"的文章，可是没有！感觉有点不大习惯。只有一两则短消息报道外国的庆祝活动，如古巴。晚上在张老处看到"七一"那天的《光明日报》，有一幅主席的照片和一幅主席同他的最亲密的战友的照片，分外觉得亲切！这两张照片都在第一版，虽有简略说明，但未谈到党的生日，这种朴素的作风真太好了！……

我们同张老对这一点谈了很多，因为未戴眼镜，我曾经再三用手拳卷个筒儿，让眼睛通过它尽力地对照片望去，希望能够看清楚点。但是总不那么如愿，好像还有什么重要东西给看漏了。而照片下面题字，则是要玉顾拿到电灯下面这才认出来的。

照例我们又谈到一些文艺上的问题。这是从《人民日报》上，邱扬一篇谈荀慧生的演技的文章谈起的。这篇文章写得不错，主要是阐发荀慧生"演人不演行"这一命题。

张老又告诉我：徐孝恢下午开会，慢慢梭下椅子，就这样去世了！接着，我们又谈了一些我们所知道的熟人死亡的过程、情况，并又作了一些解释。我谈的是周仲溪和纪熨斗。可是全都是安县人，张老并不认识他们。

这种不拘形迹，漫无边际的谈话，的确可以使人得到休息，增长见识。

7月4日

李部长同安春振等来谈开文代会的问题，随又扯到广州会议的传达，我发表了些意见。

下午得王觉信，说的多半是关于专业、业余人员的安排问题，主要是创作上的安排。看来重点是罗广斌。罗执意十年内不写短篇，不写反映现实斗争的东西，他们好像感觉头痛。

晚上出去散步。在春熙路，一群人从百货公司拥出来："逮到呵！"一个十五六岁青少年，矮尔尔的，很结实；短裤，蓝布汗衫，横过马路往锦华馆跑。但刚跑到门口，就被一个过路的扭住了。而接着就被那群从公司赶出来的人逮了回去……

在提督街甜食店门口的阶沿上，照旧有五六个流浪儿童，十分亲密地坐在一道。有一个，从身形看来，好像十岁不到，也最烂最脏。在阶沿上躺着，腿子架在另一个大孩子的膝头上面，显出一副无牵无挂的神情。看了真叫人难受，而且很想知道他们的来历……

本来情绪不错，因为一点小事，同玉顾又闹翻了！为了避免闹得更凶，一个人在院子里和李冰在阶沿上坐了很久——要是我能单独有个房间，哪里会有这样多不必要的麻烦啊！

7月5日

夜里睡得很坏！三点半，就因喉头发痒醒了。最后，咳嗽起来了，而为了不要惊醒玉顾，隐悄悄爬起来了。等喉咙舒服了，又做了阵气功，这才又上床睡，但一直都睡不着。

整天都头昏脑涨的。有小雨，直到下午才晴起来。按摩医生一边为我进行治疗，一边同我闲谈。她告诉我，工业券已经有黑市了，五角钱一张；有的，三元十张。在闲谈中，才知道她是个孤女。四五岁就在旁人家寄养了，名义是女，实际是当丫头使用。她的后父是个医生，母亲早死掉了，解放后她才上学。她是公社化后学按摩的，月薪二十七元。

她瘦小、聪明，一双眼睛非常灵活，今年二十四岁，丈夫在步兵学校教书。这个人很开朗，她告诉我，他们夫妇都不喜欢小孩，生下不久，就交给坐家户领。到了两岁还不能走路，他们也不在乎，觉得死了也是那么大回事。但他们最后却很喜欢他了，嘴很乖！……

晚上去街上散步，照例看见了一群流浪儿童。当我们回转家时，走过甜食店对面，那小的一个，正跟在一个大娃儿后面；他故意不走阶沿，却在店铺的门槛上走着，仿佛是在玩耍……

我把这令人啼笑皆非的情形指给顾看，她随即告诉我她在锦江门口看到的一个相似的景况。

7月6日

照例的情况昨天又重复了一次：三点过就醒了！想咳嗽，想翻身，想不断打呵欠，怕影响颀，只好起去，坐在沙发上捂着嘴咳嗽，呵欠；又大伸懒腰……

早晨醒来，发现颀在刚宜床上。可能我第二次睡觉惊动了她。这样下去真不行啊！将来就有人批评我图享受，闹特殊，甚至向党伸手也好，非得要个自己可以单独睡觉、休息、工作的房间不可！出去碰见益奋，我把自己的意见向他说了……

整个上午头昏脑涨，午觉也没睡好。到了三点，我仍然去出席党组会。因为李部长还未来，我把马院长的《视察委员来了》交给李累，谈了谈自己的意见。这是一篇传奇性的小说，语言很好，情节上漏洞很多，特别人物过分一般化了。我觉得，传奇性的作品更应选择人物，刻画人物，否则颇不容易产生说服人的力量。

我还未谈完，李部长就来了。这也许不对吧，为了一气说完自己的意见，了一件事，我却并未停嘴。他坐了坐，就到厕所去了。而等他转来，我算把意见讲完了。开始讨论的是召开文代会的问题，当讨论争鸣问题时，医生来了，我就请假回来按摩来了。

按摩后已经快吃晚饭，人很疲乏，渴想睡眠。当刚想睡下，又来叫我开会去了。最后，李部长又一次宣布我专搞创作，工作上不必再找我了，并表示他也在争取专业化。

7月7日

起床不久，马识途同志来了。我同他谈了谈我对《视察委员来了》的修改意见。随即一同去群众艺术馆主持《清江壮歌》的座谈会。如稷已经来了，同他闲谈了一阵。

记起马识途来文联找我以前，碰到李累，他慎重，而又带点高兴的神气告诉了我李劼老对《清江壮歌》的意见。他一连说了两次："说得很讽刺人啊！"并说，李还叮咛往访的黄丹："照原话说，一个字都不要改！"看来老头的小辫子又被人抓住了。

李劼老的原话是这样的："这本书如果要传之久远，最好改写。如果另外不要写旁的东西，也可以就这样出版。"这个话太放肆，太不尊重人了！可是认真一想，他也喜欢这样说，喜欢直抒己见，不管对方满不满意，这又有啥了不起呢？但我决定不要将原话传出，会上更不能说。所以又特别叮咛了一次黄丹，叫他不必张扬。

有些事真也难讲。我记得，当在北京开会的时候，李曾一再称赞《红岩》，说是写得很好。而《清江壮歌》则的确有些粗糙。因此李的意见也不能说全无根据，甚至对一些作品感到不满。问题也仅仅是措辞过于尖利而已，值不得大惊小怪。一面想着这些，一面听田原发言。这个发言不错，有分析，也有分寸，不少意见是从读者当中来的。

座谈结束时，一点钟了。留下来吃了饭。是竞成园做的，很不错，只是没有猪肉牛肉。有人说这叫作"两不沾"，是聚餐性质。每人三元，粮呢，每人吃多少算多少。吃完，我同马先走了，坐马的汽车。途中，我们又谈了些创作上的问题，并向他推荐《黄蔷薇》《塔拉司·布尔巴》……

到家已经两点，一回房间就躺下了。睡不着，疲乏得要命！所谓垮了，我想恐怕就是这个味道。我同荃麟生病时的情形几乎很相似了，换了两次床，后来又躺在马扎上睡，可是无论如何都睡不好，这中间老潘送文件来了，接着庞又送了信来……

勉强吃了点晚饭，精神算恢复了，拖到八点才去街上走了一转。

7月8日

因为马的《视察委员来了》，昨夜在床上想起了自己过去写的《巡官》。因为从反动政府的作虚弄假说，颇有相同之点。于是上午找出来，一气把它读了，很奇怪过去编集子没有选它！

这篇东西的讽刺性是相当辛辣的，笔调也很明朗痛快。有些地方的刻画，可以说是入木三分，把反动派的本性揭露得很充分。但我首先考虑到的却是这点：同《视察委员来了》比较起来，可以看出在艺术构思上，描写的重点上，两者的区别和可能引起的不同艺术效果。这对少数经验不多的作者，是有点意思的。读后，我又作了两点补充，又校正了一些错落字句。

午饭前出去逛了阵街。回家时，正走到巷口，远远看见友欣从二号走来，我停下来了。很想告诉他我对两篇东西所作比较的意见。但是，等了一阵，他已经快到文联大门口了，我又拔步便走，回家去了。因为我忽然担心，这会惹出误解：吹嘘自己！

午睡后我对《巡官》作了修改。有两三处，反复看了几次，愈来愈觉痛快。想起过去我所写的那些讽刺作品，又想了想自己目前所企图反映的现实生活，过去那一副熟练手法，当然只能丢了。这个问题几句话也说不清楚……

天热得很，晚上例外的没有去散步，而且没有力气走路。

7月9日

昨天晚上就寝后想了很久。觉得目前在需要尽力揭露美蒋反动派的时候，还是可以利用过去的闻见，写一点讽刺小说的。同时回忆起不少东西，而且逐渐有了一点轮廓：独山失守在一次聚餐会上，好多人报名参军；可是酒醒后却都暗中把自己名字涂了。

这不是一个虚构的故事，那一年冬天我在重庆亲自听人说的。当时似乎都考虑过写小说，后来却被旁的事挤掉了。我觉得我的构思是不错的，而且还想好了两三个主要人物。但我还有些不够明确，当时招募青年学生从军，反动派是怎么个搞法？规模和具体手续又是怎样？一般学生青年当时的认识如何？……

为了弄清这一切，我想起了刘元恭，因为他是参加过青年军的。所以，当我去二医院看病的时候，路过编辑部，我约他走了好一段路，一直到华兴街口才让他转来。他的回答虽然还不可能解决我所有的问题，但却对我的一些构思有了一些帮助。

从医院回来，立刻把我所想到的故事的轮廓、人物，在一张废纸上写下了。虽然这还不能作为写作的依据，马上动起笔来，但总算有了一个初步的打算了。很痛快！决定缓几天，等精神好一点，去图书馆看看当日的报刊，把一些有关问题明确起来。

午睡后疲乏之至！上午的兴奋，不知跑到哪儿去了，几乎什么事也不能做。后来，想到《巡官》和《视察委员来了》，若果对照起来，无论如何是有些好处的。于是带了《巡官》去看友欣，要他看看。但我再三声明我的用意，以免被误会为是吹嘘自己，贬低旁人。

夜里，崇素来谈了很久。提起他在政协的发言他有些难受，大约是真正有点通了。我们主要是谈他过去的经历、遭遇，还谈得不错。我也向他谈了谈我在创作上的打算。

7 月 10 日

晚上没有睡好，老是考虑到长篇问题。看来将《困兽记》作为改写基础的企图，更牢固了！

整个上午都在考虑长篇计划。我很快就把昨夜在床上想到的改写计划随便找出一张稿纸，一气写出来了。而且奇怪，接着还写出了第二卷的要点；对于三卷，似乎也有了点影子。更重要的，三部东西的重点和基本调子，也有了个明确的概念。

这不是偶然的，这个安排，已经在我心里酝酿了很久了。而且很早很早，杨晦就鼓励过我继续写《淘金记》下卷。前三四年，我又一再考虑过将《还乡记》作为基础，再写它一两部。看来，目前的计划恰当，因为人物、故事的发展都比较有基础。

我一直工作到吃午饭。但是，若果不是借了阴国明的房子，工作不会这样顺利。让我自己有个单独可以使用的工作室，多么好！但是，午睡醒来，似乎所有的精力都跑掉了！很疲倦。

整个下午和晚上，连书也无法看，只能躺在马扎上休息。

7月11日

重点地抽了几章《困兽记》进行修改，一个上午就过去了。

这中间，休息的时候，偶尔瞧见傅仇抱了小孩在门首阶沿上，同他闲谈起来。他是刚从阿坝回来的，我问他看过《洛桑与蛾并》没有？并谈了谈自己的读后感。

他很赞同我的意见，于是接着我又谈了一些对目前诗歌创作的看法。并以王余等诗人对写森林史竟至束手无策为例，指出目前一般诗人，只想创作抒情小诗和空泛的叙述，太不注意形象地刻画人物和表现生活。因而没有独创的东西。而根本原因，在于自居例外，既不深入生活，也不对生活进行观察，不注意社会动态……

他告诉我，他们最近要举行座谈会，要我参加。因为不少诗人在提高问题上感觉苦闷。我谢绝了，而且，后来甚至失悔不该同他夸夸其谈。对于他要我在座谈会上谈谈我的看法，更感不安。我这个人就是一触即发，这样下去真不行呢！

下午照例什么事也不能做，晚上读了常委扩大会送来的文件。其中一份是专门谈宣传工作的。有一点很有趣，那些以为谈了当前困难会泄气的，结果适得其反！

这个文件，是西南宣传部陈文写的，很不错。上面提到的一点，颇有小说素材价值。

7月12日

刚要上街配眼镜架子，得白羽信。因为得赶快做好，而且得回来吃午饭，只好一面走，一面看。当经过梓潼桥街口时，因为相当拥挤，几次撞着那些挤来挤去的摊贩、买主……

镜架的质量、做工，也愈来愈差了！挑选了好久，才勉强挑选了一副。那老师傅说，这些货不容易弄到手啊！需要量太大了。因为有人等着配光，这副镜子负责人觉得他来配才恰当，我只好等下来。那位负责人只有三十多岁，看来工人出身，穿着朴素，人很瘦。闲谈中他告诉我："解放前只有他们一家，每天平均才配一二十副，现在平均每天百来副了！"

这个人头脑相当清楚，他又向我分析这个变化的原因：原先主要为高级知识分子、工程技术人员服务。现在服务对象变了，扩大了。而这又由于文化有了一定程度的普及，生活有了一定的改善，一般劳动人民都有了配眼镜的需要和条件了。这家店子是出名的"精益"。

老师傅是下江人，高大，头发斑白，看来快六十了。他告诉我，原来下江人很多，有的到别的眼镜店当老师傅去了，有的死了。他叹息说，现在需要量大，人手不足，他们经常忙得不可开交。而外县的买主更苦，有的单为配副眼镜得来回跑三五百里……

午睡后给白羽写回信，又附带给《红旗飘飘》回了信。两封信一写完，就头昏脑涨，什么事也不能做了！只好躺下来休息。晚上同样什么事没有做。

7 月 13 日

进一步补充了写作长篇的一些想法。当然，这些都是初步考虑，还不完全成熟。

我只有一个担心：变成《困兽记》的拉长。为了避免这点，显然必须做到，从二卷起，旧有的重要人物，应该有显著发展；增加性格鲜明的新的人物；政治气氛、环境，得有特点；要有新的矛盾和新的故事。而且，对第一部，还得认真加工。

下午疲乏之至！可见就是每天只做半天工作，也很难于持久。这个身体，不注意实在是不行了！前两天已经恢复了晚上睡觉前的运动，以后必须坚持下去，将来也许非戒掉纸烟不可。因为我已发觉，自己有时有点气喘，痰也较多。

为了活动活动，晚饭后同顾出去逛了很久。街面上的摊贩更加多了，货物的品种，也增加了不少：凉粉摊、卖油煎饼的，等等。军区影剧院门口有人在卖绸子……

卖零纸烟的也很多，而且不少人卖的是阿尔巴尼亚纸烟和古巴纸烟。

7 月 14 日

读胡华的《中国革命史》，我想查对一下长篇在时代背景上的安排，看来基本上是恰当的。

午睡后，找了《初欢》来读。但才读了几章，就读不下去了，没有过去的兴致大。觉得描写、叙述上铺得太宽一点，因而显得单薄。但它毕竟是一部好作品。这可能同我的精神、情绪有关。这是我的经验：情绪不佳、精神欠缺时，就是好作品也读不上劲。

晚饭时，礼儿告诉我，现在随处都在谈偷盗的事！又说，有个孩子偷盗，给人抓住了，当场一顿痛打。那孩子垂头丧气地回了家，告诉他母亲，什么人打了他；他还有六十元钱藏在公园假山上，说完倒下去就死了！后来那母亲向公安局控诉了，出手打他的人被判了徒刑。这种处置，其他几个孩子颇为惊怪，以为该打；我向他们作了解释。

顺也谈了一段新闻，在北门什么地方，市场管理处被群众捣毁了。连屋瓦、门房都下了，正像遭过火灾的那样。事情是这样发生的：一个人出卖自己的铺盖，因无证明，市管会几次阻止，他不理。因为那是他自己的，用不上证明。市管会把他的手给扭伤了，于是动了公愤，群众捣毁了市管会。

下午和晚上都老想着那个被打死的孩子，而且设想着被打以后，垂头丧气地在众目睽睽之下回转家里去的神情……

7月15日

上午，去金牛坝参加省委扩大会，这是最后一次会议，不去太不像话。

我一进会场，就在最后一排选了个位子坐下。不久，伍陵来了，要我到前面去，跟他坐在一道，大约是六排。他诉苦说，他现在睡眠也很少了，我们闲谈了好久才开会。

开始一段时间，是严、陈、赵三位书记分别对精简、工业、财贸和征购问题作了发言，最后由大章同志总结。休息时候，在花园里碰见井丹同志，他问到我的身体、生活和机关的供应情况。并要我去五福村休养。我也简略地向他谈了创作界的思想动态，以及我自己的一些看法。

散会时已经一点半了！碰到张部长。我向他谈了谈小川的来信，他要我去吃饭，我谢绝了。因为我早已不能够支持了，只想在床上躺下来。一回到家里，我就动都不能动了！

晚饭后算是摆脱了疲劳。乘车去如稷处，约他去望江楼转了一转，闲谈了很久。

7月16日

去找王医生，在住院部门口被看门的人神气活现地拦住了。我说明了原因，仍然不准我进去，说得由院办公室批准。我又解释，我正是院办公室批准了的，仍然不行！说才公布的新办法，还得去办手续。没办法，只好到院办公室；可真有点耐不住了。

在院办公室碰见那个女护士，我说明原委，她笑了。随即抓住电话为我联系；回话是，王开会去了。但她弄成是政协会或是人代会，就在楼上向楼下的传达室问起来；可是还不清楚！下楼后，我又亲自去传达室查问，照样毫无结果。回家时，我绕了一圈，打从春熙路走去。因为我不愿意经过住院部，那看门的太可厌了。

为刚虹修理手表，这件事还相当满意，这是一家属于公社的小修理站，没有前夜去找"及时"之类的大公司那样讨厌，打开看看就退给你，说是没办法修理，就不张理我了。这家小店在锦江附近，恰好一个唱小丑的熟识艺人在那里闲谈，所以大师傅相当客气。虽然认为锈得厉害，还可能损坏了机器，他却毫无难色地愿意负责修理。

晚上同顾去前院听音乐，并准备托李康生同志将谭剑啸的稿子带去重庆。我没有到礼堂里去，因为天气很热，里面一定会像蒸笼一样。我同顾都坐在窗子外面，相当风凉。但是，第一个节目刚完，就开始落雨了，最后越下越大，瓢浇桶倒一样。

我们一连搬了两处地方，最后才在创作辅导部门口安定下来。中间，音协的王广元、竟波都一再要我们到礼堂去；我怕不好溜走，都婉言谢绝了，没有进去。

听了《黄河颂》后，因为以后全是洋音乐了，雨也小了，我们就溜回来了。

7月17日

上午忙着校《记贺龙》，因为书店既然准备重排，总得认真加一加工。

校改中，我想起了在北京开会时，书店转给我的那个河南读者——显然是个文化干部——的信。而且考虑了好久，但却无法接受那些意见。因为好些意见非常"冬烘"！既然忘记了贺龙元帅早年的经历，也没有说明他所提出来的所谓不妥的话的真正含义，而且把它们孤立化了。更没有注意到主人公说这些话时的语调，心理活动。可是这个读者的派头却不小呢！

这样的新式"冬烘"，目前是不少的。虽不能说这是文学创作的灾难，但是毫无疑义，他们是给发展、繁荣创作带来阻碍。在他们看来，既然是个那样受人尊敬的领导同志，就该经常严肃认真，按照党章和党的理论政策教条式地行事、言谈。目前创作的缺点之一，正在于连一位党支书也没有用自己独特的语言说话！……

我在校阅当中发觉排错了的和应该加工的并不多，但我仍看得相当仔细。有的地方，我还用新"冬烘"的眼光反复斟酌，希望能改动一下。有的朋友认为我写文章是认真的。但是，如果是有根据，海明威那才叫认真呢。他的《老人与海》修改了两万多次！

午睡后，傅先慧来了。说干部处来电话，杜书记想知道我在什么时候传达常委扩大会议的精神？这弄得我很紧张，因为我请了病假，只是读了文件，听了大章同志的总结，而这个总结的记录，昨天重看一遍之后，我又照例烧了！这怎么传达呢？

我要傅向干部处回复，表示不好传达。于是等候指示；但傅一直没有再来！我没有办法静下去。打电话给傅，无人接；带信去省委要她来，没有音讯；晚饭后亲自去找，她出街去了！

晚上考虑传达问题，并做了些准备，因为我有这个责任。睡前服了安眠药。

7月18日

一醒来就记起传达的事。又努力回忆了一下大章同志的总结要点，然后起床。

我找安谈了谈传达的事，也谈了谈自己的思想情况，并做了一些建议，要他向李部长反映。他大体同意我的一些建议，而且决定上午就去宣传部请示如何传达的问题。下午，他向我回话，传达，主要读三个文件，我呢，还记得多少，就谈多少。我把文件要回来了。

下午，省委办公厅给安通知，说我既在病中，不能传达，文联的同志就去科委，听科委的负责同志传达。但老安回复，我们自己已经布置好传达，不必去科委了。安转告我后，我感觉到，虽说记得多少传达多少，仍得尽力进行准备，不能马虎！

为了传达得比较准确，不出或少出错误，晚上，又一连跑了两趟，找到伍陵，同他查对一些主要论点。随后，他又把自己的记录交给我看。虽然是电报式的记录，但是对我起了不少提示作用，我可以完全放下心准备了。

在同他闲谈时，半黎来了。他屋里没有灯亮，我还以为他不在呢！他的打扮相当别致，像个摔跤家样。但他却就这样去办公呢！他说："所以我只有等天黑才出门啊！"

回来后翻阅文件。睡前又服了安眠药，因为明天还得读文件，并在下午传达。

7 月 19 日

整个上午都在阅读文件，并随手记录了些要点，以便传达时说得丰富一点。

午睡没有睡好，因为老记着、想着下午的传达。两点过就起来了，又择要翻了翻文件、记录，但很疲倦，想躺下静静心，但是安来了，说时间已经到了！

传达时，开始因为担心说不准确，把原本记得的都忘掉了！话语也结结巴巴的。到了传达总结时，心已经静下来，说话也流畅了。但我出了点差错，把1958年以后误认为1958年以前。经安给指出后，我还毫不在意，随后邱仲彭又提出来，这才猛然省悟，承认我弄错了！这个脑筋真成问题，太不大管事了。

传达了一点零十分钟，算是把担子搁下来了。友欣看我有些疲累，建议我不要听文件了，于是回家休息。但这也不那么容易！我还在回忆我的传达，审查它们是否有不妥当的地方。虽然没有发觉什么显著错误，但是心里一直总不安静……

晚上，去看张老，市面显得更热闹了。梓潼桥口子上开了一家油条铺，兼卖豆浆。这家人原只在街边上炸油条，不上五天，立刻变成店子了。走马街也新开了一家红油面馆，春熙路、总府街一带，小贩更多，主要是卖水果，卖油条麻花的。不少小孩和老太婆叫喊着卖。据说，好多水果今年都是大年，又好又多。

张老在楼下阶沿上同他的小孙儿玩。我向他谈了些市面上的情形，随后又谈到巴公的行期和他来后我们一道去峨眉的计划。而末了，我又向他大谈我在长篇上的打算。我以为我的想法不错。

我一直到九点过才离开，街边上有好多人坐着乘凉。每个马路的转角处更多，大半是青少年。

7 月 20 日

一起床，李大娘就向我嚷道："沙主任！你看这个咋得了呀？太怕人了！"

原来事情是这样的：昨晚上隔壁供电局职工宿舍被盗了！偷儿由厕所屋顶上爬进去，开了大门，把院子里晒的衣服，全偷走了！有的屋里还掉了东西，遭偷的一共八家……

午饭时，礼儿谈起最近小偷很多。据说外县来了一批扒手，沿铁路线都设得有站，互通消息，转移赃物。顾也谈了一件极不愉快的事情：一个人提了一铫锅饭，打从东风路桥上经过，被一二十个流氓把饭一抢而光；随即四散跑了，连影子都没有看见……

因为酒喝得少，天又太热，最近几乎不能够睡午眠了！只能在床上躺着，勉强休息一两个钟头，始终清醒自醒。今天躺在床上，老想这个题材：《前任党员》。前几天在金牛坝听报告，当赵书记提到商业方面人员的政治质量时，他举例说："有的专区，调了三十个人加强商业，中间只有一个党员！"这时，该专区的地委书记说道："不是党员，是个前任党员！……"

这一来，全场都哄笑了。"前任党员"，这个称号太别致，太有趣了！于是灵机一动，我一下想了很多：这个人是混进党里来的，主要的特点把党员当成官做，对党外干部和群众，他是看不起的。平常多吃多占，作风恶劣。他就是这样被开除出党的。但这对他并无多大影响，改变很少。因为转而一想，他还是比一般人高明：他曾经入过党！若果还兴名片，他会这样印个头衔："前任共产党员"。

当时我向伍陵提了提，他笑了。而这几天来，想要把它写一个短篇的企图，越来越强烈了。这问题也较好处理，主人公既然被开除了党籍，可见党是严格的。但这个人却可以被理解为极端特殊的例子，因而没有普遍意义。我不能确定，这在目前是否会害多利少？……

晚上照例出街逛了一转，而且跑得很远。特别去青年路看了看，卖熟食、杂粮和旧货的很多，拥挤得水泄不通。盐市口百货公司门口，睡着两三个人，有成年人和一个十五六岁的少年……

那个中年人的腿杆肿了，上面很多苍蝇爬来爬去。不时有不三不四的人出出进进。

7月21日

李部长陪友欣来谈了一整上午。中间去叫过安，但安开会去了。

主要是谈机关工作问题。我提了几条建议：像我，专业作者，文代会时，可以不参加党组了，重要讨论，可以列席，这是一；其次，培养工农业余作者，要对拔尖的采取更多具体措施。我说，这问题提了好久了，得做，得下本钱！并且举了上海的例子。其实，这也说过很多次了。

我们还谈了些创作上的问题。当谈到人物的刻画时，我以《红岩》为例。我说，人物的动作、语言，它们的内在含意，应该比表面丰富，应该联系到人物的性格与当时的精神状态和内心活动来写。而且在平常观察人时就要有这个习惯。说到这里，因为联想起一些人事关系，我转个弯说："从创作说，这是对的。如果工作中对人接物也这样，麻烦、摩擦就会多起来了！"……

接着我又用检讨的口气谈了谈自己，他们两个人都笑了，虽然有点感慨，但倒是实心实意的话，也可以说是我最近以来反省的结果。我记得，井丹同志曾经相当温和的、用暗示的方式批评我这点。的确，如果处处认真，这个工作不大好做的。

当然，我也不是对所有的人都那么严格，只是对少数人如此。因为一则他们自命不凡；二则又是骨干，要求严格也并非苛求！这中间也有感情成分，他们对我那样吹毛求疵，有时伤了我的感情。我说他们，是不当的，实际只是个别同志。但并未向李部长和友欣说明，仅仅说出了一个结论：我不善于搞组织行政工作！

我们还谈了些当前的财政经济情况。我顺便想起了少言的意见：搞创作的最好少知道些消极的东西。我补充说，这个意见有它好的一面，但一个革命作家，应该锻炼成这样：在最坏的情况当中，也能发现出希望和鼓舞人的东西。

午睡照旧不好，由于上午的谈话，思想就又陷在一般机关工作当中去了。这样是不行的！一定得按原先的想法，少想机关的事，不问机关的事！

晚上，为了运动，为了睡好一点，照例去街上走了很久。

7 月 22 日

李冰来谈了一整个上午，直到快吃午饭，这才离开，回音乐学院去。

她已经正式调到音乐学院去了。她是来同我摆"思想"的，她对某一同志颇有意见，用了一些他对她自己和别的同志的态度，来说明这个人的简单粗暴。这个同志在一次支部会上表示，他要出气！我批评了这种想法、说法，说："像那样，都会有气出啊！……"

李的谈话是坦率的。恰恰因为昨天李部长也谈到过机关的情况，我的思想还未安静下来，而她又一直在机关工作，所以我也谈了自己的一些看法，向她交流"思想"。后来她说，文联的工作是不容易搞的，赞成我的想法，不如专心搞创作，以免徒讨麻烦，而事情又搞不好。最后，我又劝她，过去的事不必提了，我自己也绝不会再提它。

午眠后，因为不见小娃回来，未免有些挂念。重看了《四川文学》七月号上千乐的文章。我觉得这篇文章对目前的文坛是有益的。不管懂与不懂。当前好多人写文章都喜欢引用所谓古文，这个风气太不好了！这一期头条，二条登的小讯，也不错，起床后我就抓来读了。沈重那篇，最突出的是作者有相当好的文学修养。但也由此感到，我们有的党员同志，太不肯用功了。

小娃终于由杨礼领回来了。瘦了一点，身上也没有前个时期干净，头发相当长，有痱子。据说，升了班后，照管已不如从前周到了，吃食较差。这娃一回来，家里的空气也活泼了。他一直挽着我不放，要我带他去院子里捉蝴蝶，搞胭脂花，赶鸡……

晚饭快用完了，刚虹才回来。这天是最后一次高考，看来情绪没前两天好，有点困恼、疲乏、没精打采。我制止礼儿问她的答题，考完就算了，何必要引起追悔和失望呢！

夜里散步回来，肖兰在跟虹儿闲谈，我向肖兰做了一些思想工作。

7月23日

礼儿夫妇很早就把凡儿带回来了。这一来，小娃有了伴，可是吵闹了一整天。上午还不错，到了下午，因为天热，因为凡儿爱哭，就使人感觉得心烦了。心想，如果常在家里，实在很不好受！

小娃也比昨天顽皮。午饭时因为喝了两杯，有点瞌睡；但他一定要同我睡午觉！既不要玉顺领他，也不要他妈领他。我只好从小床移到大床，因为挤得太紧，热得有点可怕，但他偏要同我睡一个枕头。后来，又睡在我身上，轮流把我的肚皮、大腿当作枕头……

晚饭后，礼儿他们走了，我同玉顺、刚虹出去逛街。私营的小贩更加多了，麻花、油条、煎饼也比前几天的大了，价钱呢，却并没涨！由此可见，管得过分，并无丝毫好处！

我一面散步，一面想着晚饭前读的一个中央文件，特别是其中提到的价格政策！

7月24日

得巴公自北京来信。他到京之次日，会见了白羽，白羽告诉了他我的近况。这封信，显然是从白羽那里回去写的。他在创作上说了许多鼓励的话，抱歉他的改变计划。

他这封信，我一连看了两次、三次，他的热情的关怀，使我非常激动！真的，要是来谈谈，多么好呀！信收到不久，张老又派专人送来一信，说巴公给他有信，不游峨眉了。但是统战部已经组织人前去峨眉，要我联系一下。我猜想，这可能是巴公来信的结果……

整个上午都无法工作。下午也是一样，很激动，老想着白羽、巴公，还有别的一些朋友，要能马上同他们一起谈谈多好呀！想回巴公一信，但又估计他已出国了！

晚饭后，王兵林问我是否去影片公司？我谢绝了。我得尽力避免任何社会活动。

7月25日

早晨，去成都旅馆找王文雄看病。守候当中，同邓作楷同志闲谈了很久。

快九点了，还没有找到王，我只好回来了。因为玉顾要同礼儿夫妇、刚虹和士豪去安县。十点就得出发到火车站去候车。既然去峨眉把握不大，我很赞成他们作次短途旅行。而且我为他们布置了一项任务：带便为我了解一些解放前安县的社会动态。

送走顾等，我顺便到大光明理发去了。回来后，想做点事，但做不成，最后分别给白羽、以群和罗荪写了信。我把自己在创作上的想法，我的近况，通通告诉白羽了，并叮咛说，如巴公未走，可交他看看，因为这信，原想写给巴公。给以群、罗荪信，是托他们向《新艺》交涉，可否出本过去的作品选集。我近来翻看了些过去的短篇，偶尔也做些校改工作，觉得好些篇可以出版。人民文学出版社那本集子太选少了。这里还有个实际问题，近两年来，一点存款已经花光。

晚上去看张老。他刚开会回来，我坐在阳台上等他换衣服，吃晚饭，随后杂七杂八谈了很多。多半是七月号《四川文学》上一两篇谈古典文学的文章引起来的。我们随又谈到峨眉的计划。而在谈话当中，充分表露了他性格上的特征：说话缓慢、慎重，开始还从去的方面说，最后显然不想去了。

他的不想去的理由是逐步增多的：先说最近要开教育会议，得早点去；后来又认为三月前他出去过一次，汽油已浪费得不少了；最后又感觉目前去峨眉避暑，这实在不大应该……

他的改变，很可能因为我提出玉顺、刚虹也将同去，回家后我对这件事想了很多。

7月26日

早上醒来，对去峨眉的事作了最后决定：无论如何我都不要去了！此时此刻真不应该去游山玩水。

本想给张老写一便条，结果却分别给玉顺和萧珊写了信。在给玉顺信上，我说不去峨眉了，她可以在安县多住几天，不必忙着回来。给萧珊信，因为未曾直接回答巴公，感情上总有些过不得，好像揣着一团东西。我直率地表示，他们不来，我很失望，希望他们明年一定践约。

不管以群办的事结果如何，短篇总得修改出来，这也是病中消磨时间的最好办法。于是发信后就动手改《模范县长》。看来颇为愉快，几乎一口气就改完。我觉得这篇东西揭露得相当深刻，有的措辞也还泼辣有趣，是我现在写不出的，这是好还是坏呢？恐怕两者都有。

午睡后读了新到的《文艺报》。李希凡的文章一般，我是跳起看的。高缨的自白，无法看出他对《达吉》讨论的明确态度，有点含糊。他对余音的反驳，是有力的，尖锐的；但对另外一两位评论家的文章，则颇有点头哈腰的味道，读来有点不大舒服。特别对冯牧的文章，他没有一个明确的态度。可能同他对改编问题的看法的含糊是一致的。最后部分，使人感觉他是在做统战工作。……

最好的文章是：《共工不死》和秦牧的一篇文艺随笔。前一篇文章和高缨的自白，使人附带想起很多问题，感慨也多。秦牧说了我好多想说的话。当然，这些话，少数同志间也是时常谈起过的，这是个比较普遍存在的问题，也同提高作品质量直接有关，真该开展一次讨论！

玉顺她们走了，生活固然清闲、单纯，有时不免有寂寞之感。晚饭后去街上逛了很久，买了一饼沱茶，价八元。路上算了算细账，每月一沱，约合二角七分钱一天。

7月27日

这几天很少考虑长篇，准备修改一部分短篇。有什么办法呢，现在只能做点这样的工作！

上午改好《第一场电影》，下午又接着修改《恐怖》。《恐怖》过去改过，看来是可以定稿了。《第一场电影》可能还得加工，单行本的错字多得可怕！这篇东西是收在《播种者》里面的，算是臧克家、以群合编的丛书中的一种。我觉得他们太不负责了！鲁迅、巴金编辑丛书，总是亲自阅校。

晚饭后去街上逛了很久，这对治失眠很有效。我可能走了四五里路。

7月28日

上午把手表取回来，去钱五元三角。看来贵了一点，但工人态度很好。

一共看了三篇过去的短篇，为修改它们作了些考虑。这样做工作顺利得多，否则，容易发生前后照料不周的毛病。因为尽管是自己写的，也大体记得，细节却早已忘掉很多。

晚饭后同刚宜一道去街上逛了很久，一边同他闲谈了不少问题。

7月30日

上午，郑志平来了，谈了一些安县的情形。她告诉我，1959年反右时，她在张掖农校受到的处分，已经给撤销了，还补足了几年来降级减少了的薪资。我提醒她要正确认识这一件事，以后得把工作搞好。她还谈了些志超的情况，很能说明这个人的特点和思想生活作风。

晚饭时，友欣来，我们也谈了很多。内容是七月号《文艺报》和七期《四川文学》上的几篇文章。我谈得最多，几乎把我的看法、感想，都对他说了。他对李希凡的文章颇有意见，并提出一两个论点，阐述了自己的看法。他可能准备反驳，但我对李文是跳起看的，只能就一般批评文章谈了点自己的意见。我们还谈到小说中的对话问题，而我说得较多。

因为刚宜有同学找他，友欣走后，我单独出街闲逛去了。但是，刚走到新巷子转拐处，我又改变了计划，去找尔钰借克鲁泡特金的《自传》。青年时期，我是这本书的宣传者，几乎见了熟人就介绍给他们看。但是，好多年没有翻阅了，最近忽然又记不起来了。觉得这本书对青年人是有些好处的，所以决定借来交刚虹、刚宜看看，自己也可以作为消遣，不时翻看一下。

当然，这本书可能对读者产生消极影响，但我以为，好的影响将会更多一些。我们不能把小孩子看得太单纯了！而且这本自传，就我记忆所及，宣传无政府主义的地方也并不多。现在，青年人的阅读范围太狭隘了，这是没好处的。我想用自己的孩子试试……

到鼓楼街尔钰家里时，淌了一身大汗，气也有点喘了。借到书后，坐了一阵我就走了。尔钰送我一段路，直到鼓楼洞子。抗战前我们都在这里住过，想起不少往事。特别"二一六"惨案发生那天夜里我们的晤谈……

7月31日

上午，又将《第一场电影》改了一遍。很不舒服，印得糟，抄写也糟，这比做苦工还难受！

下午去青年宫医牙齿。牙齿已经发了几天炎了，以为可以拖好，结果越来越坏！黄主任、焦医生不在，只有一个女同志在屋里读文件。白净、胖胖的，嘴有点瘪，她去找了一女医生来；但等治疗以后，我才知道她也是医生。大约听到我问到黄、焦，不大舒服，所以懒得为我治疗。

可是，后来我们都闲谈得不错。她还向我解释，因为忙着阅读文件，所以没有亲自动手。我们谈了很多：焦有肾脏结核；黄的女儿有喘病；黄本人在参加市政协的会议，下个月要休假了；焦已成为主治医生，因为有病，只在上午工作。我们还谈到这几个人的性格、脾味，很有趣……

她认为我得至少拔去两三颗病牙，否则经常都会发炎、疼痛。另一个医生治疗时，她在旁边看过。她半开玩笑地叹息说："真糟！这样每年拔两三颗很快就会全拔光了！……"

晚上同刚宜去看了《升官图》。莲池说，苏枚准备将《还乡记》改成方言剧。

8月1日

上午，正在改《小城风波》，有人来告诉我，均吾、少言来了。

下午，又将上午改过的《小城风波》重改一次。之所以重改，因为书印得糟，抄写也糟，我又已经记不起原来的面目了。有两处改得不错，这两处都非抄写之误，是写得不好。

晚上去看邓、李，没有找着。逛到十点钟才回来。睡前又检查了一次《小城风波》。

8月2日

开了一整天党组会。主要是讨论召开文代会的问题。

上午，除党组成员外，有重庆来的同志参加。下午，张处长、路由、创委会的党员同志，都参加了，因为对1957年那一次文代会的估价，有些分歧。经过讨论，认识基本上一致了。

又，一日下午，曾约邓、李参观了"峨影"，游了"草堂"。回来时，顾他们从安县回来了。据说，安县的情况很不错，集市上副食品很多。秀水还有公开卖杂粮、大米的。一百斤以内的猪，市上也有。猪肉、菜油也不少。家畜发展很快，因为猪娃买的人少，有生下来就设法搞死的……

看来北川粮食更多，但缺衣着。一件旧衬衣可以换三四十斤粮食，上去拿旧衣服换粮食的人不少。

8月3日

李部长来，说，英籍马来亚作家韩素音要拜访我，并作了些指示。

这韩素音，本名叫周光瑚。父亲是郫县人，留学比利时，后来就同比国人结了婚。周光瑚是混血儿，到比利时留过学，是学医的。后来却入了英国籍，长期住新加坡，是东南亚有名的社会活动家。她早已不行医了，在新加坡大学教书，一面写作小说。她在成都有不少亲友，前年来过一次。

下午修改了《土饼》，因为字数不多，晚上逛街转来，就又进行了一次修改。

8月4日

韩素音约定十点钟来文联，十点以前，又有重点地改了改《土饼》，看来可以定稿了。

周是个瘦长的中年妇女，除了眉目、鼻准，并不像外国人。中国话讲得不错。她父亲是铁路工程师，一生都在铁路工作，她们几姊妹都是生在铁路边的。她准备写一部长篇小说，以铁路为线索来反映中国的巨大变化。她要我谈谈哥老会和防区制的情形，这是我没料到的。

我们一共谈了一个钟头。她想要知道的，我都就其所知向她谈了，当然有很多遗漏，但看来她相当满足。因为我的观点是明确的，所举事例，也都生动有趣。另外，我还推荐李劼老、蓝田老人和刘沧浪在明天为她座谈一次，我还向她道歉，明天因病不能参加了。

这个人给我的印象不坏，的确是一个社会活动家。她曾提到我们的作品，外国人不大接受。又说，她随便写了点文章，可美国人却以为在骂肯尼迪。如此等等，就不是滋味。

下午，给劫人通了电话，要他明天准时去旅行社，此外还扯了几句闲天。

8月5日

修改《赶路》，但是不很专心，因为老想着自己是否该去参加下午的座谈会。

我之所以不住考虑这个问题，因为我想：若果能在资料的供应上多帮助周光瑜一点，让她较好地写出她的作品，是有益的。但我又感觉活动得太多了，而且李部长又未布置这项任务。于是作了这样一个决定：如果外办和老安要来电话催，我就去，否则就决定不要去了。

但是，心里仍然有点担心这一件事，生怕座谈会开得不好。这也影响到修改文章的进度，好在午睡后还是改出来了。而且无意中同安要通了电话，据他说，座谈得很不错。晚饭后在街上整整跑了一个钟头。青年路的市场扩大了很多，依旧十分拥挤。

8月6日

准备出发到罗世发处，想带点钱。但顾说，家里钱不多了，银行只有两百多元了。感觉有些烦躁，几乎为点小事同玉顾吵起来，后来想起有点歉然。我亲自去会计处借了五十元带走。

九点了，一切都准备好了，但同宣传部通电话后，才知道李部长到医院看病去了！也没有留得有话，今天是否同去。而这是前两天约定了的。后来，回话来了，说改在下午动身。于是又只好分别通知新民社和李少言。我坐下修改起《某镇记事》来了，因为等起人来烦人。

刚改了一部分，李部长来了，随又来了李累、肖然。他是来同后两人谈《和亲记》的评论问题的，带来一封远在云南写作的李明璋的来信。他们谈了很久，可惜我的兴趣不大。

李走后，继续改《某镇记事》，不少地方连自己也忍不住笑起来。午饭后继续改了一个钟头，总算在下午两点改好了；但是午觉给挤掉了！迷迷糊糊躺了一个钟头，很疲倦。

三时半去接邓、李，又去影片公司为新民社借影片，最后去宣传部。动身时已经四点钟了，五点钟到达和登。罗世发去北京开会去了，黄静仙正患疟疾，是刘书记陪我们下午逛的田坝，晚上又看电影。电影是在公社放的，放映前会见了县委负责同志。又，下午逛田坝时，和两个农民谈了天。

今天早上曾接到萧珊来信。罗荪在信封上批了几个字："大函收到，签缓复，先问好"。

8月7日

可能由于没有喝酒，又有点诧床，也睡晚了，晚上服了两次药，才在三点睡着了。

九点过了才起床，喝了牛奶，但没有吃早饭。闲谈了一阵后，单独出去逛街。有一家私人开的饭馆，不但有鸭子，还有很多卤肉。六角一两，价虽贵，客人很多。有一个农村少年，担了一罐子饭，已经卖完了。问了问价钱，四角一斤，小菜是凉拌萝卜丝。饭的价钱，是旁人告诉我的，那娃儿装着没有听见我的话，显然多少有点戒心。他挑起小箩筐，忙匆匆走掉了。

有一个瘦小、世故的中年人，向两个坐在百货公司门槛上的妇女叹息道："这也是从来没有的呢，做庄稼的在街上卖饭！"四角一斤的话，就是他告诉我的。他还告诉我，一斤米可以煮两斤半饭。又说，蒙阳每天市上有三四百斤米粮交易。多半是生产队卖的，因为农具很贵，只有在市场上卖点米才合算。他是做切面的，每斤四分工资，每天要做四百斤面粉。

面店就在对面，做面的人很多，都是农民。工人有十多个，工资每月二十五到三十元。那人叹息说，这点钱是不够用的，因为他有三个小孩。他又为我算了算伙食账，单是伙食费每月的工资都不够花！这可能有点夸张，但他又说，他们工人是没有自留地的。随后又去供销社坐了阵，据说，烟叶收购价已提高 50%，任务只有产量的 30%，很好收。

午睡后同少言去一大队，史良臣的房子又扩大了，看来很不错。在黄继芬的门口闲谈了很久，然后去罗世发家里；但是门锁了。后来，他母亲从另一间屋子里出来，我把两袋糖给了她。则打算离开，老黄来了，又转去坐了一阵。那个胖女子抱了孩子走来，大家扯了些副业生产的情况。黄说，他们只喂了一头猪，十多只鸡。胖姑娘很高兴她两母子分了十二斤油。

晚饭后在院坝边坐到十二点，中间夹七夹八说了不少。还喝了两三杯酒。

8 月 8 日

七点一起床，就去野外。到电站时，邓老已经站在桥头上了，王同一个农民闲谈。

我顺大路一直走了很远，头脑清醒，心情舒畅，从一个久居城市的人来说，这是一种最高的享受。午饭后，同少言去街上闲逛，虽是冷场，卖东西的可不少，有两三家卖鱼的。一个妇女，提了一只团鱼在卖，问了问价钱，贵了点；又担心花钱太多，结果只好走了。

到场口河边一家半工半农的家庭里闲谈了很久。这家六口人，只有一儿一女在搞农业，儿子是三月间从成都机器厂回来的。我们同他算了算账，他在工厂三十多元一月，但生活水平反而不及农村。他告诉我们，除了女孩子们，一般男青年都愿意回农村。回家的路上，少言证实了我的印象：有不少精简掉的女工，在都市结婚的很不少。

走过拥挤的市集后，我们看见有家人门口摆着一条板凳，于是坐下来抽烟。廖端公来了，我招呼住他，闲谈起来。他告诉我，他不搞生产了，因为他的三个儿子，两个媳妇挣的工分，已够全家用了。他每天夜里在茶馆讲一两个钟头的评书，每月可收入三十余元。他对市面的繁荣很满意，说："你看，再也没有一个皮泡眼肿，杵棍棍走路的人了。"的确，我们所看见的人，一个个都精强力壮的，就连罗的母亲都像更年轻了。

午睡后一直在家里闲谈，因为太阳很辣，出去跑有一点受不住。吃过晚饭，又谈了很久。李、邓去看都江文工团演《刘三姐》，我同少言去跑田坝。我们跑了一个钟头，碰见好几起群众到街上看戏。回到家里，已经九点钟了，王乡长正教训一个剧场门口调皮捣蛋的儿童。这桩案子还未了结，一个剧团售票员又扭住一个青年来了……

回到家里后，我们从前院的调解扯到社会风气，都认为这两年的政治思想工作有些松懈。我们特别对青少年的思想、生活情况感觉发愁。还谈了一些我们个人所知道的例证。后来，我去街沿边洗了个澡，虽不过瘾，可也清爽多了。

又，下午史良臣来看我们，说了说他的家庭副业，并约定明日去一大队参观。

8月9日

早饭后去一大队。史队长的房子，布置，大家都认为的确不错，这个人是很会生活的。

坐了一阵，我们又去原来的食堂后面，看了稻子，很不错。只是罗从成都带回的"云南早"，看来并不适宜，所栽的两块田，苗价还好，可是脚叶黄了。而且至今还未抽穗，看来减产定了。

有几块糯米田籽种很杂。大家发表了不少意见，一致认为，这几年的选种，存在不少问题，几乎没有多少籽种是纯正的，什么都掺和在一起。在一块黄豆地边，我们又扯了一阵因地制宜这个题目。因为有一块西昌黄豆种的豆子，枝叶比当地良种茂盛，可是不结豆荚！

回转史家，主人留我们吃午饭，说今天杀了猪，可以吃到鲜肉，但我们婉谢了。虽然我们知道他已经卖了四条肥猪，返销肉很不少，他有条件招待客人。史见我们非走不可，就去煮了几碗荷包蛋来。因为李部长胃不好，我帮他吃了一个，连我自己的，一共四个。

龚书记为我们介绍了些生产队的选举情况后，我们就上街走了。午饭吃得很少，又没有喝酒，天气还特别热，简直没有午睡，而腿子却被麦麦蚊叮肿了，弄得心慌意乱！

晚饭菜很丰盛。七点半乘车回成都，到家时快九点了。

游玩也累人的，整整休息了一天，还很疲倦，大约摆龙门阵的时间多了。

试想从创作的角度，回忆一下刘、龚介绍的生产队的选举情形，竟也神思不展，于是只好干脆不想它了。这可能由于介绍得太概括、一般，缺乏生动、具体的东西。我想，如果由罗来谈，情况会两样吧。

好在小娃尚未去幼儿园，还不寂寞，这孩子可也真顽皮得太可爱了。

8 月 10 日

修改短篇《龚老法团》。这篇东西还有点意思，也颇有趣，只是年轻一代未必能欣赏吧。

午刻得罗荪回信，说出版社表示欢迎出版我解放前的旧作。还谈到我该去上海看看。"八一三"离开上海后，我就一直没有到上海了！

但去一趟，却又谈何容易。他也希望能来四川看看。

午睡后，正在重改《龚老法团》，壁舟来了，谈了谈对几个青年作家的观感。

8月11日

正在修改《轮下》，安来了，是来商量省人大代表的名单的。我主要谈了谈自己的一般看法。

午睡后，刚把《轮下》改好，少言来了。他说，邓老在昨天回重庆了，他也准备在当天夜里动身。据他谈来，邓老并非不愿意去峨眉，只怕钱花多了，他是踌躇了很久才决定不去的。我谈了一些对罗广斌写华子良的看法，较之对李累说得详细，要他转告王觉。少言是赞同我的意见的。因为他锻炼较多，也颇熟悉创作界一些不成文的习惯，深恐引起不良后果。

晚上出去跑了一转，小贩更为增多，可是青年路的集市却没有了。

8月12日

重改《三斗小麦》。有一处，感觉非改不可，但不知道如何下手才好，直到午睡后才想到办法。

刚刚做了两天工作，人又垮了！虽然改完了《三斗小麦》，仍不惬意。这可能同身体、情绪都有关系。正在考虑重改，洪钟来借一本参考书，我顺便向他谈了谈我对长篇计划的一些想法。谈得相当具体、详细，因为如稷已经告诉过他我的意图了，亲自重说一遍，是必要的。

晚上同顾、刚虹出去逛了很久街，睡前把《三斗小麦》改定了，大半夜又起来更改了几个字。

8 月 13 日

一连三夜都咳得厉害，又开始吃安眠药了。这样下去不行，一定得认真休息！

来了很多文件，决定一气把它读完，因为账是越拖越深的，在家里搁久了又怕失落。在所有文件中，有一部分，是我下乡后来的。到了半下午，算看完了，清仓的情况给人印象很深。

晚上全家人一道去看谐剧。李部长告诉我，决定明天九点出发，先到井研。

8 月 14 日

虽然只是短期离开，仍然有不少琐事需要清理，而且总觉愈清理愈加多。

冒雨去找了李累，随又看了看友欣，但到友欣处，精神已经很不行了。他也感觉出来，问我是否病了？大约面色很不好看吧。坐了不到两三分钟，我就回家吃午饭了。

下了一夜又大半天，午睡起来，雨终于停了。晚上，因谭剑啸约定七点半钟来看我，没有同顾和刚虹一道上街。但等到八点，由于习惯使然，我留了个口信，出街了。走了总府街，倒转来时，才发现顾和刚虹。街上更热闹了，有打花鼓和唱金钱板的，可能是为了推销药品。

回来吃晚饭，午饭剩下的豆腐，是自己磨的，显然晚上吃起来更有味得多。

8月15日

夜大雨，虽然起床后仍未停歇，照样赶着把行李收拾好了。

到了八点，雨势犹然很大，担心可能走不成了。于是要老潘同宣传部联系。但是，直到九点，还没有联系上，最后只好提到行李去前院等候。不久，等到消息，李部长乘车来了，后又一同去接老戈。可是，十一点到籍田铺时，发现这里被淹，不能走了。

籍田铺是仁寿的产米区，但从人们的穿着、面色，可以看出这几年这里的情况并不算好。而且至今尚未好转，稻田好坏相间，被水淹没了很多，有的晚稻，显然不会有收成了。这天正是场期，据说，平常有一万多人赶场，因为大雨阻隔，看来却很冷淡。有卖汤锅羊肉的，李部长说，他一咳喘，吃点炖羊肉就好了，可惜，不便去吃，彼此只好精神会餐。

区委书记是浙江人，高大，戴银丝眼镜。他介绍了些生产和市场情况。我们又一道去赶了场，物价一般并不比成都低，鱼类叫价一元六一斤，鸡蛋三元十个。成都来的三辆班车也因道路不通停在餐厅门口，那些已经用过饭的乘客，分别在打盹、打百分……

午饭后，我们决定回成都经双流去眉山，不直接到井研了。双流一带庄稼不错，已无荒田空土。过新津河后，我们在一家颇大的饭馆里喝了很久的茶。这是我第一次到新津，而新津渡确极壮观，我们一连过了三座长桥才算到了对岸，看来这是一个富庶之区。一直到眉山为止，虽有浅丘，平坝却很开阔，庄稼一般都比仁寿的好。

眉山县委会在三苏祠后面，地方不错，县委会本身就像一座公园。房子的主要部分，是前国民党县党部书记长的住宅，这简直叫人难于相信！据县委同志告诉我们，眉山今年因旱灾，水稻几乎瞎了，只有红苕可能比1958年好。我觉得县委的生活是艰苦的，招待我们的吃食非常简单。

晚上看川戏《耐冬花》，戏院里可以随便抽烟。还未看到一半，我就感觉没办法支持了！于是休息刚刚结束，我就同驾驶员同志回家，一到街上，头脑立刻也清醒了。

逛了逛夜市后，我们又从后门进入三苏祠，草草看了一个大概。

8 月 16 日

早饭后游览了三苏祠，道地中国式的庭园。树木扶疏，布满浮萍的池塘、小溪，随处可见，偶尔有新的建筑掺杂其间，而风格却和整个庭园协调。东坡书法的拓片、石刻、遗物，都保存了不少……

喝茶后复返县委，等了一刻钟才出发。到思蒙时，已开始登场了，这个镇子较籍田铺大。我们在下场口停了车，然后又朝转走，看了看市场情况。虽不到十点钟，人可已经很不少了，竹器、木器和柴薪最多，水果也不少。有一条横街专卖粮食，最多的是大米和黄豆，要价之高，却也惊人。

十一点半到达乐山。招待所的房子是文佑章的房子改建的，房子式样既佳，地势尤为不错，嘉州形胜，尽在眼底。午饭后没有睡好，老是想起来瞭望四周景色。随又登上三楼，约了壁舟下二楼闲谈。正削了一个梨子，王宗祺同志来了。一道闲扯了很多，他是出来视察交通工作的。他告诉我们，自从解放后来川工作，他已经跑了一百四十多个县了，还谈了几年前的兴旺情况。

当我们去李部长处坐了不久，张书记来了。晚饭后同去看了川戏，还不错，特别《子都之死》给人印象很深。演子都的是谢文兴的儿子——谢平安，肯定是川戏武生的后起之秀。散戏后，李部长去后台与演员见面，我们在前面等他。最后，估计他会讲话，我同壁舟提前走了。

月明如昼，江上有薄薄一层烟霭，风景真太美了！凭栏远眺，久久不想就寝。

8 月 17 日

九点由乐山出发去峨眉，倒走了三十华里，过青衣江。河坝很宽，水流湍急。

峨眉县城相当别致，街道宽，空地多，树木随处可见，几与田野无异。出县城不远，我看见李兆宏带着一群剧校学生走过。我告诉了李部长，他叫把车停了，并招呼住他们。

十一点时到报国寺，我们被安排在后殿客房里。房间是旧的，但有现代化卫生设备，颇有"禅堂草木深"之感。我们都觉得这比起不少名山那种近代式的别墅住起来有意思。刚一住下，李部长就找剧校学生去了。后来，一个学生单独跑来找他，同我一道谈了很久。

午睡起来，李钓鱼去了，我约了壁舟去看子健同志。他们就住红珠山，是原来国民党"中训团"的房子改建的。走廊很宽，我们就坐在走廊上闲谈起来。这里比报国寺清静，我们谈到这里的古迹和沿途所见。后来马文来照了像，并同祝老师等都见面了。

五点半我去看亚群同志，他就在下面钓鱼。子健说："他一来就奔到鱼塘里去了，将来你们走，还得把他从鱼塘里拖上来呢！"我们走到堰塘边时，他已经钓到七八条小鱼了，但我们都不满足，都希望他能钓到大点的，以便加餐。他向我们解释，水太浅了，不可能钓到大鱼。于是大家又一致认为，多钓点小的吃，也不错，可以用油煎起，放点花椒面……

这个人钓鱼真有几手，几乎两三分钟就有一条上钩，当他钓到二十条时，我的手臂已经叫麦麦蚊叮了好多泡了。我不想再鉴赏他的手艺，就单独回来，洗了个淋浴。感觉有点冷，开始不大好受，后来却习惯了。洗完过后，周身特别清爽。随后我又把换的衣服洗了。

李、戈七点半才回来，八点钟晚饭时，我们用炸小鱼下酒。这是离家后第二次喝酒，颇为痛快。饭后，戈提起子南。子南的为人和遗作，我和李部长也谈了不少。十点钟回房后，李部长又出来同我扯了不少问题，他的诚恳、朴素，直言无隐给我印象很深。

8 月 18 日

昨夜大雨，天明时听见亚群在叫壁舟，等我起来，他已经独自钓鱼去了。

早饭后，壁舟进城赶场，说是打算买条小猫，能买一只小狗也好。近三年来，已经很少看见猫和狗了。亚群回来闲谈了一阵，内容是说党员的思想行为及其看问题的方法，都同文化教养和习惯势力有关，并不那么简单。我们都认为重发少奇同志的文章，意义深远。

亚群随又钓鱼去了。我翻了翻杜诗，于九点五十分去伏虎寺。到虎溪桥时，感觉到峨眉的妙处来了。这以前，是并不感觉怎么样好，桥头有一道匾，题曰："渐入佳景"。我一气跑完整个寺院，然后才在山门石阶上坐下休息，吸烟，一面尽情观览四周景色。来时碰见的一群医专学生，已经到前面去了。坐了很久，才又慢慢回报国寺，来去共费时一点零五分。

又有客人来了，是全家福，大小七个。午睡后在走廊上闲谈，经介绍，才知道是铁路工程处处长，四川人；但爱人却是北方老乡，几个小孩子都像母亲。马文同志也参加了谈话，内容很杂，但却不外吃穿用的情况。这以前，峨眉山佛教会的普超法师还在亚群同志家里扯了一些当地的生产情形。

晚饭后，同壁舟出去散步。我们是沿山路走的，一气走了两三公里。回家后当与宗英约定，由他明日一早陪我去清音阁、洪椿坪；后日经万年寺下来。并托文管所写了介绍信。

刚上床，大雨来了，而且一直不停。有点感冒，鼻塞头晕；看来明天不可能上山了。

8月19日

夜里没有睡好，一早又给钟鼓声，孩子们的吵嚷声闹醒了，可是，既无法睡，也起不了床。

很少有这样的疲乏！我是五点半被惊醒的，但一直到七点半才勉强起床，因为我照旧希望今天能够上山。可是，还在飞毛毛雨；而且陈秘书告诉我，今天上山困难很多，不能去了。那个女服务员也这样说。随后，宗英来了，他说路不好走，因为昨夜雨太大了。

午睡后同壁舟去圣泉寺，但刚到华严寺，就又打倒走了。一则怕天时有变，路不好走，二则从雷音到华严，坡度很大；爬坡时汗流浃背，一停下来休息，却又寒气侵人，担心加重感冒。还有雷音以上，树木砍得不少，全都种了玉麦。而华严附近，据说好多楠木都被砍了！玉麦一直种到庙子内的空地上。建筑也已朽败，看起来颇不舒服；但得承认，由伏虎到雷音，风景却非常好！

回去的路上，我们又在虎溪桥徘徊了很久。一群尼姑，都年纪轻轻的，背着砍柴的空背篼，忽然从庙后的山径上走了出来，显然是上山去砍柴的。大约对我们的出现有点感觉意外，她们停下来，向我们瞭望。可以看出她们还在为我们大发议论呢！我想了很多……

晚上，川剧学校在山门上为佛教会演戏。我想看一两折就走，结果却一直看到扫台，因为这种演出是别致的。演《三娘教子》时，一个蝉子不知怎么一来就飞到"银哥"帽子上了。这可能就是附近那些孩子们弄的鬼，直到一个办事员捉来丢了，他们还大笑了好一阵……

喝了点酒后，发现几个老艺人也在会议室吃喝，我单独跑去同他们吹了一阵，接着就回来上床睡了。但我不久又起来了，觉得还有点意见得向他们谈谈，于是又去会议室吹了一阵。

这后一次谈的，主要是整改《三返魂》的问题，因为青莲有些意见值得考虑。

8 月 20 日

因为戈临时提出去龙池，李部长钓鱼的兴致来了，于是不到万年寺了，改去龙池。

龙池也是峨眉的风景区，距离报国寺三十华里，地点在大峨山后面，金顶脚下。沿途有好几座 1959 年以来新建的厂；当然多数已下马了。不时可以发现一些残存的原始森林。公路不错，据说是解放前国民党修建的，后来又整修过，是到峨边一带的交通要道。

龙池地势较之报国寺高得多，海拔一千多公尺，是区委所在地。但场上只有两百多户人家，街道很宽，低矮的房舍中，新建的百货公司看起来很打眼，百货公司门口有二三十个小贩和卖水果的农民，龙池就在场后面。为了避免人们注意，我们在百货公司附近就下车了。但为了寻找一个适当的钓鱼的地方，我们却冤枉跑了两三里路，耽误了不少时间。

亚群所选定钓鱼的地方，正在公路下面，有一个青年人和一个老太婆在那里淘菜。附近还有条破船，几个晒渔网的架子。湖面相当宽，对岸可以望见几家农民的房子隐没在绿树丛中。而在我们背后，则是一色的新式建筑，据说是玻璃厂和煤矿的宿舍、礼堂等等。工人呢，是劳改队，已经压缩得只剩几个人了。那个淘菜的青年，是搞畜牧的。因为贪污盗窃判了徒刑。他很随便地告诉我们，毫无惭愧之色，也无任何不满。那个老太婆却是农民，来拣黄菜叶喂猪的……

老太婆告诉了我们一些两年前当地的生活情况。当她谈到鸡蛋曾卖到二元五角钱一个的时候，我们大为吃惊，真有点不相信！可是后来区委书记向我们证实了这件事，认为十分自然。因为整个龙池区只有三万人口，职工就有两三万人，加上家属，数目就更大了。现在工人已经压缩到四五千人。这个区委书记是本地人，年轻、瘦长、脑子清醒。他还告诉了我们一种情况，峨边至今犹未完全按照党的政策办事，因而尚有二三十人来龙池与人结婚和做养子，不想回去……

李部长兴趣不佳，好久都没有钓上鱼，我到坎上一个农民家里闲谈去了。院子在路边高坎上，给瓜架瓜棚遮得阴森森的，院坝里晒着不少烟叶，酱缸酱钵。住户显得不止一家，川南口音很重，彼此谈话都有困难，所以最后我单独上街去了。我买了一斤梨子，坐在百货公司门槛上吃了一个。十二点时，戈同那个老红军也来了，在街上走了一圈，茶馆都坐得满满的。有一家羊肉馆子，鲜肉三元五角一斤。

区委会和区公所设在原来天主教堂里面，屋子里凉爽异常，坐了一阵后，只好穿上毛衣。等李部长来时，我把棉背心加上了。他是一点过回来的，但直到两点才吃午饭！吃的是玉米粑沾黄糖，我太饿了，一气吃了六个。饭后，我们坐车沿湖跑了一转，李部长钓鱼的兴致又高涨了，他说不管成败如何，只钓一个钟头。等候当中，我坐在公路边上同两个放牛娃谈了很久。

这两个孩子对劳改队很不满，他们每天用拦河网打鱼，有时还从他们安排的弓弓钩上偷鱼！就是发觉了也不敢说，因为态度都坏。而且前两年他们还常用手榴弹炸鱼呢！问到家畜的发展情况，都说家里今年才喂了一只小猪，都叹息说1958年以来，就很少吃过肉了！还不住吞清口水……

五点半回到报国寺时，剧校的学生还在门口等车！他们直到六点半才等着车。晚上，小陈从城里接了高处长他们来，等到九点，又送他们回去，他们是到一个公社了解情况和问题的。

8月21日

九点半由报国寺出发，十一点到乐山。仍旧住地委招待所，但是住的三楼，与戈同住一室。

本定今天宿五通桥，甚至赶到井研，午饭后李部长又把计划改了，决定再住一夜，明晨游大佛寺后去五通桥午饭，我们当然都立刻同意了。决定午睡后去看刚锐，我还没见过他爱人呢！

我同戈一道在三点过出街的，到了公园附近我们就分手了。走了一段路，担心回来迟了，赶不上吃饭，就在亨达利门口坐了三轮车去。车夫同我一路闲谈，市场情况、生活情况和前两年的情况。很羡慕洪雅，说是猪多得很，膘又大，价钱也很便宜，而且城里馆子很多……

看起来，嘉乐纸厂已相当破旧了，刚锐的宿舍就在工厂大门附近，是面临大街的一座小院子，阶沿上摆着好几个行灶。他两夫妇住了两间房子，又破又旧，而且十分潮湿。屋内相当凌乱，床上躺着他们小的一个女儿，刚才午睡醒。我在屋子里站了一阵，孩子的妈妈才从外面进来，而一听见我是刚锐的父亲，显得惊喜、忙乱。刚把孩子扶起，就又跑到厂里通知刚锐去了。

等到刚锐回来，她又忙着张罗茶水，收拾屋子，最后，把孩子递给我，让我搁在膝头上面，同他们开始闲谈。而在门外，则照旧拥挤着一群孩子，不时还有大人跑来窥看。刚锐的爱人姓李，牛华溪人，看来相当聪明、能干，身体也还健康，而且比刚锐振作。谈话也不外家务、亲属的情况，近一两年来的生活。李的父亲是个工人，她告诉我去年没过到关，早就报销了！去年他们每人每月只有两钱菜油，今年增加到一两了……

五点过钟我离开时，他们又抱起孩子伴同我走了一阵。后来，碰见小陈开了车去灌汽油，而地点又恰在嘉乐纸厂附近，所以我又领他们倒转来走了好一段路，以为可以碰上汽车。可是，走了好久，还不见汽车来，我就取了几元钱给孩子，让他们转去了。

已经进了市区，汽车才从身后赶来。这晚上老是想着刚锐他们的生活情况。后来同戈去街上吃了周鸡肉。人很拥挤，而叫人难受的是馆子里喂的猪竟同告化儿在桌下抢骨头吃……

8月22日

夜大雨，至晨早才停下来。去乌尤寺、凌云寺的计划，只好推迟到下午了。

下午同戈一道坐车去乌尤寺。本来打算要刚锐夫妇一道去的，因为有文教处和文化馆的同志伴随，车坐不下，只好作罢。在嘉乐纸厂附近过岷江，经篦子街到乌尤寺对岸，然后乘船到达山脚。由岸边到顶，得经过木材运集公司，爬两三里陡峭的石径。

全山林木葱茂，这是很难得的。我们一到寺院，除正殿外，首先就把所有风景好的地方看了。随后在尔雅台附近一个便于远眺的亭子里喝了很久的茶，直到临走时才去看了正殿。这里随处都有赵熙的石刻、对联，据说赵曾经在这里住过相当长一段时间。

转到后山，就是所谓大佛寺，即凌云寺了。因为乌尤四面环水，我们又坐了一次渔船，这才到凌云寺。凌云的山比乌尤大得多，但也平坦得多，只爬了一段陡坡就上山了。林木损坏得不少，据同行的人说，还有一两处建筑颇有特点，又有可观览远眺的亭阁，也拆毁和改建了！

我们没有进寺院去，因为黄埔军校搬走后，这里新建了乐山大学；现在却又改为党训班的校址了。大佛侧面有一条险峭的小道，可以下到江边。我们走了一半不到，就上来了，因为的确太陡，下去还不要紧，爬上来并不轻松，接着我们就由正门离开了凌云寺。可是，乘车到了渡口过渡的汽轮坏了！等了一阵，决定将车存篦子街粮店，人坐木船进城。

这样也有好处，在回转招待所的途中，我们穿过很多街道，对于认识嘉定的全貌，颇有一些帮助。回到招待所，李部长刚好对文教界的党员干部讲过话，正在床上躺着息气。我们也需要休息，所以直到七点以后，电灯已亮了，大家才动手吃晚饭。

夜里，到二楼同肖则可等商界人士闲谈，讲了一些解放前的社会情况。但正说得起劲，守愚同志来了，于是又上楼同他聊天。他是去峨眉做农村调查的，再三要我留下来一同去。随后，李部长先走了，我们又一道谈到十一点过，内容照旧是农村问题……

守愚同志走后，人很兴奋，显然一时睡不着了，在走廊上坐了很久很久。

8月23日

早饭后去井研，正待出发，地委张政委来了，李部长单独同他谈了很久。

在渡口候船时，碰见彭华同志和骆部长，彭脸色正常了，还在休养；骆相当神经质，举止有点异常，他们是去乌尤寺的。途中，我谈起骆，司机小陈对他好像也很熟悉。小陈说，这个老红军干部，有时对他也很客气，坐一次车，总要说些感谢党、感谢省委之类的话……

我们本来准备在五通桥吃午饭的，因为时间太早，坐车看了看市容就又上路了。五通桥这个地方的确别致、漂亮，芒溪河穿过市镇，河边是大榕树，街房都面对河流，街道则又宽又大又整洁。竹根滩则四面环水，有一浮桥和五通连接。五通的街后都是丘陵，林木茂盛……

从牛华溪到金山，所有几个场镇都属于五通桥，人口是十五万左右，城市和农业人口各半，前属犍为，现在又划归乐山了。沿途庄稼都很不错，不时可以发现井架和规模大小不一的盐场。十点半到马踏井，这里已经是井研的地区了。正逢赶集，卖羊肉汤锅的很不少，约有三五家人。但我发现，还有一些人面貌浮肿。可见这个灾区尚未完全好转。

李部长有一侄儿在这里中学校做校医，是去年结婚的。他带了爱人、孩子一道和我们同车到千佛去。十一点到千佛，这个场较马踏小多了，也正赶集，街道塞得来满满的，沿途都有人叫喊："李部长回来了！""那个戴眼镜的就是呀！"到了他大哥家里，房门口更是人山人海。接待我们的是一个退休了的教师，后来他大哥也来了。而在整个逗留当中，都不断有他的同学、亲属跑来看他。给我印象最深的是他的姑母：瘦小、直爽，说话非常干脆。

李部长的大哥是个瘦长无须的老人，这人也颇有特色：从前是经商的。当我们问到农村的情况，他以一种"为民请命"的神色提了不少意见，而主要内容则是：只有包产到户才能搞好生产。后来他又单独带点神秘神情告诉我说："那些卡住不准下放的干部，是有打算的啊，一下放他们就吃不到便宜了！只要包到户么，每亩田六七百斤没有问题！"

我们赶了场后又回来坐了很久，直到两点才去公社吃午饭。陪我们吃饭的是党委书记、大哥和那个退休教师。午饭后我们乘车去井研了，"校医"的兄弟也搭了我们的车去。沿途虽然还有荒田荒土，但庄稼一般不错，这是个浅丘地区，冬水田很多。井研城关显得有些荒寒，这是我没想到的。一到县委，我们就躺下来休息了，但屋子有点潮湿，一直没有睡着。

因为由仁寿至成都的公路桥梁被水冲了，明天又得赶到成都，起床后决定改变计划，照旧转回乐山，当夜宿五通桥。我们是四点半由井研出发的，路上碰到"校医"的兄弟，正顶着太阳赶回千佛去。我们又叫他坐上车，这一来他就更可以过一个坐车的饱瘾了。经过千佛不久，那"校医"两夫妇正抱了孩子在路边歇气，我们又照旧带他们回了马踏。这中间还有个小插曲：为了一点茶叶，我们往返了十多里，而从"校医"得到的却几乎是一只空茶叶筒！

七点到五通桥。市委的房子是好几个大院落组成的，就像迷宫一样！我们住的地方不错，可是房屋多已破旧不堪。我真怀疑这十多年来是否曾修缮过？这也是浪费啊！晚饭后，我们观光了竹根滩，后来又在丁佑君纪念像下坐了很久，欣赏四周的景色。沿河石栏杆边和浮桥上几乎都坐满了人，但秩序很好，也不吵闹，远比一般茶馆清静。

我住宿的屋子是临时收拾出来的，里面还堆着一架破床、一堆旧书，以及女同志和小孩子的破鞋。一方窗子是钉死了的，另一方呢，窗门都没有了，可以望见外面黑耸耸的竹林。好在是楼房，还不潮湿。据说，这座楼原来是一位小军阀的，看来质量也还不错，但为什么会搞得这样糟呢！

8月24日

早上七点就动身了，院子里还没有一个人起来，相当清静。

本来准备在夹江吃饭，因为街道太窄，时间也还早，我们又笔直走了，在附近一个小镇上停下来。饭馆相当大，菜也不少，有四五个女服务员，都胖胖的，赤足草鞋，看来十分健壮、泼辣。我们谈了很多。据说，一月有五六千营业额，农民来吃的很多。

这也是成见作怪，我们以为这是私营的，因为服务态度很好。但虽非国营，却是集体制饭馆。我们吃了四五样菜，还喝了酒，以为价钱一定不少，结果只有四元多钱。我们曾经一再问起价钱，服务员说："吃了算吧！"这是这次出门来最好、最愉快的一餐饭！吃了油煎两面黄豆腐……

一点半到家，顾他们早已吃过饭了。空气相当沉闷，显见大家无不为虹儿参加高考的问题感到苦闷，而且显然第一批没有她，可是谁也不愿提起。我呢，尽管一直在为这事担忧，由于家里气氛不大对头，也就不多嘴了。休息一阵，我就翻阅了走后得到的信件。主要的信只有三封，一封得巴公的，其他两封是齐儿的，齐儿的信读了很不好过。

从齐儿的信看来，她这期入学的可能性又大为减少了！因为她最近忽然得到通知，准备参加考试，而且按照高考规格考试！这使她很激动，仿佛大祸快临头了。而她没有想想，无论如何，她就已经有了工作。

这是解放以来最不愉快的一天，全家人都闷闷不乐，玉顾更加神经质了，虹儿显得胆怯而又可怜。礼儿、宜儿则直带点拘谨、克制的味儿，似乎都在担心碰着创伤。

晚上喝了酒，又服了安眠药，但还是三点半就醒了。起来重读了一遍齐儿的来信。

8月25日

高考被录取的，今天是最后一次得到通知的日子，因此大家不免有些紧张。

奇怪的是，大家又都有点故持镇静，因此家里的气氛仍然是沉闷的。虹儿向我说，礼儿的意见，即使第二批录取了，也不必去，因为不会是第一流学校。我同意这个意见，但心里却又希望她第二批能被录取，而且相信她有这个希望。

而且，我怀疑礼儿的意见是为了给她做思想工作，并非本意。午睡后，乘着虹儿不在的机会，我私下问他，据他估计，他从学校听来的消息，第二批是否还有希望？礼儿作了否定的答复。这就证实我猜测对了，心里不大好受。礼儿又说，根据学校的反映，虹儿的落榜未免有点意外。可能考试时太匆忙，太紧张了。

虹儿显然有些神情恍惚，一直都坐立不安的，而且感情非常脆弱。有一次，为了一点细小事故，顾才批评了她一句，她便立刻露出一种凄惶的神情，几乎快要哭了。安慰了她一阵后，我又找顾单独谈了一次，请求她注意虹儿的情绪。

这个日子真不好过！深夜两次起来关照虹儿睡觉，因为我发觉她屋里的灯一直亮着，招呼一次，她灭了，但我第二次去看，灯又开了。这样下去怎么行呢！

8 月 26 日

24 日一回来就患腹泻，今天更严重了，但是没有心思就医，勉强煨了块午时茶喝。

虹儿直到十点才起床，她梳洗的时候我问她是否没有睡好？她并不回答我，却说："考了一场，连名字也没有。"说时眼圈立刻红了。我进屋同她谈了很久。

照例十分沉闷地过了一天，此外有什么可记的呢？一切都叫人心烦意乱！

8 月 27 日

上午打起精神给巴公回信，老写不成。两个女儿的事，真把人苦够了。

正在无法排遣的时候，张秀老来了。我谈了很多此次去嘉定旅行的经过、印象；他谈了一些保护寺庙的意见，很不错。的确，不给和尚们以适当的经营管理权限，单靠一般干部是不成的，何况干部调动大，而经管好一处名胜，又得时间，还得懂行。

午睡后，刚虹的同学来找她。她们也没有考起，但却担心虹儿产生思想问题。随后，班主任也来了，是顺路来的。直到四点过，快五点了，师生几个又一道走了。久不见虹儿回来，我在她屋子发现一张高考委员会给未被取录者的通知，说了一些不着边际的鼓励话。这有多少用啊！徒然引起思想波动而已。我把它取走了。

我们吃过晚饭，虹儿犹无踪影，大约被那两个同学绊住了。我很担心，不免抱怨几句那班主任，怪她不该来做什么访问。礼儿说："今年当个班主任不容易啊！"因为他们得拜访每个学生的家庭，但都经常受到冷淡、抱怨，甚至奚落……

虹儿回来了，但是，一回来就躲进自己屋子里去了。我感到非常难过，因为这个孩子这几天看来太可怜了。经过劝说，她还是一直默不一语……

晚上，顾把虹儿带出去了。崇素来谈了些对《困兽记》的意见。

8月28日

因为已成定局，顾又对她做过些思想工作，虹儿今天的情绪稳定多了。上午，回了巴公的信。

几乎整天都在讨论安排虹儿自修的事。上午，肖兰来，也谈了不少。午睡后，又同礼儿夫妇商量了很久，他们直到晚上十点钟才走，谈话的内容几乎毫无变动：怎样帮助虹儿。

日子过得比较安静，曾于一个偶然机会向友欣谈了谈我近来的苦恼。

8月29日

昨夜大风大雨，依旧四点过就醒了，颇为秋收担心。

天明后雨犹未停，只是小得多了。动手安排屋子，但这也并不简单，特别是刚宜使人非常不快！因为他对另外一个房间颇为留恋。待搬定后，顺带虹儿出街去了，我同宜儿用牛皮纸整屏风。但他很不耐烦，冲气走了，结果由我一个人来做，真也有点累人！

李累送了老马的《工地主任》来，要我看看，说这是老马本人的意思。他见我忙得一塌糊涂，疲累不堪，走后叫了刘万春来；可是我已经糊好了。只是痔疮弄发作了，流了很多血。这是近几年来很少有的事情，可见身体已经不行了，过分劳累就会发生毛病。

但是，下午为宜儿铺床，又招来不少麻烦，因为无法弄得铺床的木板！冒雨去前院跑了两趟，竟也毫无办法，后来碰见友欣正在搬一张门板，说是为宜儿找的……

友欣的认真负责很叫人感动。他又告诉我，已经为虹儿交涉好俄文教师了。

8 月 30 日

费了一月工夫，总算把《祖父的故事》编选好了。其中几篇，凡是感觉改得不恰当的，又重新进行了加工。一共二十篇，至少有一半我觉得不错。对书店的复信，也写好付邮了。

晚饭后，疲乏之至！可是照旧约了友欣带虹儿一道去看俄文教师。这是个老同志，已经六十岁了，但还健康。高县人，曾经在南充二中同张老一道教书，抗战时期去延安的。他四十岁才开始学俄文，现在还在搞英法文，和谈期间，因坠马得过脑震荡。

只准确记得姓周，名字还没有弄清楚。他住在原谢无量的屋子里，在中苏友协工作。由于大脑受过震荡，岁数也大了，他只工作半天。她的爱人相当年轻，脸色苍白，有神经衰弱病。他们只有一个女儿，十一二岁，很活泼，一见虹儿就说："哎呀，我认得你！……"

老周十分热情地接待了我们，说是，以为我昨天就要去的！从他谈吐看来，他是很切实，很周到的，言谈颇有条理。在商量好一切具体办法之后，他说到他的翻译出版经过上来。这本书是歌颂斯大林的，而正因为这样，他主动认为目前出版不是时候，所以就搁下来了，但他却很热情地谈了不少有关新诗问题的看法。

临走的时候，他又告诉我，他还没有读过我的作品，要我捡送一份给他。并一再申言，他一定负责教虹儿的俄文。回到家里，精神倒反而不错了。因为顾他们要打牌，我单独上街去了。回来后，牌局犹未结束，我又慢条斯理洗了个澡。

8月31日

晚上睡得较好。腹泻好了一天，又发作了，疲乏之至！

接省委办公厅电话，要我提出两位负责干部，参加省委工作会议。会期约一月，分两段开，前一段在成都，后一段在重庆。经与李部长商量后，由我同安参加。

才秀把《东周列国志新编》送来了，封好后交礼儿转与叶石。叶自从犯过错误，已几年不见了，昨天忽然跑来看我，谈到他准备用孙膑的故事写一晋剧。我鼓励他写，说了一些自己的看法，并提出了这本书。他满口的"指示"、"老前辈"，颇叫人不好受。

晚饭后，催顾去尔钰处商谈给虹儿补课的事，我单独到张老家闲谈去了。我们谈了些高考后各方面的强烈反映，随又谈到物价、开支，以及创作上一些问题。

回家时，又顺路看了崇素，叫肖兰同虹儿去尔钰处补习，两夫妇都颇高兴。

9月1日

尽管虹儿补习的问题已经安排好了，心里仍旧沉甸甸的，这点不快不知何时方可结束。

什么事都摸不上手！只好找书看。读了一章《水浒传》，随又找出《普希金小说集》，认真看了一遍《铲形皇后》，心情才逐渐好起来，忘记掉了一切不快，这篇东西真写得好！

午睡时做了个梦：我恍惚到重庆去了，从一间颇像教室的屋子里，齐儿带着担心的神气走了出来，我问她考得如何？她默默不语。我又追问：是不是落选了？她照旧不作声。我一急，惊醒了，也再睡不着了。睁起眼睛躺了一阵，只好起来，刚好两点半钟。

下午照旧什么事都摸不上手，书也看不进去，心里总忽忽如有所失。老是想着齐儿的事，尽管她在医大工作不错，万一明年又考不起，这孩子是会受不了的，而且想到种种可能发生的后果，有一点吓怕了。

晚上，十分勉强地去看自贡川剧团的演出。回来后，等大家都睡了，熄了灯，一个人在室外马扎上坐了很久。

9月2日

又是神思不定地过了一天！老是想着孩子们的事，很担心齐儿。

晚饭后，带了顺、虹儿和小娃去川大看如稷。学校大门张着大幅欢迎新同学的红布横幅，摆着不少桌子，桌子上面满是茶具，前面贴有字条："历史系""数理系"等等字样。

我有些激动，而且失悔不该带虹儿去，好在坐的汽车，很快就通过了。一见如稷，他就问刚虹考起没有？椿年出来了，又照例问了一句。我感觉很难为情，大约他察觉到了，于是圆起场来："好多人都没有考起啊！""好在她年龄小，来得及。"……

我把话题牵到长篇计划上来。他已经重读了《困兽记》，十分赞成我的打算，认为连续再写两部颇有基础，并且一定事半功倍。看来他不是故意安慰我，完全可以相信。

我们一直谈到九点钟才走，通过大门时，感情仍然有些波动。

9月3日

昨晚上翻腾了一夜，不住地咳嗽，想心事，曾经起来过两次。

整天都昏昏然，找出《紫罗兰姑娘》来读，心情逐渐变平静了，头脑也似乎清醒了些。这是本好书，可惜译文看起来太吃力了。之琳是花了不少的功夫译出这本书的，只怪他对语言太生疏了；也很可能由于过分矜持。我很想写信要他修改后重新出版，这本书的确不错！

下午正在读最后两章，顾拿了继玦的信来：她已被四川医学院录取了，明天早晨即可到达成都。她准备住两天，到七日去学校注册。读信后，我感觉放心了，她不致在家庭中间引起不快。随又不免感到难受，因为我不能不联想到虹儿的落选，以及对齐儿的担心。

看完小说，听见刘士豪来了，我去同他谈了谈刚宜的问题，对航空俱乐部表示了我的不满。他告诉我，好多负责干部都找了教师在家里对自己的子女补课，这是个好现象，早该如此了。他认为刚宜是聪明的，就是成绩不大巩固，他将同礼儿夫妇尽力帮助他……

虹儿第一次去周文全同志处补习俄文转来了，带了周的女儿一道。等那活泼、黑瘦的孩子走后，问了问情况，我们都认为教得太深沉了，决定由礼儿设法另约一位俄文教师。

在街上逛了一转，买了一座台灯，虽然寒碜，但价钱便宜，才去六元九角。

9月4日

起床后，庞送报来，我又叮咛了她一次：汤继玳一到，就领她进来。

八点半同安一道去金牛坝参加省委工作会议。首先由廖书记谈了谈会议的内容、要求，到十点过散会，开始阅读文件。出会场，廖苏华大姐招呼住我，告诉我继玳已经被录取了。又谈到她对继玳的观感：娇一点。我也告诉她我两个女儿升学的情况，她也颇为担忧。

我们的谈话随时有人打断，因为有不少熟人要同她打招呼。这场谈话，又把我的情绪给弄坏了！回家以后，看见继玳已经来了，我就向她再三问到刚齐的情况，琐琐碎碎，相当可笑。继玳、虹儿，还有肖兰也都觉得好玩，我之感觉可笑，是从她们的态度来的……

继玳临走时同林彦通过电话。因为在她来成都的前一天，她碰见过齐儿，说是星期一可以得到是否被录取的通知。继玳的态度相当含糊甚至连齐儿的情绪如何都说不清楚。我很想打电话去问明白，而这个想法一直支配我到晚上；直到九点钟才打消了它。

这整个下午，情绪有时欠佳。带了两个女孩子在街上散步的时候，也有一两次想发脾气。只有在宵夜的时候，情绪忽然好了起来；不断地同大家开玩笑，使得空气轻快起来。

最后，又乘酒兴同礼儿谈了一些思想方法问题。我感觉这个孩子很可爱。

9月5日

上午去金牛坝开会，辛书记递了《冀鲁春秋》中的两章给我，要我看看。

这是一个经过长征的老同志在解放军文艺社帮助下写的一部小说。这两章写的肖华同志领导冀鲁纵队与反动派沈鸿烈的斗争。故事曲折，行文顺畅，可惜艺术性差一点。

散会时向小组请了假，并说明以后我只能上午参加开会。组长说："好吧；来个小自由吧！"其实，就是半天开会，也已感疲乏不堪，难于支持，总有一天会病倒的。我真想整天都不去了，等到大会发言又再看吧。

9 月 6 日

预感有时也会变成事实，今天果然病了。加上一些琐琐碎碎的人事问题，纵病了，会议可以请假，这些人世间纠纷却是无法避免！进医院吧，可又得等候铺位！

这一来，就只好躺在家里吃苦头了。而顾帮我推脱了不少难于应付的差事，否则会更难过日子。现在，几乎整天都躺在床上了，而且坚持不动用脑筋，一切听之任之！纵有天大的事，也得等精力稍稍得到恢复再说。有时想起："死皮赖活"这个成语，不免有些难受。尽管我还相当坚强。

9 月 7 日

今天兴致颇好。张章写信来了，还附了一张她的照片。天翼在他女儿来信的空白上写了几句，希望我秋天到北京去。还说，您不是很喜欢北京的秋季吗?!

这封信我一连看了两次，随又交给玉颀和虹儿看。好久没有得到老朋友的信了。而在目前的心情下，我可多么希望得到老朋友的来信呵！它们使我感到一种说不出的温暖滋味，精力好像一下充沛了！准备休息两天后就去金牛坝开会。

9月8日

今天，继玳要入学了，由刚虹陪她去火车站取行李。我一直摊在马扎上休息，只简单叮咛了她们几句，不要把东西丢失了，大小多少件一定得记清楚……

等到两个孩子走后，我又走进卧室，在床上躺下。一则照样困乏，二则担心有人来商量这样那样的事情。住在机关宿舍，又负有名义，就连调养也不适宜，更不要说创作了！

9月9日

天气晴好，心情却很阴暗，但在开会当中，倒也逐渐忘记了所有的不快。

回家后，已经感觉疲乏之至。心里只有一个念头：林彦会有电话来吧！能接到一封齐儿的来信也是好的，可是两样都失望了！午睡后什么事也不能做。

本想回天翼信，可是打不起精神来，晚上去张老处谈了很久。

9月10日

开会久了，虽然感觉腰酸，但有个很大好处：把私人的烦恼全丢开了。

午饭时又开始喝酒了，因为昨晚在剧场接待室请卓老师看病，他劝我不必戒酒，烟可非戒不可。他以自己作例，喝酒只要适度，对咳喘毫无影响。但是，应该实说，戒了两天的酒，我已经感觉非常不习惯了，他不过为我提供了论据。

下午，决心不要等齐儿的消息了。看了几篇创委会编的选集，我只选我没有看过的读。化石和王吾的相当令人失望，火笛一篇颇有特色，这是我写不出来的。

晚饭时，因为谈到高考的事，虹儿又哭起来了。我才吃一碗饭就下了席。

9 月 11 日

这一向只有一件使人感到痛快的事：蒋匪帮一架美制 U-2 侦察机被我军击落了！

九日以来，只要想起这一件事，总有很多话想说。今天开会，我同左邻右舍又谈了很多。下午，孩子们休息时，我们又照例扯起这件事来，虹儿的情绪也立刻好了。

可是，到了晚上，我们又为刚齐担心起来，并同顾分析了她的思想情况。

睡后起来两次，最后一次，服了从日本带回的安眠药，这是最后一粒了。

9 月 12 日

小组会上读了三个国际形势问题的文件，非常激动、振奋，也很痛快，同邻座的同志谈了很多。

中午回到家里，虽然已经很疲倦了，情绪仍然是饱满的，始终荡漾着一种庄严的感觉。午睡以后，依然如此。可惜不能向家里人倾吐，否则，我会有不少话要讲的，乃至高声喊叫……

到晚上，仍然不时想着那三个文件，一个人出街去跑了一趟。

9 月 13 日

午睡后，正躺在沙发上休息，何世太来了，要我去听编辑部的汇报。

编辑部曾派人去重庆、广元访问了大量读者，征求对刊物的意见。一共有三个人汇报，其中榴红讲得最好，群众有不少意见值得考虑。本来已经汇报完了，因为葛朋刚由贵州回来，他也就作为补充，谈了些贵州文艺界和一些读者的意见。可是，到了最后，我忍不住插嘴了！

不仅插嘴，而且相当激动。因为他也和其他几个人一样，当说到刊物发表的小说时，他照样介绍了一些人的看法，没有接触到现实生活中的重大矛盾，有些谨小慎微。而他又津津有味地举了个例，遵义一位作者正在写一部长篇，而内容则是写两年前的困难、肿病、死人等等。

他十分赞叹地说："这个人真胆大！"他还读了两章，认为不错。于是我爆发了，我谈到敌情观念；谈到对谁有利的问题；谈到我去年在贵州的创作座谈会上的一部分发言。但在谈开以后，我却尽力克制自己，最后又忙匆匆结束了，情绪却始终都很激动，有些怒气冲冲。

回家后，看见桌上有刚齐的信，这是我盼望了好久的。但是刚虹却劝我吃了饭看，刚宜也老催我："要吃饭了！"他们神色都有些不对头，我充满疑虑地听从了。可是，因为饭还没有摆好，我又反身回去，把信读了。我没有想到齐儿的情绪会这样沉重，非常难受。我闷声不响到了书房，瘫在沙发上面；刚宜跟了进来，我忍不住哭了！……

我匆匆吃了一碗饭就又一个人把门关起来。我给齐儿写了封信，主要担保在她入不了学时弄她回成都来，劝她不要难受。我总不能眼睁睁让她毁了呵！封好信，立刻要刚虹交了，我又给王觉打电话。很快，电话通了，可是王觉和向晓都不在！只好等了。

最后，向晓的电话来了。我要他把我给齐儿的信的内容转告林彦，请他明天去看刚齐，因为我被一种不祥的预感缠得很紧。我随后又请了兵林来，让他看了齐儿的来信，要他明天去军区政治部提我的请求：争取刚齐能入学；否则调军区学习工作；第三条的办法，万不得已时希望允许她退伍，回家里自修。王走后，我又给齐儿一信，因为前封信地址错了……

今天是中秋节，家里人都回来了，继玳也回来了。可是，这是一次多么不愉快的聚会呵！天也很不凑巧，傍晚时就下雨了。但我仍然打起精神同大家一起吃月饼、喝酒，而且不断同继代讲笑话。我喝得比平日多得一点；可是奇怪，很少醉意，宵夜后又同孩子们玩了很久。

雨一直下着，我也老睡不好，起来三次，最后一次，我给林彦写了封长信，这时快三点了。

9 月 14 日

昨晚上几乎通夜未眠，六点钟叫醒刚宜后，我才勉强睡着；但到七点半又醒了。

精神很坏，情绪低沉。但是，因为今天上午是大会，可能廖书记要作传达，仍然打起精神去了。先由赵书记传达陈总的国际形势报告，然后廖书记讲述国内形势，以及对小组讨论的一些意见、看法。虽然内容越来越加精彩，可有点不能够支持了，右臂也很痛。

回来后偶然照了照镜子，对于自己的面貌、神色非常吃惊；枯瘦，疲乏得太不像样了！一夜无眠竟会弄得这副模样，真有点儿悲观失望！午睡了两个多钟头以后，感觉得好一些了，但是仍然疲乏得可怕，担心夜里又会失眠，叫老曾去报社买眠尔通。

一下午什么事也没有做。刚要吃晚饭，邹文奎同志夫妇来了。我们谈了好些各自在延安的经历。他是 1948 年去的，在"抗大"读书，当时已经 38 岁了。他回到雁北，做过王老的秘书。我劝他写些回忆文章，不写太可惜了……

刚虹从尔钰处回来后，直到夜里，还在嘀咕："刘伯伯叫你千万少操些心！……"

9 月 15 日

七点过就醒了，可是疲乏、昏晕，起不了床，最后只好请假，不去金牛坝了。

整个上午都不能做事，连看报纸也觉异常吃力，看不到两行头就晕了，真想不到竟会虚弱至此！午睡后精神较好，去图书室翻阅存书，借了《歌德对话录》和《聪明误》来。回来就开始看《对话录》，出乎意外，居然看下去了，而且感觉得很不错。

因为担心支持不了，没有去看《胆剑篇》，让顾带礼儿去了，我同虹儿在街上走了一圈，最后找卓雨农诊了脉。他对我的困乏感到有些吃惊，但又认为脉相还不算坏，主要的病在肝、胆，但是临时性的，不同于目前流行的肝病，劝我不要过分担心。

这个人很有意思，我去时他刚喝了酒，但他再三声明，并没有喝醉，保证不会发生诊断上和处方上的错误。处好方后，当我快要走了，他又严肃认真地说："的确不会弄错，你放心大胆吃吧！"但却已经露出醉意来了；虽然我十分信任他。

看了病，心情相当愉快；但在德仁堂却几乎把人给气炸了！因为管账的、收费的都表示没有茯苓、茯神，我问了两次，一连受到两个人的训斥，几乎比任何上级还要严厉。这两个人看来都是领导，我一直让他训完了才默默走开。我想起来了：最近卫生厅通知过尽量少用贵重药材……

真太不痛快了！以后决定凡是对国营、公私合营打交道，都不要自己出面了；还是让老曾去，因为他有办法。回家闷了很久，随即想起齐儿的事，写了信给她，又写了封给林彦。

玉顺、礼儿十一点一刻才回来，上床的时候已经十二点过一刻了。

9 月 16 日

一起来就想到交昨夜写好的信；但家里、收发室都没邮票，只好亲自去邮局寄递。

在永兴巷碰到何赫炬同志，我们谈起他的写作计划。在金牛坝他向我谈过准备把在山东的革命经历写成小说。我照样劝他，最好先写回忆录，然后再考虑写小说……

交信回来后，关起门读《聪明误》。语言、人物、情节，都非常吸引人，一气读了两幕。午睡后又继续读，真是到了欲罢不能的激动程度！晚饭后又读，总算一气读完它了。作为喜剧，我觉得较之莫里哀的《伪君子》为好。对于许多久闻其名的古典名著，真该认真补补课！

读了一部好书，齐儿的事，又已根据最坏的情况作了安排，夜里心情相当安定。

9 月 17 日

夜里睡得不错，但是，人却感觉昏晕、虚弱；也许昨天读书的时间过于久了。

午饭时礼儿领了小娃回来，说是昨晚他们看戏，没有时间送他去幼儿园，准备今天下午送去。要是家里有人领他，我真想让他在附近日托。这个家伙太可爱了，很懂事，有点逗能。因为下午要去参加群众大会，吃完饭我就睡了。他随后来床边推我，嚷着要同我睡；我假装睡熟了……

两点半就起床了。顾和小娃都还在睡。疲乏之至！担心去了拖不下来。仍然赶到前院大门口去；可是汽车坏了！最后只好坐三轮去。车夫是个街邻，年轻、健壮，听说我是赶去开会，特别跑得很快。在休息室首先碰见刘承钊同志——我还以为他调京工作去了！……

主席团人很多，有不少生面孔。还不到一点钟，人便有点不能够支持了，幸而坐在五排，可以随便一些：时而瘫在椅背上，时而伏在桌子上，而且，不到五点会议就结束了。

晚饭后，飞起雨来了。为了礼儿送走小娃，闹得颇不痛快，虽然只是默默赌气……

礼儿带走小娃不久，雨落大了，于是所有的赌气立刻化为公开的抱怨。

真太不痛快了！我相信，他今晚上也会气个够的，但我担心的是小娃。

9 月 18 日

六点半就醒了，因为想到下午要去金牛坝听总结，这得做些准备，又继续睡下去。

九点钟才起床，这是近年来起床最迟的一天，而且还意外的补睡了一觉。但是头脑反而十分昏晕！什么事都不能做，只能东走走，西走走，或者瘫在马扎上休息。觉得这样也好……

午睡一点没有睡好，几乎连盹都没有打一个！因为担心赶不上车。我们的车又坏了，约好搭报社的车。我老是看表，两点一刻就起来了。何必躺在床上做样子呢，索性不睡了吧！到了前院时刚好两点半，报社的车子也恰好到达，上车后同半黎讲了几句笑话。

会是准时开的，廖书记最后讲话时已经六点半了。虽然非常困乏，照旧打起精神听了下去。感觉高兴的是，今天有浓茶可喝了，茶叶是林采同志的。会议结束时间是七点三十五分，天已经黑定了，而且不知从什么时候起，还落了场雨。因为报社的同志要留下吃饭，而我切迫需要的又是躺下来休息，只好随宗林同志一道去搭统战部的车。全部是熟人，行车中谈得不错。

到家后反而精神勃勃，好像很不错。晚饭也意外吃了很多，但是，刚一搁筷子，疲倦就跟上来了。坐下来休息吧，肠胃又开始作起怪来，同时雨凄凄的，只好沿着街沿散步。等大家都睡了，我又一个人在房间读《彼得大帝》，后来又喝了一二两酒，上床时肠胃已经不难受了。

但我照样无法入睡，老是咳嗽、喘气、翻身，起来三次找热茶吃！一直翻腾到天亮……

9 月 19 日

一夜没有睡好！但是仍然无法久睡，七点就起床了，因为躺起总会咳嗽，很不舒服。

这是近来最难受的一天！躺在床上自然不住咳嗽、喘气，坐下、行走，也都感觉气紧，真糟糕透了！所谓暮年，我似乎已经开始尝到了这个滋味。一想起来，情绪就很消沉……

尽量到处游荡，午饭时酒也不敢喝了，可是仍然没有睡好。真不懂，怎么一下衰弱成这样了！我还年轻，我还想工作啊！一定得认真注意身体。为了让自己振作起来，午睡后继续看新出的《四川文学》。有两三篇不错，有的可以编入选集，打电话找了之光来谈。

晚饭前夏正寅来坐了很久，谈了些过去的事。他把新近续弦的爱人也带来了，四十多岁，贵州人，瘦削，相当精干。他看到我精神不好，连应对也困难，坐了约一点钟就走掉了。

饭后出去逛了一转，可惜气紧不能多走。睡前服了四大粒眠尔通。

9 月 20 日

晚上睡得不错，咳嗽、喘气，已大为减轻了，今天算是认真得到了休息。

午睡后，温田丰来坐了很久。他看来已经不浮肿了，情绪也完全好转了。而在谈话之间，也已经恢复了过去的派头：非常相信自己高明。他的大儿子从铁路上压缩回来了，就是谈到这个，他的情绪也很开朗。他还打趣似的笑道："有啥办法，国家有困难，大家都得摊二分呢！……"

他告诉我，他正在看"四书"，颇有所得，而且很推崇祖国的文化传统，表示还要认真读历史书。因为他提出借书的要求，最后，我引他到图书室去，一直耽搁到吃晚饭才离开。

刚齐有信来了，情绪显然已经稳定下来，阅后颇为丢心，但睡前照旧服了两片眠尔通。

9 月 21 日

巴公由上海寄来《家庭的戏剧》和《十万个为什么》第六册。显然他已经回上海了。

下午又得白羽来信，这封信带来了不安，一下午就想到信里谈到的一些事情。他会虚弱得那么厉害，走路竟得用手杖了！非常担忧。读了信后，我第一个念头是：到上海去看他和巴金，顺便也检查一下身体。但随又想到他对我提出的希望，就又决定吃点药去农村了。

说我一下午都为这封信占据住，是没有夸张的。玉顺在择豆芽，我把一些情况和感想向她说了；走了几转，我又向虹儿说了同样的内容；晚饭时，我又向礼儿说起来……

晚上给白羽的回信，一共密密麻麻写了四页，但也破戒多抽了两根纸烟。

9月22日

准备认真读读舒群的小说，但是，不到一半，就读不下去了，因为心思很乱。

因为要戒烟戒酒，一天只能东奔西跑，因为一停下来就想起烟卷来。在天井里散步时，傅仇走来、问我对九月号《四川文学》上他的小说的意见。这篇小说，我已决定编入选集了。我领他到水池边坐下，谈了不少，我只觉得结尾可以考虑：写得太落实了，因而调子不统一。

看来他还想谈下去，但我感觉到疲倦，而且有点喘气，于是把谈话结束了。午饭时忍不住喝了小半杯酒，相当痛快地睡了一觉。我以为会咳喘的，幸而没有，可能因为这一向睡眠太好了。决不能说可以放开胆喝酒了，酒是必须少喝，乃至于戒绝的。

下午，正在看选集的稿子，李婆婆吆喝电话来了。我猜想，可能是重庆的电话，因而故持镇静，准备承担任何不愉快的消息，不仅动作从容，到了电话机边，看见阴国民在收拾脚踏车上的行李，我还去厕所里小解后，才转来拿起听筒。可见预感有时也很正确：是重庆来的电话！

林彦告诉我：刚齐已报名入学了！因为她来不及直接打电话给林，是托图书馆一个同志代她打的。可惜消息只有这样一点，所以虽然兴奋，却又多少感觉得未必可靠。转来异常沉着地向顾谈了，又去各处溜达、测想，最后，坐下来给林彦写信。我是这样开头的：如果消息不错。这多少有点可笑，但却是非常实在的感觉，这也说明非常希望它是真的！

交信后，因为听说何克明要去重庆，已经买票去了，我毫无根据地认为他晚上就要动身，于是又转来给齐儿写信。口气、内容同给林彦的信基本上一样：若果入学了，得认真抓功课。只是说得更具体，也有不少教训口气。信写得很长，但也写得很快……

找了何三四次，也叮咛了三四次熟人。最后何来了，说要星期一动身，这样我就不如交邮政了。何走后，虹儿回来，我又作为秘密消息似的，十分审慎地告诉了她；接着，礼儿也回来了，我又照样，但却比较简略地说了一遍；最后，尔钰来，我又向他说了……

我同尔钰谈得较多的是关于语文教学的问题。看来我有些急躁，总想虹儿能很快学到许多东西。而尔钰的想法、做法却相当踏实：循序渐进，不必一下教得太深沉了。最后，因为要带虹儿看《胆剑篇》，我们就先走了，让玉顺、礼儿陪他闲谈。

我们刚好赶上开场，戏很不错！头一幕就把人吸引住了。我还忍不住流了眼泪。孙膑演得最好，了不起！看来较川剧《卧薪尝胆》要强一些，有些台词很动人……

休息时感觉非常疲倦，是由剧院派车送回来的。如果步行，实在不堪设想。

9 月 23 日

今天，艾芜、蕾嘉都来信了，是分别写给我和玉顺的。因为他们知道继矾已来成都。这是使人愉快的事。好久以前，我曾写信给艾芜，说到继矾的事，可是一直未有只字见复，这件事我是很生气的。他信上谈到人代会后他的一些活动，直到最近的参加轮训……

上午去街上闲逛，碰到卓雨农。是在商业场碰见的，我们边走边谈，一直散步到了他的家里。请他诊了脉，又顺便去药铺捡药。韩伯诚也在那里抓药，我们就又闲谈起来。从病痛谈到俱乐部，他建议文教界组织个俱乐部，贩卖小吃，并且自告奋勇，愿意负责提调……

午睡后，继玫来了，给了她汇款单和她妈妈的来信。晚饭前后我们扯了很多，他父亲，刘承钊，我们都扯到了。谈话是活泼的，心情很愉快，这在近一月来可说是很少很少。

晚饭后我们又一道出去，她去顺城街搭车回学校，我们逛春熙路。

这天晚饭礼儿夫妇也回来了，所以吃得热闹，说也说得热闹。出街一大群人，浩浩荡荡。

9月24日

前两天欧阳予倩老人逝世的消息，一想起总有点黯然。老记起几次短促见面时他给我的印象。

我黯然，还因为由他我总是联想起另一个过去交往较密，较久，患着和他相同的疾病的一个同志，也想到其他患病的同志。虽然这些同志都年富力强，但我担心反而更大……

因为心情欠佳，我情不自禁找了《安娜·卡列宁娜》来读。偏偏看的又是安娜从意大利回莫斯科后同儿子见面那几章，我忍不住流泪了，一直流了三次。最后一次，我正取下眼镜抹去泪水，傅先慧送一份紧急通知来了。我赶紧戴上眼镜，反过脸看通知……

午睡后，给天翼、张章写了回信。本想把给艾芜的回信也一气写了的，但是感觉有些疲累，只好作罢。后来，肖才秀送来《文史资料》27辑，怀着沉重心情读了有关杨虎城的文章，很激动，精神有一点振作了。随即向顾谈了我的感想，劝她抽空读读。

晚上出去走了一阵，回来后关在屋子里读了契诃夫的《带阁楼的房子》。

9 月 25 日

咳嗽有了好转，夜里睡得不错，可是一整天情绪都不太好，总像挂念着什么事。

吃晚饭后，庞照容突然来了，说："快看，你们女儿的信！"她的口气、神气，叫人很不舒服，好像是在捣鬼。接着她又顺手取了玉顾的烟卷，坐下，拼命地吸起来。而信呢，我正待去接，却已早被刚宜抓过去了，拆开看了下去；可是一声不响！我预感到了坏消息，冲气走了。

我把自己关在屋子里面，非常愤怒，但又不愿发作。最后，刚虹把信送起来了。我开了灯，阅读下去：她不愿意旁听；她功课赶不上，因为已经上了几天课了！她已经决心不读书了，要到军区工作！总之，一片的叫苦声，使人越看下去心情越乱！信才读完，玉顾也愁眉苦脸走来了。

商量之后，决定马上写信给她，稳住她的情绪。我们提了两种办法，中心是要她冷静考虑：若果有信心赶上功课，就留下来；否则由我们向学校申请，让她回来自修；但却不可草率决定。信写好后，我又给林彦通话，可是没有接通。于是，挟了把雨伞，出去把信交了。

回来后，由于心绪不宁，只好把自己关在屋子里，找出契诃夫选集来，一气读了两篇小说：《凡卡》和《男孩们》。直读到十一点半，心情算逐渐平稳了。

最后，服了大剂量眠尔通，上床睡觉。这个女子真把人苦够了。

9 月 26 日

还未起床，老曾就把卓老师接来了。赶紧起来，请他诊脉，开了单方，最后约定吃三剂看看。

送走卓后，等到九点钟了，又和林彦通话；但两三次都没有找到人。于是决定先给他去封信，一面等候电话。信刚写好，陈之光来，谈起出版社编辑部对两本选集的意见。我忍不住激动起来，说了很多，因为他们认为凡是涉及合营、夜战，以及大办水利，都用八字方针简单地加以否定，也就是说认为有问题，都得改！仿佛只有他们在那里执行政策！

在两本选集中，人们认为散文质量较高。当谈到这里时，我已经平静了，未置可否，因为这很难说。随后，陈又告诉我，他们建议添选一篇李累的《金凤凰》，又加一个按语；他认为不怎么好。于是我发言了："比较粗糙，是急就章。""是呀！他本人寄稿时就写信说：'这是狗屎，希望多了会香起来。'"我本想说："这个比喻不恰当，狗屎永远不会香的！"但我毕竟克制住了。……

谈话刚好结束，电话铃又响了，是长途台来的，说已接通了宣传部。可是，闹了好久，没有找到林彦！我索性不要通电话了，将写好的信粘上邮票，吩咐刚虹出去寄邮。接着礼儿回来了，我让他看了刚齐的信，于是商量起来。最后，决定邮封信去给她打气。

午饭后，我等礼儿把信写了，看了，然后去睡午觉，这时已经两点钟了。刚好睡了一觉，林来电话了，告诉我一些具体情况，说是齐儿情绪已经稳定，愿意试一星期。我们一致同意给她以鼓励，争取她坚持下去，后来，顾也同意这个办法，就又分头给她写信。

这封信，是我亲自去邮局交递的，因为忙了一天，似乎有了些着落了，或者目的是确定了。同时这一天也闷得慌，想去街上走走。我绕了个大圈子，是绕藩库街、四圣祠转回来的。可是，吃过晚饭，礼儿几句话又把我弄得很愁闷了，我忍不住叫道："脓胞！没有出息！……"

心里很不快活，心不在焉地随同玉顺、虹儿到春熙路走了一转，正像做梦一样。

9 月 27 日

寒潮来袭，一醒来就听见风声、雨声，好像冬季已经来了，冷得相当可以！

想到礼儿昨天晚饭后的谈话，心情很坏。最后坐下来给林彦写信，随手写去，一气写了三页，把我的所有的担心和想法都写了，调子很低，也没有给顾看，我就叫虹儿把信交了。

午睡后，雨小些了，风可越来越大，把一部分冬衣翻出来穿起，还是很冷，于是又加上一条围巾。之光来，说夜里有诗歌朗诵会，如稷也要来参加。但我却推谢了，只问了问具体内容。因为头昏脑涨，怎么能参加呢！但看我的穿着也许不合时令，友欣的孩子看到我都笑了！……

晚上，偶然在桌子上看见林彦来信，立刻看了，可也立刻生气起来。因为根据信上谈的情况，齐儿的情绪并不如她给我们信上写的，以及我自己想象的坏啊！我不该写那封信……

一上床就咳喘不止，不管躺下、坐着，都不松劲。服了安眠药，喝了开水，到两点才逐渐好转。

9 月 28 日

平常爱说"垮了"，今天感觉自己真的已经到了这步田地。咳喘、虚弱、面目憔悴得可怕！……

我忙着给林彦写了个电报稿，请他继续鼓舞齐儿，并具体解决她的赶课问题。想找虹儿去拍发，又怕耽误了她，只好亲自去了。好在风雨昨晚便已停息，可以缓缓走去。为了拍发这封电报，几乎整整耽搁了我一个上午，因为回家不久，就摆好午饭了。这时才记起该请医生看看。

午睡刚醒，隐隐约约听见老曾在向玉顺诉苦：这里那里都要用车，任务多得很！显然他感觉去看病有困难。我从床上坐起来，叫住他，要他去联系一下，看王医生是否有空。他漫应着，面有难色；而且牛头不对马嘴地叫我躺下休息，就溜走了。起床后，有点不大放心，我缠上围巾，亲自到前院去了。

车子已经开走。办公室的同志都站在大门边，神情异样地望着我。也许他们发现我病得不像样了，但也许，他们以为我准备要车，车又走了，会不痛快。我向傅先慧问起车，她说车刚走了，去接老戈，转来顺便去接医生。我表示不大相信，她说："真的呢！还写了介绍信。"我无话可说，退回后院来了。接着，王益奋送来袁珂给一位苏联朋友的信。我看了，觉得勉强可用。

心里很闷，不知老曾是否能把医生接来，书也看不进去。最后，王医生终于来了。他诊治得相当仔细，认为是支气管炎，目前，主要是要避免成为肺炎。他还告诉我，现在有些病来得突然，就连老中医从来都未见过，比如肝炎。近来患支气管炎的也多，不少人莫名其妙就染上了。

老曾一共取了三种药回来，重要的是土霉素，这是消炎的新药。也许就是它生了效，服用不久，咳喘便减轻了，可能也有点心理作用。从昨天深夜起，不断喝蜂蜜水，当然作用也大。风停雨住，天气已经和缓起来，可能也是病情减轻的重要原因之一，但是疲倦之至！

夜里，友欣从简阳回来了，走来看我，但是谈话相当困难。坐了一阵，他就走了。

9 月 29 日

昨天夜里几乎没有咳嗽，也服了安眠药，加之太疲乏了，所以睡得不错。

整天都在休息，只是较认真地读了两遍十中全会的公报。因为参加过省委召开的工作会议，所以读起来时，特别感到内容丰富，非常亲切，特别对某些措辞体会了很久。

下午，王兵林同志送了两份文件来，我顺便让他看了林彦的来信。并请他便中代我向军区政治部的杨主任、王秘书长致意。他走后，我准备看文件，是柯老和另一位负责同志 1957 年在党内的两个报告的摘要，内容谈的两类矛盾。可惜头脑昏昏然，看了等于白看；反而更昏晕了。

夜里友欣来，问起齐儿的事。他走后，因为精神稍好，重又读了一遍那两份文件。

一般说，今天下午过得不错。因为小娃五点钟回来了。这个小家伙真有意思，只是太调皮了。晚饭后，礼儿要领他走，他跑去躲起；怕领他去幼儿园。直到九点，这才算放了心，由礼儿领走了。

9 月 30 日

成天都感觉困乏，连报看起来也很吃力，眼睛总张不开，什么事都不想做。

下午，继玟来了，来不及吃晚饭，顾就带她同刚虹看电影去了。说是在外面吃面食，不必等她们了。晚饭后在家里感觉无聊，于是单独出去。在一家面馆里发现她们，走去同她们扯谈了几句，就又走了。这天晚饭，礼儿夫妇，两个孙儿都回来了，可是照旧打不起精神。倘在往日，我一定会留在家里领他们的，由此可见，精神差，连情绪也坏了！

本来叫把杨希留下的，回来时，却已领起走了。因为明天要去观礼，睡得很早。

10 月 1 日

一早就起来了，找了友欣来，对他的小说补充了点修改建议；接着就参加国庆典礼去了。

人已到得不少，广场上红旗招展，在飞毛毛雨，在观礼台边站着同刘承钊扯了一阵。接着他撑开阳伞，似乎准备长谈下去，但是，很快的，庆祝典礼就开始了。

李市长讲完话，就开始游行；我可退到棚内休息去了，同刘之玖同志等一道喝了很好的茶，似乎是蒙顶。他们在谈偷盗的情况，我一直没有插嘴。随后，他们看游行去了，我找了卓老师看病，并用节目单开了处方。这个人真有意思，他约我明天在芙蓉冷厅聚餐呢，我谢绝了。

后来又同劫人、张部长扯了很多溥义的文章；《叶尔绍夫兄弟》和《州委书记》。张部长很赞赏《叶》，劫人也赞不绝口。然而，奇怪的是，张对高尔基的回忆选集却不感兴趣，认为还是《马尔伐》一类文章不错。后来我又向劫人谈到我的长篇计划。他很赞成，而且认为我的三部长篇都可以重写：材料太多，布局太紧凑了。我心里是不以为然的，但也来不及解释，也无必要。

随后，亚群同志也走来了。当留下我们两人时，我向他谈了谈我的打算：下去跑跑。后来又谈到一些创作和批评方面的意见，彼此都对所谓"拔高"的说法有些反感。正打算去看文艺队伍，宗林同志又走来了。他劝我去兰家花园休养，又谈了谈他的创作计划。

今天精神意外地好，午睡也很不错。下午一气看了《人民日报》和《红旗》的社论不说，晚饭后，还带孩子们去看了烟火。大礼堂的新川剧，虽然只看了一半，可是也就算不错了。

陈书舫演郗氏，竟自采用了《杀狗》中焦氏的一个动作，见面时得向她提出来。

10 月 2 日

今天天已转晴，可是，精神反不如昨天了，九点钟还起不来，可能是昨天活动多了。

只有一件事使人感到高兴，齐儿来信了，情绪已经好转。她表示决定试读一年，努力争取一个较好的成绩。这个孩子毕竟老实、单纯，这也是我不能不为她多关些心的原因。若果她像刚虹一样泼辣，我是不会为她的事愁苦万状的，照理说也该如此。

下午，礼儿夫妇，两个孩子，都回来了。晚饭后，小娃单独留下，顽了不少的皮。

10 月 3 日

还未起床，礼儿就来接小娃来了，他不知道送他去幼儿园，倒还很喜欢呢。老是跳起足笑道："上街街玩！"刚虹则不住插嘴说："杨希呀，你是个傻瓜呵！"而他当然不懂。

等我起来，已经走了，因为礼儿从未送过他去幼儿园，否则是不会走的。但我有点奇怪，礼儿今天为什么想开了，因为他怕小娃哭啼，一直把这差使推给曹秀清的，两个人还为此发生过争执。吃午饭时，礼儿显得闷闷不乐；我们大家都很懂趣的一声不响。

下午，我给齐儿写了封信。随后，秀清来了，我让她看了齐儿的信。晚饭后，等她为小娃送了衣服转来，我们又同礼儿、刚宜一道去看电影《黑桃皇后》。

电影是不错的，但我总觉得比小说差远了，很想再读一遍小说。

10月4日

咳嗽基本上停止了，精神也逐渐好起来，很想出城走动走动。

午睡后同劫人通电话，约定星期六去菱窠玩一天。他一再叮咛："没有东西吃呵！""做点豆花就不错了！""不行，尽是烂豆子呀！"同去的人也商量定了，如稷夫妇、壁舟、安旗、玉颀和我。

晚上去卓院长家看病，他向我大说二日的聚餐："状元红好极了！五个人一共喝了九斤……"

10月5日

阴天，照样雨凄凄的。明天有一个好太阳就不错了。特别出去叮咛了一声老曾。

午后，李累来谈了些编辑部的思想情况。值得注意的是，葛朋思想还没有通，因为他看见有人引用曾国藩的文章，那么引用郑孝胥的文章有什么不可以呢？对我提出的"敌情观念"，他也想不通！认为作品都会有副作用，以致招到敌人利用。我向李累扼要地说了不少我对目前一些思想动态的看法。

晚上，老是想到同李累的谈话。不管不行，有什么办法呢？准备着惹麻烦吧！

10月6日

正要去菱窠，友欣来了，说宣传部通知我开部务会，已替我请假了，仍由安春振去。

到了戈的门口，我们就坐在车上等戈。时间不早了，也懒得动，后来到了川大铮园，我仍旧坐在车里，戈夫妇可进去了，而且同林应酬起来，真有点心烦。我叫老曾催了两次，如稷和椿年才出来。他上车后我才了解了他今天这样高兴的原因：出版社出版了他一本散文集《仰止》。

到菱窠后，才知道劫人开会去了，但是李师母一再申言，他很快就会回来。果然，十一点不到劫人就回来了。谈话很杂，但是活泼，而主要的活动却是看画。我们看了好几种手卷、册页，都很不错。十二点，打了尖后，又一同去楼上看他另外一些大幅的名画，其中有不少精品。

这中间，我感觉很疲倦，实在有点熬不住了，单独下楼，闭目坐了一阵。我又一次上楼是两点过，劫人家照例是三点吃午饭。但是，刚到三点，老曾在楼下叫唤了，说是杜书记要我马上去参加会议！我随即就下楼去，劫人跟在身后再三叮咛："打个电话去吧！就要吃了。"杯盘确已摆好，而李师母也一再阻止我；但我一边解释，一边忙着带老曾走掉了。

到宣传部已经四点。我一进会议室，杜书记就站起来了，说："你来得好，《四川文学》变成'汉奸文学'了！"他说了不少，很气恼，虽然用的是嘲讽口气，一直笑着。我激动地谈了谈事情发生的经过，我自己的处理过程。他乘机插了一句："该把它收转来不要发呀！"这倒确乎是个重大疏忽！随后我又谈了些编辑部在上次汇报中暴露的思想情况，以及我的爆发。于是情绪、语调，也更加激动了……

因为李部长向我和安交代了一些情况、指示，我们临走时找不到车子搭了。而省委的司机们都在用饭，于是只好步行；希望能找到三轮车。但是，在东城根街，有两架三轮都推说将下班了，扬长而去。我们一直到提督街才叫到车，可已筋疲力尽了。碰到晓艇，他的眼色反映了我的神态有些异样……

这里还有件事，当我们同李部长谈话告一段落时，张处长来了。

他严正地说："出了问题是你的责任！"我很不冷静，回答道："我有啥责任哇？早宣布了我搞创作，不要管工作了！"……

回家后，这才感到非常疲乏，但却照样激动、生气、不满。这次刊物出的岔子实在丢人！

10月7日

昨晚上吃了两次安眠药，但是照旧没有睡好，一直咳到天亮，脑子呢，也总静不下来。

仅仅一天，病又翻了，身子也垮下来了！疲乏之至，心情也不愉快。午饭前，找了友欣来，扼要告诉了他昨天开会的经过。我曾建议搁下葛鹏的工作，但他认为不可；只好答应重新考虑。

白天咳嗽并不厉害，但是疲乏得要命，而且气紧。晚上同顾请卓雨农处了方。

10月8日

晚上仍然没有睡好，一起床就去找安，告诉他葛鹏的事暂不提了，搁搁再说。

九点，在安处约集二李传达了李部长昨天的指示。因为听说杜书记十点钟召集报刊编辑讲话，我要他告诉李部长：葛的处分可不提了，得很快开党组会。

午睡后，李累来说，决定星期三开党组会，内容是：一般思想情况；编辑部的问题；音乐界对1957年文代会的意见。是党组扩大会，人数将增加一倍以上。其实内容也不简单，绝非半天能传达清楚的。因此，我向安建议，要他先给李部长谈谈，最好准备一天时间来开。

还有件事我记漏了，十点半宗林同志来谈了很久：从他的写作计划到对剧改方面的一些意见。但他主要却是来约我去五福村养病的，一直谈到机关开午饭了，他才走。

晚上李累来说，还哭了。他感觉工作很不好搞，我要他把两篇不好决定的稿子送我看看。

10 月 9 日

早上，一边用早点，一边看李累送来的两篇稿子。刚看完有关吴芳吉的一篇，就头闷眼花了！

随后找了安春振来，把友欣昨晚交来的检讨交他，要他以这个作基础，用党组名义写个报告给宣传部。并告诉他内容、层次、分寸，以及党组和我个人的检查。然后去门诊部。

因为对吴芳吉的政治思想情况了解不多，而另一篇有关李清照的，知道得就更少了。而且头昏眼花，实在看不下去，所以到门诊部前，先去找了张秀老，要他看看，并顺便约请他做编辑部的顾问。然后才忙匆匆去看病。经王医生诊断后，就又赶往中医学院。

卓正忙得不亦乐乎，前后左右围了一大群学生，大部分是女生。我在接待室等了很久，他算终于抽身来了。但照例兴致勃勃，一面看病，一边闲谈。他只带了两个年轻医生一道，但却陆续跟进来两三个妇女，不住向他诉苦："六点钟就来了，可没有挂上号！……"

午睡后，秦璧光带起四妹"沱沱"来了，谈了很久家常。看来这个人进步不大，老是谈她自己对待子女的功劳。她所提到的志超的家庭情况，倒是使人着急。这中间，二李分别来谈过《四川文学》审稿的事和党组的报告。随后，庞又送了艾芜寄来的信，但一直五点过了，顺回来了，我才算脱了手。

艾芜较为详细地谈到他在创作上的打算，也谈到他过去的创作情况，他准备每年来四川住半年。若果真能如此，那就很不错了，对他的创作会有益的。我就担心他又变卦！

他还谈到他养病的经验，有两句话颇有意思："养病养病，越养越病。"

10 月 10 日

因为起床迟了，我去参加党组会时，已经九点半了，大部分列席人员都没有来。

十点一刻，虹儿来说，张老来了。于是请假回家，同他扯了很久，主要是散文问题。我问他，如稷说他计划写长篇小说，是否果有其事？他否认了，表示自己现在只想写散文。随后，因为我还要去参加会议，他就告辞走了，从书架上带走了三本散文和一本《狂人日记》。

当我回到接待室时，正在扯音乐界对 1957 年文代会的估价问题。老安有点吞吞吐吐，别的同志的发言却相当尖锐。看来，安是有委屈情绪的，而正是这点使得他对问题缺乏正确认识。因此，午饭时我走去找他，要他注意两点：不能有委屈情绪，不要怕在音乐界孤立。这个人的弱点是明显的：思想上很不开展，个人的东西也多了一点。可是对他说来，担子实在也太重了。

下午，疲乏不堪，天气倒好转了，出了太阳。很想去城外看看，但又担心感冒。想回艾芜的信，感觉有很多话可说，但一展开纸，头就晕了。结果什么事也没有做！

10 月 11 日

去门诊部看病，回来后，借了有关布莱希特的文章，以及他的两个剧本来读；但很快头就晕了。结果只读了《世界文学》上之琳的文章的一部分，而且模模糊糊，读了也等于没有读样！

只好躺下来休息，几乎一天都在休息。晚上，连散步也取消了，这日子真够呛！

10 月 12 日

上午参加党组会，从李累汇报的编辑部和创作界的思想动态看来，有些问题值得注意。

生活有些沉闷，因为整个下午什么事也不能做！傍晚，刚虹把小娃领回来了。因为虚火上升，鼻孔烂了，嘴唇周围起满了泡；但却照样顽皮，满不在乎，一回来就不断找东西吃……

晚上同顾去看了《红菱艳》。这是部英国片子，很不错；但不少人没有看出影片的主旨所在。

10 月 13 日

带小娃去中医学院，后又顺路去儿科医院。回来时十点过了，得白羽自上海来信。

十一点去编辑部作了一次发言。措辞虽较尖锐，态度则相当平静，算没有动感情。最近一个时期，他们的思想相当动荡，总觉得领导上在"双百"方针上是"老坎"，是"半开门"。我说，既然是门，就有开有关：对人民有利的，就开；对人民不利的，就要关！而且还要严密防范，加强戒备……

发言前，我谈了谈对《红菱艳》的看法，作为前天李累的说法一点补充。影片的主题当然是艺术和个人幸福的矛盾冲突，但它是揭露在资本主义制度下，剧团老板如何利用、夸大这种矛盾，向艺术家、作曲家进行控制、剥削，以致不断制造悲剧。依我看，由于影片没有将莱道托夫漫画化，不少观众可能都不曾理解到这一点。

下午疲倦不堪，什么事也没有做！晚上去街上散了步，回来时，小娃已经被带走了，多少有点想念。我们去街上散步时，礼儿、秀清就在动员他走，但他并不怎么乐意，倒想留下。

10 月 14 日

在蜀华文物商店碰到叶圣老的亲戚胡君。他在主持这个商店，把我请到里面去了。

正同胡鉴赏他们的所谓"珍品"，壁舟夫妇来了。他们同店内的人员都熟，于是我也伙着看了更多的所谓"珍品"。戈老劝我买一张，后来，当我对一幅画赞叹不已的时候，他甚至说："我买来送你好吧？""看看就不错了，你送我也不要！"我钱既然不多，也不愿意冒绷名士。

友欣他们明天就要去重庆了。顾交了两样东西，要我请他带给刚齐。一个脸盆，一筒花生。为寄花生，曾经打了不少麻烦。有什么必要带花生去呢！我只好写了封信，要她不必把筒子带回来了，还得记住请同学吃。开始是为了叮咛这两点，结果却写了很多，同友欣也谈了不少。

心里不很愉快，每逢碰到儿女问题，我同顾总有分歧，却又始终无法一致，真恼火！

10 月 15 日

一早宗林同志就来电话，催我去五福村休息。还叮咛我，去时通知他一声。

去省一门诊部打针后，又赶往中医学院找卓雨农。回到家里，因为时间还早，卓又说我已经没外感了，我又赶往二医院。碰见郑光勋，于是托他去问胎盘，亲自把它带回来了。

午睡后回李济生信，并寄了《恐怖》和《土饼》给他。晚上看《红岩》一本，会见了何迺仁。

10 月 16 日

细雨霏霏，空气冷而潮湿，有点气喘。跑去找卓，他一个人躲在楼上写他的医案。

午睡后，不喘气了。可能因为天气开朗起来，有了太阳，上午的休息也不无帮助，于是动手给白羽回信。我劝他在上海住过冬天才北返。还顺便告诉了他艾芜的打算：每年来四川住半年。

晚上逛街回来，还给白戈写了封信，主要是谈艾芜的事情，他将来住重庆的时间可能多些。

10 月 17 日

明天要去五福村了，想赶着再吃一个胎盘。等到找过卓老师回来，顾已经把胎盘取回来了。

午后收到刚齐信，情绪不坏；但诉说生活太紧张了，而预习和复习却都需要时间。补习的办法显然全不可能，但她为了应林彦之约去城里商量一次，却已花了半天时间！看来她已经有神经衰弱的征候，因为老是睡不好觉。我立刻给了林彦一信，请他暂不必提补习的事了。

夜里，又给邓老、王觉一信，告诉他们艾芜的打算，请他们请示市委后做些准备。

10 月 18 日

打针、诊病后，去宣传部看了看李部长，就回家了，做去五福村的准备。

我照样睡午觉，然后偕同玉颀一道，带刚虹去五福村。房子已经准备好了，是四号那所新建的大楼。我执意要住那座平房，只好说怕爬楼。但刚搬好，宗林同志又派人来了，劝我往四号搬。我照样婉谢了，理由呢，还是原来讲的那套：爬起楼来喘气，不舒服。

平房虽然较旧，质量却很不坏，而且外表相当朴素。这里的所长从前负责招待过巴公！但我几乎认不得了。他告诉我，巴公走后，同他通过两次信，还送过他一本书：《李大海》。

晚上，市人委办公室一位科长来看我们。安徽人，抗战时来川才五六岁，父亲是铁路员工。来客走后，找了《高加索灰阑记》来，读了三幕，就快十一点了。四周非常幽静……

10 月 19 日

真没有料到，亚群同志果然一早就来帮我修理钓具来了，接着又一同去钓鱼。

午饭后，为了我便于掌握，他又另外为我配了一根钓线，各种钩子、丝线、浮漂材料，他都带得有——上午他还从荷包里揣好几把米撒窝子呢！他做得细致而又热心，我可已经十分疲倦了。然在做坠子时，他便不由分说，把一瓶刚才用一两天的牙膏的管底撕了……

午睡后，宗林同志来了。我们谈了川剧《红岩》，川剧实验学校的问题，以及林如稷昨天向他提出修改《卧薪尝胆》的事。彼此感觉谈得来很愉快，一直到晚饭时他才走。

晚饭后散步了很久，然后坐下来读《高加索灰阑记》。

10 月 20 日

钓了一上午鱼，成绩相当可观，钓到八条鲫鱼不说，还钓到一条十两重的鲤鱼！

下午把《高加索灰阑记》读完了。写得真不错，有不少地方可以看出中国戏剧的影响。剧中的歌手、乐队的作用很大，在突出每一幕的旨意，本剧的主要实质，人物的内心活动和性格方面都很重要。因而有的地方，使人想到川剧的帮腔，电影的主题歌和画外音。当然，优点绝不止于这些。

晚饭后沿沙河走了一两里路，这是成都的东山地区，风景不坏。

10 月 21 日

到菱窠去，穿过沙河堡时，场集已经登了。做买卖的很多，给人一种物资丰富的感觉。

老头在晒字画，还没有吃早饭。他最近又买了几件价廉物美的东西，全都取出来给我看了，或者指给我看了，然后才去用饭。后来，我们谈到统战部昨天的座谈会：继续给一些人揭右派帽子和教育揭了帽子的右派。我们顺便扯到过去的民盟，扯到张志和、彭迪先，等等……

他拿出《大波》第四部二章一个片段来要我看，说是准备寄给《上海文艺》或《新港》单独发表。我看了一页，就无心看下去了，想到我来为了闲谈，而时间又颇有限，于是请他容我带回去看。接着就又扯谈起来：川剧《红岩》《卧薪尝胆》，以及布莱希特的《高加索灰阑记》……

当我告辞出来时，报纸到了：在中印边境，我军在西段、东段分别进行反击，把印度反动派的大举进攻给打垮了！因为已经十一点钟，只看了看标题。其实，眼镜架子坏了，也不便细看。在沙河堡一个小店里修好镜架，我又走到邮局去看。不知怎的，邮局的人很和气、热情……

刚进大门，那个矮朵朵的年轻花匠，迎着我笑嚷道："印度反动派给我们要打惨了！"随后他又拿了一本其芳谈写诗的书问我："这本书怎样？"接着就替我找报纸去了……

午睡后，碰见小陈，他说李部长来了，在后面钓鱼，我拿起钓竿走去，只看见两辆汽车。

晚上读了《大波》第四部的片段。没有服安眠药就睡了，想试验一下健康情况。

10 月 22 日

一起床就去塘里撒了窝子，成绩还算不坏，一上午大小钓了七尾鱼。

在钓鱼中间，顺来说，一号昨夜里被盗了，招呼我们那个服务员失去了被盖和所有的衣服。这是个胖胖的女同志，昨夜同我们谈了很久家常，父亲是个缝纫工，她原在被服厂工作。看不出，她已经结婚三四年了，而且有了孩子，现年二十二岁，丈夫是转业军人。

她同另外两个女孩子分别住着两间房子，她住的里面一间。因为胡同志例假，她临时来二号招呼我们。被盗的事，那两个很快就发觉了；看见窗门是打开的，被子也不见了！但是她们反而跳上床去，蒙上被子，连厕所也不敢去了。因为害怕偷儿转来，害怕偷儿伤害她们！……

晚饭后，服务员把才从城里回来的丁所长介绍给我。是个矮小精悍的青年人，他一直就在这里工作，群众反映很好。我们又谈起被盗的事，又一同去一号看了看盗口；感觉小偷要来太容易了，因为有一段墙不但很矮，还有两株树子紧靠着墙，而且上个月小偷就从这里来过一次！……

读了《嬉闹的河》。这篇东西真写得不错。闲谈中，顾告诉我，那个穿黑衬衫的小花匠是个孤儿，他向顾表示，他很喜欢他的工作。日常无事就读文学作品，读了不少东西了。

因为昨晚睡得不错，今天夜里，又把安眠药革除了。

10 月 23 日

我们一来就碰上了好天气，可是，昨天夜里，落雨了，一直下到早上才停。

上午去钓鱼，刚才钓了一尾，雨又来了，一直到晌午才晴起来。我去拿报，顺便给劫人打了电话，告诉他我对《大波》第四部那个片段的意见，建议他不要发表。并谈了些我就这片段联想到的一些看法。他颇表赞同，而且，有的看法，几乎和他所想的一致。

刚好吃完午饭，龚先生就来取稿子来了。在闲谈中，龚告诉我们，劫老数十年如一日，每天用一分钱，他也要亲自上账的，而且都有注脚。家里每月的用度，一般是 800—1000 元。这中间的机动数，是在购买字画方面。每次得到版税，他都要亲自掌握一部分……

午睡后，一直都在看书。也许由于活动较少，夜里老睡不着，又破戒吃药了。

10 月 24 日

夜里又落雨了，天明后时下时停；直到中午，算真的放晴了，而且阳光灿烂。

午睡醒来，李亚群同志的驾驶员来了，要钓鱼的米饭和当天的报纸。饭找到了，报纸可已交还办公室了，所以当我拿了钓竿赶去的时候，只好就记忆所及谈了谈当天的重大政治消息。接着嘲笑了一通反动派的窘态，还对世界局势作了些推测。

钓鱼真同赌钱一样，老说：只钓这一竿了！或者：再钓五分钟一定走！可是，一直拖延到六点半，天快黑了，我们才一道离开河岸，在四号房子前面分手。今天钓鱼的地方很远，在那家工厂后面，鱼很多。

因为明天要一早进城打针、看病，睡得较早，还吃了安眠药。

10 月 25 日

打针过后，在总府街同玉顺分了手，我到中医学院找卓雨农去了。

直到十点过卓才来。除我而外，其余守候的病人全是妇女。难怪有一次帮他开处方的同志，在病历上把我填上"妇科"！卓这人真有意思，一来就嚷嚷着："昨天咬了舌头，今天又把嘴皮烫了！"接着又回答我道："羊市街的刘油茶好得很呵！又有黄豆，又有花生……"

诊脉当中，他还一再劝我喝酒，说："喝一点——完全可以喝了！"他把所有的病员都惹笑了。但他并不是讲笑话，说得认真而又严肃。回家收拾了一下东西，就十一点了。收发室送信件来，顺便告诉我吴先忧逝世的消息，并说当天就要安葬。我立刻要他们代买一花圈，准备赶到十二街去。但是，听说丧已经送走了，送到磨盘山去了，只好命人送到青龙街去。

自我们走后，刚虹把家事料理得很好，可是太节省了，饭菜都不如过去好。她心情愉快地告诉我，杨礼、刚宜对伙食都有意见，好在只限于开玩笑。昨天，吃饭当中，杨礼发愁说："咋越来越坏呵！"而刚宜立刻接下去道："我这几天都瘦了！"可见大家情绪不错。

因为昨天是刚宜的生日，晚上我们买了一点鸭子让大家吃。从街上回来不久，雁翼来了。他谈了一些在山东的感受，很动人。关于北京文艺界的情况，也谈了不少。其中最重要的，是乔木同志对党内少数诗人的一次座谈：为农民服务问题，民族化和群众化，战斗性……

有关《达吉》的讨论的一些问题，安旗对他的批评，他都有自己的看法，也可说是意见。他也谈到他在京搞自己的选集的经过、标准，以及章节的序文的内容。他还写了两部话剧。

我对他创作上的打算作了些建议，并谈了谈最近感觉到的一些文艺思想问题。

10 月 26 日

去青龙街看吴先忧兄的家属。他爱人为我谈了谈临终前的情况。是 24 日去世的，才一天病就死了。坐了约一点钟我们才告辞出来，赶着去五福村，因为早上宗林同志来过电话催问。

因为开会耽搁，宗林同志来时，已经十一点了。午睡后，廖市长来，我们一道在二号阶沿坐了很久，上天下地谈了不少。家岷同志是开县人，短小精悍，而且沉静、朴素，光景四十岁还不到。晚饭后他才走，我们也各自分散了。不知怎的，感觉得相当累，很想休息。

八点过电灯才来，还不到十点就睡了，而且没有服安眠药。

10 月 27 日

读完了《大胆妈妈和她的孩子们》。上午读了大半，其余是晚上读完的。

一共去宗林同志处闲谈了两次，此公生活知识太丰富了，连同昨天的谈话，他讲了不少东西：解放前的成都；解放初期某些民主人士的嚣张丑态；以及杜复生的胡言乱语……

在谈到改编《红岩》的时候，他有不少意见对我将来写长篇是有用的，特别他对修改二本的一些意见。因为我的长篇将涉及党组织解放前的一些地下活动，可是他下午四点钟又走了。要能同他一道这样住上十天半月，该多好呀！我答允送一部《州委书记》给他。

晚饭后跑去钓鱼，刚才钓了两条，天就黑了。决定明晨天明就去。

10 月 28 日

七点过就起床了。虽然还在飞雨，立刻照原计划到河边去钓鱼。

地方在工厂后面，的确不错，还不到九点，就一连钓了四尾！可是，正当这时，张处长同他们的驾驶员来了。我猜到他会来的，而且决定他一来我就走，让他来钓。但是他不同意，认为可以在一起钓，并无妨碍；结果却不尽然，钓了很久，彼此都一无所获，我只好溜走了。

早饭后，去塘边那个老地方继续钓。可是，直到十点，刚虹、继玳都从城内来了，才钓到一两尾鱼。随后她们随玉顾游玩去了，我一直到十二点才回去，成绩很差。午饭过后，我让她们去钓；而在同李部长闲谈了一阵之后，我就拉伸午睡去了……

下午四点，我接替了刚虹、继玳，但是收获照样不佳！她们还等着给刚宜带鱼回去呢！后来找到亚群同志，同着他一起钓——照样一无所得！随后落雨了，而且愈落愈大。我几次想走，可是他说："钓鱼要不怕日晒雨淋呢！"最后，我还是先走了。

刚虹、继玳好不容易才算搭上亚群同志的车。因为等他们两路人会合时，已经六点过了，她们早已等得不耐烦了。幸而她们也带回十多条鱼——由李和张添凑的。

10 月 29 日

读了带来的几份旧报，以及其他一些材料，整个上午几乎就过去了。

午饭前，借了《四川日报》来看，前两天的一个预感被证实了：有些胆小鬼正在用古巴做交易！今天的报纸照例只有半张，绝大部分篇幅是我国支援古巴的活动的记载；赫鲁晓夫和肯尼迪的通讯；为古巴问题的通讯也占了一些篇幅。此外是中印边境的消息。

下午去外河钓鱼，可是，一点钟，两点钟过去了，终于一无所获！接着又去塘里钓鱼，照样什么也没有钓着！野鱼不上钩，家鱼也不上钩；这看来同撒窝子有很大关系。

在空地上捡了几根红苕，用剪子扎碎，晚饭后同顾一道去撒了窝子。

10 月 30 日

一起床就去钓鱼，可是鱼还不上钩。后来才发觉，昨晚撒下的红苕，全都漂浮走了！

从七点到九点，才钓到两尾！而因为起床过早，脑子相当昏晕，只好回来早餐，不要钓了。碰到服务员，说家里打电话来，今天要开声援古巴的群众大会，问我要不要去？随即请顾告诉办公室，我不准备去了，因为头昏脑涨，天又雨凄凄的，而且担心耽误了午眠。

午觉没有睡好，整个下午都昏昏然，什么事不能做。生活秩序真不能打乱！

11 月 15 日

因为全力对《困兽记》作最后一次加工，又得挤点时间休息、钓鱼，已经半月没有记日记了。

决定今天搬回家里，但一起来，还是分段续改《困兽记》。因为二十七章最后三段，昨晚上考虑了一晚上，仍旧找不到适当的语言。但是九点钟，服务员说，她已经同文联通了电话，叫把车子开起来了！但不知道什么时候能来。心里烦乱起来，决定不要改了，亲自去打电话。

碰见宗林同志，大约看见我神色激动，他把我叫住了。我告诉他原因，他说：可以叫他的车子送我，但他正和昨天晚上、今天早上一样，照旧劝我打了针，看了病就转来，继续住个时期。他说："你这个人，看到身体都不错，就再住一住吧！"但我近几天已有点心慌了，而且感觉有些不安。正准备动身，守愚同志来了，在四号坐了很久，他也再三劝我不要忙着搬进城。

耽延到十点钟才返城，打了一针，回到家里，已经十一点了。没有去中医学院找卓。心情对家里有一点不适应，午觉也没有睡好。下午，改《老太婆》，并将基本上改好了的《困兽记》，还有一本没改过的，一并交给陈之光，要他请魏德芳重抄一遍，因为担心排印时麻烦太大。

短篇《老太婆》刚好改了一半，因为快五点了，遂将昨夜改好的《假日》装封，寄"人文"出版社。后来参加了"编辑工作座谈会"，并与君宜约定，明天下午去看她。

晚上，去前院看了两次晚会。最后一次，陪亚群坐了一阵。他病了，气息奄奄地躺在藤椅上面。

11 月 16 日

午睡时仍旧想着短篇当中一些应该修改的地方，所以才两点半就起来了。

三点半，终于把《老太婆》改好了，于是去看君宜。我向她谈了我的长篇计划，又谈了一两个短篇的构思。她呢，向我介绍了大连会议中暴露的思想情况。强调写中间人物，说人民内部矛盾而忘记了阶级，这些人举的例子是：《锻炼、锻炼》里的人物是真实的，别的都像不行；人们只谈梁生宝，不谈三老汉！实际后者比前者写得好。一句话，先进人物都不够真实，不够好。周、林在中宣部已经对这些意见进行批评和纠正了。

对四川创作界的情况，韦相当含蓄地提到两点：这么大个省，究竟哪一个新作家比较成熟、突出？显然以为没有！这是一。其次，她问到，出版社对罗、杨的作品究竟作了多少帮助？以及是否能独自写东西？我举了我们少数较好的青年人，肯定了罗、杨的才能。

然而，不管如何，她的意见、怀疑是值得重视的。我们也谈到了马；谈到了李劼人。在一些看法上，我们意见是一致的。李过分拘泥于历史"真实"，马写得太快，太多了。

晚上，陪韦们去政协吃了小吃。在我这是第一次，但我以后决定不再去了。

11 月 17 日

三天夜里没有睡好，人几乎又垮了。改完《老太婆》后，去门诊部看病。

医生的看法同我的一致：失眠是循环变动引起的。他要我改服另一种安眠药，说是可以见效。又说：即使对病，也得经常改变战术，出敌不意。没有找到卓。

午睡后，看了一遍修改好的《老太婆》，就全部付邮，并决定不再校改任何一篇了。

11 月 18 日

去街上逛了一转。回家时，发现张老已经在客室坐下了，幸好我没有去学道街看他。

因为午睡没有睡好，下午既未做事，也未走动，就歪在沙发上同张老闲谈。送走张老，晚饭后，全家人一同出去。但因为大家要看电影，我又没有这分精神，到了梓潼桥，就独自抢先走了。市面上的秩序大有进步，但"文华"门口有两个人在兜售钢笔：乌打帽，破棉上装，嘴角吊支烟卷，斜靠在柱子上，非常令人憎恨！

沿提督街、总府街转来时，发现了拐枣，买了一斤。回家后就封好，叫老刘送给张老。

11 月 19 日

在宣传部听了一天文件：大章同志有关十中全会的传达报告。但是还要半天才能读完。

晚上去看张老，他不在，可能开会座谈中印边界问题去了。这是最近几天的大事件。由于印度侵略军一再溃败，尼赫鲁是会要无赖的，反华也会更猖狂，有的人可能大惊小怪……

大约昨天照光感冒了，找卓看了看。他正在品酒，就在食桌上看的，用破信封开的单子。

11 月 20 日

前去参加杨吉甫的追悼会，碰到不少熟人。宗林同志已经从沙河堡搬回来了。

杨的儿子作了近一点钟的谢词。好多人到后都感觉沉闷，不耐烦。但杨的行事却也反映了一些解放前的情况，对我说来，不无意思。而且，我也还能体会一个失了父亲的人的心情。

下午在家休息，晚上街也未上。因为感冒似乎并未过去，天气又相当冷。

11 月 21 日

整天都在宣传部听大章同志作十中全会的传达报告。是从头读起的，一天只读了 2/3。

在听的当中，我同半黎坐在一道，不时又交谈几句。这说明传达当中也有不少精彩的地方，发人深省的地方。给我们启发很大，自己也还能消化，所以就不免不能止于言，想说话了。

虽然也谈过今天中央对中印冲突的声明，但从精神说，也未离开传达的内容。中央同主席真英明！这个声明，不仅进一步暴露了尼赫鲁，打击了美帝，支持了尼泊尔等国家和印度党内、国内的左派，也羞煞了修正主义者！谁不要和平？谁反对过和平共处？当然，我们同印度跟同美帝的关系不同……

在休息时候，余局长忽然问我：你二的一个姑娘考起没有？我平静地告诉了她经过。她说：今年高考，语文一般都坏，得注意这一方面。晚上去看李小珍演的《红岩》二本，同竞华谈了一阵。

11 月 22 日

又听了一整个上午的传达，是一位女同志朗诵的，很不错。传达报告算全部听完了。

感冒看来变严重了！鼻塞头晕，很不舒服，什么事也不能做！心里有点烦乱，一不对就感冒，这怎么行呢？眼看去乡下的打算也不能不慎重了。服了安旗给我的银翘解毒丸。

晚上带玉顺、刚虹看了《红岩》三本，不及一本远了。碰见焦医生，约定明日为顺治牙。

11 月 23 日

去医学院看检查结果：肺、小便无问题，可是白血球更低了：3100！

曹劝我不要紧张，同时主张继续检查。他劝我不能再服用消炎片之类的药片了，因为它们会破坏白血球。服安眠药也当慎重，最好是水化碌泉，因其副作用较少。

我们又互相作了一些推测：容易疲倦，精力不足可能是白血球低的结果。原因呢，就难说了，长服安眠药可能有关系；但我服得最多的可又是眠尔通！看来情况有点严重，所以尽管他一再说不要紧，思想情绪上却也不无相当影响……

下午，顾由焦把牙拔了，情况很好。接着小娃回来了，家里立刻热闹起来。晚上去前院听扬琴，他单独跑到前一排坐起，满不在乎；后来却被帮腔演员的形象给吓哭了！

宣传部几位负责人大都来了。我同守愚同志谈了谈检查结果，他好像有意劝我去西昌住住。

11 月 24 日

去卓处看病,是在楼上看的。他果然病了,可是比我轻松一些。但愿他早日康复吧!

回家时,碰见田丰来了,同他闲谈了很久,主要是他谈。他要求能参加文艺界的一些活动,要求重庆文联承认他当干部。末了,我陪他到梓潼桥才分手,我去捡了药。

因为好久没有去看过张老了,晚饭后同顾和刚虹一道上街,准备去看看他。但刚到复兴街口,便感觉有点累,又担心时间迟了,遂与顾们分手,顺便坐了三轮车去。到达以后,才发觉忘记带钱,于是只好向张老借了两毛,叫公务员送出去。

我们谈话的主要内容是:近日我国政府声明,我们对它的意义、作用、影响,谈了很多。彼此都很激动,简直有点像诗人了。因为看我老是咳嗽,天气又冷,最后,张老叫了汽车送我。

张老还送了我一方普洱茶。记得从前在上海时,一个云南诗人雷溅波送过我一方。

11 月 25 日

在宣传部听了一整天文件。人很多,烟雾腾腾。好在下午五点就散会了。

据刚宜说,"电讯学院"锅炉爆炸,把礼堂毁了,死了五六个同学,是星期六的事情。一位上将准备去作报告,好在报告尚未开始,人呢,正待进入礼堂,否则,损失不堪设想!他又说:出事后,没有清查出烧锅炉的那个老者,也未发现他的尸体,此人嫌疑甚大,可能是逃跑了!

晚上去街上逛了一转，先去春熙路，后到提督街；但因疲累不堪，我单独在中途折了回来。

11 月 26 日

精神并不算坏，胃口也很好，但是咳嗽总不见好，想起来十分烦躁！

下午，去图书馆借了《困兽记》来，准备再认真改一改最后一章。但是，才看了一半，就头闷眼花，看不下去了。于是叫老曾来，要他打听一下，卓院长究竟是否已经痊愈？晚上很想照常出街走走，但怕重犯感冒，结果只好留在家里烤火。

11 月 27 日

去找卓看病，他正在厨房门口坐着等我。诊完病他就赶紧上楼去了。

前天得巴公信，问起我的健康情况。他也正患结肠过敏，看来问题不大。他托杨维带了一盒三五牌纸烟给我，萧珊也带了两听凤尾鱼，说是送我下酒的。他们真也想得周到！看病回家就写回信，写到午饭时，三张纸已写满了——但还有多少话没有说呢。

下午把《困兽记》最后一章看了一遍，想起一些改正意见，可惜书是图书馆的。

11 月 28 日

得艾芜、君宜、仰晨、济生来信。济生信中谈了些对影片《鸳鸯谱》的观感，评价颇好。

十点钟，青年出版社王同志来，闲谈了很久。他要我对他们的工作提意见，我只提了一条：不要勉强那些具有实际斗争经历的同志都写小说，得从实际出发来考虑问题，而且不要小看散文的作用。我也介绍了一批本省的青年作者，希望他们注意。

下午回艾芜信，我请他和罗、杨都不必迁就我，我看来今冬不能去农村了，他们实在用不着因为我而推迟行期。我又将同样的意思告诉了罗、杨，叫他们不要等我。

晚上去看宗林同志，他正散步回来，有点倦意。我坐了点把钟就走了。

11 月 29 日

因为艾芜信上谈到作协正在号召和组织作家深入生活，参加当前农村的社会主义教育运动。我考虑到我们也该有相应的活动，但给宣传部打了三次电话，都未打通。

晚饭后，正在同安讨论组织作者下农村的问题，谭剑啸同志来了。他是从德阳回来的，昨晚来过一次，我出街了，所以今晚约了他来。他谈了些农村的情况，他去德阳的任务。随即扯到他的创作计划，他准备每月写一章，连修改，十年完成他的小说。

我照例劝他写回忆录，即使要写小说，最好也该先写回忆，把材料排出来。同时也算进行锻炼，然后再写小说，较为可靠。因为我看过他的小说初稿，他实在还没有摸到小说的门径，成功的可能性非常少，当然我没有这么说。所幸他后来同意了，而且同意将来由文联派人帮他记录。整理呢，则由他自己动手。

谭走时已经十点了。送走客人后，我又考虑了一阵为他作记录的人选问题。

11 月 30 日

本来约定接如稷进城的，因为临时接到通知，得去宣传部听报告，只好改期。

听了一天报告，休息时听半黎说，戴伯行得了癌症，已经决定要开刀了。是食道癌，三五天内发展起来的，起初，只感觉吃东西不方便而已。听说，即使开刀成功，也只能再活三五年而已。而且，开刀也有 10％ 的危险，他因脊髓有病，已在医院住了三年多了。

午睡没有睡好，刚睡着迺仁来了。接着杨维送来巴公和萧珊带来的东西。最后，老曾又跑来催促，说只差一刻钟了，要我去宣传部。迺仁同车到东城根街，约定五号再来。

12 月 1 日

继续在宣传部听了一天文件，相当累，散会后就疲倦不堪了。虽然下午散会较早，还不到五点钟，几个主要文件朗诵完了。但所谓完，只是告一段落而已，学习尚难结束。

下午听读文件时，亚群同志来同我谈了一阵，他最后约我去沙河堡钓鱼，我推谢了。但我向他提了一项建议：应该召集专业和业余作者、编辑部、创委会的工作同志开一次会，根据十中全会的精神，谈谈创作问题，并且组织作家深入生活。

晚上，因为感到疲倦，本不想出街，后来却陪顾去找了卓院长看病。

12 月 2 日

这两天精神较好，睡眠却反而不行了。服了安眠药都睡不安稳。

因为睡不好，精神也逐渐欠缺了，这主要表现在无法做事。幸而天气不错，几乎每天都有太阳。上午，出去走了一转，回来就晒太阳，感觉生活相当平静。

下午，继玟来了，我让她看了艾芜的来信。她显然非常希望艾芜能来四川。

12 月 3 日

这两天早晚都有雾。早上的特别大，我早上九点起来，雾还没有散尽，相当浓。

咳嗽老不痊好，不可能下去了，也不便去重庆，有时心里不免烦乱。最后，决定先把《困兽记》最后一章再改一次，不必再拖延了，就去找魏德芳，撕下最后一章，准备修改。

尽了一天之力，总算把它重改好了，而实际算来，还不止费了一天时间，有几处比较难于处理的地方，是前两天就想好的，只是抄录一下而已。改好后，命刚虹交给魏。但在晚饭后散步时，我又想起还有一处不够恰当，于是自己又亲自取回来，立刻重新改过。

将稿子交魏德芳后，去看张老；他在人委开会未回，等了有半点钟，只好走了。

12 月 4 日

把给志超的信交了，要他明天来吃午饭，同迺仁一道谈谈。我有点担心信交迟了。

上午，魏德芳来同我查对《困兽记》的改稿，她开了一张拖单，大约有二十多条。我发现这个人相当细心，她提出的问题很简单。我又自己挑选了几处改得较多较乱，以为她可能抄错的地方，结果都搞对了！中间，李累拿了几篇一位教授的稿子来，因为有些名气，又是我的熟人，他要我考虑处理办法，他感觉很棘手。其中有旧诗两首，有一篇是解放前赠我的；我才看了个题目就推开了，颇为不快。

魏走后，我又翻了翻另外一首旧诗，是赠《燕燕》的改编者的，一篇散文，是介绍一个川剧的。另外一件，就是那个剧本，内容是曹操同被他害死忠臣良将的冤魂进行舌战。

剧本我没有看，但从介绍文看来，实在感觉多此一举！一句话，诗文都无发表必要。

从下午到晚上，一想起李累交来的那些稿子就不快活，因为这件事又会叫那位老友生气。我想，一个人到了年老力衰的时候，当然不能失掉信心，但也不要不甘寂寞。写文章应更严格。

12 月 5 日

迺仁来，谈了不少卢作孚的为人。我鼓励他写出来，因为作为文史资料，将有一定价值。

我们一直谈到午饭，志超未来，可能未收到我的信。迺仁喝了两大杯酒，我喝得虽少，但因好久没喝酒了，后来竟有点醉意了。送走客人后，我蒙头而睡，一直到四点半才起来。

晚上去张老处谈。回来时，听说志超来过，等了很久，九点钟才离开。

12月6日

下午，去宣传部听康部长传达中央宣传会议的精神。碰见张部长，他说要两点半，甚至三点才开了，约我到他家里去坐坐。他住在省委新宿舍三楼上，是公寓式的房子，还不错。

张部长一直劝我不要紧张，不要忙着下去和写作，最好过了冬天再说。他认为冬天是储备精力的时期。他很快将去西昌，要我也去住住。但我因早已决定去新民社住一星期，然后到重庆过年；如果是去西昌，这两个计划，便都落空了，非常感觉为难。

我还说了说我对《达吉》讨论中暴露出来的问题：着重了真实性，忽视了倾向性。具体、尖锐地表现在把"提高"叫作"拔高"的提法上。他认为我算把问题的实质看到了。

在听传达当中，在休息的时候，老毛病又发作了：急于想把自己的想法告诉人！

12月7日

下午去宣传部听康部长继续传达，后由曹、于两位厅长传达教育方面一些具体措施和规定。好多人都走了，没有听。有的是去参加科学工作会议，有的是搞文化工作的，不想听。

我本可以走的，因为李部长说他会后要同我谈谈，也不好意思走；只好留了下来。中间，同李部长去办公室谈了半个多钟头。主要是商量刊物检查问题，召开座谈会的问题。我顺便向他谈了谈昨天下午，我偶尔向杜书记、张处长对刊物问题谈过的一些看法。

回转会议室的时候，曹的传达尚未结束，可是已经快五点了。于开始传达时是五点半，说得很简单，结果谈到六点钟！这中间，我表现得颇不耐烦，真太没耐心了！……

　　晚饭后去红旗剧场听扬琴会演。可能场子太大，听起来总觉有点别扭。

12月8日

　　小娃昨天下午回来了，缠了人大半天。他又懂得不少话了，还会表演交通警指挥交通的动作。

　　下午去医学院血学部检查。正碰上政治学习时间，附属病院坝子里就聚集了好几堆人。办公室大半锁了，有的空无一人，有的正在学习。在血学部找到一个小护士，她要我去门诊部。

　　在门诊部一个巷道里，也有人在学习，但我终于找到那个女同志了。而且，等了不久，学习就结束了。于是一道回血学部，为我检查。她问了我一些身体情况，最后说，白血球少不怎么重要，目前一些负责同志都有这种现象，劝我不要担心。还认为我没有抽脊髓的必要。

　　检查完后去看如稷，小娃一直赖在车上，我们也只好由他去了。等了很久，椿年才找人把如稷叫了回来，他在参加学术讨论会。是个助教陪他回来的，此人写过有关我的创作的文章。

　　我向如稷交代了伟模的儿子的事。他向我谈了些伟模女儿的情况，我印象相当深。

12月9日

　　上午去找卓，他到中医学院去了，因为一个老年医生病势沉重。

　　回家时，发现继玟未来，颇有些不习惯。刚虹说，她可能在赶课。

下午，继玳终于来了，而且，等我知道时，她已经同顾她们看了电影回来了。我告诉她，艾芜年内不来四川了。她颇不满意："他说过要来呀！"我向她作了解释。而且想道，刚齐也一定盼我去重庆吧！

晚去"红旗"听扬琴。路由告诉我，扬琴的老艺人，去年一冬就死了好几个，这一来文化局感觉不对劲了。而这次会演就为了多搞些钱，照顾老的一辈，这是一件好事！

大章、凤池的《祭祖》，很不错。肖、詹的《抢伞》，也不错。川校学员的《托孤》相当够味。

12 月 10 日

上午，又将《困兽记》几处不妥之处作了修改，封好寄出去了。同时又给适夷、仰晨分别写了信。

午睡后，正读文件，李部长、李累来了。彼此对李部长在星期三座谈会上的讲话交换了一些意见。后来李部长又大谈川剧问题，以及去北京会演的问题。可是我已经感觉有些累了。

正吃晚饭，李冰来坐了一阵，她已经好多了。我看出她想参加工作，但我劝她，这个冬天一定得好好疗养，工作的事，等到明春再说。我们一面吃饭，一面同她闲谈；吃完后又继续谈了很久。可是因此却误了去发行所看电影的时间；好在找到了三轮，算赶上了。

一共演了两部片子：《槐树庄》和《带阁楼的房子》。前者对目前进行阶级教育，很适时，很重要，艺术方面也很可观。就后者说，因为我太喜欢那篇小说，所以看来更为亲切。

今晚的两部片子都各有千秋，上床以后，还同顾谈了很多。并劝她再看看小说。

12月11日

上午看了一个有关当前国际经济问题的文件，了解了一些新的经济理论、观点。

晚上去看宗林同志。虽然瘦了些，但精神却好。他谈了一些川剧界的情况，相当激动。有些情况，是过去不知道的。他谈到的例子，有自贡和南充，还有乐山。

在等候罗世发当中，他显得有点疲倦、烦恼；我本想走的，随后洪宝书同志来了，就又待了下去。从此时到罗来，到喝酒和走以前，我在情绪上却感觉有点别扭，说话也不大自然。走的时候已经十点半了，心想，像他这样的身体，真不宜逗留得太久了。

罗住在招待所，我把他送到门口就走掉了。好久不曾喝酒，感觉有些昏眩。

12月12日

还未起床，史良臣、老黄，还有她那小女儿就来了。顾忙着招待他们，接着上街买菜。

但是，正谈得上劲，老曾来了，说卓老师约我九点钟去；可是已经九点过了！史他们准备走，我要他们留下吃饭，看了病就回来陪他们。可是，他们想逛街，结果还是走了。

卓是聪明的，很有识见，这天他向我谈到他对中医学院本届毕业生讲话的内容，很不错。他特别强调中医同农民的传统关系，过去中医来自农村和半医半农。我们随又谈到戴伯行的病。我举了个病例，昌圆法师患了类似的病，一直拖了三四年才死……

他还劝我趁着感冒好了多吃胎盘。说，刘文辉解放后吃了一百多个胎盘，虽未治好哮喘，抵抗力增强了，哮喘并未因年龄而增加。他认为我短时期去新民社是可以的……

午睡尚未睡好，可风、李累就接连来催，说李部长已来，要我去主持开会。我正要吃药，要李累主持。这些事，应该由搞实际工作的人出面呵，为什么定要我顶起干？但是李部长不同意，最后，想了一阵，还是赶着喝了药出去了。在他讲到国际上的修正主义时，我很紧张，担心他走火。

休息时，如稷忽然愤愤然走来，很激动，几乎脸形都变样了。我走过去，才知道晚报的记者又把他撞伤了。我知道这两天他的情绪不好，我冷静地安慰着他，最后他总算平静了。

座谈会六点钟才散会，忙着吃了晚饭，随即陪史他们去看川剧《好逑传》。

12 月 13 日

打了两次电话，十一点半，终于把林开甲同志找来了，对《锦水》提了一些建议。

晚上看《秀才外传》。休息时同笑非在场子外面走了一阵，向他谈了我的观感，担心——这个戏给人的印象是不佳的。散戏后，我又当着达雄等谈了我对整个戏的一些观感。可能有些尖锐，但它也太让人失望了。我有一种想法，近年剧改上有形式主义倾向，水平较前两年低下了。

心有隐忧，但却不能直率地提出来，颇不好受。临睡前向顾谈了些自己的想法。

12 月 14 日

还未起床，罗就打电话来催我去新民了，赶紧起来忙着收拾。

我本不想今天走的，想看看《燕燕》，而且想多向川剧团提点意见。因为这不是某一个剧团的问题呵！可是，不久，罗、史亲自来了，说车在门口，专等我动身了，当然也就只有走了。

一到新民，就见到半黎。他昨天带了一组人来，正在听黄交代、介绍情况。我也去听了听，因为尽是数字，我很快就溜了，到场外大路上溜达。我同三个小学生扯了很久。非常有趣，三个人的鞋尖都是烂的，而且都烂在拇指的地方，只是程度不同……

午饭前，罗向我们谈了很多。主要是七大队、十大队，今年上季发生的两桩婚姻事件。因为它们突出地说明了农村阶级斗争的存在。晚上又参加了一个座谈会，谈到十点。

在座谈会中，黄尚荣和他的谈话给人印象较深，余皆寻常。

12 月 15 日

参观了附近的一个广播发射台。电台同志解释得很详细，但是照旧不甚了了。

午饭时喝醉了，发生了哮喘。不但未能午睡，而且很不舒服，可见酒不能多吃。到了三点过，哮喘才停，于是去一大队。罗正在挑水，我来到他家里，谈了些上半年的情况。

晚饭后在家里独自坐了很久。夜里去街上逛，四面漆黑，不时发现一群去戏园的农民。

12月16日

太阳很好。参加了公社党委扩大会议，同老龚谈了一些黄尚荣的情况。

午睡后，太阳更暖和了。因为报社的同志正在日头下同七大队的支书、队长闲谈，我也把椅子拖到坝子里去了。支书瘦长、斯文，有点像知识分子；队长瘦小精干，眼睛灵活，满脸胡茬子，更像农民一些。他们是谈生产队的副业生产情形。

我问了问那个女团员被反革命分子拖下水的经过。基本同罗谈的一样，只是有一点更明确了：打那个坏蛋的，是那女的，时间是1959年反右倾，而非土改。还有，就是离婚的问题，可能是做起让群众看，因为两个人目前仍然住在一处。女的是个寡妇，过去是饲养员，喂的公猪。

大家还另外谈了一个贺篾匠的故事：此人说罗只传达了五十几条，还有分田一条没有传达；但却断言十月一日就会公布。有人不信，便说："赌三桌酒席吧！"社会主义教育运动中，他怕斗，人们说："酒席吃了，保证今晚上不斗争你。"于是去馆子里吃了一百多元……

这篾匠是个单身汉，手艺好，喜欢开开玩笑。土改时分给他田、房子，他都不要，就连油票、布票他都不领，说："老子有钱啥子买不到吃！"他经常在外流浪，大吃大喝，满不在乎……

终于把15日的《人民日报》找到了。我把社论一气看了两遍，真是大快人心！

12月17日

黄书记约去赶了半天场，乘兴买了两只母鸡。因罗要去成都作报告，顺便请他带回去了。

同黄一道赶场，她顺便向我谈了一些她的家庭生活情况。她双亲都失去了劳动力，她两夫妇的收入，按家庭成员计算，每月每人平均只有十元。当然，丈夫开销要多些，她经常都在带账。罗的情况也好不了多少，因为他有社会活动，需要的花费，对一个农村干部说来，也就很可观了。话是从罗去成都讲开头的。

午睡后去找黄尚友，在一块菜田里，被罗的毛毛叫住了，背个箩筐，在扯猪草。因为谈得有趣，我改变了计划，随她往居民点走去。我们一路走一路闲谈，她告诉我："我明年就要关起来了！"她说的是进幼儿园。又说："要念书，还要喊一、二、三！"她显然非常想进学校，一直笑眯眯的。

她把我领到曾玉清家里，就存放猪草去了。省妇联一位同志正忙着要上街；客人走后，我们就谈起来了。曾看来已有好转，白白胖胖的，但她谈的情况不多，坐了一阵我就走了。

夜里，在金屋里坐了很久，谈话内容很多，主要是谈罗，他的政策水平和生活作风。

12 月 18 日

去一大队三生产队看黄尚友。黄种油菜去了，在草堆下面同他两个小女儿瞎扯了很久。

黄的两个女儿都长得不错，瘦长长的，相当聪俊，两个都穿着大方格花布衬衫。一个十三四岁，一个十二岁光景，球鞋都很新色，显见穿上不久。她们问到我的工作、年岁和家庭状况，不住发笑。其实我回答得很老实，既没有虚假，也无意开玩笑——但是她们仍然笑个不停。

油菜都栽上了，正在淋。黄一看见我就认出来了，随即领我一道回他家里，在灶屋方桌边坐下，我们谈了有一个钟头。在返回油菜田的途中，他告诉我，他母亲对他的态度已变好了；因为受到了运动的教育，今年不仅分了四百多斤粮食，还有四十元现款。

午睡后，去找黄，想请他谈谈党内生活，没有找到。于是沿着大堰跑了一趟，同一个推砖的年轻农民谈了阵话。转来时碰见黄的父亲，我们一同到他家里；可是门已经锁住了，仍未找到黄。

晚饭后同金逛了一转田坝，回来后，又在他屋里吃着花生闲谈了很久。

12 月 19 日

反复沿着大堰走了四次，雾罩很大，直到十点钟了，这才开始消散。

公社在开信用社代表大会，黄书记搞见缝插针；从会场叫出大队的支书，或者队长，解决一些生产队的调整问题，以及干部的人选问题。我觉得这比大会还有意思，因为他们在商量中间，每每只用几句鲜明、简洁的对话，就把一个队、一个干部的情况交代得明明白白。

直到吃饭，她一共找了四个大队的支书、队长谈话。就单拿这几个支书、队长来说，不仅谈话内容不同，便是他们本身的风格、外形、谈话的方式，也都那么各有各的特点。他们先在大厅里谈，门口不时还有人来报到、称米；会场传来那个女同志响亮的报告声。这个气氛相当有趣，随后，雾散尽了，太阳出来了；他们又移到坝子花台边去。一道谈话的还有冯秘书。

这点经历给了我很多启发，它叫我联想起不少东西，而且越来越感觉可以利用它来做一个短篇的背景和线索。我一直听他们谈到午饭时候。本来准备午睡后参加小组会的，因为小马把罗等送回来了；而且告诉我说，劫人病危，他的儿女都从北京赶回来了，情绪有点波动……

决定叫小马留下，我明天提前回去。一则看望劫人，二则节约了汽车。稍作安排后，即随报社同志到黄尚友队，见到了黄的两个女儿、兄弟、母亲。老太婆很健旺，七十一了，头发只白了几根。而在当天，她洗了一床铺盖，洗了头；我们找她时，她正在扯谷桩。她语言生动……

晚饭后，我们又一同下乡去访问罗。在史良才家里打了乱戳，随后又吃了酒。罗、史、刘、龚早就喝了一台，而且说话已经不对劲了。我们喝时他们只是闹得很凶，没有喝……

回到家里已经十一点了。胃上颇不舒服。熄了灯静坐了很久才睡。

12月20日

因为胃上不好，起床很迟。而且，早饭时连牛奶都吃得很勉强，昨夜在史家吃糟了。

除了在街口上望了两次，整个上午都在家里，同罗和黄谈了很久，此外还有报社的同志。主要内容是党内生活的情况和问题，一直谈到一点钟吃午饭才收住。

三点乘车返回成都，因为除开报社三位同志，黄和史要去新繁，车子几乎给挤爆了，过了新繁后这才松动了些。到家时已经五点过了，玉顾向我谈了谈劫人得病经过和近况。因为听说相当平稳，决定等明天去看他了。随后李累又来补充了些情况。

晚上去锦江看《燕燕》，许多负责同志都在。休息时，扯得相当热闹。李亚群部长走来问我的意见。大约话不投机，我才提了个头，他车身就走掉了，留下我同守愚同志。

宗林同志告诉我，因为发生肺炎，痰咳不出，劫人上午又动了一次手术。

12 月 21 日

同如稷夫妇一道去医院看劼人，病房里挤满了医生、护士，正在进行检查。

出现在我眼前的，几乎全是管子和玻璃瓶。此外，便是一张眼眶深陷的瘦削的面孔。当我们目光相遇时，我感觉他已经认出我了，已经瘪下去的嘴边露出一丝笑容；但很快又消失了。又一次，我几乎流出眼泪；我赶快走出去了。

我在病房留了有一个钟头，可是没有说一句话。一则因为医生护士忙个不停，二则怕打扰他，其实也不知道怎么说好。好像已经失掉表现感情的能力了。离开病室后，我同远岑却谈了很多，谈他父亲的病况，治疗经过，还涉及万一不幸时如何处理他的后事。远岑看来相当理智；但他向我证明，他父亲多么还想活下去呀！

离开病院后，我们又去青羊宫看李师母和李眉。找了好久才找到她们住的地方；可是都不在家。可能到医院去了，她们走的另一条路。在回家途中，我劝如稷，要他少烦少恼，尽力做些自己能够做的事，因为我相当担心他……

夜里去锦江观剧，进场以前，先到休息室找《燕燕》的导演熊正堃，同阳友鹤、徐文耀，还有竞华一道对《燕燕》提了一些修改意见。而经过大家的补充、发挥，我感觉自己的意见更为明确、完整和具体了。熊看来是聪明的，经验也很不少。

进入场子时，已经演完《铡侄》了。《水漫金山》给人印象并不顶好，演员是不错的，可是有些形式主义的东西，特别不可解的是，为啥硬要把白蛇写成一个十足的胜利者呢？难道这样一来，这个传说的反封建的意义会更强烈些吗？不！不是这样。

12 月 22 日

上午去找卓院长看了病，他从不少例症得出一个结论；老年多病，冬季的休养最为重要。

他是就一般有咳嗽、哮喘的老年人说的，此外他还谈了过去一些老年人过冬的情况来说明他的主张：凡是咳喘严重的人，一到冬天，就不爱活动了，总是坐在背风的地方，或日照下，胯下搁只烘笼。男的间或卷叶子烟，女的呢，搓搓麻绳，否则就坐着养神……

午睡刚醒，市政协傅茂青走来了，是来谈劫人的问题的。劫人昨夜曾经发紧，上午又缓过来了，但看来危机仍然严重。昨天输了两千CC的血，很快就消耗尽了！这样下去显然难于持久。他们向我征求意见：设有不幸，如何办理他的后事？我把自己想到的都谈了。

傅走后，忙着把上午给巴公的信付邮了，准备去医院看劫人。但正待动身，廖雨夫妇来了。他们是来谈整理陈联诗的革命回忆录的。一看时间，又已快五点了，决定改在明上午去，同他们谈起来。他们申辩说，主张写成小说的是陈之光！还要他们创造典型，这真叫人哭笑不是……

廖夫妇走不久，李累又商量工作来了。我没有向他说之光的事，因为很不好谈。但是叮咛他，对于廖本人整理好的部分稿子，不必开座谈会，以免人多嘴杂。同时还谈了谈谭剑啸的问题。

晚上去张老处扯谈了很久。从劫人的病一直到最近的国际形势。

12 月 23 日

本来约好了下午去看劫人，因为心情烦乱，决定改变计划，单独去，不要等张老了。最后到前院叫车；但是，不仅老曾、小马都不在家，几乎都走空了！车子的坐垫抛在地上……

连午睡也没有睡安稳，近四点，张老终于来了，立刻一道去青羊宫医院。李眉姊妹正从室内走到大楼阶沿上来，我们停下，听他们介绍情况。看来希望是很微了！随后我提出到病房去；远山、远岑似乎想加劝阻，但是到底跟我们一道走了。

我们边走边谈，主要是治丧委员人选问题。他们提出张真如来，我问了问张的情况。这之间，远岑已随张老到病室去了。等他们出来后，我同李眉的谈话也结束了。于是相随进病室去。两个医生正在为病人进行治疗：输血和输送氧气。除了呼吸，除了颜色还比较正常，真无法叫人相信他还是活着的，因为他闭着双眼，一丝不动。我忍不住迸出眼泪来了……

出病房后，到了大楼的台阶上，我们很快就上了车，到草堂去。因为心情有点沉重，留下去是不行的，一个相识近二十年的熟人，一向生气勃勃，高谈大论；而且一般也谈得来，在此时刻，谁能不动情呢！草堂的蜡梅已盛开了，有一两株也着了几朵花——可是心情还是不好！我们在走廊上抽了支烟就又走了。我在东大街就下了车，我想步行回家，不想坐车了……

回家后，默不一语地吃了晚饭。休息时，没有向顾谈过一句李的病状。等到孩子们都走了，我才约顾出去逛街、散步。可是，照旧没有谈一句我所担心，所想到的事实——有什么必要呢！

临睡前得到一个决定：明天去看宗林同志，谈谈我个人对李的后事的意见。

12月24日

上午去看宗林同志，向他谈了谈我前日同傅茂青同志谈话的主要内容，说明是我个人的意见。

晚饭逛街回来，刚坐下休息，一个新来的同志跑来告诉我，李眉来电话说：劫人八点零五分逝世了，当时是八点半。我请他要老曾准备车子，一面在玉顾和孩子们的惊呼、叹息声中忙着穿上大衣，围上围巾，就走掉了。但是，到了室外，忽又反身转来，寻找手套、烟盒、洋火、烟嘴……

约了李累一道去，一到前院大厅，我就在车里坐下了，等了好久老曾才来；很快又溜得不见了，但我意外地没有生气。开车后，很想找点别的话来谈，于是向李问起罗、杨去北京同水华会晤的结果：电影脚本是否有眉目了？谈话活跃起来，心上的压力逐渐低了……

在内科大楼的通道里碰见了李远岑，他还沉着。一面告诉我他父亲逝世的经过，一面随我朝病房走，但在半途，他停下来了，阻止我去；我可照旧往前走了。门边堆着一堆血迹斑斑的白色褥子、布头，房里意外清静。只有两个看护在继续收拾房间，前一天那些那样触目的玻璃瓶子、橡皮管子，通不见了！显得空荡荡的，而病人的尸体则已蒙上罩单，看不见了……

因为远岑的催促，我们很快就离开了。往回走，到医生休息室去，这时远山也来了。她告诉我，他们准备让医生对尸体进行解剖，作一科学上的探讨。她刚说明他们的意图，傅茂青和市人委秘书长也来了。我们一同进了休息室，接着就讨论"解剖"和其他几件急需解决的问题。对于远山的建议如果实施，必须绝对封锁消息，不能让李师母知道，她会受不了的！

这之间，远岑回家取衣服去了，他显得有点急躁、粗暴，这是我能理解的。他走后，远山眼泪汪汪地告诉我，他几天来有时都是这样，而且吵着他要准时回去备课。我安慰了她几句，接着催促傅赶紧去向宗林同志请我们商量好的三点意见。而这时宗林同熊来了，过一下又来金再光等同志。最后，几位医生也都来了，从解剖问题谈到李的症状：断节的、出血的……恶性肠炎。由于宗林同志的提示，解剖问题算作罢了，改为心脏抽血。

最后，话又回到症状上，一般疾病上来。我问医师们近来白血球低的现象是否较多？黄主任肯定了我的问话，而当我告诉他，我的白血球只有3100的时候，他吃惊道："那你注意呵！""马马虎虎，管他的呵！"我满不在乎地回答，心情反而愉快多了……

离医院时，宗林同志要我们通知全国文联、作协。上车以后我就口头拟了个电报内容，但李累认为不宜提参加治丧委员会的问题。我想了想说："最好去问问宗林同志吧！"车又在大门口停下了，由他追上去请示；因为宗林的车子已经动了，结果证明我并没有听错话……

回来时相当兴奋，因为心情是沉重的和难受的。我同顾谈了很久，又一连抽了两支烟。我们感觉劫人死得可惜得很，想起他不少值得人怀念的地方，上床后还谈了一阵……

服了大剂量安眠药，可是照旧不能入睡，总有一些问题和印象缠着人不放。

12 月 25 日

因为失眠，早上起床很迟。刚洗好脸，市委统战部雷部长来了。

雷是来征求意见，在追悼会上由什么人讲述劫人生平事迹的。他提出我、张老和如稷，我推辞了，以为张老较为适宜，怎样写呢，我倒同意提供一些意见。

雷走后，想起不少劫人的事迹、看法，久久不能平静，连午睡也没有睡好。本来确定三点半去殡仪馆的，结果两点就同玉顾去了。劫人安静地躺在棺木里面，酱色绸棉袄，蓝色的干部帽，面带笑容，使人感觉得亲切——真不相信他已经死了！……

同远岑谈了很多有关他父亲后事的话。因为发现洪钟也在客室，我把他叫出来了，要他为我准备一些有关的资料。他随即进城去了，我们呢，一直耽延到四点过钟。

晚上，全国文联、作协，都来电报了。去街上闷闷不乐地逛了很久。

12 月 26 日

去市人委参加治丧委员会会议，走之前，请李累同志替白尘、天翼送花圈一只。

我把全国文联、作协、郭老和巴公的唁电交给了宗林同志，然后去看李师母。我一直没有同她见过面，一看见我，她流泪了。我不知怎么说好，自然而然地照旧俗套安慰了她。随即找到亚群同志建议，《四川文学》得准备三两篇悼念文章。前天我已向李累提过了。

开会时，先由医院介绍了病情变化和治疗经过。我有点担心李师母会对进院那天夜里的拖延表示意见，但是只谈了些感谢的话，我丢心了。随后是报告治丧的经过和程序，还有北京、上海来的唁电。这些电文我都看了，叶圣老的尾巴上是这样的话："君竟先我而去已，呜呼！"巴公的电文最热情，也最好，其他的都无甚特色，只是普通的唁电而已。

会后，同如稷谈由他讲劼人生平事略。我又劝他："对死亡得有个正确看法，人总不免要死的，那么怎么做呢？认真保养，争取多做点事。纪念劼老的最好的办法，是如何整理、研究他的遗著——不要太难过了！"随即同段去省人民医院看卓，因为昨晚听说他进院了。

在内四的阳台上碰见省党校龚校长和他的两三位熟人，他们在那里晒太阳。我问了问他们的病情，随又谈到劼人之死，他们感觉有些意外。后来见到卓，话头很快又扯到劼人了，不知怎么一来，卓说："成都的三个'画展'，现在缺一个了！"原来他们私下都把劼人、韩伯臣和殷叫作"画展"，因为他们都爱说话……

午睡后，发觉顾到殡仪馆去了。心里有许多关于劫人的话要说，因此决定写点文章。但才写几行，便写不下去了，因为不知道怎么说好。晚饭后去张老处，才知道关于劫人的事略，他还没动笔呵！而且隔一天就要去阿坝了，于是从劫人的各方面，同他交换了意见，因为他们相交很早。

回家后，因为已经很疲累了，只好同李累同志商量，要他同市委统战部通通气。

12 月 27 日

九点钟雷部长就来了。是李累陪来的，商量后决定由我带洪钟去看宗林同志。

为了照顾宗林的健康，他同意由洪钟根据大家的意见来写李的生平事略。他提了不少好的意见，接着我就又同洪去川大找如稷。在大家取得一致意见后，我又顺路去殡仪馆，找李氏姊弟谈了谈亲属的致辞，要他们早做准备。傅杰问我明天火葬如何安排？我也不大懂这一套，要她找李累商量。同时向李眉建议，不要让她母亲去火葬场。

午睡后疲乏之至，半天的奔走，真把人累坏了。下午几乎是在家庭劳动中度过的，因为这样可以少想一些问题。晚上又去殡仪馆瞻望了一次劫人的遗容。回来想继续写那篇文章，可是照旧写不下去！

12 月 28 日

晚饭时，洪把稿子送来了。我忙着翻了翻，觉得相当啰唆，要他适当压缩。

吃过晚饭，家人都等着我一道去看《红岩》，我要他们先走了。等洪送来压缩稿后，我同洪一道又翻阅一次，接着给宗林同志一信，附上稿子，请洪送去，然后赶往红旗剧场。

休息时向导演谈了谈我对前四场的意见：改编得不错，只是在甫志高的处理上未见令人信服。散场后严又在场子里赶上我，要我转去谈谈。可是观众快散尽了，而寒潮又已来临，风刮得很厉害，于是就地停下来向他谈了几点意见。主要是肯定他们的做法对头，只是感觉单薄了一点。

的确冷得可以！一出剧场，我就把大衣领子翻起来了，但仍一路上向家里人谈着自己的观感。

12月29日

还未起床，洪宝书同志、雷部长就来了，接着，洪钟也来了，他们是奉宗林之命来的。

我设想稿子一定问题不少，结果只有一个问题比较重要：如何对劫人解放后的政治思想问题做出正确估计？讨论了很久，结果算一致了，但我又叮咛洪、雷，要他们请示后告诉我。

吃过早点，走去看友欣。因为李累昨天傍晚跑来传达了亚群同志几点指示，中间有一点与劫人有关：我最好不要写纪念文，其他是关于知识分子和修正主义的。但李累谈得匆忙，与友欣谈后，就更加明确了。我在此时确乎不能发言，但是，若果外面的刊物要我写呢？……

午饭前，洪钟就把文章最后修改好了，我逐字逐句进行了一次斟酌，凡有不妥的地方，就要他及时改正。最后，叮咛他送给如稷时应该注意和说明的几点意见，就让他走了。但他走后不久，我又由后门去二号找到他，重新作了叮咛，并给他画了几道线线。

午睡后，玉顾叫了锁匠来修理锁。等我出去看时，却是一个小孩子坐在那里进行修配。只有三胖那样高，又瘦，我还以为是锁匠的孩子在弄着玩呢。一问，才知道是徒弟！十三岁，才当了三个月不到的学徒，却已经连弹子锁也能修了。这小孩子共有六姊弟，他是老四，父亲是工人，党员，同那师傅一块儿长大的，是制革工人。那师傅块头大，穿着整齐，头戴哥萨克帽，是压缩下来的工人，他非常称赞他徒弟："一看就会……"

洪钟终于从川大回来了。他同如稷谈的结果很好，对于稿子是满意的，只增加了一两句。我又叮咛：洪带稿子去灵堂跑一趟。而当他转来时，我正同田丰谈得十分起劲。温已经同从前一样了：开朗、热情。他一定要我元旦去他家里吃饭，夸口他的红烧牛肉、炖牛肉做得如何鲜美……

晚上去街上买了白兰地和味美思各一瓶准备过年，因为玉顺不赞成我喝白酒了。

12 月 30 日

今天在市人委公祭劫老，九点起床后就同顾带着杨希赶起去了。

在会议室，亚公正在大谈钓鱼的事。随后井丹同志、李省长也先后来了。闲谈当中，省长谈到梁家巷的情况，指示井丹同志要认真摸清楚，从组织上、经济上狠狠打击一批坏分子。

十点开始公祭，所有的治丧委员都作为陪祭，参加了公祭，主祭是宗林同志。灵堂布置得不错，如稷介绍死者生平时，声调相当响亮、自然。只是"是有进步的"一句，由于抄漏了，洪钟又未校对出来，林更忘记补上，听了不免歉然。李眉的家属谢辞，也还朴素、中肯。

如稷没有激动，但读完介绍却哭了。随后，据说椿年劝他不必去墓地时，他边跌脚边哭道："我要去！我要去！"他与我同车，看了抄稿后我才弄清楚，那一句是抄漏了。到达墓地后，忽然发现了洪钟，原来后一部分，他未校对，太大意了！

磨盘山墓地很不错，直到山顶，有几层在砌梯阶，直至山顶，可惜树木还少一点。看了看戴伯行同志的墓，在心里志了哀。劫人的墓地在钟体乾坟墓旁边，还只砌了一个小小的，人字形的小廓。一直到骨灰罐封存好了，送葬人又一起对死者作了最后的告别，然后下山，进城……

李师母很难受，当下山的时候，她望了望前面广阔的平野，远处的树丛、浅山，叹息道："地势是好！"坐上车后，我又进去安慰了她几句。当我握着她手时，她哽咽着说："怎么过得惯呵！"随又同远山、远岑谈妥，明天上午在电话上联系一下，看他们是否有必要明天进城来交换一下意见。

从墓地回家，已经一点钟了。午睡了很久起来，还是感觉疲倦，什么也未做，一个下午就过去了；晚上逛街回来，等家里人睡去后给巴公一信，也算是结束一下这十天来的感情。

12 月 31 日

上午，李眉来电话，我告诉他们不必进城了，说我一两日内将去看她母亲。

午睡后得宗林同志电话，说四点半要来看我；我推到五点半，并立刻同玉顾带刚虹、继玳和希儿去菱窠。三点半到达，同李师母、远山、远岑商谈了一些具体问题。看来较为麻烦的是房子问题。照理，文联接收是合宜的，可以加意保存，将来可能会有人来悼念。但我怎么能做主呢？而且能否在城内为李师母找合宜房子，文联又能否保存，都是问题！所以临走时当远岑清楚明白提出这一点来，我猝然谢绝了。也许他会莫名其妙，但也只好由他去了，我是不能谈这事的！

回家不久，宗林同志来了。他也主要是来谈劫人的后事的。而且，我们商谈的结果，也表明房子问题不好处理。因为彼此都感觉到，劫老生前可能有这样的意思，就菱窠给他作些纪念性的布置，他的儿女似乎也有此意。而我自己，也以为在不立名目的条件下，让文化单位好好保存下来，是必要的，有意义的。然而，这样的事，就某些情况说来，我们怎么能做主呢？甚至提，一时都不好提呵……

在谈完正事后，他告诉我，《燕燕》在北京一炮打响了。内部演出后，两三位中央负责同志还到后台看大家，认为这个新剧目不错，筱舫有进步，新人成长得快。但他还是担心其他节目的效果。呵，我记起来了，他还告诉过我，大章同志很关心谁能继劫人续写辛亥革命以来的史实，利用他遗留下来的资料？我提出一位早已有此意图的人。他摇头否认了，我也提到前几天同戈的一次谈话……

这半天真把人累够了，例外没有逛街，也没有同家里的人去看电影。他们倒都到招待所看电影去了。老是想起劫人的问题，走去向友欣谈了些自己的想法。回来后喝了大半瓶绍酒，这是几月来喝得最多的一次，几乎有点醉了。到十一点，顾她们才回来，意外地给我买了一份晚报。

已经十一点了，但仍然读完了《陶里蒂亚和我们的分歧》。是躺在床上读的，读完就倒下睡了。